얼음새

김복희 수필집

시음사
시사랑음악사랑

작가의 말

본 책의 작가는 교원 생활에서 정년퇴직하고 노년의 취미생활로 2020년 9월 정식으로 (사)창작문학예술인협의회와 대한문인협회가 후원하는 "대한문학세계" 종합문예지의 수필 분야에 응모하여 정식 작가로 등단하게 되었다. 그리고 등단 기념으로 「물결」이란 단편 소설을 출간했고 두 번째로 지난날의 추억을 서술한 「얼음새」라는 수필집을 발간하게 된 것이다.

이 책의 내용은 우리나라 근대사의 산증인으로 살아온 세대가 한국 동란 후의 어려웠던 세월을 잘 이겨내면서 근대화되는 과정에 살면서 겪었던 인간의 고뇌와 갈등을 하나씩 끄집어내어 정리한 것으로, 흰 눈이 쌓인 찬 얼음 속에서 긴긴 겨울을 이겨내고 이른 봄에 노란 꽃을 예쁘게 피우는 아름다운 얼음새꽃[1] 같은 내 인생의 고뇌와 행복이 고스란히 담긴 책이라고 생각한다.

이처럼 내가 살아온 날들을 정리해 보니 끝없이 흘러가는 물결 같다는 생각이 들었다. 물은 높은 곳에서 낮은 곳으로 흐르면서 보다 넓은 곳을 향하여 흘러가면서 장애물을 만나면 돌아가고 웅덩이를 만나면 채웠다 넘어가면서 평소에는 잔잔하게 흐르다 절벽이나 장마철을 만나면 무섭게 범람하기도 하는

---

1) 복수초, 측금잔화, 원일초, 설연화, 눈색이꽃, 눈송이꽃 등 이름이 다양함

자연의 이치에 순응하면서 흘러가는 모습이 내가 살아온 모습과 같다는 생각이 들었다.

즉 젊은 시절 주어진 환경 속에서 시야를 점점 넓혀왔던 모습이 어느 때는 잔잔히 흐르기도 하다가 어느 때는 장마철의 흙탕물 같은 격류에 휩쓸리기도 하는 냇물 같았으며, 그러다 직장생활을 하던 장년기는 소신껏 내 꿈을 펼치던 시기로 막힘이 없이 출렁이며 힘차게 흐르는 강물같이 살다가 정년퇴직하고 보니 산다는 것 자체가 사색이나 즐기며 사는 산전수전 다 겪은 안정된 생활로 더는 흘러갈 곳이 없어 해변에서 넘실거리는 아름다운 해변의 파도 같다는 생각이 들었다.

그리고 이 책을 읽다 보면 특별한 사람만이 수필이란 글을 쓸 수 있는 것이 아니라 평범한 사람도 자기가 살아온 모습이나 살아가는 모습을 진솔하게 정리하다 보면 좋은 글이 될 수 있다는 것을 깨닫게 되리라 생각이 든다.

2021. 글쓴이

제1장. 냇물처럼 불안정했던 젊은 시절

제2장. 강물처럼 거침없었던 직장생활

제3장. 해변처럼 아름다운 노년생활

제1장. 냇물처럼 불안정했던 젊은 시절

진안군 주천면 주자천

　냇물은 사방에서 모여든 도랑물이 모여 냇가를 따라 흐르는 물로 평소는 잔잔하니 평화롭고 아름답게 흐르지만, 장마 때는 범람하여 예측불허의 일이 나타나기도 한다. 이처럼 우리 인간도 어린 시절은 가정에서 선하고 순수하게 자라다 청소년이 되면 사회라는 곳에 나와 각종 집단생활을 하면서 자기의 시야를 점점 넓혀가며 경험을 쌓아가는 시기로 앞으로 어떤 인생으로 살아갈지 불안정한 상태로 언제 범람할지 모르는 냇물 같다는 생각이 들었다.

내 인생을 바꿔준 두 권의 책

무궁화(꽃말: 섬세한 아름다움)

나의 인생에서 가장 큰 변화를 준 것은 중학교 2학년 때 읽었던 두 권의 책인 것 같다. 나는 공부를 잘했던 학생도 아니고 집에서 나에게 크게 신경 써줄 사람도 없는 환경에서 자랐다. 그런 내가 오늘날 시골에서 벗어나 중소도시에서 고등학교 교장도 하고 남에게 손 벌리지 않고 사는 것은 저절로 된 것이 아니라는 생각이 들었다.

내가 태어난 곳은 진안고원에 속해 있는 운장산 자락의 명덕봉 아래에 있는 깊은 산골짝 마을에서 태어났다. 그것도 8남매 막내아들인 아버지가 6·25 때 병역문제가 잘못되어 고향에서도 살지 못하고 타향에서 이름도 바꾸고 숨어 사는 사람이 되다 보니 그분의 큰아들로 태어난 나는 기(氣) 한번 펴보지 못한 어린 시절을 보내야 했다.

지금도 초등학교 때를 회상해 보면 창피한 생각만 가득 남아 있다. 그러다 보니 나이가 70이 넘었지만 내가 성장했던 초·중·고등학교를 다닌 고향이란 곳에 가보고 싶은 마음이 별로 없는 사람이다. 그 이유는 마음속에 자리 잡고 있는 인간의 자존심이 허락하지 않기 때문이라는 생각이 들었다.

나는 초등학교 2학년 때 아버지가 숨어서 사는 마을로 이사를 왔다. 우리는 쓰러져 가는 남의 집에 살면서 아버지와 어머니는 집주인의 일손을 도와주며 살림을 꾸려나갔다. 그러다 보니 집주인 아이들의 눈치를 봐야 했고 내 주변에 사는 친구들의 눈치를 보면서 살 게 된 것이다.

부모님은 이런 어려움 속에서 나를 중학교에 보내 준 것이다. 지금도 초등학교 6학년 때 담임선생님이 비웃던 모습이 머릿속에 남아 그때 모습이 스쳐 간다.

중학교에 가겠다고 원서를 쓰는데 우리 집 번지를 알아 오라고 했다. 나는 저녁 식사를 하면서

"어머니, 우리 집 번지가 몇 번지냐고 선생님이 알아 오래요." 하자

"글쎄" 하며 어머니가 머뭇거리자 아버지는

"우리 집은 번지가 없어."라고 했다. 아마 내가 중학교에 간다는 것이 마음에 들지 않아서 그랬는지, 아니면 남의 집이라 몰라서 그랬는지는 알지 못하지만, 더 여쭈어볼 수가 없었다.

그다음 날 학교에 가니, 담임이

"김동복 집 번지 알아 왔어."

"우리 집은 번지가 없대요."

"뭐, 번지가 없어." 하시며 비웃던 담임선생님의 모습은 60년이나 지났지만 지금도 머릿속에 사라지지 않는 것이다. 지금 생각해 보니 그때 선생님 나이가 잘해야 20대 중반 남짓 되었을 것 같은데 우리 아버지를 무식하다고 무시한 것인지? 아니면 공부도 못하는 네가 무슨 중학교에 가냐는 뜻으로 무시한 것인지는 모르지만 어린 나의 가슴에 상처를 준 모양이다.

담임선생님이 생각할 때는 '너 같은 아이가 무슨 중학교에 간다고 원서를 써달라고 해'라는 생각을 하고 있었는지도 모

른다. 그때 중학교 시험에 합격하려면 60여 명이 되는 학급에서 20여 등 안에 들어가야 했다. 그런데 나는 학급에서 35등 전후에 있는 학생이었다. 더구나 언젠가는 나머지 공부도 한 적이 있었다.

사실 그때 내가 나머지 공부를 한 것은 딱 한 번 있었는데 그날 산수 문제를 다 푼 다음 검사를 맡고 집으로 가게 되어 있었다. 그런데 나는 공책은 그만두고 종이라고는 한 장도 없었다. 그러다 보니 문제를 풀고 검사를 맡을 수가 없었다. 옆에 있는 친구에게 종이 한 장만 빌려 달라고 해도 주지 않아 검사를 맡지 못하고 끝까지 남았다가 선생님이 퇴근할 때 보내줘서 온 학생이었다. 이런 학생이 경쟁률이 2대 1이나 되는 중학교에 간다고 원서를 써 달라니 어이가 없어서 비웃었는지도 모른다.

뒤에 들은 이야기지만 부모님도 나를 꼭 중학교에 보내려는 생각은 가지고 있지 않으셨단다. 시험을 본다고 다 합격하는 것도 아니고 밑져야 본전이란 생각에 원이나 없도록 시험이나 한 번 보라는 의미에서 원서를 쓰라고 했는데 합격을 한 것이란다.

지금도 합격자 발표 날 기억이 남아 있다. 내가 다닌 초등학교에서 중학교는 700m 정도 떨어져 있었는데 점심시간에 중학교 중앙현관 앞에다 붓으로 등수 순위로 써서 붙인 합격자 명단을 보고 몇 등인가 세고 또 센 다음 좋아서 넓은 개울을 펄쩍 뛰어넘어서 왔던 모습이 눈에 선하다. 그때 내 등수는 180명 합격에 116등이었다.

내가 생각해도 신기했다. 평소 나보다 성적이 우수했던 학생도 꽤 많이 떨어졌는데 나는 합격했으니 대견하다는 생각이 들었던 모양이다. 내가 사는 집 앞집과 뒷집에 밥술이나 먹고 사는 동갑내기 친구가 살고 있었는데 그들은 모두 떨어지고 나만 합격했으니 자랑스럽지 않은가?

우리 마을은 읍이면서도 변두리라 시내 중심지에서 2㎞ 정도 떨어져 있는 시골 부락이었다. 우리 마을에서 중학교에 진학한 사람은 총 여섯 사람으로 여학생 한 사람과 남학생 다섯 사람이 진학했다. 여학생이 적은 이유는 여자가 무슨 중학교냐고 여자는 중학교에 보내 주지 않았기 때문이다.

우리 마을에서 중학교에 간 여학생은 아버지가 글줄이나 읽어 집배원을 하던 집 딸인데 아버지가 깨어 있어서 보내 준 모양이다. 남자는 모두 나보다 한 살씩 더 나이를 먹었는데 네 사람은 정식으로 시험에 합격해서 들어갔고 한 사람은 보결 학생으로 들어갔다. 네 학생 모두 다 시골에서는 밥술이나 먹는 집안 아이들이었다.

이렇게 들어간 중학교 생활은 험난하기만 했다. 매 분기 내는 수업료를 제때 내지 못하니 담임선생님에게 늘 미안한 죄인 같은 학생이었다. 초등학교 때 몇 푼 안 되는 기성회비도 못 내어 쫓겨 다녔는데 액수가 많아진 중학교 수업료를 제대로 낼 수가 없었다.

그리고 내가 중학교 1학년이 되던 해부터 우리 집에 송아지가 한 마리 들어와 나는 소 꼴을 베어 나르는 꼴머슴이 되었으며 그때부터 지게를 짊어지기 시작했다.

아버지와 어머니는 열심히 일한 결과 살림살이는 점점 나아 졌지만, 자식에 대한 욕심이 많았는지 동생들이 줄줄이 태어 났다. 그러다 보니 나는 늘 동생을 보살펴 줘야 하는 사람이 되 었다. 그런 생활 속에서 공부를 잘할 수가 없었다.

지금도 기억이 나는 것은 중학교 2학년 때 일이다. 여름방학 이틀 전으로 기억하고 있다. 우리 학교는 우리가 사는 마을이 학교에서 조금 떨어진 시골이라고 등하교 때 같이 다닐 수 있 도록 같은 마을 학생은 같은 반에 배정해 줬다.

그날 미술 시간에 선생님이 미술 성적을 불러 줬다. 김종현 우 수 수, 김남수 미 미 미, 김남현 가 가 양, 김창배 양 가 가, 김동복 가 양 가, 얼마나 신기한 성적인가? 미술 평가는 세 가 지 영역으로 평가하고 있었다.

그런데 공부를 잘하는 이장 아들인 종현이는 우 수 수고 평 소 착하면서 미술 시간에 준비물을 잘해가던 남수는 미 미 미 였으며 나머지 세 학생은 미술 준비 한 번 제대로 해 가지 않 은 학생으로 양 하나에 가를 두 개씩 받은 것이다. 선생님이 양과 가를 배정하는데도 꽤나 신경 쓰였을 것 같았다. 한 학생 에게 모두 가를 주지 않으려고 배려를 한 것이 영역이 보였다.

그날 우리는 집으로 오면서 가를 두 개씩이나 맞은 것이 뭐 가 자랑이라고 우 수 수를 맞은 종현이를 놀리기 시작했다.

"야~ 창피하게 우 수 수가 뭐니, 그래도 가 가 양이나 양 가 가 아니면 가 양 가는 맞아야지"

"뭐~"

"종현이 너는 고등학교에 가면 입학시험에 가을에 단풍잎 떨어지듯 우수수 떨어질 거야."하면서 놀렸다. 이런 모습이 철부지인 중학교 남학생의 모습인 모양이다. 세 사람이 돌아가며 놀려대자 종현이는 약이 올랐는지

"공부도 못 하는 것들이 까불어"하면서 결국 화를 내며 너희하고 안 논다며 먼저 달려갔다.

그 후 이 다섯 사람은 같은 초등학교와 중학교에 다녔지만, 인생길이 서로 달랐다. 우 수 수를 맞은 친구는 교육대학에 진학하여 교사가 되었다가 다시 신학대학을 졸업한 다음 목사를 하고 있다는 소문이 있는데 원래 착한 친구라 멋진 성직자가 되었으리라 생각되며, 미 미 미를 맞은 친구는 고등학교를 졸업하면서 바로 공무원 시험에 합격하여 군청에 다니다 퇴직해서 그 마을을 지키며 살고 있고, 가 가 양을 맞은 친구는 배우가 되겠다고 부모님이 물려준 재산을 다 팔아서 고향을 떠났다는데 그 뒤 소식은 들을 수가 없었다. 또 양 가 가를 맞은 친구는 고등학교도 진학하지 않고 돈을 벌겠다고 인삼 재배를 한다며 운장산 자락으로 들어갔는데 한때 성공했다는 소문이 있었으나 그곳에서 나와 다시 경상도 풍기 쪽으로 인삼재배를 하러 갔다는 소문만 들었다. 그리고 가 양 가를 맞은 나는 고전은 했지만 정규 대학과 대학원까지 나와 고등학교 교장까지 하게 되었다.

이렇게 내가 교장까지 하게 된 동기는 학교생활을 하면서 처음으로 미술에서 가를 맞았지만, 그해 나에게 많은 변화가 일어나는 계기가 된 일이 있었다.

나는 중학교 2학년 때 내 인생에서 가장 위험한 고비를 넘겼

는지도 모른다. 그해 학기가 시작되면서 앞에서 말한 가 가 양을 맞은 친구인 김남현이란 친구와 가까이 지냈었다. 그는 나보다 한 살 더 먹었으며 그의 아버지는 마을에서 호랑이라고 큰소리치는 밥술깨나 먹는 사람이었다.

학기 초 그와 어울려 집에서 교과서 대금을 타다가 교과서는 한 권도 사지 않고 미꾸리를 잡는 전기 배터리를 샀다. 어린 생각에 미꾸리를 잡아다 팔아서 교과서를 사자는 꼬임에 넘어간 것이다. 그리고 조금 남는 돈은 난생처음으로 시장통에 가서 자장면을 사 먹었는데 자장면이 그렇게 맛있는 음식인지 처음 알았다. 지금도 그때 생각만 하면 입에서 군침이 돈다.

그러다 보니 중학교 2학년 1학기 동안에 교과서가 한 권도 없이 학교에 다닌 것이다. 그렇다고 누가 "너 왜 교과서가 없어?"라고 물어보는 사람도 없었다. 이런 학교생활이다 보니 처음으로 가를 맞아 본 것이다.

하긴 내가 초등학교 1학년 때는 22명이 다니는 학교에서 21등을 했다고 담임에게 따귀를 맞은 적이 있는데 그때 성적표는 본 기억이 없고 초등학교 2학년 때는 전학을 했는데 종이가 귀한 시절이라 전학 온 학생에게는 통지표를 주지 않은 것으로 기억하고 있다. 그 뒤 3학년 때부터 받은 성적표에는 양은 맞았어도 가는 없었는데 중학교 2학년 때 미술에서 두 개나 맞았다.

그 통지표를 가지고 오던 날 마침 공주사범학교에 다니던 이모가 우리 집에 왔는데 통지표를 보자고 해서 보여 줬더니 깜짝 놀라며

"언니, 동복이가 가도 맞았네." 하면서 어머니한테 일러바쳐 난생처음으로 공부를 못한다고 어머니로부터 혼난 기억이 있다. 그날 나는 화가나 통지표를 쪽쪽 찢어버려 2학기 때는 성적이 꽤나 올랐는데 통지표를 받지 못했다.

이런 중학교 2학년 생활이었지만 나에게 큰 변화를 일으키는 일이 있었다. 하나는 사회 시간에 공의창이란 선생님이 내가 필기하는 것을 보고 내 노트를 학생들에게 보여 주면서 글씨는 이렇게 큼직큼직하게 쓰라고 칭찬을 해 주셨다. 내가 살아오는 동안 처음으로 남으로부터 칭찬을 받는 순간이었다. 그리고 그 선생님은 어느 날 수업 시간에 자기가 고등학교에 다니다 몸이 아파서 2년이나 쉬었다 다시 들어가 대학에 가기 위해서 잠을 네 시간씩만 자고 공부했다고 이야기해 주셨다.

그때 잠을 줄이려고 물을 적게 먹었단다. 우리가 음식을 먹고 나면 잠이 오는데 그것은 위가 팽창해서 잠이 오기 때문이며 음식을 많이 먹으면 누구나 잠이 오게 되어 있단다. 그래서 가능한 물을 적게 먹어야 잠이 들 온다고 했다. 그러면서 물을 적게 먹으려면 맵고 짠 음식을 피하면 물을 적게 먹을 수 있다며 고등학교에 가서 대학진학을 준비할 때 실천해 보라고 말씀해 주셨다. 어린 나는 그 말을 잊어버리지 않고 기억하고 있다가 정말로 고등학교 2학년 때부터 실천한 것이다.

그리고 또 하나는 그해 여름 방학에 큰집으로 놀러 갔었다. 나는 고향을 떠나온 후 방학만 되면 내가 태어나서 초등학교 2학년까지 다녔던 고향을 찾아가곤 했다. 거기에는 큰집이 세 집이나 되었는데 내가 가는 곳은 세 번째 큰집이었다.

우리 할아버지는 아들을 다섯이나 두었다. 위에 두 아들은 본처에서 난 아들이고 아래 세 아들은 상처하고 나서 다시 들인 후처에서 두었다. 본처에서 난 두 아들은 같은 마을에 살림을 내어 살게 하였는데 유생인 할아버지는 시골에 살면서도 큰아들에게 삽자루 한 번 잡아보지 못하게 한 분으로 큰 백부님은 그 마을의 호랑이로 늘 뒷짐만 끼고 다니는 시골 선비였다. 그리고 둘째 백부님은 일제강점기 때 운장산 자락에 살면서 150 여리나 떨어진 전주에 유학을 보내 공업전문학교를 나오셨다.

그러다 보니 그분은 자기 아들을 모두 가르쳐서 큰아들은 처음 생긴 농촌지도소 소장을 하다 후에 농촌진흥청장까지 했으며 둘째는 서울에서 대학을 나와 서울에 있는 사립 고등학교에서 교사 생활을 하고 막내아들은 고향에서 농협 조합원으로 단위조합 상무를 맡았던 학식 있는 집이었다.

그런데 후처에서 난 아들은 자기와 같이 살면서 학교를 보내지 않고 서당만 보냈는데 막내아들인 우리 아버지는 막내라 어린양이 많아서 그랬는지 서당도 제대로 다니지 않은 사람이었다. 그리고 힘이 좋아 부모와 같이 살면서 집에서 일만 해 주었나 보다.

큰집들은 모두 땅 섬지기나 가지고 살면서 그 마을을 좌지우지하면서 살고 있었다. 그러다 보니 객지에서 못사는 나는 명절이나 방학만 되면 셋째 큰집에 가서 사촌들과 놀면서 즐겁게 보냈다. 이 집에 가면 1년 열두 달 하얀 쌀밥에 떡과 조총이 있었으며 마을에 오는 길손은 다 재워주고 먹여주는 집이었다.

여름 방학을 하자 바로 그 큰집에 놀러 간 것이다. 그런데 거기서 둘째 백부님의 큰아들인 농촌지도소 소장 아들인 오촌 조카를 만나게 되었다. 그 조카는 나와 다른 중학교에 다녔는데 나이도 나보다 한 살 위였으며 학년도 한 학년 위인 중학교 3학년이었다.

그는 촌수로는 조카지만 아버지가 기관장이나 되니 입고 다니는 옷이나 신발부터가 달랐다. 쉽게 말해 귀티가 나는 학생이고 나는 구질구질한 용모를 가지고 있는 가난한 집 학생이었다. 바로 그의 아버지 덕분에 우리 아버지가 객지에서 숨어 살고 있지만, 무시를 당하지 않고 살고 있다는 것을 한참 뒤에 나이가 들어서 알게 되었다. 그 사촌 형님은 나이가 아버지보다 서너 살이나 위였다.

나는 그 오촌 조카로부터 책 두 권을 빌려 왔다. 바로 「삼총사」와 「집 없는 천사」라는 책이었다. 그 해가 4·19가 일어난 1960년으로 기억된다. 그때만 해도 일반 사람들은 책을 구경할 수가 없었다. 책은 학교 도서실이나 있고 학생이 만날 수 있는 책은 교과서와 돈푼이나 있는 집 아들은 참고서나 문제집을 만나 볼 수 있지만 그런 학생은 한 반에 손가락으로 꼽을 정도의 소수 학생만 가지고 있었다. 그러다 보니 내가 알고 있던 책은 교과서와 만화책뿐이었다. 소설이나 위인전 같은 책은 본 적이 없었다. 그런데 세계 명작 소설을 본 것이다. 그는 학교 도서실에서 방학 때 읽겠다고 빌려 왔단다.

나는 그 책에 쏙 빠지고 말았다. 얼마나 재미가 있던지 읽고 또 읽어 보았다. 그리고 책을 돌려주지 않고 집으로 가지고 왔다. 아마 책에 대한 욕심이 생겼던 모양이다. 그런데 그 친구는 책을 돌려 달라고 하지도 않았다. 아버지의 배경이 학교에서 책을 가져오라고 독촉하지 아니했나 알 수는 없었지만, 그때 공무원이면서 기관장이면 하늘 같은 벼슬아치이었다.

그때 내가 빌려 온 책은 학원사라는 출판사에서 『세계 위인 문고 50권』과 『세계 명작 문고 50권』을 출판하였는데 중학교 도서실마다 다 비치되어있던 책이었다. 나는 이 소설책에서 책 읽는 재미를 붙여 한 번도 가 보지 않았던 학교 도서실에 들랑거리며 명작 소설과 위인전을 하나씩 차례로 읽어 보았다.

학교 도서실이라야 교실 반 칸에 한쪽 벽은 책을 보관하는 책장이 있고 또 관리하는 선생님 책상이 있으니, 학생들이 들어가서 책을 읽을 수 있는 공간은 2, 30명이나 들어갔는지 모르겠다. 그리고 책이 한 권씩만 있어서 늦게 가면 다른 학생이 내가 읽고 있는 책을 먼저 가져가 읽을 수가 없었다. 그러다 보니 3교시가 끝나면 도시락을 먹고 4교시가 끝나기 바쁘게 도서실로 뛰어가야 했다. 이렇게 해서 3학년 졸업할 때까지 세계 명작 소설 50권을 다 읽었고 위인전도 10여 권이나 읽었다.

이렇게 책에 재미를 붙인 나는 그 후 책 읽기를 게을리하지 않았다. 그러다 보니 고등학교 때는 더욱 고차원적인 책들에 손을 대기 시작했다. 존 밀턴의 실낙원이나 데카메론은 물론 좁은 문, 죄와 벌, 젊은 베르테르의 슬픔 등 심지어 이해도 하지 못하면서 철학 서적인 소크라테스의 변명까지 읽어대는 책벌레가 된 것이다.

이렇게 책을 읽다 보니 어느 날부터 나도 책을 한 번 써 보자는 생각이 나타났다. 그러면서 우리나라 사람은 왜 노벨문학상을 받지 못하나 의구심을 가지며 내가 우리나라에서 최초로 노벨문학상을 받는 사람이 되겠다고 글쓰기를 시작했다.

그래서 1960년대 고등학생들에게 가장 인기가 좋았던 학원사에서 발행하는 「학원」이란 잡지를 구독해서 보기 시작했다. 그리고 산문 분야에 작품을 출품해 봤지만 한 번도 당선된 적은 없었다. 다만 우리 학교 교지에 국어 선생님이 글을 고치느라고 혼났다며 내 산문을 한편 실어준 것이 전부였다.

그러다 고등학교 2학년에 올라가면서 꿈이 바뀌어 유능한 정치인이 되어서 못사는 이 나라를 잘살게 만들겠다는 꿈을 가지고 대학에 진학하게 되었는데 나름대로는 최선을 다했지만, 초·중학교 때 기본기를 갖춰야 하는 국어와 영어 과목에 기본기가 없어 만회하지 못하고 말았다. 나는 공부라고 하는 것은 무조건 열심히 하면 되는 줄 알았는데 대학에 들어가서 보니 정상적으로 초·중등 과정을 마친 사람과 벼락치기로 공부해서 대학에 들어 온 사람과 차이가 있다는 것을 깨닫게 된 것이다.

다시 말해 내 분수를 알게 된 것이다. 그래서 준비하던 시험을 포기하고 내 수준에 맞는 교직으로 들어와 소신껏 나름의 꿈을 펼치며 살아왔다.

이렇게 내가 교직에 들어와서 남으로부터 욕되지 않고 살 게 된 것은 중학교 2학년 때 우연한 기회에 읽게 된 「삼총사」와 「집 없는 천사」라는 두 권의 책이 나의 인생을 바꾸어 놓은 것이 아닌가 하는 생각이 들었다.

다시 말해 많은 책을 읽다 보니 자신도 모르게 꿈과 이상이 나타나 오늘날 나를 만들어 놓았다고 생각해 본 것이다. 그때 책에 재미를 들이지 않았다면 지금쯤 농촌에서 아버지의 뒤를 이어 농사를 지으며 농부로 살고 있었을 거라는 생각이 들었다.

사회 배경이 나에게 만들어 준 꿈

해바라기꽃(꽃말: 동경, 숭배)

해방 직후인 1947년에 태어난 나의 인생은 우리 대한민국 정부와 같이 근대사를 장식한 사람 같았다. 내 머릿속에 남아 있는 지난날을 회상해 보니 꼭 설악산 권금성에서 본 공룡능선과 같이 험난하고 동해안에 위치한 하조대의 정자 앞 바닷가 절벽 난간에 서 있는 소나무같이 모진 풍파를 다 만나며 살아 온 기분이 들었다.

내가 태어난 다음 해 대한민국 정부가 수립되었고 한참 재롱을 떨 때 한국 동란으로 3년간의 전쟁을 치렀다. 아주 어린 유아기의 나이이기에 6·25에 대한 기억은 별로 없고 야간에 빨치산 습격을 피해 피난을 간다고 어떤 분의 지게를 타고 가다 되돌아온 기억과 우리 집 뒤에 있는 자그마한 동산에서 밤중에 총소리가 나 어머님이 귀를 막아주며 이불을 덮어주었던 기억이 흐릿하게 남아있다.

내가 살던 곳은 전라북도 운장산에서 얼마 떨어지지 않은 곳이었다. 지리산의 빨치산이 운장산을 거쳐 대둔산으로 가다 저지른 소행이 아니었나 생각된다. 그리고 초등학교 때 금산읍 장동마을이란 곳에서 살았는데 그곳은 금산읍에서 남이면으로 가는 길목이었다.

남이면이란 곳은 대둔산에서 가깝고 주변에 백암산(650m)이란 600고지가 있는 산이 있는데 이곳은 휴전 후에도 오랜 기간 빨치산 소굴이 있었다고 한다. 그래서 그런지 학교에서 오다 보면 비포장 신작로에 완전무장을 한 군인을 태운 군용트럭이 몇 대씩 지나가곤 했다. 그때 우리는 군용트럭이 지나가면 먼지를 뒤집어쓰는지도 모르고 군인에게 건빵과 초콜릿을 달라고 소리치며 뜀박질하던 기억이 새롭다.

그 후 중학교 1학년 말[1]인 1960년 3월 15일 대통령과 부통령 선거가 있었다. 그러나 신기한 것은 분명 학교에서 민주주의의 선거제도는 보통, 평등, 비밀, 직접 선거를 하여야 한다고 배웠는데 어른들 말씀이 세 사람이나 여섯 사람씩 조를 지어 기표소에 들어가 기표를 하고 서로 보여 준 다음 투표함에 투표용지를 넣는 3·3조나 6·6조를 지어 투표하도록 해야 한다고 공무원이 마을에 구성된 반상회에 참석하여 교육했다고 말씀하시는 것을 들었고 이장과 반장은 마을 사람들에게 조를 편성해 주었단다.

어른들이 무슨 이런 선거가 있냐고 하시던 이야기가 하나의 추억으로 남아 있다. 그때 기표해야 할 사람은 대통령은 이승

1) 당시는 4월 1일부터 새 학기가 시작 됨

만, 부통령에 이기붕을 찍어야만 한다는 것이다. 2대 대통령 선거에서 이승만 대통령의 상대는 신익희 선생으로 기억되고 3대 때는 조병옥 박사로 기억되는데 기억이 조금씩 뒤엉켰다.

비밀투표 제도에 어긋나는 9·9조나 6·6조를 실시한 것은 자유당 후보인 이기붕을 부통령으로 당선시키기 위한 자유당 정권의 불법 선거를 말한다. 야당의 대통령 후보로 나섰던 신익희 선생이나 조병옥 박사가 투표 전에 서거하여 대통령은 이변이 없는 한 자동으로 자유당의 이승만 후보가 당선되게 되어 있었다. 그러나 부통령 선거는 여당 후보인 자유당의 이기붕보다 야당 후보인 민주당의 장면 박사가 인기가 더 높았기 때문으로 알고 있다.

즉 대통령은 이승만, 부통령은 이기붕에게 기표했나 안 했나 여섯 사람이나 아홉 사람이 서로 기표한 용지를 보여 주고 투표함에 넣는 방식으로 비밀투표에 어긋나는 투표를 말한다. 이것이 바로 6·6조나 9·9조 투표방식을 도입한 3·15 부정선거로 결국 자유당 정부는 4·19 학생 의거의 빌미를 만들어 준 것이다.

1960년 9월 중학교 2학년인 나는 어느 날 학교에 갔는데 중·고 병설인 우리 학교는 고등학교 3학년 형들이 부서진 책상다리를 들고 교실로 들어와 책상을 내려치면서 운동장으로 몰아냈다. 전교생을 운동장에 집합시켜 놓고 고등학교 형들은 조회대에 올라가 소리소리 지르며

"체육 선생 민ㅇㅇ는 물러가라."

"영어 선생 박ㅇㅇ는 물러가라."는 구호를 선창했다. 그러

면 아무것도 모르는 우리는 고등학교 형들이 무서워 구호에 따라

"물러가라, 물러가라."하고 목이 터져라 외치던 기억이 새롭다. 그것이 우리 학교에서 있었던 4·19 여파라는 것을 뒷날에 알게 되었다.

다시 말해 4·19 혁명으로 자유당 정권이 무너지고 제2공화국인 민주당 정권이 들어서자 세상의 주인은 학생으로 변하여 교실에서 공부해야 할 학생들이 정치에 간섭하기 시작한 것이다. 이런 여파가 시골에 있는 우리 학교에도 영향을 준 것이다.

체육 선생 민ㅇㅇ 선생님은 중학교 미술 교사로 고등학교 체육 수업도 겸해서 맡고 있었다. 내 기억에는 참 좋은 분이었는데 고등학교 형들에게는 마음에 들지 않았던 모양이다. 그 이유는 고등학생들이 방과 후에 운동장에서 볼을 차며 놀고 싶은데 볼을 잘 내주지 않는다고 불만을 품고 있었단다. 그리고 영어 박ㅇㅇ 선생님은 학생들을 열심히 지도하겠다고 학생에게 질문하여 틀리면 '라이트 펀치' '레프트 펀치' 하면서 꿀밤을 준다든지 또는 자기 마음에 들지 않는 태도를 보이는 학생이 있으면 실내화를² 벗어 볼기짝을 때리시던 엄한 선생님이라 대다수 학생이 무서워하고 싫어했다. 결국 두 분은 학교를 그만두었다. 사실은 그만둔 것이 아니라 다른 학교로 전출했다는 것을 한참 뒤에 성인이 된 다음에 알게 되었다. 이것이 나의 4·19혁명에 대한 기억이다.

4·19 혁명으로 자유당 정권이 무너지고 헌법이 개정되어

2) 헌 구두의 뒤창을 뜯어내서 만듦

정부는 내각 책임제, 국회는 참의원과 민의원으로 구성된 양원제가 나타났으며, 주민자치를 활성화한다고 시골의 면장까지 선출하는 선거 열풍이 일어났다. 중앙 정부의 선거 결과 대통령은 윤보선, 국무총리는 허정이 당선되었는데 이것이 바로 제2공화국인 민주당 정권이다.

이런 혼란 속에 다시 혁명이 일어났다. 1961년 중학교 3학년 때 5·16 쿠데타가 일어난 것이다. 학교에서는 모든 학생에게 6개 조로 된 혁명 공약을 외우지 못하면 방과 후에 남아서 외우는 일이 있었다. '우리는 반공을 제1의 국시로 삼고 ~~~~'로 시작되는 것으로 기억된다.

그리고 국경일이 되면 읍내의 중·고등학교 학생은 한곳에 모여 기념행사를 하는데 그때마다 기관장이란 사람들의 일장 연설을 들어야 했고 연설이 끝나면 구호를 외치며 시가행진을 하는 것이 일 년이면 몇 번인지 알 수가 없었다. 이런 행사 때마다 빈혈에 쓰러지는 학생이 몇 명씩 속출했다. 가난뱅이 농부의 아들인 나도 이런 행사 때가 되면 빈혈로 죽을 맛이었다.

나에게는 중학교 앨범이 없다. 이유는 혁명정부에서 학교에 나타나는 부조리 관행을 고치기 위하여 졸업 앨범을 만들지 못하게 했단다. 그 결과 중학교 졸업사진은 3학급이나 되는 전교생이 한 장으로 찍은 커다란 사진 한 장뿐이다. 그리고 고등학교 진학도 특수고등학교[3]만 제외하고 다른 시·도로 진학할 수가 없었던 것으로 기억하고 있다. 그러다 보니 전라북도에 속한 금산군 학생 중 가정 형편이 여유롭고 공부를 잘했던 학생들은 인근에 있는 대전시로 진학하지 못하고 멀리 떨

---

3) 철도고등학교, 해양고등학교 등

어진 전주시로 진학하게 되었다.

1962년 고등학교 1학년 때 일이다. 초여름 어느 날[4] 친구들과 제원면에 있는 천내강[5]이란 곳에 놀다 온 적이 있었다. 그런데 그날이 바로 화폐개혁이 단행된 날이라 잊히지 않는다. 우리나라 화폐단위가 환이었는데 원으로 바뀌면서 환율의 변동이 나타난 것이다. 즉 천 환짜리가 백 원으로 변하였다. 그러다 보니 셈이 밝지 못한 사람들은 백 환을 지불한다고 백 원짜리를 주었다는 이야기가 하나의 코미디가 되었고, 어느 집에서는 그동안 감춰 두었던 돈이 자루로 가득 나왔다는 둥 갖가지 소문이 돌기도 했다.

그리고 돈을 바꾸어 주는데 교환할 수 있는 화폐의 액수에 상한선이 있어 상한선에서 넘는 화폐는 나중에 주는 방식을 택한 것으로 기억하고 있다. 즉 그동안 장롱 속에 꼭꼭 숨겨 두었던 돈이 다 드러나게 되면서, 누구네가 돈이 제일 많은가? 소문이 나돌았다.

그리고 조금 지나자 고리채 정리라는 정책이 나왔다. 고리채 정리란 가난한 사람을 도와주기 위하여 남의 돈을 빌려다 쓴 사람은 관공서에 신고하도록 한 것이다. 그리고 채무자는 정부에서 정해준 저금리로 일정 기간에 갚아 나가도록 한 정책이다. 이 정책은 빚더미에 허덕이는 서민들을 위한 정책으로 가난한 사람을 도와주는 빈민 구제 정책이었다. 그러나 한편으로 채권자와 채무자 간의 사회적 갈등을 빚기도 한 정책이었으나 서슬이 시퍼런 군부 세력의 정권에 아무도 도전하

---

4) 5~6월 경
5) 금강 상류에 있는 강

지 못했다.

5·16 군부 쿠데타[6] 당시 군부는 사회가 안정되면 정권을 일반인에게 이양한다고 약속했는데 이는 하나의 공염불이 되었다. 국가재건 최고위원회 위원장이었던 육군 소장 박정희는 본인의 어깨에 스스로 별을 붙이고 또 붙이어 육군 대장으로 예편한 다음 대통령에 출마하여 당선된 것이다. 그때 선거운동 기간에 어른들이 보여 주었던 모습들이 머리에 스쳐 갔다.

하나의 이야기와 같은 막걸리로 표를 산다는 '막걸리 선거' 고무신으로 표를 산다는 '고무신 선거' 돈을 받고 기표한 투표용지를 가지고 들어가 투표함에 넣고 기표하지 않은 자기투표용지를 넘겨주는 '릴레이식 투표' 밀가루를 받아먹고 투표했다는 '밀가루 선거' 등 오늘날 우리들이 상상할 수 없는 일들이 판을 치고 있다는 이야기가 들려왔다.

특히 5일 만에 한 번씩 돌아오는 장날이면 시골 사람들은 막걸리 한 잔에 자기 권리를 표기한 지도 모르고 술이 거나하여 비틀거리며 술주정하던 모습이 아른거린다. 이런 투표를 하는 데도 어른들은 양심에 거리낌이 없었으며 오히려 못하는 사람이 바보라는 인식을 가진 후진 사회 풍경을 그대로 보여 주었다는 생각이 들었다.

하긴 우리나라 국민 1인당 GNP가 약 70~80불 정도요, 1년 정부 예산이 1조 몇천억 원 정도라고 학교에서 배운 것을 보면 얼마나 가난하게 살았던 시절인가? 누구나 쉽게 이해할 수 있을 것이다. 오늘날과 비교해 보면 중앙 정부의 1년 총예산이란 것이 작은 시군의 예산과도 비교가 되지 않는 예산이었다.

6) 군사혁명이라 부름

가난한 주민들이 먹을 것, 신을 것, 입을 것을 주면 선거에서 찍지 않을 수 없었을 것 같았다는 생각도 들었다. 대통령 입후보자는 여당으로 육군 대장 출신 박정희 후보와 야당은 윤보선 후보 등 여러 명의 후보가 나왔으나 두 분이 다투는 선거였다. 그때 담벼락에 붙은 흑백의 벽보들도 '못 살겠다 갈아 보자' '갈아 봤자 별수 없다' '배고파서 못 살겠다.' 등등 흙 담벼락에 붙어 있던 코미디 같은 흑백 선거 벽보가 눈에 아른거린다.

그리고 국회의원 선거에서는 야당 입후보자가 선거 유세를 하면 불량배들이 횡포를 부린다고 하였으며 트럭 같은 차를 타고 다니면서 확성기로 고래고래 소리를 지르던 풍경이 눈에 선하다. 이런 선거 결과는 그래도 도시 사람들은 부정선거에 휘말리지 않고 야당 후보를 찍었으며 농촌은 돈이 많은 여당 후보가 당선되는 풍토를 보여 '여촌야도[7]' 현상이 나타났다.

이런 선거 결과 당시 권력을 잡고 있던 공화당은 이를 해결하는 방법으로 대도시에서 여당의 국회의원 당선 숫자를 높이기 위하여 선택한 것이 중선거구제였다. 즉 한 선거구에 두 사람을 뽑는 중선거구 제도를 도입하여 야당만 당선되던 서울에 큰 변화를 준 것이다.

서울의 각 선거구에 여당에서 한사람, 야당에서 두 사람이 출마하다 보니 여야가 각각 한 사람씩 당선되어 그동안 야당이 싹쓸이하던 것을 막아 반반씩 나눠서 당선된 것이다. 그리고 인구가 적은 지방에서는 여전히 소선거구제를 실시하여 여당이 거의 독식하다 보니 국회는 대부분 여당 국회의원으로

---

7) 시골은 여당 도시는 야당이 많이 당선되었다는 뜻

채워졌다.

　내가 살던 금산이란 곳도 초대 국회의원은 우리나라 최초 여성 장관이면서 대통령 입후보도 했던 자유당의 임영신 여사가 당선되었다가 2대 때는 야당 당수를 지낸 유진산 총재가 당선되었다. 그러다 5·16 이후 군부 세력의 한 축이었던 길재호라는 사람이 나타나 그를 당선시키기 위하여 금산군을 전라북도에서 충청남도로 편입시켰다고 어른들이 이야기하는 것을 들은 기억이 남아있다. 그래서 그런지 야당인 유진산은 지역구를 여당인 길재호에게 내주고 서울 노량진으로 지역구를 옮겨 당선된 것이다. 이런 일로 그 당시 금산 사람들은 자랑스럽게 말하던 금산의 4대 명물로 '임영신' '유진산' '길재호'에다 지방의 토산물인 '인삼'을 들곤 했다.

　이런 사회적 풍경은 가난 속에 사는 시골의 순박한 나를 신념이 강한 인격의 소유자로 변화시켰다. 아무 짬도 모르고 초등학교 중학교를 졸업한 나는 고등학교에 다니면서부터 내 인생의 목표를 설정하고 이를 실천해 보겠다고 나름대로 꿈의 설계를 세운 것이다. 집에서 일하면서 반 염세주의로 변했던 나는 글을 쓰는 소설가가 되어 우리나라 최초의 노벨문학상을 받아보겠다고 글을 써보다가 고등학교 1학년 말경 병원에서 폐결핵[8]이라며 산속으로 들어가 살라는 의사의 진단을 받은 적이 있었다. 이런 시련을 겪던 나는 가난하고 모순된 사회를 바꾸어 보겠다고 유능한 정치인이 되겠다는 꿈을 가지게 된 것이다.

---

8) 사실은 감기가 오래되어 폐렴 정도를 x-r도 없는 병원에서 한 이야기임

꿈이 생겨나다

동백꽃(꽃말: 당신을 사랑합니다)

나는 고등학교 1학년을 다니다 가정 형편으로 학교를 그만 두고 집에서 1년 반이 넘게 일꾼으로 변하여 봄에서 가을까지는 농사일을 했고 겨울에는 나무꾼으로 변신했다. 그러다 눈이 쌓인 겨울날은 우리 마을에서 머슴살이하는 또래가 사용하는 사랑방에 모여 새끼를 꼬면서 보내기도 하는 일꾼이 된 것이다.

그런데 고등학교에 다니다 그만둔 지 1년이 조금 지났을 때 일이다. 우리 마을은 읍 소재지 주변 마을인데 우리보다 2㎞ 정도 더 산 쪽으로 들어가면 시골 마을인 와정마을이 있다. 나무를 하러 가려면 큰 산 밑에 있는 와정마을 옆을 지나가야 하지만 학교나 장에 갈 때는 와정마을 사람들이 우리 마을 앞을 지나가야 했다.

시대가 어수룩했던 때라 그런지 힘이 센 사람은 약한 사람을 괴롭히고 힘센 아이는 힘이 약한 아이를 괴롭히는 일이 많았다. 아이들이 다른 마을을 지나가려면 먼저 신발을 벗고 미리 도망갈 준비를 하고 지나가지 않으면 종종 봉변을 당하곤 했다. 그러다 보니 아이들은 남의 마을 앞을 지나갈 때는 가능한 한 혼자 가지 않고 여러 명이 같이 가든지 아니면 어른을 따라서 가야 봉변을 당하지 않았다.

혼자 남의 마을을 지나가면 조그만 아이들이 욕을 하고 놀려 혼내려고 쫓아가면 숨어있던 큰아이들이 나와 때리기 때문에 놀려대더라도 모른 체하고 가는 것이 상책이었다.

아이들에게 이런 행동이 나타난 것은 일제로부터 해방된 지도 얼마 되지 않았고 6·25 사변으로 사회 규범이 제대로 잡히지 않았으며 놀이 문화가 발달하지 못한 사회라 그랬는지 남을 괴롭히며 노는 것도 시골 아이들의 놀이 문화 중 하나로 되어 있었기 때문이란 생각이 들었다.

어느 초겨울 장날로 기억된다. 일찍 저녁을 먹고 마을 앞을 나가보니

"너 이 새끼 죽었어."

"뭐, 이 새끼?"

"너 이리 와." 하는 고함이 들려와 소리 나는 곳을 가보니 몇 사람이 두 패로 나누어 싸움이 벌어져 있었다. 한쪽은 나보다 한 살씩 아래인 우리 마을의 고등학교 1학년과 2학년에 다니는 학생이고 한쪽은 집에서 일하는 우리 윗마을인 와정마을 청년들이었다. 알고 보니 싸우는 사람들은 모두 초등학교 동창생과 1년 선후배 사이였다.

우리 마을 학생은 초등학교에 일찍 입학하였고 와정마을 아이들은 학교를 2, 3년씩 늦게 들어가 동창생이지만 와정마을 사람들의 나이가 서너 살씩 더 먹었다. 그러다 보니 초등학교 다닐 때는 우리 마을 아이들은 와정마을 아이들한테 꼼짝 못하고 얻어맞으며 학교에 다녔던 사이였다.

그런데 우리 마을 아이들은 대부분 고등학교에 진학하여 그 시절에 유행했던 당수라고 하는 태권도를 배우는 학생들이었

고 상대방 사람들은 나이는 서너 살씩 더 먹었지만, 초등학교만 졸업하고 집에서 일하는 일꾼이었다.

싸움의 발단은 마을 앞 냇가에 청년들이 운동기구인 수평과 철봉을 만들어 놓았는데 그 나무가 윗마을에서 밤중에 몰래 베어다 만든 나무로 만들었던 모양이었다. 마침 위 마을 청년들이 장에 갔다 오면서 우리 마을 앞을 지나다 새로 만들어 놓은 철봉을 보고 그 기둥 나무가 자기네 마을에서 없어진 나무라면서 세 사람이 달려들어 뽑아 가려고 했나 보다. 그런데 그때 마침 와정마을 사람과 초등학교 동창생이 학교에서 돌아오다 보고

"야, 너희 왜 남의 마을 물건에 손을 대?"라고 하자 전에 초등학교 다닐 때만 생각하고

"뭐, 야~ 조그마한 것이 까불어." 하면서 무시하자

"뭐 조그마한 거." 하면서 서로 시비가 붙었단다.

한 학생에게 세 명의 청년이 멱살을 잡고 팔을 잡으니 당할 수뿐이 없었는데 그때 마침 뒤에서 따라오던 우리 마을 학생 두 명이 이 광경을 보고 3대 3으로 싸움이 벌어졌단다.

내가 나갔을 때는 넓은 밭에서 3대 3으로 한바탕 힘차게 싸우고 있을 때 나간 모양이다. 분명 우리 마을 아이들은 나보다 한 살 아래로 평소 나한테도 꼼짝 못 했던 아이들인데 내가 지게를 지고 2년간 일하는 동안 많이 달라진 모양이었다.

평소 집에서 일만 하고 있던 내 친구가

"야 글쎄 영철이가 나한테 덤비더라니까?" 하는 이야기를 들었어도 설마 했는데 오늘 보니 무슨 말인지 알 것 같았다. 우

리 마을 학생들은 펄펄 날으며 이단 옆차기를 질러대는데 윗 마을 청년들은 상대가 되지 못했다. 몇 번 부닥치며 차이고 맞던 윗마을 청년들은 누가 시키지도 않았는데 자기 동네 쪽으로 날 살리라고 하며 줄행랑을 쳤었다. 싸움은 일방적으로 우리 마을 학생들이 이긴 것이다.

나는 이 광경을 보고 처음에는 이상하게 생각했다. 초등학교 다닐 때 꼼짝도 못 했던 애들이 저희보다 서너 살 위인 사람들과 싸워 그들을 꼼짝 못 하게 한 이유가 무엇인가 생각해 보게 된 것이다. 엊그제까지만 해도 내 나이 또래한테 꼼짝 못하던 아이들이었는데 오늘 확인한 결과 애들이 확실히 달라져 있었다.

이유가 무엇인가 곰곰이 생각해 보게 되었다. 한쪽은 아침 일찍 일어나면 도시락을 싸서 고개를 하나 내지는 두 개씩 넘어가 끙끙거리면서 나무를 해 나르는 지게꾼이고, 한쪽은 학교에 다니면서 멋도 부리고 태권도를 배우면서 아령이다 역기다 하는 운동기구와 철봉과 수평을 하는 학생들이니 분명 몸놀림이 달랐을 것이라는 생각이 들었다.

생각이 여기까지 미치자 내가 왜 학교에 다닐 때 이런 생각을 못 했을까? 하는 것을 깨달은 것이다. 나는 그날부터 아무리 시시한 학교라도 학교는 꼭 다녀야 한다는 것을 깨달았다.

내가 다니다 그만둔 학교가 시시한 농업고등학교라고 무시했는데 집에서 1년이 넘게 일하다 보니 그 학교라도 다녀야 한다고 생각하게 된 것이다. 그래서 무시했던 농고에 다시 복학하기 위해 학교에 가겠다고 부모님을 졸랐다. 그리고 손수 해

온 나무를 한 짐 팔아 가방과 모자를 사서 복학할 준비를 했다.

학교에 가겠다고 부모님을 조르니 부모님은 초등학교 교사인 외숙부를 통해 복학할 수 있도록 도움을 청하였다. 외숙부의 도움으로 학교에 복학 신청을 하고 처음 학교에 인사 가던 날 나는 단정하게 보이려고 머리를 삭발하고 학교에 찾아갔다.

교감 선생님이 교장 선생님에게 인사를 시키겠다며 교장실로 데리고 갔다. 교장실에 들어간 나는 인사하고 착한 학생이라는 것을 보여 주기 위해 차렷 자세로 꼿꼿이 서 있다가 교무실에 가 있으라는 말을 듣고 나왔는데 교감 선생님이 조금 있다 나오더니

"김동복, 너 그 자세가 뭐니? 교장 선생님이 네 태도를 보고 받아 주면 깡패가 되어 다른 학생을 괴롭힌다고 받지 말래." 했다.

나는 실망하고 돌아왔는데 그다음 날 복학이 되었다고 연락이 왔다. 지금 생각해 보면 교감 선생님이 내 기를 꺾기 위해서 한 말이 아니었는가? 하는 의문이 생기었지만, 다시 학생이 되었다.

학교에서는 전에 1학년을 10월까지 다녔으니까 2학년으로 복학하라고 했으나 나는 1학년에 복학하여 열심히 공부하겠다고 말하고 1학년으로 복학했다. 이렇게 학교에 대한 욕심으로 다시 학교에 복학했지만, 가정 일손을 도와야 하는 내 생활은 크게 변한 것이 없었다.

우리 집은 고향을 떠나 객지에서 남의 집에 살면서 살림을

시작했지만 젊은 부모님이 열심히 노력한 결과 엉성하지만, 초가삼간인 집도 하나 장만하고 논과 밭, 그리고 조그만 산도 하나 장만했다.

그리고 아버지는 한때 우마차를 끌었으며 어머니는 남의 집 일을 도와주면서 두부 장수도 하는 억척을 부려 재산이 점점 늘어난 것이다. 이처럼 재산은 점점 늘어났으나 자식에 대한 욕심이 많은 아버지는 아이를 계속 낳다 보니 내 밑으로 여섯이나 있었다. 그 후 내가 군대에 있을 때까지 동생이 태어나 우리 형제는 4남 4녀로 8남매가 되었다.

이런 가난한 집에 자식은 많고, 많은 일거리를 두 부부가 하다 보니 장남인 나와 바로 밑에 있는 동생은 부모님 일손을 거들어 주면서 동생을 돌봐 주어야 했다.

이런 상황이라 내가 고등학교에 다시 복학할 수 있는 경제적 뒷받침이 되지 못했는데 바로 밑에 있는 동생이 진학하지 않았기 때문에 가능했다. 동생은 마을 친구의 꼬임에 빠져 학교 가기를 거부하여 내가 대신 고등학교에 다니게 되었지만, 형으로서 그에 대한 미안함과 고마움은 늘 마음 한구석에 자리 잡고 있다.

굳은 마음으로 고등학교에 복학은 했으나 매일 학교가 끝나면 곧바로 집에 와서 소먹이를 한 짐 베어다 놓아야 했다. 그리고 소먹이가 끝나면 부모님과 동생이 일하는 것을 거들었다.

우리 집은 내가 고등학교에 다시 복학했을 때 소득 작물로 담배 농사를 시작하게 되었다. 담배 농사는 사람 손이 무척 많이 필요한 작물이다. 나와 동생은 하기 싫은 일 중의 하나이었다. 담뱃진이 옷에 묻으면 기분이 나빴으며, 커다란 잎을 운반하는 것도 힘들었고 건조하기 위하여 담뱃잎을 엮어서 높은 건조실에 매다는 일, 또는 밤새 탄불을 지피는 데의 어려움과 다시 마른 담배를 고르는 일 등 끝이 없는 것이 담배 일이었다.

농사철에 우리 집 일은 날이 새기 전 새벽 4시면 아버지와 같이 나와 동생은 밭에 나가 담뱃순 집기나 벌레 잡기를 하고 돌아와 아침을 먹었다. 그리고 나는 학교에 가니 거의 매일 지각을 했으며 수업 시간이면 수시로 졸았다. 그리고 학교가 끝나기 바쁘게 집으로 돌아와 소먹이 꼴을 해결한 다음 담배 엮기나 건조실에 불 지피는 일을 도와야 했으며 잠자리에 드는 것은 보통 자정 가까이 되어야만 했다.

담배 농사는 유독 소독을 많이 하는데 소독 일은 내가 도맡아서 했다. 독한 살충제를 뿌리면서 메리야스와 팬티만 입은 채로 내 키보다 더 큰 담배에 일주일이 멀다 않고 소독을 한 것이다. 소독약이 사람에게 해를 끼칠 수 있다는 것은 생각지도 못했다.

그러던 중 그해 가을 나는 기침을 하며 심한 병을 앓게 되었다. 처음에는 단순한 감기라고 생각했으나 기침과 열이 쉽게 가라앉지 않아 병원을 갔는데 병원마다 진찰 결과가 달리 나왔다. 어느 병원은 기관지 쇠약이다. 어느 병원은 폐렴이다. 또 어떤 병원은 폐결핵이라고 진단을 했다.

그때 폐결핵이라는 진단을 받고 아버지와 같이 병원 인근에 있는 외갓집에 들르자 초등학교 교사로 재직하는 외숙이 "매형 어쩐 일이요?" 하자 아버지는

"동복이 애가 폐결핵이라네." 그러자 외숙은 겁먹은 눈으로

"폐결핵? 의사가 어떻게 하래요?"

"어데 조용한 절에 들어가 요양하라는데." 하자 외숙은 나를 피하는 눈초리가 역력하게 보였다. 1960대는 폐결핵이 전염병 중 가장 무서운 병으로 알려져 있었던 모양이다.

나는 아버지와 같이 집으로 돌아오는데 한없이 슬펐다. 의사 말이 조용한 암자에 가서 요양하라고 요양을 권했다. 책 읽는 것을 좋아했던 내가 의사에게

"책은 읽어도 되지요?" 라고 물었을 때

"책도 읽어서는 안 되네." 라는 대답에 당황하고 있었는데 외숙이 나를 피하는 듯한 행동을 보고 세상이 나를 버린다고 하는 생각이 머릿속에 가득 찼다.

더군다나 3년 전에 나보다 두 살 위인 고등학교 3학년에 다니던 작은 외삼촌이 갑자기 무슨 병인지도 모르는 병에 죽은 일이 있었다. 그런데 내가 죽을병에 걸렸다고 생각하니 충격이 컸던 모양이다. 그날 저녁 나는 친구와 만나 밤새도록 세상을 비관하며 얼마나 울었는지 알 수가 없었다.

그다음 날 아버지와 같이 다른 병원을 찾아가 X-R을 촬영한 결과 폐에는 아무런 이상이 없다는 결론을 내리면서 의사가 하는 말이

"X-R도 찍어보지 않고 어떻게 폐결핵이라고 단정하는지 모르겠어." 라고 하면서 어처구니없어 했다. 그러면서

"감기가 오래되어 기관지가 쇠약해져서 그러니 너무 걱정하지 말고 약이나 잘 먹어." 라고 했다. 그래서 나는 기관지 쇠약

이라 생각하고 학교에 다시 다니게 되었다.

그러나 학교에서 과수원예라는 과목을 배우면서 원예 소독을 할 때 소독약이 몸에 묻지 않고 호흡기에 들어가지 않도록 주의해야 한다고 배웠다. 그리고 소독약에 중독되면 나타나는 여러 가지 증상을 배운 다음 혹시 내가 담배밭 소독을 하다 중독된 것이 아닌가? 하는 생각을 한 것이다. 나는 담배밭 소독을 하면서 마스크도 쓰지 않고 반바지에 메리야스만 입고 그 많은 소독을 일주일에 한 번씩 여름내 했으니 독한 소독약에 중독되어 나타난 증세가 아니었나 하는 생각을 해 본 것이다.

나는 한때 학교를 그만두고 집에서 일하면서 중학교 때부터 좋아하던 책 속에 빠져들었었다. 그때 박정희 대통령 초창기로 우리 마을에 진흥회라는 청년단체가 조직되어 있었다. 이 단체는 서울에서 고등학교를 졸업한 사람이 내려와 마을에 설치한 청년단체로 마을 청소년을 위해 마을문고를 만들었다.

책은 서울 사람들이 보내 준 것으로 기억하고 있는데 확실하지는 않다. 책을 좋아하던 나는 낮에는 일하고 밤에는 호롱불을 켜 놓고 밤늦게까지 책을 읽었다. 재미있는 책을 읽을 때는 거의 밤샘을 하여 부모로부터 혼나면서까지 책을 좋아했다. 그때 마을문고의 책들은 농촌이다 보니 중학교 도서실과 달리 세계 명작도 있었지만, 흥미 본위인 무협지 같은 책이 많았다.

낮에는 일하고 밤에는 호롱불 그을음에 콧구멍이 시커멓게 될 때까지 책을 읽던 나는 책에서 느끼는 작가들의 고차원적 생각과 내가 사는 현실 사회가 너무 동떨어져서 그런지 염세적인 사고 의식이 나타나기 시작한 모양이었다.

그래서 그런지 세상에 대한 비관이 들어 고등학교에서 제적을 당한 그다음 해에 나와 제일 가까웠던 작은 외삼촌이 이름도 알지 못하는 병으로 고등학교 3학년 때 갑자기 죽자 슬퍼하기는커녕 죽음을 찬양하는 글을 쓰기도 했었다. 그리고 그해 겨울 구차한 내 생활의 고달픔과 앞날의 비전이 보이지 않아 자살하겠다고 눈이 쌓여있는 해발 700m가 넘는 진악산에 올라가 온종일 헤매며 세상을 비관하기도 했다.

이런 생각을 하고 있던 나는 학교는 꼭 다녀야 한다는 생각에 다시 복학했지만 공부할 여건이 되지 못했다. 그런데 신기한 것은 책을 많이 읽어서 그런지 나도 한 번 소설도 쓰고 시도 짓는 문학가가 되어 보자는 꿈을 갖기 시작한 것이다. 내가 읽은 책들은 중학교 때는 세계 명작문고와 위인전을 많이 읽었고 집에서 일할 때는 무협지 등 손에 닿는 대로 읽었으며 다시 고등학교에 들어가서는 보다 고차적인 단테의 신곡, 도스토옙스키의 죄와 벌, 셍키에비치의 쿠오바디스 같은 책을 읽기 시작했다.

많은 책 중에서 나의 마음을 사로잡은 것은 쿠오바디스로 몇 번을 읽었으며 영화도 몇 번을 봤는지 모를 정도로 많이 봤다. 그 책을 읽을 때 내 마음이 가장 흔들리고 있지 않았나 하는 생각이 들었다.

그래서 그런지 그때 하나님을 믿겠다고 열심히 성당을 찾아다녔었다. 그러다 절에서 공부하면서 어느 일요일에 시골 성당을 찾아가 연세가 지긋한 신부님과 하나님에 대한 나의 믿음에 관하여 이야기한 적이 있었다. 그때 신부님은 내 말을 듣더니 그것은 신앙이 아니라고 하여 그 뒤는 성당에 가는 것을 그만두었다.

이렇게 책을 읽으면서 내 마음에 변화가 일어나기 시작한 모양이다. 많은 고전이나 명작을 읽으면서 욕심이 많아서 그런지 그때까지 아시아에서는 한 사람도 받은 적이 없는 노벨 문학상을 받는 최초의 작가가 되어 보겠다는 욕심이 생겨났다.

그래서 그때 학생들에게 가장 인기가 좋았던 학원사에서 발행하는 「학원」이란 잡지를 구독하면서 시와 산문 분야에 투고도 해 보았지만 당선된 적은 한 번도 없었다. 지금 생각해 보면 내용보다 맞춤법이나 띄어쓰기가 엉망인 내 작품은 심사위원이 읽어 보지도 않았으리라는 생각이 들었다.

고등학교 때 내가 써본 글은 중학교 3학년 때 제주도 수학여행을 다녀와서 국어 선생님이 들려주신 '김녕 동굴'에 대한 이야기의 줄거리를 가지고 살을 붙여 원고지 1,000매까지 채운 적이 있고 고등학교 특활 부서인 문예부에 들어가 교지를 편집하는데 산문 한편을 실은 것이 내 작품 전부였다.

이처럼 감수성이 예민했던 나에게 불치의 병인 폐결핵이라고 판명한 의사의 행위나 가장 가깝다고 생각한 외숙부가 생질이 폐결핵에 걸렸다고 하니까 가까이 오는 것조차 피하던 모습이 저주스럽고 내 인생이 너무 가련하게 느껴졌다.

'나도 이 세상에 태어났으니 한 번 사람답게 살다 가야지. 그리고 잘못된 이 세상을 바꿔 봐야지.'라는 오기가 생겨나기 시작한 것이다. 이런 나는 글이나 쓰는 문학가보다 훌륭한 정치가가 되어 잘못된 이 세상을 바꾸어 시골도 잘 사는 나라로 만드는 정치인이 되겠다는 꿈을 갖게 되었다. 그때부터 나는 집 안일을 거들지 않는 반항아로 변하였다.

우리 집 일은 해도 해도 끝이 없었다. 그런 집에 내가 집안 일을 거들지 않으니 소먹이가 아버지나 동생 몫으로 돌아갔 다. 바쁠 때는 소먹이 풀이 하나도 없어 우리 소는 굶는 날이 종종 나타났다.

어느 여름날 모든 식구가 밭으로 일을 나갔다. 나는 내 방에 서 공부한답시고 책상 앞에 앉아 있었다. 마당에는 곡물을 말 리기 위하여 멍석에 널어놓았는데 오후에 비가 오게 되었다. 밭에 나간 부모님은 내가 집에 있으니 비설거지를 하리라 믿 었으나 나는 모른 채 공부만 하고 있었다. 분명 곡물이 비를 맞 고 있다는 것을 모른 것은 아니다. 집안일을 거들면 계속 나에 게 의지하는 것을 끊겠다고 꼼짝도 하지 않은 것이다.

저녁때 일을 마치고 돌아온 부모님은 기가 막혔던 모양이 다. 아버지가 지게 작대기를 들고 벽력같이 소리를 지르며 방 으로 들어오는 데 나는 잽싸게 몸을 피하여 도망가 친구 자취 방에서 머물며 부모님 화가 풀어질 때까지 숨어 살기도 했다.

이런 나는 학교에서도 반항아로 변해 갔다. 그러다 고등학 교 3학년 초에 교감 선생님에게 반항하는 일이 벌어졌다. 3 월 둘째 주로 기억하고 있다. 그날따라 학교 수업이 2교시부 터 실습이었다. 식품 가공 시간인데 식품가공과는 전혀 상관 이 없는 뽕나무밭에서 작업했다. 나는 친구 두 명과 처음부터 실습에 임하지 않고 농기구 창고에 숨어 있다가 3교시에 3학 년 1반이 체육을 하자 운동장에 나가 농구를 하다 체육 선생님에게 걸리게 되었다.

한 학년이 고작 2개 반이라 선생님들은 전교생을 다 알고 있는 학교였다. 우리 세 사람은 선생님으로부터 회초리 몇 대씩 맞고 풀려났다. 세 사람 중에서 그래도 모범생인 나는 4교시가 끝날 때쯤 뽕나무밭에서 실습하는 학급 학생들과 어울렸다. 수업이 끝나자 잠업 선생님과 이야기를 하면서 실습도구를 챙기기도 했다.

그런데 문제는 종례 시간이었다. 별명이 계두[9]라는 별명을 가진 엄하기로 소문난 담임선생님이 주번 인사가 끝나자마자 "오늘 실습 시간에 도망간 녀석들 일어나."라고 했다. 당연히 우리는 시치미를 떼고 있었다. 열을 받은 선생님은 '누구누구 일어나.'라고 고함을 치셨다. 체육 선생님이 3학년 2반 학생 중 실습 시간에 실습하지 않고 운동을 하다 걸린 학생이 있다고 교감 선생님에게 일러바쳐 교감 선생님으로부터 담임선생님이 꾸중을 들었다는 것이다.

나는 어이가 없었다. 한 번 혼냈으면 끝낼 것이지 선생님이 추접스럽게 윗사람에게 일러바치나? 라는 반항이 생긴 것이다. 나는 선생님에게 떳떳하게 말씀드렸다. 실습하지 않고 다른 반 체육 시간에 간 것은 사실이나 선생님으로부터 꾸중을 듣고 작업장에 가서 실습했다고 말했다.

처음에는 믿지 않던 담임선생님이 잠업 선생님에게 여쭈어보라고 하자 주의만 주고 끝났다. 그러나 문제는 후에 있었다.

나는 키가 커서 학년 초에 총 주번을 맡고 있었다. 모든 학급일지를 모아서 주번 선생님에게 결재를 받으러 교무실에 갔

9) 닭대가리 : 중소가축 선생님이며 머리가 작다하여 붙인 별명

는데 주번 선생님 결재가 끝나자 교감 선생님이 무거운 목소리로

"김동복, 이리 와."하는 것이다. 우리 교감 선생님은 후에 대전광역시 교육감도 지내신 유명한 분으로 그 당시 나이가 34세인데 고등학교 교감 선생님으로 발령받았으며 서울대학교 출신이면서 호랑이라고 소문이 나 있던 분이다. 키도 크고 눈도 부리부리하며 광채가 날뿐더러 굵은 목소리는 학생은 그만두고 선생님도 꼼짝 못 한다고 소문이 나 있는 분이었다.

순간 나는 걸렸다고 생각했으나 당당하게 대하였다.

"김동복, 너 실습 시간에 도망가서 뭐 했어?"

"도망가지 않았습니다."

"뭐야! 선생님에게 거짓말할 거야."특유의 고함이 울려 퍼졌다.

"거짓말 아닙니다."

"그럼 3교시에 무엇을 했나?"분명 담임선생님이 야단치신 것과 같았다.

"3교시는 식품 가공 시간인데 운동장에 나가 농구를 하다 체육 선생님에게 걸려 매를 맞고 바로 실습장으로 갔습니다. 선생님에게 여쭤보세요?"

나는 당당하게 대답했다. 사실은 실습이 끝나기 5분 전에 가서 끝나고 들어올 때만 선생님에게 이야기를 나누었는데 마음씨 좋은 잠업 선생님은 내가 처음부터 있던 것으로 알고 있는 듯했었다.

"요놈 봐라."하더니

"좋아. 몽둥이 하나 가지고 와."

나는 두말도 하지 않고 교실로 돌아와 난로에 불쏘시개로 사용하던 몽둥이를 가지고 교무실로 갔다. 고등학교 3학년 남학생이면 누구나 기본운동을 하고 있었으며 몽둥이 몇 대쯤은 눈 하나 까딱하지 않을 나이었다.

몽둥이를 받아든 교감 선생님은 어이가 없는 듯 몽둥이를 받아 교실 바닥에 내려놓더니 나를 달래기 시작했다. 사실 교감 선생님은 내가 복학할 때 앞으로 깡패가 될 것 같으니까 교장 선생님이 복학하는 것을 반대한다고 했던 분으로 나에 대해서 너무나 잘 알고 있는 분이다.

"김동복, 너 요즘 무슨 고민 있나? 고민 있으면 선생님에게 한번 말해 봐 내가 도와줄 테니까?"

"고민은 없습니다."

"그럼, 학교에 불만이 있나?"

"조금 불만이 있습니다."

"그래! 그럼 한 번 불만을 얘기해 봐." 나는 교감 선생님의 유도 질문에 넘어간 것이다.

"예. 제 불만은 실습은 교과에 맞는 실습을 했으면 합니다."

"교과에 맞는 실습이 무엇인데?"

"식품 가공 시간에는 식품 가공에 맞는 실습을 해야 하는데 잠업 실습은 맞지 않는다고 생각합니다."

"또 다른 것은?"

"제가 농고를 3년째 다니고 있는데 저는 아직 온상도 하나 제대로 꾸릴 줄 모르고 있습니다."라는 말이 채 끝나기도 전에

벽력같은 고함이 터져 나왔다.

"이 선생 이 녀석 졸업할 때까지 온실 당번시키세요." 갑자기 불똥이 실업 선생님으로 튀었으며 조금 전까지 자상한 것 같이 보이던 교감 선생님은 눈을 부라리며 나를 곧 잡아 삼킬 듯했다.

나는 소리도 하지 않고 그대로 교감 선생님을 응시하고 있자 교감 선생님은 어이가 없는 듯 나를 설득하기 시작했다.

"네 말대로라면 식품 가공 시간에는 빵이나 구워서 먹었으면 좋겠지?"

"———"

"그러나 사람은 상황에 따라 사는 거야."

"———"

"지금 장마가 져서 너의 논이 다 떠내려가는데도 너는 공부만 한다고 책상에 앉아 있을 거니?"

"———"

"그것이 과연 옳은 행동일까?"

"———"

분명 나는 그런 학생인데 우리 교감 선생님이 나를 너무 몰랐다. 교감 선생님은 자기 말이면 누구나 꼼짝 못 하는 줄 알고 있었는데 선생님도 아닌 학생이 또박또박 말대답했고, 그 말이 틀린 말이 아니니 화가 나도 참을 수뿐이 없었을 것이다. 결국, 그날 나는 오후 6시가 넘어서 교무실에서 풀려나왔다.

고등학교 2학년 때부터 일하지 않는다고 아버지로부터 집에서 쫓겨난 것이 몇 번인지 모른다. 그때마다 자취하는 친구

방에서 살았다. 그리고 교복에는 金東卜(김동복)이란 이름표 대신 정치에 제일 능한 사람이란 뜻으로 政一能(정일능)이라고 명찰을 고쳐 달고 다녔다. 선생님이

"김동복 너 왜 이름표가 네 것이 아냐?" 하면

"예, 앞으로 제가 이 나라에서 제일 유능한 정치인이 되기 위해서 바꿨습니다."라고 당당하게 말하기도 했다.

그리고 정치인이 되려면 배짱이 있어야 한다고 생각되어 우리 학교에 새로 생긴 럭비부에 들어가 1년간 럭비 운동선수도 해 보았다. 그리고 인맥을 넓혀보겠다고 우리 마을에 '꿀벌 4-H'를 조직하고 50여 명의 회원을 모집하여 회장을 맡았다. 그리고 더 나아가 그때까지 없었던 금산읍 4-H 연합회를 조직하여 회장을 맡기도 했다.

그러다 보니 농업고등학교 3학년 학생이면서 4-H 활동을 하자 농촌지도소 소장이 예뻐하여 고등학교 졸업 후 소장님의 추천으로 군청 산림계 임시직원으로 들어가게 되는 행운도 얻었다. 나는 그때 번 돈으로 대학을 갈 수 있는 계기를 만들었다. 그리고 읍 연합회 회장으로 군 연합회에 참석하다 보니 면 지역에 있는 4-H 회원들을 많이 알게 되어 인맥이 점점 넓어졌다.

내가 4-H 운동에 뛰어든 것은 그때 당시 전라북도 진안·무주·장수의 국회의원으로 전휴상이란 분이 있었다. 그는 전주고등학교와 고려대학교를 졸업한 분으로 약관 26세에 국회의원에 당선된 분이다.

김영삼 전 대통령과 같이 26살에 국회의원에 당선된 최연소

국회의원이었으며 지역구에서 내리 4선까지 당선된 사람이었다. 어린 내가 알기로는 그분이 국회의원이 될 수 있었던 것은 농촌을 계몽하기 위해 조직된 4-H 활동을 통하여 국회의원이 된 것으로 소문이 나 있었다. 그래서 나도 그와 같이 4-H를 통하여 인맥을 넓히려고 한 것이다.

그리고 우리 마을 회원들에게 희망을 주기 위하여 대통령에게 회원들을 위한 격려 편지를 부탁드렸는데 대통령이 직접 쓰신 것인지는 모르지만 청와대로부터 박정희 대통령의 사인이 있는 편지를 받아 회원들에게 낭독해 주기도 했다.

또 한편으로는 선거 유세를 하려면 웅변을 잘해야 한다고 웅변 연습을 한다고 새벽마다 뒷동산에 올라가 고래고래 소리를 지르기도 했다. 그런 결과 뒤에 목소리가 좋다고 성악을 했느냐? 아니면 창을 배웠느냐는 소리도 종종 듣게 되었다.

그런가 하면 사람들에게 인기를 얻으려면 인상이 좋아야 한다고 생각하게 되었다. 그래서 좋은 인상을 만들기 위하여 거울을 보면서 웃는 연습을 수없이 했다. 중학교 때 교감 선생님이 훈화하시면서 사람은 이를 보이면 천하게 보이고 실없는 사람같이 보인다고 말씀하셨는데 어린 나는 이 말을 가슴 깊이 새기고 있었다. 그래서 웃는 연습을 할 때 이가 보이지 않게 눈웃음과 같이 입꼬리를 살짝 올려 웃는 연습을 했었다. 그러다 보니 지금까지도 처음 보는 사람은 참 인상이 좋은 사람이라는 평을 하고 있다.

이런 과정을 거친 나는 한 사람의 정치인이 되기 위하여 깜장에는 열심히 노력한다고 했으나 세상을 너무 모르는 우물

안 개구리였다. 고등학교를 졸업하고 사회에 나와 보니 내가 너무 좁은 세상에 살고 있었다는 것을 깨닫고 대학 생활을 하면서 내가 갈 수 있는 세상이 어디인가 다시 생각하게 된 것이다.

그러나 이런 행동들은 정치인이 되지는 못했지만 한 사람의 교육자로 변신하여 학교 현장에서 학생들에게 좋은 선생님으로 인기 있는 교사가 되었으며 직장에서 상사나 동료 교사로부터 인정받는 사람으로 어느 집단에서나 중추적 역할을 맡는 사람이 되었다. 그리고 누가 무어라 해도 양심에 부끄러움이 없는 '원칙과 소신이 있는 교육자'로 생활하게 된 것이다.

옛 선생님을 회상하며

벚꽃(꽃말: 순결, 절세미인)

칠순이 지나도록 나에게 존함이 기억되는 선생님이 몇 분 계신다. 특별히 학생 관리를 잘해 주셨던 담임선생님 몇 분과 수업 시간에 열정이나 친절로 인해 기억되는 분, 특별히 인기가 있었던 분, 또는 너무 엄하거나 친절했던 분들이 기억 속에 남아 있었으나 세월이 흐르는 동안 점점 사라져 지금까지 존함을 기억하는 분은 몇 분 안 된다. 지금까지 잊히지 않는 분들은 내 인생에 그만큼 영향을 끼친 분으로 생각되어 지난날의 추억을 더듬어 보았다.

많은 선생님 중 수업도 한 적이 없으며 나와 특별한 관계가 없었던 임무성 교감 선생님이 계셨다. 그분과의 인연은 1960년대 초 금산동중학교를 다닐 때다. 내가 다닌 학교는 금산 농업고등학교와 병설학교이었다. 교장 선생님은 점잖은 신사분으로 모습이 머릿속을 스쳐 가나 존함은 정확하게 기억나지 않는다. 다만 뒤에 전라북도 교육감까지 하셨다는 것을 보면 훌륭한 인격을 지닌 분이었나 보다는 생각을 하고 있다.

중·고등학교가 병설이다 보니 중학교 실외 조회 시간에 교감 선생님이 가끔 훈화하신 모양이다. 중학생인 내가 본 교감 선생님은 근엄하고 엄격하셨다. 조회 시간에 훈화하는데 학생들이 조금만 떠들고 장난쳐도 용납되지 않았다.

어느 날 훈화 시간에 말씀하시기를 사람은 상대방에게 이를 보이면 안 된다고 훈화하셨다. 상대방에게 이를 보이는 것은 정신이 나간 사람이나 하는 행동이라고 근엄하게 말씀하셨다. 정신 이상자는 늘 해하니 웃음을 웃고 다닌다는 것이다. 떠드는 학생을 조용히 하라고 하신 말씀이시겠지만 나는 그 말을 가슴 깊이 새겨들었다.

이 말을 들은 후부터 지금까지 이야기할 때나 길을 걸을 때 입을 벌리는 일은 거의 없다. 그리고 TV에 나오는 사람이나 차를 타고 가면서 거리에 있는 사람들의 표정을 살펴보는 경향이 나타났다. 거리를 거니는 사람들을 살펴보면 사회적 지위가 높을수록 자기 이를 보이지 않고 있으며 하류계층으로 내려갈수록 필요 없는 웃음과 이를 보인다는 것을 깨닫게 해준 것이다. 그래서 그런지 수업 한 번 들은 적이 없는 분이지만 그분의 존함을 60년이 지났어도 잊을 수가 없는 사람이 된 것이다.

그리고 절대 잊히지 않는 분이 또 한 분 계시는데 그분은 나에게 칭찬을 해 주신 분이 한 분 계신다. 그러다 보니 누가 무어라 해도 오늘날 나를 만들어 준 분은 그분이 아니었나 하는 생각이 들었다. 그분의 존함은 바로 공의창이란 선생님이시다.

1960년으로 기억된다. 내가 중학교 2학년에 다닐 때 사회를 가르치던 분으로 내 인생에 너무 많은 영향을 주었다. 이분은 경상도 분으로 푸짐한 대구지방 말씨를 사용했는데 수업도 너무나 재미있게 하여 그분이 설명해 주었던 내용을 오랫동안 기억하여 내가 수업할 때 그대로 인용하기도 했었다.

내가 중학교에 다닐 때 중학교 사회 교과는 1학년은 지리, 2학년 역사, 3학년 일반사회로 알고 있다. 선생님은 역사를 가르치던 분으로 국사나 문화사를 이야기체로 가르쳐 학생들이 흥미를 느낄 수 있도록 지도해 주신 것이다.

지금도 선생님이 이야기해 주신 '클레오파트라 이야기'가 머릿속에 맴돌며 부처님 코는 서남아시아 사람들의 코 모양이라 우리 민족의 코와 다르게 생겼다는 것과 알렉산더 대왕이 동방 원정을 할 때 세계 정복을 이루고자 추진한 정책으로 자국민과 정복국가 국민 간의 국제결혼 정책을 추진했는데 그때 영향이 우리나라에까지 미치게 되었단다. 그 흔적으로 우리나라 사람 중에 간혹 부처님 코를 닮은 사람이 있는데 그 영향이라고 이야기해 주셨는데 사실인지는 모르지만, 지금까지 내 기억 속에 남아있다.

내가 초등학교 1학년부터 고등학교 3학년까지 다니는 동안 선생님으로부터 칭찬을 받아 본 것은 공의창 선생님 한 분으로 기억된다. 학교도 일찍 들어간 데다 공부도 썩 잘하지 못하고 가정생활도 어려웠으니 옷은 늘 남루하기가 말할 수 없고, 학교에 납부하여야 할 기성회비나 수업료도 제때 내 본 적이 없으며, 툭하면 가정 일손을 돕는다고 지각이나 결석을 했으니 칭찬받을 일이 없었을 것 같았다.

그런데 중학교 2학년 때 사회 시간에 공의창 선생님으로부터 칭찬을 받게 된 것이다. 키도 별로 크지 않아 앞에서 둘째 줄 복도 쪽에 앉아 있는데 칠판에 쓰여 있는 학습 내용을 필기하고 있었다. 선생님은 교실을 한바퀴 돌아보시다 내 옆에 서시더니 내 노트를 집어 들고 학생들에게 보여 주며

"글씨를 김동복같이 큼직큼직하게 쓰라."고 하시는 것이다. 중학교 시절에는 글씨를 크게 또박또박 쓰라고 지도하시며 내 노트를 보여 준 것이다. 나는 얼굴이 홍당무가 되었다. 난 생처음 듣는 칭찬이었을 것이다. 가정이 어렵다 보니 집에서는 매일 동생을 잘 못 본다고 혼나는 일이 다반사였다. 그런가 하면 중학교 1학년 때부터 꼴머슴으로 소를 책임지고 있다 보니 제대로 일을 못 한다고 두대바리[10]라는 소리를 심심치 않게 들어 왔다. 그런 나에게 선생님이 칭찬해 주셨으니 얼마나 황홀했을까?

분명 글씨를 잘 쓰지 못했다. 잘 쓰지 못하니 크게 쓴 것이다. 그래도 칭찬은 칭찬이다. 이런 나는 오늘날까지 글씨가 엉

10) 둔재의 방언

망이다.

나에 가장 단점의 하나가 글씨체인데 그 이유는 고등학교를 졸업하고 대학에 가기 위하여 벼락치기 공부를 하면서 선생님이 가르쳐 주신 오감을 활용한 공부 방법을 선택하면서 글씨체가 엉망이 된 것이다.

즉 학습 내용을 쉽고 빠르게 기억하려면 단순히 눈으로 보기만 할 것이 아니라 눈으로 보고 입으로 읽고 읽은 소리를 귀로 듣고 생각하면서 손으로 쓰라는 것이다. 짧은 시간에 많은 것을 암기하는 데는 분명히 효과가 있었다. 책을 눈으로 읽으면서 한 손으로 연습장에 내갈기는 공부 방식을 근 2년 가까이 하다 보니 글씨체가 엉망이 되었다. 이렇게 변한 글씨는 교직에 있으면서도 고치지 못하고 내 갈겨쓰는 습관을 지금까지 버리지 못한 것이다.

공의창 선생님은 초여름 어느 날 학생들이 조는 것이 안쓰러웠는지 수업을 멈추고 자기가 고등학교 때 공부했던 추억담을 들려주셨다. 고등학교 재학 중에 몸이 아파 2년간 휴학을 했다 복학한 다음 휴학 기간에 떨어진 학습을 만회하기 위하여 밤잠을 줄이고 공부했단다.

밤잠을 줄이려면 물을 적게 먹어야 한단다. 물을 많이 마시면 위가 팽창하여 잠이 많이 오게 되어 있는데 밥을 먹고 나면 식곤증이 나타나는 현상이 바로 그런 현상이란다. 그래서 물을 많이 먹지 않으려면 음식을 먹을 때 맵고 짠 음식을 피해야 물을 적게 먹고 잠을 덜 잘 수 있다고 이야기해 주셨다. 그러면서 '너희들도 고등학교에 가서 대학에 진학할 때 사용해 보라고 하셨다.' 나는 선생님 말씀을 가슴 깊이 새겨둔 모양이다.

내가 고등학교 1학년을 다니다 가정 형편이 어려워 학교를 그만두었다가 다시 1학년으로 복학했다. 그러나 가난한 집안 일을 돕다 보니 공부를 제대로 할 수가 없었다. 그러다 고등학교 2학년이 되면서 나에게 변화가 나타나게 된 것이다. 고등학교 2학년 때 내 키가 1년 동안에 18cm나 크면서 몸도 불어 3학년에 올라갈 때는 키가 제일 큰 학생 중에 하나가 되었다.

그래서 그런지는 모르지만, 전과 같이 부모님 말씀에 맹종하지 않았다. 늘 바쁜 집안 일손을 돕지 않고 대학을 진학하겠다고 공부한다며 책상에 앉아 있는 시간이 많아졌다. 그러다 부모님에게 꾸지람을 들으면 집에서 나와 친구 자취방에서 생활하는 경우도 종종 나타나게 되었다. 농사일하지 않고 대학을 나와 고급 공무원으로 근무하다 정치인이 되겠다는 꿈이 나타난 것이다. 그러나 가정 형편이 어려워 대학에 입학 원서조차 내 보지도 못하고 말았다.

그러다 고등학교를 졸업하고 내가 손수 1년 하숙비를 벌게되자 대학에 도전하겠다고 공부를 시작한 것이다. 이때 중학교 2학년 때 공의창 선생님이 들려주셨던 이야기가 떠올라 실천에 옮긴 것이다. 잠을 3시간 반으로 줄이기 위하여 밥의 양을 줄이고 맵고 짠 음식은 일절 먹지 않았으며 물은 거의 먹지 않았다. 그러다 보니 잠은 3시간 반을 자는데 아무런 이상이 없었으나 넓죽했던 얼굴은 뾰족해졌고 고등학교 때 덩치가 좋아 힘이 가장 센 사람이 맡는 럭비선수 1번 번호를 차지하기도 했는데 178cm 키에 60kg도 나가지 않는 깡마른 사람으로 변하였다. 어떤 때는 57kg까지도 떨어져 빈혈이 나타나는 사람으로 변한 것이다.

1969년 여름은 무척이나 더웠다. 그때 나는 논산 훈련소에서 훈련을 받는데 무더운 여름에도 물 한 모금 마시지 않는 사람으로 변해 버린 것이다. 이런 내 체격은 교원 생활을 하는 동안 계속되어 교사 시절 몸무게가 60kg 이하일 때는 주당 30시간이 넘는 수업이 힘들기도 했다. 그러나 60kg이 넘어가면 열정적으로 수업에 임하였다.

그런 몸무게가 교감이 되고 나니 마음은 부대껴도 몸은 편한 것인지 65kg 정도로 불어나더니 교장이 되자 67kg까지 늘어났다. 그러다 퇴직 후 70kg을 돌파하여 75kg까지도 늘어났으나 요즘은 운동과 활동량을 늘려 절대로 72kg을 넘기지 않고 71kg 정도로 유지하며 살고 있다. 그리고 그렇게 마시지 않던 물도 내 건강을 위하여 가능한 한 자주 마시려고 노력하는 사람이 되었다.

이렇게 오늘날 나의 사회적 지위를 만들게 된 계기가 된 것은 중학교 2학년 때 담임선생님은 아니었지만, 존함을 잊을 수 없었던 사회과 공의창 선생님이라는 생각이 들었다. 선생님이 수업 시간에 들려주셨던 자기 고등학교 시절 공부했던 방법을 기억했다가 실천했기 때문이라고 생각하기 때문이다.

나는 교사 시절이나 관리직에 있으면서 학생들에게 종종 공의창 선생님 이야기를 들려주며 내가 공부했던 방법을 들려주기도 했다. 그래서 그런 지 3년 전에는 30년 전 중학교 여자 제자가 동창회에 나를 보기 위하여 수원에서 참석했는데 직장에서 일이 있어 회의에 늦게 참석해 보니 내가 먼저 가 만나보지 못해 아쉬웠다며 전화가 왔다. 그의 전화 내용은 자기가 중학교 3학년 때 내가 들려준 이야기가 너무 생생하여 지금도 실천하면서 살고 있다고 한다. 그 내용은 수업 시간에 내가 좌우명 이야기를 하면서 나는 고등학교와 대학 시절 내 인생 좌우명이 〈솜같이 살자〉로 정하고 실천하고 있다고 이야기해 주었단다.

내가 솜같이 살자고 좌우명을 정한 것은 세상의 모든 것을 거부하지 말고 솜같이 따뜻하게 감싸주자는 뜻이었다. 즉 총알도 솜은 뚫지 못한다며 예수님의 말씀이 오른쪽 뺨을 때리면 왼쪽 뺨을 대 주라는 말뜻은 상대방이 스스로 느껴 깨닫게 만들어 주라는 뜻이라며 솜같이 살자는 의미도 나의 인격체를 높일뿐더러 상대방을 이해하는 사람이 되자는 의미라고 수업 시간에 들려준 적이 있었는데 이를 감명 깊이 들었던 모양이다.

공의창 선생님 감사합니다. 지금 살아계시면 아마 90대 후반이나 100세가 넘었을 것 같은데 중학교 2학년 코흘리개가 이제는 머리가 백발이 되어 선생님의 칭찬과 들려주셨던 학창시절 이야기를 기억하면서 고마움을 표현해 봅니다. 너무 멋진 선생님 구수한 경상도 말씨에 늘 다정다감했던 선생님 모습을 마음속으로 회상해 보며 중학교 2학년 때 칭찬해 주셨던 그 장면을 상상해 봅니다.

귀싸대기

채송화(꽃말: 가련, 순진)

오늘은 우리 집 김장 날이다. 다른 날 같으면 아침 일찍 일어나 아침 운동 겸 산책하러 나갔을 것인데 나잇살이나 먹은 집사람 혼자 밤새 배추를 절이는 모습이 안쓰러워 무엇을 도와줄까 물어보니 무채를 만들어 달라고 하여 무를 한 소쿠리 가져다 씻어 채칼로 채를 썰어 주었다.

그리고 아침을 먹고 배추를 씻어줄까 고민하고 있는데 둘째딸이 일찍 와 나는 아침에 못 한 운동을 하러 나갔다. 아마 오늘 김장은 둘째 딸 내외와 막내딸 내외가 모두 참여하는 모양이라 사위들이 껄끄럽지 않게 피해 주는 것이 좋을 것 같다는 생각이 들었다.

두어 시간 산책하고 들어와 보니 예상대로 둘째와 셋째네 식구들이 총출동한 모양인데 셋째 딸과 외손자가 안 보였다. 그리고 둘째 딸 표정이 화가 나 있고 사위들은 각자 맡은 일을 하느라고 정신이 없다. 나는 이상하게 생각했다. 오늘 김장은 둘째네는 아무런 상관이 없는 애들이다. 그들은 지난주에 가까이 사는 시댁에서 담아 와 우리 집에서 담그는 김장은 가져가지 않고 오늘 담는 김장은 우리 집과 셋째네 김장인데 셋째가 나타나지 않았으니 잔소리 좀 한마디 해야겠다고 생각하면서

"윤이는 안 보이네?" 하니 셋째 사위가

"잠깐 제 엄마랑 집에 갔어요." 한다. 그래서 집에 가서 가

지고 올 물건이 있어 갔나보다 생각했는데 둘째 딸 표정이 찜 찜했다.

"우 엄마는 뭐 화나는 일 있니?" 하자 둘째 사위가

"우가 윤이의 귀싸대기를 때렸어요." 한다. 우는 초등학교 4 학년인 둘째네 아들이고 윤이는 초등학교 2학년으로 셋째네 아들이다. 두 녀석은 개구쟁이들로 한때는 만나기만 하면 장 난감 가지고 싸우더니 커가면서는 떨어지면 죽고 못 사는 사 이가 되었는데 무슨 이유로 싸웠는지 모르겠다. 분명 작은 녀 석이 큰 녀석의 심기를 건드린 모양이다.

조금 있다가 셋째가 윤이를 데리고 들어와 셋째 손자를 건 들어 봤다.

"윤이 형아한테 귀싸대기 맞았다며? 이제 괜찮아?" 하니 손 자 녀석은 씨 웃으며

"예." 하고 다시 제 이종사촌 형이 핸드폰 게임을 하는 데로 가서 논다. 그러나 셋째 딸은 제 아들이 맞은 것에 대한 화가 덜 풀렸나 표정이 불어 있다. 나는 손자들에게 싸우지 말라고 주의를 준 다음 두 녀석을 내방으로 데리고 들어와 놀게 하고 책상에 앉아 두 녀석 노는 것을 보고 있자니 지난날 내가 귀싸 대기 맞은 일이 떠올랐다.

나는 어려서 엄한 부모 밑에서 자랐다. 큰아들이다 보니 젊 은 부모님들이라 그런지 아버지도 그렇고 어머니도 어쩌면 그 리 엄하게 다스렸을까? 의아심이 날 정도였다. 그렇게 엄한 어머니로부터는 고등학교 1학년이 되어서야 벗어났다. 고등 학교 1학년 여름 어느 날 무엇을 잘못했는지 어머니가 회초

리를 가지고 방으로 들어오셔 나를 혼내는데 나는 어머니 손을 잡으면서

"어머니 아무리 때려도 나는 안 아파요. 어머니만 힘드니까 그만 하세요."하자 어머니는 기가 막히는지 방에서 나가시더니 그다음부터는 회초리 드는 법이 없었다.

뒤에 어머니가 하시는 말씀이 어이가 없었단다. 그러면서 자기는 자식 교육은 회초리로 엄하게 다스리는 것이 잘하는 것으로 알고 있었단다. 자기가 어렸을 때 외할아버지가 엄하셔서 엄하게 하는 것이 교육인 줄 알았단다. 그런데 요즘 젊은이들은 아이를 그리 혼내지 않고 사랑으로 키우신다며 나와 그런 일이 있고 나서는 회초리를 잡지 않아 밑에 동생은 회초리를 맞지 않고 자란 모양이다.

아버지는 하도 엄하셔서 고등학교 2학년 때까지도 눈을 제대로 바라보지도 못했었다. 그러다 고등학교 2학년 말이 되면서 대학을 진학하겠다고 공부한다며 가정일손 도와주기를 원하는 부모님 말씀을 잘 듣지 않았다. 부모님이 일손을 돕지 않는다고 혼을 내면 집을 뛰쳐나가 친구 집에서 며칠씩 보내고 들어오자 혼내는 것을 포기하셨는지 나무라지 않아 그 뒤로는 혼난 기억이 없다. 이렇게 엄한 부모님이었지만 혼을 낼 때는 꼭 회초리로 혼을 냈지 귀싸대기를 때리며 혼낸 적은 없었다.

그런 나에게 지금까지 살면서 귀싸대기를 때린 사람이 두 사람이 있다. 그 두 사람은 학교 선생님이었다. 선생님에게 귀싸대기 맞은 기억은 아마 죽어야 잊어질 것 같다.

내가 처음 귀싸대기를 맞은 것은 초등학교 1학년 말로 기억

된다. 아주 시골 초등학교로 옛날 서당과 같은 학교였다. 그 해를 계산해 보니 1954년 3월 24일경인 모양이다. 그때는 학교가 3월 말에 종업식을 하고 4월 1일 날 개학식을 할 때였다.

학교라야 시골 면 단위에 있는 초등학교 분교로 우리 큰집 대청을 사용하고 있었는데 2학년까지만 분교에서 다니고 3학년이 되면 4㎞가 떨어진 본교로 가는 학교로 선생님 한 분이 1학년과 2학년을 맡아 복식 수업을 하는 학교로 1학년이 총 22명이었다. 내가 기억하고 있는 것은 종업식 날 전교생을 대청마루 바닥에 앉혀 놓고 선생님이 학생 이름을 하나씩 부르며 성적표를 나눠 주었다. 선생님이

"김동복!" 하고 호명하여

"네." 하고 앞으로 나가니

"네가 뒤에서 1등 했네." 하면서 귀싸대기를 한 대 때리고 성적표를 주셨다. 어린 마음에 얼마나 큰 상처를 받았는지 모르지만 70여 년이 지난 지금까지도 그 모습이 사라지지 않고 있다. 그때 꼴찌를 한 친구는 낙제를 당하여 1학년에 다시 다녔고 나는 턱걸이로 2학년에 진급을 한 것이다. 그때 선생님 존함은 전혀 기억이 없고 다만 집안 어른들이 '허 선생'이라고 불렀던 것만 기억이 남아 있다.

그리고 두 번째 귀싸대기를 맞은 것은 고등학교 3학년 말에 얻어맞은 것이다. 그때는 졸업식이 1월 10일경에 했는데 내가 사고를 친 것은 12월 15일경으로 졸업을 눈앞에 두고 있을 때였다.

사건의 발생은 12월 14일 날 저녁때 집에서 공부하고 있는

데 한 친구가 극장 초대권을 두 장 가지고 와 극장에 가자고 하여 따라나선 것이다. 그때 학교 교칙은 학교에서 보여 주는 영화 이외에는 극장에 출입할 수가 없었으며 더구나 쇼를 보러 갔다 적발되면 무기정학은 각오해야 할 정도로 엄격했었다.

그런데 우리는 당시 우리나라 최고 미녀 배우라고 알려진 「김지미」가 나오는 쇼를 구경하러 간 것이다. 학생이 몰래 극장에 들어가면 선생님들 눈에 잘 띄지 않도록 2층 구석에 자리를 잡는 것이 보통이었다. 친구와 나는 계단을 걸어 2층으로 막 들어서는데 앞을 가로막는 사람이 있어 바라보니 젊은 음악 선생님이 버티고 서 있었다. 깜짝 놀라며 엉겁결에

"안녕하세요?" 하고 인사를 하자 손짓으로 내려가라며 신호를 보냈다. 우리는 두말도 못 하고 되돌아 내려오다 나무계단 밑으로 잽싸게 숨었다. 그랬더니 우리를 따라오던 발소리가 멈추더니 다시 올라가는지 나무계단에 올라가는 발소리가 들려왔다. 들켰다고 생각하면서도 잠깐 숨어 있다가 쇼가 시작되자 다시 올라가 한쪽 구석에서 관람했다. 관람하면서 극장 안을 둘러보니 교감 선생님을 비롯하여 많은 선생님이 집단으로 와 있는 것이 눈에 들어왔다.

다음 날 학교에 가서 수업을 받는데 2교시 수업 시간에 어제 나와 극장에 갔던 친구와 그와 가장 가까이 지내는 친구가 교무실로 불려갔다. 조금 있다가 한 친구가 오더니 나보고 교무실에서 음악 선생님이 오란 단다. 나는 직감으로 극장 문제구나 하고 음악 선생님을 찾아갔더니

"김동복, 너 어제 극장 갔었지?

"예."

"나 봤어?"

"예."

"내가 나가라고 한 걸 알았어? 몰랐어."

"알았습니다."

"그래서 나갔어, 안 나갔어?"

"안 나갔습니다." 거짓말을 하기 싫어하는 나는 사실 그대로 대답했다. 그랬더니 그는 더 할 말이 없는지

"선생님이 한번 나가라고 했으면 나가야지, 숨어?" 하면서 반성문을 쓰라고 종이와 볼펜을 주었다.

나는 반성문에 【앞으로 나는 죽을 때까지 쇼는 구경하지 않을 것을 하늘에 맹세합니다.】라고 쓴 다음 날짜와 이름을 썼다. 내 반성문을 받아 본 선생님은 웃으며

"한 달만 있으면 졸업이니 그때부터는 마음대로 봐."

"절대로 저는 쇼는 보지 않겠습니다." 하자 어이가 없는 모양이다. 그러더니 엎드리라고 하여 엎드리자 몽둥이로 허벅지를 힘껏 열 대를 때렸다. 그리고 일어서라더니 교실로 들어가란다. 처벌이 끝난 모양이라고 생각하고 교실로 들어가려는데 건너편 좌석에서 이 모습을 보고 있던 담임선생님이

"김동복 이리 와." 해서 담임선생님 앞으로 갔다. 그랬더니 담임선생님은 자리에서 벌떡 일어나더니 다짜고짜 내 귀싸대기를 힘대로 두 대 올려붙였다. 그러면서

"뭐, 너 같은 놈이 대학을 가?" 하고 호통을 치신다. 그러고서

"들어가." 해서 나는 인사를 하고 교실에 들어와 귀싸대기 맞은 것이 억울해 내 자리에 앉아 책상에다 고개를 처박고 엉엉 울었다. 지금 생각해도 왜 울었는지 잘 모르지만 딴에는 엄청 억울했던 모양이란 생각이 들었다. 그랬더니 친구들이 뭐 그까짓 것 가지고 그러냐면 위로를 해 주었지만, 울음이 쉽게 멈춰지지 않았었다.

그때 상황을 조금 더 이야기해 보면 나에게 극장 초대권을 구해다 준 친구는 학교에서 말썽꾸러기로 지난여름에 친구들과 술을 마시고 행패를 부렸다 하여 학교에서 퇴학 처분을 받았던 학생이다.

그때 내가 그 친구 가정환경을 들어가며 반성문을 작성해 주고 학생들이 용서해 달라는 진정서를 올려 퇴학 처분을 취소하고 조건부로 졸업 때까지 말썽을 부리지 않으면 졸업 시켜 주겠다는 조건부 학생이었다.

그때 내가 써준 반성문을 교장 선생님이 직접 읽어 보시고 눈물을 흘리시더라고 반성문과 함께 진성서를 올린 친구가 전해 주었었다. 그리고 나 대신 처음 불려간 학생은 그와 가장 친한 단짝 친구로 불량기가 있는 학생으로 알려진 친구였다. 그러니까 극장에서 음악 선생님은 학교에서 공부 좀 하고 착실한 편에 드는 나는 생각하지 못하고 그의 친구라고 생각한 것이다. 그리고 초대권을 구해다 준 친구는 내가 반성문을 써 준 고마움을 표시하기 위하여 나를 극장에 데리고 간 것이 오히려 해를 끼치게 된 결과가 되었다.

우리 담임선생님이 내 따귀를 때린 것은 선생님의 자존심 문제로 나를 때린 것이라는 생각이 들었다. 그때 음악 선생님은 정규 교사가 아니라 강사 선생님이었는데 강사가 졸업이 한 달도 남지 않은 자기 반 학생을 체벌하자 선배 교사로서 자존심이 상했던 모양이다. 즉 내 반은 내가 엄히 다스리고 있으니 학생과에서 손대지 말라는 의미로 호통을 치며 내 귀싸대기를 때리지 않았나 하는 생각을 해 본 것이다.

나는 학교에서 가지 말라는 극장에 간 것은 잘못이지만 귀싸대기 맞은 것이 그리 억울했다. 몽둥이쯤이야 고등학교 3학년 남학생이라면 얼마든지 맞을 수 있지만, 귀싸대기는 용납이 되지 않았다. 그래서 내 잘못은 생각하지 않고 몽둥이로 허벅지 맞은 곳에 파상풍이 일자 병원에 찾아가 진단서를 끊어 학교에 제출하고 학교에 나가지 않았다.

그러다 졸업식 이틀 전날 담임선생님으로부터 졸업식에 꼭 참석하라는 전갈이 와 졸업식에는 참석했다. 그러나 졸업비를 내지 않은 나는 졸업장을 받아오지 못하고 졸업한 지 2년 뒤에 대학시험에 합격한 다음 담임선생님에게 인사차 가정으로 찾아가 졸업장을 찾아온 학생이 되었다.

이처럼 초등학교 1학년 때와 고등학교 3학년 때 얻어맞은 귀싸대기는 나에게 많은 영향을 준 것 같았다. 공부를 못한 귀싸대기는 그 후에 공부해서 대학원까지 마치게 된 모양새가 되었고 고등학교 3학년 때 맞은 귀싸대기는 나에게 늦게까지 쇼를 보지 않는 사람으로 만들어 놓았다. 그러다 보니 오늘날 우리 사회가 발전하면서 안방과 거실에 놓여 있는 TV 프로가 대부분 예능프로인데 나는 예능 프로만 나오면 TV를 끄는 사람이 된 것이다.

그러다 보니 집사람과 같은 자리에 앉아 TV를 보는 일이 적어졌으며 프로 가지고 옥신각신할 때가 더러 나타나게 된 것이다. 특히 올해같이 코로나-19로 인해 거실에만 있는 시대에 TV를 틀었다 하면 트로트인데 나도 피해 갈 수가 없어 트로트를 듣는 사람으로 변해 가고 있다. 그리고 보니 고등학교 3학년 때 쓴 반성문이 거짓으로 변해가는 모양이란 생각이 들었다.

촌놈이 겪은 사회적 경험

나팔꽃(꽃말 : 풋사랑, 기쁨)

나는 고등학교를 졸업 하면서 돈이 없어 대학에 원서조차 내보지 못했던 사람이다. 그런데 졸업하고 지인의 추천으로 군청에 임시 직원으로 들어가 2개월간 근무하여 근 1년 하숙비를 벌었다. 그 돈을 부모님에게 가져다드렸더니 부모님은 네가 벌었으니 네 마음대로 사용하라고 하여 대학을 가기 위해 공부하겠다고 전에 잠깐 들어가서 공부했던 진안 마이산의 탑사라는 절을 찾아갔다.

마이산은 전라북도 진안군에 있는 당나귀 귀와 같이 생긴 현무암으로 된 독특한 산이다. 산이 암·수컷으로 나누어져 숫마이산은 산세가 험하여 사람이 올라갈 수 없고 암마이산은 규모가 웅장하나 사람이 오를 수 있는 산이다.

　이런 암마이산 절벽 아래 탑사라는 절이 있는데 이 절은 근대 초 이갑용이란 분이 현무암에서 나온 돌을 이용하여 돌무더기 탑을 쌓았다고 한다. 돌무더기 탑이 웅장하고 많이 있어 절 이름이 탑사가 된 것이다. 특이한 것은 탑들이 아무리 비바람이 몰아쳐도 100여 년이 넘도록 넘어지지 않고 원형을 그대로 보존하고 있다는 것이다.

　탑사 돌무더기 탑이 너무 멋져 오늘날 우리나라 방방곡곡에 이곳의 탑을 흉내 내어 쌓은 돌탑을 많이 볼 수 있다. 그리고 탑사 절 뒤편 암마이산 절벽은 돌이 빠져나간 자연 굴속에 비둘기 수백 마리가 서식하고 있었다. 그리고 여름 소나기가 오는 날은 산봉우리에서 절벽으로 떨어지는 빗물이 캐나다의 나이아가라 폭포 같은 장관을 이루기도 한다. 현재는 전라북도 도립공원으로 지정된 명산 중의 명산이다.

　나는 난생처음으로 내 마음껏 공부할 기회를 잡은 것이다. 나의 하루 일과표는 대단했다. 잠은 밤에 3시간 30분만 자고 낮잠 30분으로 하여 4시간을 자고 아침, 점심, 저녁 먹는 시간은 각각 30분씩 1시간 30분과 아침 산책 30분 등 6시간을 제외하고 책상에 앉아 책과 씨름했다. 그러니까 하루에 18시간을 책과 씨름한 것이다.

　산사에는 고시를 준비하기 위하여 대학을 졸업하고 와 있는 형도 있고 대학에 재학 중인 형도 있었으며 몸의 병을 고치기 위하여 수양하러 온 사람도 있었다. 주변 사람들은 독하게 공부하는 나를 보고 고등고시 준비하는 사람보다 훨씬 더 열심히 한다고 칭찬하며 그렇게 공부해서 못 들어갈 대학이 어디 있겠냐고 쑥덕거렸다.

이런 나에게 변화가 오기 시작했다. 6월부터 시작된 공부는 3개월이 지나자 싫증이 났는지 조금씩 흔들리기 시작했다. 같은 절에 군산에서 온 20대 후반의 누나가 요양을 하려고 와 있었는데 내가 열심히 공부하는 것을 보고 안쓰러웠는지 혼자 공부하지 말고 도시에 나가 학원에 다니면 훨씬 유리하지 않겠냐고 충고를 했다.

혼자 막무가내로 책과 씨름을 하던 나는 수학은 예습 문제 풀이를 보면서 해결해 나갈 수 있었는데 영어 실력이 좀처럼 오르지 않았다. 초등학교와 중학교에서 기본기를 갖추어야 하는 국어 문법이 약하다 보니 영어를 제대로 이해할 수가 없었다.

이런 나에게 대전에서 공부하고 있던 고등학교 때 단짝 친구가 대전으로 오기를 계속 요구하는 편지가 왔다. 결국, 나도 9월부터 대전으로 나와 친구와 같이 목동에서 생활하게 된 것이다.

돌아다니기를 좋아하는 친구는 학원을 중심으로 공부했고, 나는 하숙방에서 혼자 틀어박혀 공부했다. 성격이 외향적인 친구와 내성적인 내가 같은 방에서 공부한다는 것은 애초부터 잘못된 것이었다. 서로 성격이 다르다 보니 다툼이 잦아졌다.

한 번은 아침 식사를 하고 공부하려고 하는 나에게 친구는 잔뜩 약을 올리고 학원으로 가버렸다. 약이 오른 나는 친구를 골탕 먹이기로 했다. 친구가 학원에서 돌아올 때쯤 방문을 잠그고 유성으로 산책을 떠났다. 하숙집에서 유성온천까지는 약 6㎞ 남짓 되었다. 도로를 따라 한들한들 유성을 걸어갔다 걸어오는 시간은 아무리 적게 잡아도 세 시간 또는 네 시간은 걸렸다. 방에서 나설 때 약이 올라 나섰지만, 막상 유성을 갔다 되돌아오는 데 무척이나 힘이 들었다.

수없이 지나가는 차가 혹시 태워주지 않을까? 하는 기대도 해 보았지만 세워주는 차는 없었다. 시내버스를 타고 싶은 생각이 굴뚝같았으나 내 호주머니에 시내 버스비 5원이 없었다. 기진맥진해서 하숙집에 도착해 보니 대문 밖에서 친구가 기다리고 있었다. 그 친구도 결국 세 시간 이상을 방에 들어가지 못하고 밖에서 서성거려야 했다. 우리 두 사람은 서로 화해는 했지만 결국 한 달 만에 헤어졌다.

나는 대전의 동쪽에 있는 대전여고 앞쪽으로 하숙집을 옮겼다. 이렇게 헤어진 친구가 어느 날 내 하숙집을 찾아오다 포장마차에서 팔고 있는 멍게가 먹고 싶었던지 나를 멍게라고 부르기 시작했다. 아마 멍게 맛이 쓰면서도 달짝지근한 것이 자기가 생각하던 내가 아니었던가 생각된다. 나도 그 별명이 그리 싫지가 않아 고등학교 때 럭비를 하면서 흔들면서 달린다고 붙여준 '아리랑'이란 별명과 친구가 쓰면서도 달짝지근한 멍게를 생각하면서 붙여준 '멍게'라는 별명을 자랑스럽게 생각하며 오랫동안 별명으로 받아들이게 되었다.

운명의 여신은 나를 편하게 만들어 주지 않는 모양이다. 하숙집을 옮기는 시내버스에서 우연히 친구와 같이 유성 온천에 갔다 알게 된 10살 정도 더 나이가 많은 전남 무안에 산다는 형을 만나게 되었다. 이 형은 대구에 있는 자기 애인을 찾아 갔다 배신을 당하고 사기를 당하여 알거지가 되었다고 한탄을 했다. 그리고 수원에서 경찰을 하는 친구가 있는데 바로 돈을 가지고 온다고 약속되어 있으니 자기를 내 하숙집에서 잠깐만 머무를 수 있게 해 달라고 했다. 세상 물정을 알지 못하는 촌놈인 나는 이 사람을 굴뚝같이 믿고 있다가 내 책을 다 사기당하는 수모를 당한 것이다.

단순히 사기만 당한 것이 아니라 그 사람의 심부름을 하다 도둑 열차를 타게 되어 유치장에서 하룻저녁 수용되는 일도 경험했다. 이 과정에서 나는 세상에 믿을 사람은 아무도 없다는 것을 알게 되었다. 사기꾼은 하숙집에서 이틀이나 지나가도 사람이 나타나지 않자 나에게 수원 역전파출소에 근무하는 '홍 순경'이라는 사람을 찾아가 돈을 받아 오라는 것이다.

단순하게 생각한 나는 이 사람을 한 시간이라도 빨리 보내고 싶어 심부름에 나섰다. 내가 이 사람을 믿게 된 것은 '홍 순경'이 끊어 줬다는 무임승차권을 보고 믿었는데 '홍 순경'을 만나보니 그 친구가 범죄자가 될 소지가 있어 고향으로 내려보내기 위해 무임승차권을 구해줬다고 한다. 그 순간 나는 속았다는 것을 깨달았다.

그래서 나에게도 무임승차권을 한 장 구해달라고 하자 사기꾼으로 몰아붙이며 유치장에 집어넣겠다고 공갈을 쳤다. 결국, 돈이 없는 나는 도둑 열차를 타게 되었고 대전 역전파출소 유치장 맛을 보게 된 것이다.

대전 역전파출소의 하루 저녁은 나에게 많은 것을 가르쳐 주었다. 도둑 열차를 타다 붙잡혀 온 사람들의 밤새 이야기가 가관이었다. 어떤 사람은 내일 맞선을 보러 가야 하는데 붙잡혀 왔으니 잠깐만 내보내 달라고 하소연하는 사람. 그동안 남대문 교도소에서 5년 동안 수감 생활을 하다 오늘 풀려났는데 고향으로 가는 열차 운임이 없어 도둑 열차를 탔다는데 얼마나 믿어줘야 하는지 알 수가 없지만 내 눈에 비친 이 사람은 유치장 생활이 어색하지 않게 느껴졌다.

이 사건은 나에게 큰 변화를 주었다. 즉결심판에 넘어가기 직전 가까스로 통사정하여 입고 있던 티셔츠를 맡기고 일단 풀려 나왔다. 집에 갈 버스비가 없어 2㎞ 가까이 떨어진 하숙집을 걸어가는데 우연히 길거리에서 친구 소개로 알게 된 여자 친구를 만나게 된 것이다.

그는 나의 초라한 모습이 웃어 보였을 것이나 나는 구세주를 만난 것이다. 내 어리석음을 숨기지 않고 지금까지 있었던 일을 그대로 이야기하며 열차 비를 빌려 달라고 하자, 이 아가씨는 평소 나에게 호감을 느끼고 있었는지 두말도 없이 돈을 빌려주었다. 그리고 같이 역전파출소에 가서 티셔츠를 찾아서 하숙집까지 따라왔다.

조그만 문간방 두 칸을 새로 만들어 처음 하숙을 치러보는 착한 하숙집 아주머니는 나를 보자 걱정이 대단했다. 방에 들어가 보니 본래 없어질 것이 없는 시골 학생 방이지만 다른 것은 그대로 있고 내가 열심히 공부하던 책이 몇 권 없어졌다. 그리고 간단한 편지 한 통이 책상 위에 놓여 있었다.

"동복 학생 미안하네! 내가 사정이 급하여 학생을 속였는데 한 달 후에 꼭 다시 찾아와 신세 진 것을 갚아 주겠네. 용서해 주렴."이라고 쓰여 있었다.

없어진 책은 가까운 헌책방에다 팔아먹어 조금 더 웃돈을 주고 찾아왔다. 그리고 그 사람이 온다고 약속했던 날짜에 대전에 왔다 간 것은 사실[11]이었으나 나에게는 나타나지 않았다.

이 사건이 나타난 후 내 집에는 새로운 손님이 밤마다 나타났다. 그 사람은 다름 아닌 나에게 돈을 빌려준 아가씨였다. 나는 내 꿈을 실현하기 위하여 대전에서 더 버티지 못하고 서울 이모네 집으로 옮겨가게 되었다. 시험을 두 달 남겨 놓고 서울에 올라온 내 생활은 비참했다. 신촌 로터리에서 조금 떨어진 판자촌에 있는 이모네 집은 내가 기거할 방이 없었다.

그래서 다락방에 옷가지를 들여놓고, 아침이면 도시락 두 개를 싸서 독서실에 가 잠을 자며 공부를 했다. 먹는 것도 부실하고 잠자리도 불편하니 힘에 부쳐서인지 나는 독서실 칸막이 책상에 꼬꾸라져 자는 것이 대부분이었다. 목욕은 생각지도 못하고 빨래도 해 입을 수가 없었다. 몸에는 이가 손으로 잡힐 정도였다. 도저히 참을 수 없이 군시러우면 내의를 벗어서 다락방에 넣어두었다가 추위에 이가 얼어 죽으면 털어내어 다시 입으면서 버티며 공부했으나 대학시험에 전·후기 모두 보기 좋게 떨어졌다.

이처럼 시험에 떨어지게 된 이유는 실력도 부족했겠지만, 원인이 또 하나 있었다. 그것은 내가 서울로 올라와서 대학 시험을 보려고 고등학교에 원서를 쓰러 간 적이 있었다. 나에게는 나를 대신해서 심부름해 줄 사람이 없어 입학원서를 쓰려

11) 그 사람이 전당포에 잡힌 물건을 그날 찾아감

면 내가 직접 졸업한 고등학교로 찾아가야만 했다.

원서를 쓰려 고향에 간다고 하니 두 친구가 심부름을 시켰다. 한 친구는 마을 친구로 서울 동대문 옆에 있는 전파사에 다녔고 한 친구는 고등학교 동창생으로 모두 자기네 집에 들러 겨울 외투를 가져다 달라고 했다. 나는 두 사람의 외투와 마침 저희 큰집에 갔다 집으로 돌아가는 5살짜리 이종사촌 동생을 데리고 서울로 올라가는 길에 사건이 일어났다.

대전역에서 자리도 없이 4시간이나 걸리는 완행열차를 타고 어린 동생을 데리고 간다는 것이 너무 힘들 것 같아 조금 비싸더라도 자리에 앉아서 갈 수 있는 직행버스를 타고 가려고 직행버스 정류장에서 천안에 가는 버스표를 한 장 샀다. 대전에서 서울 가는 버스가 천안에 가면 한참 쉬었다 가기 때문에 천안에서 갈아타려고 천안까지만 표를 산 것이다.

아이를 차에 태워놓고 화장실에 가니 화장실 입구에서 사람들이 모여 웅성거렸다. 바라보니 야바위꾼이 바둑알 하나를 4개 컵 속에다 감추어두고 찾으면 시계를 주는 야바위를 하고 있었다. 나는 우연히 지나가다 그들이 바둑알 감추는 컵을 보고 이것이라고 하자 돈을 걸란다.

순간 손목시계에 탐이 난 나는 호주머니에 있는 300원을 걸었다. 그러자 1,500원을 걸으란다. 내가 돈이 없다고 하자 다른 물건이 없냐고 해서 차에 외투가 두 개 있다고 했다. 촌놈이 시계에 혼이 나간 모양이다. 나는 그들이 외투를 걸라고 하자 차에 있는 친구 외투를 가지러 간 것이다. 촌놈이 제대로 걸려들었다. 바둑알이 들은 컵[12]은 그들에게 맡기고 차에 가

12) 사실은 모르지만 확실하다 믿음

서 친구가 가져다 달라는 외투를 맡기고 컵을 열어보니 아무 것도 없었다.

나는 주변에 사람이 많이 있어 그 사람들이 지켜 줄 줄 알았다. 얼마나 순진한 시골 촌놈인가? 그 주변 사람들은 모두 한 패거리인 야바위꾼인 것을 알지 못한 것이다. 외투를 챙긴 그들은 순식간에 사라졌다. 나는 완전히 도깨비한테 홀린 사람이 되었다.

외투뿐 아니라 돈도 다 날렸으니 멍하니 서 있다 생각을 정리하고 천안에 가는 버스표를 환불하여 기차역으로 갔다. 천안 버스비면 서울 영등포역까지 갈 수 있는 열차 요금으로, 마포에 살고 있던 나는 영등포역에 가서 시내버스를 타고 가면 되겠다고 생각했다.

열차는 역시 대만원이라 어느 아가씨가 앉아 있는 의자에 기대어 가는데 동생 녀석은 비위도 좋게 그 아가씨 앞으로 들어가니 그 아가씨가 안쓰러운지 자기 자리를 비켜 주었으나 나는 사양하고 동생을 무릎에 앉아 달라고 맡기었다. 그러던 중 수원역에 도착하자 앞자리에 앉은 승객이 내려 나도 앉아 갈 수 있는 행운을 얻었다.

아가씨와 이야기를 나눠보니 고향이 전북 고창이며 영등포 구로공단에 다니고 있는데 대구에 볼일이 있어서 다녀오는 길이란다. 이름을 물어보니 곽선희라고 얼굴도 예쁘면서 마음씨도 곱게 보였다. 나는 그 아가씨의 인상을 한참 동안 기억하게 되었다.

영등포역에서 내린 나는 그에게 사정 이야기를 했다. 이종

사촌 동생을 데리고 이모네 집에 가는데 사기를 당해 돈이 없어 그러니 시내 버스표 한 장만 부탁한다고 하자 그는 두말도 하지 않고 세 장을 줬다. 나는 두 장을 돌려주고 그가 다니는 공장 주소를 받아서 다음 기회에 꼭 갚겠다는 약속을 한 다음 이모네 집으로 갔다.

이 사건이 일어난 후 나는 친구들한테 외투를 잃어 버렸으니 그리 알고 시험이 끝난 후 보자고 일단 보류 시켜 놓았다. 그런데 시험 3일 전 나보다 2살 아래인 이모가 자기 언니 집을 찾아온 것이다. 그는 나를 보고 친구 외투를 어떻게 했는가? 따지면서 서울에 있는 내 친구가 자기 외투를 동복이가 잃어 버렸으니 외투값으로 15,000원을 부쳐 달라고 편지가 왔다는 것이다. 분명 나에게는 시험이 끝날 때까지 아무 말도 하지 않기로 약속했는데 나도 모르게 뒤에서 부모님에게 돈을 요구한 것이다. 어이가 없어 둘 중에 누가 그랬을까 생각해 보았다.

한 친구는 고향 같은 마을 친구로 제일 가까이 지내던 발가숭이 친구고, 한 친구는 초 중 고등학교 동창이며 같이 대학 진학을 하기 위해 공부하던 친구로 별로 친하지는 않았다. 내가 판단할 때 시내에 사는 동창생이 한 짓이 분명하다고 생각되었다.

혈기 왕성한 나는 같이 공부하던 친구들과 상의하여 이 녀석을 죽여 버리겠다고 생각했다. 친구들에게 이야기하자 일단 시험을 보고 난 후에 처리하자고 하여 뒤로 미루었다. 이런 상황에서 시험을 보았으니 합격할 리가 없었다. 전기 시험에서 떨어지고 다시 후기 시험을 보려고 원서를 쓰기 위하여 고향에 내려갔다가 오는데, 대전 버스터미널 화장실에서 다시 지난번 그 사람들이 똑같이 야바위 놀이를 하는 것이 눈에 띄었다.

나는 얼굴을 아는 사람을 잡고 내가 1,500원 걸었으니 지난번 300원 주고 1,200원을 줄 테니 외투를 내놓으라고 하자 처음에는 모른다고 잡아떼었다. 그래서 나는 '당신들은 헌 외투지만 나는 새 외투 2벌을 맞춰 줘야 하는 신세가 되었으며, 내가 내기를 했으니까 이유를 붙이지 않겠다.'고 말하자 경찰에 신고하는 것도 아니고 돈까지 준다니 그는 힘이 났는지 자기를 따라오란다.

그가 데리고 간 곳은 터미널 바로 옆에 있는 음식점이었다. 그리고 식당 안에 대고

"여보, 외투 두 개 돌려줘." 하자 안쪽에서

"왜?" 하는 여자 소리가 들려 바라보니 외투를 깔아 놓고 화투 놀이를 하고 있었다.

3만 원이나 물어 줘야 할 외투를 1,200원 주고 다시 찾아 그들에게 돌려주었다. 지금은 3만 원 하면 우스운 돈이나 그때는 국립대학교 1학기 등록금이 15,000원 정도요 사립대학은 40,000원 하던 시절로 15,000원은 쉽게 구할 수 있는 돈이 아니었다.

이렇게 해서 외투를 찾아 돌려줬지만, 부모님에게 외투값을 물어 달라고 편지를 보낸 친구는 같은 마을에서 앞뒷집에 살았던 발가숭이 친구였다. 이 사건이 있고 난 뒤 나는 그 친구와 영원히 헤어졌으며 40년이 지난 어느 날 천안에 살고 있을

때 인근에 있는 어느 아파트 공사장에 와 있다고 한번 만나자는 연락이 왔으나 나는 끝까지 만나 주지 않았다.

이처럼 순수하기만 했던 촌놈이 바보같이 순진하니까 두 번이나 사기를 당했지만 모두 슬기롭게 넘길 수 있었던 것은 시골 사람의 순박한 진실이 통했기 때문이라는 생각이 들었다. 나는 이런 과정을 거치면서 세상의 따끔한 맛도 당해 보았고 한편으로는 인간의 따뜻한 정도 배우면서 사회에 대한 시야가 조금씩 넓어지게 된 것이다.

꼴머슴의 애환

고마리꽃(꽃말: 꿀의 원천, 행복)

책상에 앉아 손을 비비다 보니 문득 내 왼손 엄지손가락의 흉터가 보인다. 까마득하게 잊어버린 세월에 묻혀버렸는데 갑자기 아련하게 중학교 일학년 때 소를 키웠던 기억이 떠올랐다. 10살배기 초등학교 4학년인 동생과 13살 먹은 중학교 1학년인 나는 소여물을 썬 적이 있었다. 동생은 작두를 밟고 나는 작두에 앉아 짚을 넣는 일을 하다 작두에 박힌 지푸라기를 치우려고 손을 넣는 순간 동생은 작두를 밟은 것이다. 순간 나는 "악~"하고 고함을 지르자 동생은 겁에 질려 작두를 들었는데 내 왼손 엄지손가락에는 피가 뚝뚝 떨어지고 있었다. 밟다가 멈추었기 다행이지 조금만 세게 밟았더라면 엄지손가락 전체가 날아갈 뻔했다. 그 흉터가 60여 년이 지나는데도 아직 남아서 눈에 띈 것이다.

지긋지긋한 가난으로 나는 중학교 일학년 때부터 소를 먹여야 하는 소 꼴머슴으로 산 것이다. 햇수를 헤아려보니 7년이란 세월이나 꼴머슴으로 살았다. 중학교 3년에다 고등학교 2년, 거기에다 고등학교에 다니다 그만둔 2년이 포함되니 7년이란 세월이었다.

처음 우리 집에 소가 들어온 것은 중학교 1학년 때였다. 가난하여 소를 살 돈이 없었기 때문에 남의 집 소를 키워주게 된 것이다. 배냇소[13]라 하던가? 이름이 확실한지 잘 모르겠다. 돈이 많은 사람이 가난하면서 성실한 사람에게 암송아지를 사주면 가난한 사람은 송아지를 키워주고 그 소가 어미 소가 되어 송아지를 나면 어미 소는 송아지를 사준 주인에게 돌려주고 어린 송아지를 갖게 되는 것이다. 이런 송아지가 우리 집에 들어온 것이다.

아버지와 어머니는 매일 품팔이로 남의 집 일을 해 주어야 했기 때문에 그 소를 키우는 것은 13살 먹은 중학교 1학년인 내 차지가 되었다. 그러다 보니 그때부터 나는 쇠꼴을 베어 나르기 위하여 지게를 짊어지는 지게꾼으로 변하여 일을 시작한 것이다. 간혹 아버지가 쇠꼴을 베어 오기도 했지만, 대부분은 내가 학교에서 돌아와 쇠꼴을 베어 나르는 꼴머슴이 된 것이다.

그리고 겨울이면 소여물을 만들기 위하여 작두로 짚을 썰어야 하는데 힘이 없는 나는 작두를 제대로 받지 못한다고 아버

13) 일명 장리소라고도 함

지로부터 늘 꾸중 듣던 기억이 아직도 머릿속에 남아 있다. 그리고 겨울에는 아침 일찍 일어나 소여물을 끓이는 일은 잠이 많은 어린 시절이라 그랬는지 모르지만 죽기보다 싫었으나 해야 하는 내 일이었다.

내가 중학교나 고등학교에 다니면서 쇠꼴을 베기 위하여 학교가 끝나기 바쁘게 집으로 돌아와 숫돌에 낫을 갈고 지게를 짊어지고 이 논두렁이나 저 밭둑을 찾아 헤매었으며, 습기가 있어 풀이 잘 자라는 도랑 가를 찾아 마을 골짝마다 뒤지고 다녔다. 그러다 보니 툭하면 손가락을 베는 것은 여 반사요 어떤 때는 논둑의 풀을 베다 보면 똬리를 틀고 있는 뱀을 만나면 놀라서 기겁하기도 했다.

어쩌다 학교에서 영화라도 한 편 보여 주는 날이면 늦게 집에 오게 되어 어두워질 때까지 풀을 베어야 했다. 그리고 학교에서 너무 늦게 끝난다든지 친구들과 놀다 풀을 베지 못하면 그날은 소가 굶어야 했고 나는 부모님에게 혼나야 했다. 그보다도 가장 괴로운 것은 비가 오는 장마철이다. 소나기가 쏟아지는데도 비옷도 없이 꼴을 베러 가기 위하여 비를 맞으며 집을 나서는 신세가 처량했다. 그리고 어린 내가 베어오는 풀이 똥 다발만큼이나 베어 오는 꼴이다 보니 우리 집 소는 늘 굶주리는 날이 많았을 것이다.

동화책에서 나오는 '비가 오는 날 꼴머슴이 꼴 짐을 지고 소를 몰고 가는데 바짓가랑이가 내려가는 꼴머슴의 황당한 모습' 그 이야기 주인공이 바로 나였으며 그런 일이 귀한 일이 아니었다. 그럴 때 발이라도 잘못 디디어 꼴 짐이라도 넘어지는 날이면 황당하기 그지없었다.

이렇게 소 꼴 머슴이 된 나는 짧은 시간에 많은 풀을 베려고 노력하다 보니 풀 한 포기라도 더 쥐려고 오른 손가락을 뻗치고 또 뻗친 결과 왼손과 오른손 뼘의 길이가 서로 다른 짝 뼘이 되었다. 오른손은 낫을 잡는 손이라 뼘이 23㎝인데 왼손 뼘은 25㎝로 2㎝나 더 늘어난 것이다.

하긴 되게 바쁠 때는 손가락에 풀을 감고 또 감아 꼴 한 주먹이 한 다발이 될 수 있도록 쥐는 법도 터득하게 되었으며, 엉터리 풀이지만 30~40분에 한 바지게를 베기도 하였으니 꼴 머슴 중에 상 꼴머슴이 된 것이다. 이런 나는 지금도 낫질하는 데는 일가견을 가지고 있다.

이런 생활을 면하게 된 것은 고등학교 3학년이 되었을 때 대학을 가겠다고 생각하면서 면하게 되었다. 부모님에게 반항하면서 집에서 나와 자취하는 친구 집에 생활하면서 가정 일손 돕는 것을 면하게 되었다. 일이 많은 부모님은 얼마나 속이 상했을까? 밑에는 동생들이 여섯이나 되었는데 큰아들이란 녀석은 공부하겠다고 집안일을 돕지 않았으니 아마 속깨나 아파하셨을 것 같았다. 그런 생활을 한 나는 마을 사람들이나 친척들로부터 못된 녀석이라고 낙인이 찍히기도 했다.

이런 생활 속에서도 나는 굴하지 않고 늦게나마 공부에 매진하여 그 지긋지긋한 시골의 지게 밑에서 벗어나게 된 것이다. 친척들이나 마을 사람들로부터 욕을 먹던 나는 그 마을에 유일한 대학생이 되었으며, 도시로 나와 도시 생활을 하게 된 것이다.

이런 나를 본받은 동생들도 이웃집 아이들보다 공부를 잘하게 된 것이다. 그리고 일손을 돕지 않는다고 그리 나무라시던 부모님이 큰아들을 자랑스럽게 이야기하게 되었다. 또 가난 속에 허덕이는 부모님의 일손을 돕지 않고 대학에 간다고 공부한다며 미친 사람이라고 했다는 마을 사람들도 나에 대한 생각을 달리하게 되었다.

이처럼 한참 친구들과 재미있게 돌아다니며 놀아야 할 나이에 집안일을 돕다 보니 나는 내가 가지고 있는 끼를 발산하지 못하고 살아온 불행한 사람으로 성장한 것이다. 친구들과 어울려 마음껏 노래 한 번 불러보지 못했으니 노래도 할 줄 모르고, 친구들과 어울려 공 한 번 마음껏 차 본 적이 없으니 운동을 할 줄 아나 제대로 하는 것이 아무것도 없었다. 그저 벼락치기 공부로 책 몇 줄 읽은 것으로 평생을 살아가려니 사회에 잘 적응하지 못하고 불행하게 살 수뿐이 없었다.

직장에서 체육대회가 있으면 맨날 뒷전에서 손뼉이나 쳐야 했고, 야유회라도 가면 노래 한마디 할 줄 모르니 얼굴 붉히며 사양하다 마지못해 한마디 하면 음치라는 놀림이나 받으며 살아야 했다. 그러다 세월이 흘러 자그마한 사회적 지위가 오르다 보니 운동할 기회도 조금씩 나타나고 노래를 들어 볼 기회도 생기게 되었다. 평생 음치인 줄 알았고 내 몸은 둔치라 운동은 못 하는 줄 알았는데 이제는 노래를 썩 잘하지는 못하지만 그럴듯하게 흉내도 내고, 운동도 제법 하게 되었다.

이제는 꼴머슴이 역사 속으로 사라져 구경조차 할 수 없지만, 나에게는 하나의 추억으로 아련히 머릿속에 맴돌며 눈가에 웃음이 스쳐 갔다. 비록 몸은 고달팠으나 오늘날같이 갈등은 없었던 그 시절이 행복하지 않았나 하는 생각이 들기도 했다.

잘못된 판단이 주는 고통

봉선화(꽃말: 나를 건드리지 마세요)

오늘은 육군 상사인 집사람의 질녀가 휴가 나왔다며 큰이모에게 인사차 들렀다며 찾아왔다. 질녀는 육본에 근무하고 있는데 저희 오빠와 달리 성격이 활달하고 여자지만 군 생활이 적성에 맞는다고 갓 30이 된 앳된 얼굴인데도 눈에 광채가 나며 생기가 있어 보였다. 나는 그녀와 이야기를 나누다 보니 지난날 내가 군대 생활을 할 때 육군 상사로부터 혼이 났던 기억이 떠올랐다. 아마 그때 조금만 판단을 잘못했으면 지금 어떤 사람이 되었을까 하는 아찔한 생각이 들었다.

이 이야기는 1970년 3월, 내가 육군 일병시절 이야기다. 탈영이냐? 맞아 죽느냐? 아니면 이 난관을 헤쳐나갈 방법이 무엇인가 갈등 속에 공포의 밤을 지새웠던 생각이 떠올라 회상해 보았다.

나의 군 생활은 처음부터 잘못되었다. 1969년 7월 입대하여 논산 훈련소에서 훈련을 마치고 예하 부대로 배치된 것이 9월 초순이었다. 내가 배치된 곳은 경기도 양평에 있는 한 야 공단인데, 춘천에서 최전방으로 가지 않고 경기도 남쪽으로 배속된 것은 행운 중의 대 행운이었다. 배출 대에서 얼마나 기뻤던지 후방부대 배치에 더플백을 집어 던지면서 환호했던 모습이 아련히 떠오른다.

12명의 훈련병 동기들이 야 공단 단 본부에서 2주간 신병 훈련을 마치고 다시 예하 대대로 배치되는 과정에서 178㎝의 키에 훈련과정에서 성적이 우수한 나는 동기생 두 명과 함께 예하 대대로 발령만 받고 가짜 상병 계급장을 붙이고 단 본부에서 위병소 파견 근무를 하게 되었다.

당시 야 공단은 작업 공병부대로 대대에 들어가 작업 중대에 배치되면 각종 방카공사 및 도로 공사 등 작업을 했다. 야공단 소속 공병 한 사람이 군 생활을 마치는 3년 동안 야전삽[14] 삽날이 세 개가 달아야 제대한다는 말이 있을 정도로 작업이 많았다는데 가보지 않아 사실은 알 수 없다.

그러다 보니 단 본부에서 보초만 서는 위병은 상사들의 간섭도 별로 받지 않고 자유자재로 외출도 할 수 있으며 옷도 멋을 부릴 수 있었으니 특과 중의 특과였다. 나와 동기 두 명은 군대 생활을 시작하면서부터 가짜 계급장에 멋이나 부리고 마음대로 외출하는 자유분방한 군인이 된 것이다. 군부대 밥보다 민간인 밥을 사 먹으며 단 본부에 들랑거리는 예하 부대 연락병을 깔보는 나쁜 버릇이 나타나기 시작했다.

그리고 우리 위병은 전체가 9명으로 구성되어 있는데 3개 대대에서 세 사람씩 파견되어 있었다. 그러다 보니 위병 중 선임병이 직속 대대의 선임병이 아니므로 위계질서가 서지 않았

14) 시멘트를 모래와 섞는 삽 = 오늘날은 레미콘이 대신함

다. 내가 속한 대대는 작업 병이 부족하다고 단 본부에 위병을 파견하지 않았기 때문에 단 본부는 신병을 발령만 내고 대대로 보내지 않고 강제로 붙잡아 둔 것이다.

그러다 보니 원 대대와 중대에는 가본 적도 없고 중대장이 누구며 소대원에 누가 있는지 알지도 못했으며, 각종 보급 물자는 물론, 총과 칼도 받지 못한 얼간이 군인이 되었다. 그 결과 3개월이면 진급하는 일등병 진급도 6개월이 지나서 진급하게 되는 미운 오리 새끼가 된 것이다.

위병소에 근무하는 병사들이 마음대로 외출하고 돌아다니는 병영 생활이 엉터리라는 것을 단 본부에서 알게 된 모양이다. 얼마 있다 위병들을 대대적으로 물갈이한다는 소리가 나오고 있을 때 내가 속한 대대가 다른 공병단으로 편입되어 경기도 이천에서 강원도 전방으로 이동한다는 소문이 돌았다. 그렇게 되면 우리도 자연히 철수할 수뿐이 없게 된 것이다.

그동안 편하게 군 생활을 해왔는데 한 번도 가보지 않은 우리 대대가 전방으로 이동한다는 데 복귀한다고 생각하니 끔찍하게만 느껴졌다. 나는 전입 동기 두 사람과 상의한 결과 소속 부대로 가지 말고 월남 파병을 지원하기로 했다.

그래서 우리는 단 본부인사과 주임상사[15]를 만나 월남 파병 지원을 신청했으나 공병 병과가 가는 십자성 부대나 비둘기 부대는 경합이 치열하여 신청한다고 다 가는 것이 아니란다. 우리 부대에 배정된 파병 인원이 단 한 사람뿐이라고 했다.

우리는 상의한 결과 시골에서 온 좀 어수룩한 이 일병을 달래어 먼저 월남으로 보내고 두 사람은 다음 기회에 같이 떠

15) 인사계

나기로 했다. 그리고 두 사람은 다시 인사과 주임 상사를 만나 다른 대대로 전출을 부탁한 결과 전방으로 이동하는 대대에서 단 본부 옆에 있는 대대로 전출을 받게 되는 수작을 부린 것이다.

그런데 친구는 새로운 대대로 전출된 것으로 만족하지 못하고 다시 단 본부를 매일 들락거리는 대대 연락병을 통하여 서울로 파견된 2중대로 발령을 받았다. 나는 친구가 같이 부탁을 하자고 했으나 거절했다. 그 결과 나는 대대에 남아 있는 1중대로 발령이 나 그대로 단 본부 위병으로 파견 근무하게 되었다. 그러던 중 내가 속한 중대 선임병인 김 하사가 위병소 선임하사로 파견을 나왔다. 군 생활 7개월 만에 처음으로 직속 상사를 만나게 되었으며 처음으로 총과 칼 등 내 사물을 지급받았다.

그러나 예하 부대 생활 경험이 없는 나는 전과 같이 군 생활을 하고 있었다. 이처럼 위병소 통제가 잘 안 되자 단 본부는 예하 대대에 속해 있는 위병소 사병을 원래 소속으로 복귀시키고 대체 병력을 단 본부 직속 중대에 맡기기로 결정되었다. 그러다 보니 2중대로 발령받은 친구는 서울로 가고 나는 내가 속한 중대로 원대복귀 할 수밖에 없었다.

예하 부대 군 생활 짬[16]을 모르는 나는 귀대 명령받은 날짜를 확인할 줄도 몰랐으며 다만 금요일에 전달받았으니 하루쯤 놀고 월요일에 들어가도 되는 줄 알았다. 그리고 위병소에 근무하던 다른 부대 선임병이 부대에 복귀하면 자유스럽지 못하니 휴가증을 구해서 집에 한번 다녀오라고 권했다. 같은 중대 소

16) 규칙을 말함

속 김 하사님도 아무 말이 없었다. 나는 가짜 휴가증을 구하여 집에 다녀오기로 했다.

대학 1학년 재학 중 군대에 입대한 나로서는 첫 고향 나들이로 금요일 저녁부터 대학에 다니고 있는 친구들과 어울려 힘이 나게 놀다 집을 거쳐 일요일 저녁 8시쯤 파견 부대에 들어와 보니 난리가 나 있었다.

내가 소속된 중대에서 오늘 중 복귀하지 않으면 탈영병으로 신고한다고 계속 전화가 오고 있었으며 부대에 먼저 복귀한 김 하사가 일등병 하나도 제대로 다루지 못했다고 주임상사로부터 체벌을 당하여 꼼짝 못 하고 누워 있다는 소문이 들려 왔다.

군대에 입대하여 8개월 만에 처음으로 친구를 만나 재미나게 놀았건만 그에 대한 대가는 너무 크게 기다리고 있었다. 처음에는 마음대로 하라지? 하면서 객기를 부리며 10시경까지 버티었으나 계속 오는 전화에 다른 병사들이 불안해하며 가기를 권했다.

결국, 4㎞ 정도 떨어진 한 번도 가보지 않았던[17] 부대를 무거운 더플백[18]을 등에 메고 깜깜한 신작로를 따라 걸어가는 기분은 꼭 소가 도살장에 끌려가는 기분이 아닐까 생각되었다. 다리 힘이 쭉 빠져 있고 더플백은 몸을 짓눌려오며 머릿속은 앞으로 어떤 일이 벌어질까 하는 불안이 가중됐다.

이대로 탈영해 버릴까?

탈영하면 어디로 가야 하는가?

---

17) 위치만 알고 있었음
18) 군인들이 사용하는 개인용 가방

어데 가서 숨어야 하며 언제까지 숨어 살아야 하는가?

그러다 보면 내 인생은 앞으로 어떻게 되는 것일까? 아무리 생각해도 탈영은 답이 아니었다.

그러면 이 밤을 피하여 내일 아침에 들어갈까?

아침에 들어가면 탈영병으로 취급한다는데 과연 탈영병으로 취급할까?

탈영병으로 취급되면 군대 영창에 가야 하는데 군대 영창에 들어갔다 온 사람들을 보지 않았던가?

얼마나 기합을 받았으면 정수리에 머리카락이 하나도 없이 다 빠진 것을 보지 않았던가? 아무리 생각해도 오늘 부대에 들어가 맞아 죽어도 들어가는 것이 순리인 것 같았다.

내가 저지른 죗값 내가 치러야지. 탈영하여 부모님까지 고통을 주는 것은 분명히 잘못된 것 같았다. 설마 때려죽이기야 하겠냐면서 부대로 들어가기로 마음을 굳히고 용기를 내서 걷고 있는데 민간 트럭이 한 대 왔다. 손을 들자 한밤중에 더플 백을 메고 가는 군인이 불쌍하게 보였는지 태워줘서 쉽게 부대 앞에 도착하게 되었다.

"손들어."

"뒤로 돌아."

"암호."

"단 본부 위병으로 파견 나갔다. 부대에 복귀하는 사람입니다."

"이 새끼 김동복이지?"

"예 맞습니다."

"야~ 이 새끼 뒤질 줄 알아. 이리 들어와."

처음부터 들려오는 소리가 겁을 주는 소리였다. 마침 대대 위병소는 우리 1중대 소속 병사들이 맡고 있어 내 이름을 잘 알고 있었나 보다. 부대에 한 번 와보지도 않고 단 본부에서 가짜 계급장을 달고 선임병한테 반말을 쓰며 횡포를 부린 거만한 병사로 낙인이 찍혀 있어 언젠가 자대에 복귀만 하면 본때를 보여 주겠다고 기회를 보고 있었는데 처음 오는 부대 복귀 날부터 늦었으니 제대로 걸려든 꼴이 되었다.

"야~, 이 새끼야 네가 그렇게 거만하다면서."

"차렷."

"앉아."

"일어나."

"앉아." 위병소에 들어서기 바쁘게 한바탕 기압으로 시작되었다.

"너 이 새끼 때문에 제대 말년 김 하사가 피나게 기합받았으니까? 중대에 올라가 봐. 너는 오늘 제삿날인 줄 알고 올라가." 해서 일단 위병소는 통과되었다.

우리 중대를 가는 동안 3중대 막사 앞에서 검문받고 2중대를 거쳐 1중대에 올라가니 보초병 하는 말이

"김동복, 이 새끼 뒤질 줄 알아. 따라와." 하면서 내무반으로 안내하며 잠을 자는 인사계[19] 앞으로 다가가 깨웠다.

"뭐 누가 왔어?"

"위병으로 파견 나간 김동복 일병이 돌아왔습니다."

"지금 몇 시야?"

19) 상사

"12시 15분입니다." 잠을 자다 일어난 인사계의 싸늘하고 쾌쾌한 낮은 목소리로 고문이 시작되었다.

"너 어디 갔다 왔어?"

"월요일 귀대해도 되는 줄 알고 서울에 사는 여동생이 면회 와 데려다주고 왔습니다."

"휴가증을 누구한테 구했나?"

내 머릿속은 복잡하게 돌아갔다. 여기에서 말 한마디 잘못하면 오늘 내 엉덩이가 피떡이 되는지?

아니면 따귀를 몇 대 맞을지?

아니면 정강이가 제대로 붙어 있을지? 모든 것이 내 입에서 흘러나오는 말에 달려 있다는 생각이 들었다. 그리고 잘못 말하면 휴가증을 구해준 단 본부 사병이 다칠 수 있다는 생각이 번쩍 들어 월남으로 파병된 선임병을 팔아먹기로 생각했다.

"황 병장이 구해 주었습니다."라고 당당하게 말했다.

"황 병장 누구?"

"황종현 병장입니다."

"그래 그놈은 죽었어, 119대대 수송병 하던 황종현 말이지?" 마침 인사계는 전에 119대대에 근무하다 이동했기 때문에 황 병장을 잘 알고 있었다.

"예~"

속으로 월남 파병된 병사를 네가 무슨 수로 하는 생각이 스치며 입가에 웃음이 나왔지만 깜깜한 밤이라 상대방은 알 수가 없었다.

"그래 그놈은 영창이야. 내일 아침에 봐."

한 번의 태풍이 지나갔다. 나에게 행운의 여신이 도와주었는지 그날따라 중대장이 바로 옆에서 자고 있었단다. 중대장은 내가 지금 이 중대로 발령받자 잽싸게 집으로 찾아가 휴가 좀 보내 달라고 사정을 한 적이 있으며 앞으로 잘 모시겠다고 약속했었다.

중대장은 대학에 다니다 온 나를 특별히 봐주고 있었던 모양이다. 그리고 인사계는 자기의 직속 상사인 중대장이 옆에 자고 있는데 한밤중에 사병을 체벌할 수 없었던 모양이었다.

인사계를 통과하여 이제는 살았다고 생각했는데 내무반 보초가 내 팔을 끌어 따라가니 막사 밖 배치가[20] 옆으로 안내되었다. 거기에는 병사 네 명과 몽둥이가 두 개 준비되어 있으며 물 양동이도 하나 준비되어 있었다. 마음속으로 '이제는 죽었구나! 생각하며 다시 정신을 바짝 차렸다. '죽기 아니면 살기겠지, 설마 저희가 때려죽이기야 할까?'라는 오기도 났다.

한밤중이라 희미한 전등불에 비치는 그들은 저승사자 같았다. 우리 중대 최고 선임병인 모양이다.

"엎드려."

"너 똑바로 이야기해. 너 때문에 제대 말년 김 하사가 인사계에게 떡이 되게 맞았으니까 거짓말하면 너는 오늘 죽을 줄 알아." 하며 엄포로 시작했다.

나는 앵무새와 같이 인사계에게 말한 그대로 되풀이했다. 서울에서 여동생이 면회와 데려다주고 왔다. 내일 귀대해도 되는 줄 알았다고 몇 번을 반복하며 기죽지 않고 또박또박 대답했다. 그리고 내 생각이 잘못되었다고 하면서 한 번만 용서

20) 군대 막사 난방 장치

해 달라고 빌고 또 빌었다.

그 자리에 같이 근무했던 김 하사가 있었으면 거짓말이라는 것이 금방 탄로가 났겠지만, 지금은 옆에 없을뿐더러 김 하사가 그동안 나에게 신세 진 것[21]이 있으니 사실을 말하지 않을 것 같았다. 시간이 얼마나 흘렀는지 모른다. 네 명의 선임병이 돌아가면서 나에 대한 신상을 하나씩 캐물었다.

아직 겨울이 완전히 가지 않은 3월 경기도 내륙인 양평 용문산 근방에 있는 곳에서 땅바닥에 주먹을 쥐고 엎드려 있다 보니 손에서 찬기가 올라와 온몸이 부들부들 떨렸다. 얼마나 시간이 흘렀을까?

"일어나."

"내일 아침 기상하면 다시 봐." 하면서 한 대도 맞지 않고 끝났다. 그들이 때리지 않은 이유는 무엇인지 알 수 없었다. 처음부터 엄포만 주기 위한 것인지 모르지만 내일 보자는 것은 무서워할 필요가 없다는 생각이 들었다. 다시 내무반에 들어와 빈 곳에 자라고 하여 빈 곳을 찾아 누워서 막 잠이 들려고 하는데 누가 총 개머리판으로 머리를 찌며

"이 새끼 누가 내 자리서 자는 거야?" 해서 일어나 보니 보초 나간 선임병 잠자리에 내가 누웠는지 눈을 부라리며 병사 하나가 내려다보고 있었다.

"오 주여! 당신은 나를 위기에서 구해 주셨구려." 나는 결국 욕은 몇 마디 먹었지만 매 한 대 맞지 않고 위기를 모면했다. 그러나 선임병과 동료 병사들로부터 미움을 받아 그 부대에서 한 달을 버티지 못했다. 그들은 식사 후 식기 닦는 일을 다 나

---

21) 단 본부 파견지에서 타 부대 장병들이 선임하사를 무시하지 못하도록 감싸 줌

에게 시켰으며 툭하면 트집을 잡으려 했다. 나는 평소 지니고 있던 지병을 핑계 삼아 원주에 있는 후송 병원으로 후송을 떠났다. 후송 가는 나를 보고 어떤 선임병은 눈을 흘기며 돌아와서 보자고 공갈을 쳤다.

병사가 병이 나면 군 병원으로 후송 갔다가 완치되면 다시 원래 부대로 복귀되는 것이 원칙이었다. 나는 병을 치료하고 자대로 복귀하는 과정에서 또다시 수작을 부렸다. 단 본부 인사계를 통하여 원소속 부대로 가지 않고 본부 직속 중대로 전출함으로써 군대 생활을 무사히 마치게 되었다.

그러나 나는 예하 부대에 늦게 배치되어 나보다 군번이 늦은 후배 장병들이 맞먹으려 하였고 좋은 보직도 받지 못하는 군 생활을 해야 했다. 한순간의 편한 군대 생활이 긴 시간의 고통을 안겨 주었으며, 순간의 판단을 잘못했다면 군 생활뿐 아니라 내 인생을 망칠 뻔했었다.

소문에 의하면 나와 군대에서 가장 친했던 서울로 간 친구는 부대에 적응하지 못하고 탈영했다 붙잡혀 왔는데 어떻게 죽었는지 죽었다는 소문이 들려왔다. 그 친구는 2대 독자며 아버지는 전주에서 경찰 고위 간부로 상당한 사회적 지위를 지니고 있었다. 그리고 여동생은 우리나라 최고 명문 대학이라는 서울의 S 대학교에 재학하는 중상류 가정이었으나 처음 단추가 잘못 끼어진 군대 생활에 젊은 나이로 이 세상을 떠나야 했다.

그때 나도 편함을 위하여 정도를 걷지 않고 또 한 번 더 장난을 쳤다면 지금쯤 어떤 인간이 되어 있을까? 생각만 해도 아찔했다. 이런 생각을 하며 처조카 육군 상사 계급장을 바라보니 계급장이 유난히도 빛나 보였다.

사회변화에 적응하며 살아온 인생

장미꽃(꽃말: 사랑, 애정, 행복한 사랑)

오늘날도 수시로 변하는 대학입시제도가 1969학년도에는 예비고사라는 것이 처음 도입되었다. 그때 나는 고등학교를 졸업한 지 2년이 지난 삼수생으로 산자락에 있는 인삼밭에 있는 움막에서 혼자 밥을 해 먹으며 공무원 시험 겸 대학 입학시험을 준비하고 있었다. 그런데 그해 대학 예비고사가 새로 나타났는데 대중매체가 발달하지 못한 사회라 소식을 모르고 있다가 시험이 한 달 앞으로 다가왔을 때 알게 되었다. 입시제도가 변한 소식을 접하자 나는 눈앞이 깜깜했다. 대학교에 합격 불합격을 떠나 응시원서도 낼 수 없다는 것을 깨달은 것이다.

그동안 대학입시제도는 국립대학은 5과목[22]으로 되어 있고 이름깨나 있는 명문 대학이란 곳은 4과목[23]이고 학교에 따라서는 3개 과목이나 2개 과목으로 신입생을 뽑는 대학도 있었다.

이런 입시제도는 고등학교에서 정상적인 교육과정을 운영하는 것이 아니라 대학 입시에 맞추어 변형된 교육과정을 운

22) 국어, 영어, 수학에다 인문계는 사회계열 2과목, 자연계는 과학계열 2과목
23) 국어, 영어, 수학에다 인문계는 사회계열 1과목, 자연계는 과학계열 1과목

영하게 되었고 학생들도 자기가 가고자 하는 대학의 입시 과목만 공부하는 현상이 나타나자 국가에서는 대대적인 수술을 한 것이다.

새로 나타난 예비고사는 시험과목이 고등학교에서 배우는 교육과정에서 예체능만 빼놓고 전 과목을 보게 했다. 그러다 보니 고등학교를 졸업한 지 오래된 학생은 불리하고 재학생들이 유리했다. 그리고 예비고사 합격은 대학 입학정원의 1.5배수로 뽑아 여기에 합격해야만 대학 본고사에 전형원서를 낼 수 있도록 제도를 바꾼 것이다.

이 소식에 접한 나는 실망이 컸다. 시험이 한 달 앞으로 다가와서야 알게 되었으니 난감했다. 지금까지 내가 공부해온 과목은 5과목인데 10여 과목을 넘게 공부해야 했다. 시험 날짜는 1969년 12월 19일인데 내가 알게 된 날짜는 11월 중순경이었다.

나는 고민에 빠지게 되었다. 대학을 가고 못 가고를 떠나서 응시조차 할 수 없다는 생각에 울화통이 났다. 며칠을 고민하다 부모에게 죄를 짓더라도 응시는 해 보아야겠다고 생각했다. 그런데 당장 책부터 사야 하는데 책값이 없었다. 그래서 부모를 속이기로 마음먹었다.

부모를 속이기 위해서 내가 생각한 것은 취직한다며 보증금을 타가는 것이었다. 그때는 지금같이 일자리가 많지 않은 사회였다. 어데 공장이라도 들어가려면 인맥이 있어야 했고 보증금을 걸어야 취업이 되었다. 그래서 생각해 낸 것이 중앙청에 근무하는 친척 이름을 팔기로 했다. 그래서 눈썰미가 예리

한 아버지를 속이기 위하여 그때 처음으로 나온 사인펜을 구해 가짜 편지를 썼다. 그리고 봉투에 우표를 서울에서 공부하고 있던 친구가 보낸 편지에서 서울에 있는 우체국 소인이 찍힌 우표를 표시 나지 않게 떼어다 붙였다.

그리고 밭에서 가을걷이하는 아버지와 어머니에게 헉헉대며 찾아가

"아버지 서울에 있는 이모부가 일자리가 있다고 오늘 당장 서울로 오라고 편지가 왔어요."

"뭐~, 일자리?"

"무슨 일자리?"하면서 아버지와 어머니가 하던 일손을 멈추고 나를 바라본다. 나는 숨을 몰아쉬며 편지를 아버지에게 보여 드렸다. 아버지와 어머니는 아들의 일자리가 있다는 것이 무척이나 기뻤나 보다.

역시 아버지는 꼼꼼하셨다. 편지를 겉봉부터 훑어보더니, 꺼내 읽어 보라고 나에게 건네줬다. 나는 편지를 단숨에 읽어 내려갔다. 내용은 갑자기 나에게 마땅한 일자리가 나타났으니 보증금으로 20,000원을 가지고 당장 올라오라는 내용이었다. 혹시 늦어지면 다른 사람에게 넘어갈 수 있으니 돈이 미처 안 되면 되는 대로만 가지고 올라오라고 했다.

편지 내용을 다 듣고 난 부모님은 한참이나 한숨을 쉬시더니 아버지는

"여보, 당신이 마을에 가서 한 번 구해보지."하면서 어머니를 마을로 내려보냈다. 나는 마음속에 양심의 가책을 받았으나 대학 시험은 꼭 봐야겠다는 욕망은 더욱 강렬하게 불타

고 있었다.

그날 어머니가 구해준 돈은 12,000원이었다. 80여 가구가 사는 마을에 돈깨나 있다는 집의 돈을 다 끌어모은 돈이란다. 어머니는 내일 외가에 가서 마저 구해 준다고 하는데 나는 오늘 당장 서울로 올라간다며 그 돈을 받아서 집을 나왔다. 그리고 책방에 가서 지금까지 공부하지 않고 있던 과목의 책을 샀다. 내가 구매한 책은 쪽수가 많지 않고 요점 정리와 간단한 기초문제로 되어 있는 책을 한 권씩 사서 절로 들어갔다. 그리고 한 달 동안 죽을 둥 살 둥 공부했다.

공부하는 방법은 연습장을 옆에 놓고 볼펜으로 쓰면서 알고 모르고를 떠나 눈으로 보고 입으로 소리를 내서 읽으며 손으로 연습장에 내갈겨 쓰면서 공부했다. 물리 같은 과목은 공식을 완전히 이해할 시간이 없어 4지 선다형 문제라 답을 역으로 풀면서 공부를 했다.

그때 내가 하루에 본 책의 쪽수가 200쪽이 넘었으며 한 달이 되었을 때는 새로 사 간 책을 5번씩 반복해서 볼 정도였다. 이렇게 공부하고 가서 시험을 보았는데 내가 공부한 방법이 적중했다. 즉 문제가 너무 어렵지 않게 출제된 것이다. 이때 부모님을 속인 것은 평생 마음의 죄인이 되었지만, 예비고사에 합격하고 대학에 합격하자 부모님은 언제 그런 일이 있었냐는 듯 모든 것을 용서해 주셨다.

아마 내 인생 중에서 그때 한 달 같이 공부한 적은 없었다. 그 결과 예비고사에 당당히 합격했다. 내가 졸업한 고등학교에서는 재학생이 한 명 합격하고 졸업생 중 내가 합격했다고 고등학교 3학년 때 담임과 선생님들이 장하다고 칭찬이 자자했다.

예비고사에 합격한 자는 본고사에 눈 감고 헤엄치기였다. 서울에 있는 몇 대학만 입학 정원을 채웠고 대부분 대학이 인기 학과를 제외하고는 다 인원 미달이었다. 심지어 지금까지 20:1 정도 오르내리던 사범대학과 교육대학까지 인원을 채우는 데 애를 먹었다.

벼락치기로 공부하여 예비고사에 무난히 통과한 나는 지방 국립대학에 들어갔다. 내가 들어간 대학교는 입학 정원이 약 180명 정도였으며 단과대학은 2과에 정원이 40명이었다. 내가 들어간 단과대학에 입학한 신입생 40명 중 19명이 재수에서 사수까지 한 학생들로 2학년이나 3학년보다 평균 나이가 많았다.

그 이유는 좋은 대학을 진학하려고 그동안 재수 삼수하며 버티다 전 과목으로 시험을 보는 예비고사가 나타나자 더 버티지 못하고 대학에 들어왔기 때문이다. 그러다 보니 대학에 입학하고 군에 가는 사람과 1학기를 마치기가 바쁘게 군에 입대하는 학생이 많이 나타났다. 나도 그중의 한 사람으로 1969년 7월 11일 입영 날짜를 받아 놓고 있었다.

제3공화국을 수립한 박정희 대통령은 4년의 두 번 임기를 마치고 대구에 있는 한 사립대학 총장으로 간다는 뉴스가 흘러나왔다. 그 대학이 대구에 있는 두 개의 사립대학을 통합하여 만든 영남대학교로 서울대학교 신입생보다 정원이 많은 우리나라에서 가장 큰 대학이라고 뉴스가 흘러나왔다. 어린 내 생각은 참으로 양심적인 대통령이라고 생각하게 되었다. 이승만 대통령은 장기집권하려고 헌법을 개정했는데 박정희 대통령은 헌법을 준수하여 재선만 한다고 하니 너무 멋지게 보였다.

그런데 권력에 욕심이 생겼나 지금까지 추진하던 각종 정책을 완수하기 위하여 한 번 더 대통령을 한다면서 3선 개헌을 추진하고 있었다. 대통령이 개헌하는 데는 걸림돌이 없었다. 국회는 여당이 3분의 2 이상을 차지하고 있으니 통과가 어렵지 않고 국민투표도 가난하고 무지의 국민에게 조금만 선심을 베풀면 되었으며, 찬성표를 만드는 기법도 가지고 있었으니 어렵지 않게 통과할 수 있는 일이었다.

다만 문제가 되는 것은 소수의 야당 및 지식인과 대학이 문제였다. 3선 개헌을 반대하는 야당의 목소리가 나오는가 하면 서울에 있는 대학에서부터 3선 개헌 반대 집회가 일어나기 시작했다.

우리 대학에서도 1학기 기말고사가 7월 초에 잡혀 있는데 시험 셋째 날 학교에 나가니 학생회에서 학생들을 4층에 있는 소강당으로 모이도록 했다. 우리는 아무것도 모른 채 강당에 들어서니 출입문에 책상과 의자로 바리케이드를 치고 학생회 대표들이 일장 연설이 시작되었다.

그러자 문밖에서는 교수님들의 발소리와 문을 두드리며 열라고 고래고래 고함이 들려 왔다. 법정대 학생들은 전체 인원이라야 150명 남짓하였다. 우리는 10명씩 스크랩을 짜고 교문 밖으로 나가려 하니 언제 연락이 되었는지 교문 앞에는 경찰병력이 바리케이드를 치고 학생들이 나오지 못하도록 통제하고 있었다. 교문 밖으로 진출하려다 방향을 돌려 학생 수가 많은 문리대학과 농과대학, 상과대학을 돌며 "3선 개헌 절대 반대."를 외치다 해산했다. 그로 인해 학교는 시험을 중단하고 임시 휴교령이 내려졌으며 문을 닫게 되었다.

나는 학교가 휴교령을 내리자 일부 과목에 대한 시험을 보지 못하고 군에 입대하게 되었다. 이렇게 시작된 3선 개헌 투표를 군대에서 하게 되었는데 내가 있는 부대에서는 나에게 투표할 기회도 주지 않았다. 이유는 투표하기 전 중대장이 중대원을 모아 놓고 나에게 법대생이니 헌법 개정에 대하여 중대원들에게 설명을 해 주라고 했다.

나는 세계에서 민주주의를 가장 잘하고 있다는 미국 헌법의 예를 들어 설명했다. 미국이란 나라도 그동안 수없이 많은 헌법을 개정해 왔다고 서두를 던지자 중대장이 좋아하며 손뼉을 치도록 유도했다. 그런데 나는 본론에 가서 미국 초대 대통령인 조지 워싱턴이나 3대 대통령인 토머스 제퍼슨은 국민들의 신뢰가 두터워 국민들이 종신 대통령을 하라고 권해도 장기집권하면 독재가 된다고 재선만 하고 물러나는 전례를 남겨 헌법에 규정이 없어도 재선만 하는 것이 선례가 된 나라가 되었다.

그러다 2차 세계대전 때 전쟁 중이라 루스벨트가 4선까지 당선되는 이변이 나타났다. 그러자 전쟁이 끝난 후 아무리 전쟁 중이라도 재선을 넘어서면 안 된다는 생각으로 헌법을 개정하여 재선만 할 수 있도록 개정하여 오늘날까지 재선만 허용하는 나라라고 설명했다.

그런 사고 의식을 가지고 있으니 반대할 것이 확실하게 보이자 내 투표용지는 어디로 간 것인지 알지도 못하게 되었다. 혹시 파견 나와 있는 군인이라 본대로 간 것인지 모르지만, 투표를 하지 못했다.

3선 개헌 후 군대에서 대통령 선거를 하게 됐다. 여당은 박정희 후보, 야당은 40대의 기수로 김대중 후보가 나왔으나 기억하기로는 60여만 표 차로 박정희 대통령이 당선된 것으로 기억하고 있다. 그리고 영호남의 지방 갈등도 없었으며 호남에서 오히려 박정희 후보의 표가 더 많이 나온 것으로 알고 있다.

1972년 6월 군에서 제대하고 마을에 돌아오니 그동안 새로 나타난 '새마을 운동'과 '새마을 금고'라는 것이 활성화되고 있었다. 마을 곳곳에는 농로를 만들고 초가집은 슬레이트 지붕으로 변하였다. 이런 상황에 마을 이장은 고등학교 때 4-H를 추진한 나에게 새마을 지도자와 마을금고를 맡아 달라고 제안이 들어왔다. 나는 한동안 갈등을 느꼈으나 대학을 마저 졸업한 후 생각해 보자고 1학년 2학기로 복학했다.

1972년 10월 17일 하숙집에서 아침 식사를 하는데 아줌마가

"학생들, 아침 뉴스에 계엄령이 선포되어 모든 대학에 휴교령이 내려져 학교에 갈 수 없대."

"뭐 그럴 리가 있나요?" 하면서 의심스러워 친구와 같이 군인들이 지키는 교문을 피해 개구멍으로 학교에 가보니 학장님

이 반겨 맞으며 군인들이 완전무장하고 학교를 점거하고 있으니 연락이 갈 때까지 각자 알아서 공부하라며 돌아가기를 권했다. 이때 정부가 선포한 것이 그 무시무시한 '유신 헌법'이라는 것이다.

이런 계엄령 속에 대학은 유신 반대 데모가 계속 일어났다. 학기가 시작되어 1달 정도 다니다 중간고사만 시작되면 학교는 여지없이 휴교령이 떨어지고 우리는 절이나 도서관에서 공부하는 것이 당연한 것으로 알고 있었다.

내가 대학 3학년 때의 일이다. 나는 정치외교학과 학과 대표를 맡고 있었는데 같은 학년의 복학생들이 우리 학교도 유신 반대 집회를 하자고 했다. 복학생 19명이 시내의 유일한 관광호텔로 집결했다. 19명 중에는 학생회장과 학과 대표 등이 모두 참여했다. 우리는 한 사람도 외출을 허용하지 않고 같이 숙식을 하고 아침이 되자 같이 학교로 등교하여 유신 반대 데모를 시작한 것이다.

서울에 있는 대학들은 데모를 주동하는데 보안이 잘 되었지만, 지방대학에서는 데모하기가 어려웠다. 그 이유는 학생의 부모님이 경찰에 근무하는 분이 있어 사전에 정보가 새 나가기 때문이다. 그러나 우리는 하교하면서 곧바로 호텔로 들어와 아무도 방에서 나가지 못하게 서로 감시하였으니 전화가 발달하지 않은 사회라 정보가 새 나갈 수가 없었다.

결국, 법대에서 시작된 데모는 공대로 농대로 상대로 이어져 총학생회도 나설 수뿐이 없었다. 이처럼 대학 4학년이 될 때까지 2학기는 한 번도 제대로 학교에 다녀보지 못했다. 그리고 4학년 때는 대학에 있는 총학생회가 해산되고 학도호국 단이 학생회를 대행하면서 대학에서 일단 데모가 사라지게 되는 계기가 되었다.

나는 대학 3학년 때 가정환경 등 여러 가지를 고려하여 결혼했으며, 졸업할 때는 딸아이를 하나 둔 아버지였다. 그러다 보니 취업을 빨리해야 했다. 그런데 학교를 졸업하고 도시락 두 개씩을 싸서 도서실에 가, 자면서 공부했지만 준비하던 시험에 불합격하자 진로를 바꾸어 1977년에 교직으로 진출하게 되었다.

내가 속초의 모 여자중학교에 근무하던 1979. 10. 26일 중앙정보부장 김재규가 경호실장 차지철과 박정희 대통령을 저격한 사건이 일어났다. 아무것도 모르는 나는 10월 27일 평소와 같이 아침 일찍 출근하였다. 학생과를 담당하고 있던 나는 교문을 들어서면서 학교 현관을 바라보자 국기 게양대에 조기가 걸려 있는 것이 보였다. 속으로 숙직을 한 아저씨가 국기를 잘못 게양한 모양이라면서 잔소리나 한마디 해야겠다고 생각하면서 교무실에 들어서는데 교무실에서 장송곡이 흘러나왔다. 이상하게 생각하며 먼저 출근한 윤리 과장을 보고
"이게 무슨 소리입니까?"
"……"
"조기가 걸려 있고---?" 하니 윤리 과장은
"김 과장 몰라? 대통령이 서거한 것을?" 하면서 눈물을 흘리고 있었다.

나는 순간 슬픔보다 이제는 숨 쉬는 나라가 되겠구나? 라는

생각이 머리를 스쳐 갔다.

"그래요?"라고 건성으로 대답하며 생각하니 표정 관리를 해야 한다는 생각이 번뜻 들었다. 아니나 다를까? 아침 직원 조회 시간에 교장은 눈물을 흘리며 곧 전쟁이 터질 것 같은 분위기를 연출했다.

속초라는 곳은 3·8 이북이요 교장·교감 선생님 모두 북쪽에서 피난 나와 사시는 나이 들으신 분들이니 젊은 나와는 생각의 차이가 크게 났던 모양이었다.

10·26 사태가 나타나자 내가 살고 있던 속초는 많은 분이 피난 갈 보따리를 싸놓고 있었다는 이야기를 집사람한테 들었으나 나는 이런 상황인데도 감각이 없었으며 학교서 내가 맡은 일에 열중하고 있었다.

다만 이 사건으로 인해 그 무시무시했던 유신체제는 무너지고 국무총리였던 최규하가 대통령으로 집권하면서 정치의 봄이 오는가? 했다.

그런데 그것은 나의 허상이었고 12·12사태로 신군부인 전두환, 노태우 등이 계엄사령관인 육군참모총장 정승화를 강제 연행하면서 권력을 잡게 된 것이다. 12·12 사태는 유언비어인지는 모르지만, 12·12일 새벽에 서울의 어느 곳인지 모르지만, 하수구에 별들이 반짝이는 시체가 가득했다는 소문이 강원도 속초까지 흘러들어 오기도 했다.

그러나 나는 교직에 들어온 지 3년 되었지만, 학교생활에 만족하고 있었다. 첫 학교는 3·8선이 지나가는 시골 중학교였었는데 윗분들로부터 인정을 받아 처음 부임해서 1학년 담임을 하다 3개월 만에 3학년 담임으로 바뀌어 그 학교가 생긴 이래 가장 좋은 고등학교 진학을 시켜 그다음 해도 3학년 담임을 맡아 지도했다.

그리고 3년 차 되는 해 속초시로 전출했는데 새로 간 학교에서도 처음에 2학년 담임을 맡아 지도하고 있다가 역시 5월부터 3학년 1반 담임을 맡아 지도하는 교사가 되었다. 바로 윗분들에게 열심히 하는 교사로 인정받고 있었으며 학생들 사이에서도 가장 인기가 좋은 선생님으로 평가받고 있었다.

그 이유는 늘 깔끔한 외모에 환하게 웃어주는 인상에다 학생을 편애하지 않은 데서 온 것이 아닌가 생각한다. 즉 나는 공부를 잘한다고 더 예뻐하지 않았고 못 한다고 미워하지 않는 교사였다. 그리고 학생에게도 꼭 존댓말을 사용하는 선생님이었기 때문에 학생들이 좋아했을 거라는 생각을 해 보았다.

열음새

김복희 수필집

제2장. 강물처럼 거침없었던 직장생활

울산 회야강 하구

　강물은 냇물이 모여서 이루는 큰 물줄기를 말한다. 따라서 각 고을이나 골짜기에서 내려온 물이 뒤엉겨 있는 큰 물줄기로 흐름에 거침이 없으며 어지간한 빗물 정도에는 변함이 없이 흐르는 물줄기를 말한다.

　강물을 인간으로 비교하면 한창 혈기가 왕성하고 활발하여 가정에서나 직장에서 자기가 중심이 되어서 하고자 하는 일은 거침없이 처리해 가는 주관이 뚜렷한 30대에서 60대에 해당하는 나이가 아닌가? 하는 생각을 해 보았다.

진땀 난 수업

상사화꽃(꽃말: 이룰 수 없는 사랑)

"선생님 질문 하나 하도 돼요?"

"그래, 무슨 질문인데?"

"우리나라와 북쪽과 선거제도가 어떻게 달라요?"

"무엇을 알고 싶은데?"

"선생님, 어제 대통령 선거 했잖아요."

"그래 어제 대통령 선거했지."

"그런데 한 사람이 입후보하고 99%로 투표율에 99%로 찬성으로 당선되었다는데 2학년 때 승공 통일의 길에서 배운 것과 무엇이 달라요?"

나는 순간 등골이 오싹했다. 꼭 망치로 얻어맞은 것 같이 머리가 띵 했다. 이 이야기는 1978년 7월 7일에 있었던 일이다. 이날은 토요일 1교시로 기억하고 있다. 3학년 2반 도덕 수업에 들어갔는데 두 번째 줄 가운데에 앉은 학생이 질문했다. 이 학생은 예쁘장하면서 공부도 잘하는 착한 학생으로 선생님의 귀여움을 독차지하는 우리 학교 교무과장 딸이다.

나는 순간 그대로 수업을 진행할 수 없다고 판단했다. 이 학생은 물론 다른 학생들에게도 납득이 갈만한 설명을 해 줘야 한다고 생각했다. 이 반에는 군인 자녀도 있고 경찰 자녀도 있었다.

학생의 질문 요지는 제9대 대통령 선거 결과에 대해서 질문

한 것이다. 그때 대통령 선거는 간접선거로 국민이 직접 선출하는 것이 아니라 통일주체국민회의 대의원들이 서울에 있는 장충체육관에서 선출했다. 이때 입후보는 공화당의 박정희 후보 단독으로 출마했다.

그리고 총대의원 수 2,581명 중의 3명이 교통사고와 와병으로 기권해 2,578명이 투표하여 99.88%의 투표율을 보여줬다. 그리고 2,578명이 투표하여 무효표 1표로 총 2,577명이 찬성하여 99.96%로 당선이 확정되었다. 무효표 1표는 그 당시 투표 방식이 기명식[24]이었는데 한 사람이 이름을 잘 못 적어 무효표 처리가 되었다고 보도되었다. 그 사람은 '박정희'를 '박정히'라고 적어 무효표 처리가 되었다고 하는데 사실인지는 잘 모르겠다.

이런 선거 결과를 TV 뉴스에서 본 학생이 2학년 때 승공 통일의 길이란 교과서에서 '북쪽의 선거는 한 사람이 입후보하여 99% 이상이 투표해서 99% 이상의 찬성으로 대표를 선출하는 엉터리 선거로 주민은 공산당의 명령에 복종할 의무만 있는 것이 공산주의 국가'라고 교과서에 서술되어 있었으며 그렇게 가르치고 있었다. 그러다 보니 학생의 질문은 당연하였다. 우리나라 제9대 대통령 선거와 북쪽의 선거가 어떻게 다르냐는데 교사로서 할 말을 잃은 것이다.

그때 나는 교직 2년 차 교사로 아직 햇병아리 교사였다. 더구나 내가 근무하고 있는 학교는 강원도 동해안에 있는 학교로 운동장 가운데가 3·8선이 지나가는 학교로 알려져 있었다. 그러다 보니 학교 앞산이 6·25 때 피나는 전투가 벌어져

24) 투표용지에 이름을 기재하는 방식

내가 근무할 때까지도 숲속에는 그때 희생된 사람의 유골이 남아있다는 소문이 있었으나 가 보지 않아 사실인지는 모르겠다. 다만 마을 주민들이 날씨가 좋지 않을 때 유령의 곡소리가 들린다고 하는데 믿을 수는 없고 내 생각은 소나무가 바람에 흔들리는 소리를 그렇게 말하리라 생각하고 있었다.

사실 나는 이곳 출신의 사람이 아니다. 충청도가 고향인데 강원도 교육청에서 실시하는 교사 임용고시에 합격하여 이 학교로 첫 발령을 받은 것이며 또 사범대학을 나온 사람도 아니고 일반대학에서 교직을 이수한 사람이라 학생지도에 대하여 내가 중·고등학교 다닐 때 선생님들이 보여 준 수업 방식을 답습하는 형태로 수업하고 있었으며 학생을 다스리는데 아직 노련하지 못한 교사였다.

더구나 나는 중학교 3학년 때 5·16 쿠데타로 학교에서 혁명 공약을 달달 외웠던 사람이다. 그때 혁명 공약 제 1조가 '반공을 국시의 제1로 삼고 지금까지 형식적이고 구호에만 그친 반공 태세를 재정비 강화한다.'라는 것을 잘 기억하고 있었으며 이곳 강원도는 내가 살던 충청도와 달리 반공교육이 심했으며 "나는 공산당이 싫어요."라고 말하며 죽어 갔다는 이승복 어린이 동상이 초등학교마다 다 세워져 있었다.

그리고 중학교에서도 '승공 통일의 길'이라는 교과서를 수업 시간에 가르치고 있었다. 더구나 우리 학교는 태백산 줄기에 있는 학교로 울진·삼척 무장공비 침투 사건으로 산골에 사는 학생이 무서워 학교를 나올 수 없어 몇 년씩 묵었다는 학생이 다니고 있는 학교였다.

진땀 난 수업

이 학교에서 내가 담당하고 있는 업무가 사회과 교사로서 반공에 관한 업무를 총괄하고 있었다. 더구나 지난달 교육청 회의에 다녀온 교감 선생님이 속초에 있는 모 중학교에서 가정통신문에 점하나를 잘못 표기하여 가정통신문이 공산주의를 찬양하는 내용으로 변한 것도 모르고 내보냈다 다 회수하는 난리를 피웠으며, 담당 교사는 보안대에 연행되어 갔다면서 주의하라고 신신당부를 했었다.

이런 상황에서 피할 수 없는 학생의 질문을 받은 것이다. 나는 조금 뜸을 들이다 수업을 포기하고 학생들을 설득하기 시작했다. 내가 한 이야기는 그때 내가 가지고 있는 의식과는 정반대의 이야기를 시작했다.

사실 나는 대학 다닐 때 3선 반대 데모를 하다 군대에 들어가서 국민투표도 못 해 본 사람이었다. 그리고 제대하고 다시 복학하니 유신이 나타나 학과 대표로 유신 반대 데모를 주동하기도 했지만, 취업해야 했기 때문에 유신 헌법 책을 25번 이상 읽은 사람이었다. 그러다 보니 유신 헌법의 찬양에 대하여 달달 꿰고 있었다.

그래서 북쪽의 침략에 대비하고 미래의 통일을 위하여, 사람이 자기 몸에 맞는 옷을 입어야 멋있게 보이듯 우리나라에 맞는 대통령 선거를 하다 보니 그렇게 되었노라고 장황하게 설명했다. 그러면서 마지막으로 너희들이 좀 더 나이를 먹으면 다 알게 되니 그리 알라고 하면서 수업을 끝냈다.

이런 일이 있고 난 뒤 5년 만에 또다시 비슷한 상황이 벌어졌다. 지난번은 중학교 3학년 여학생이었지만 이번에는 고등학교 3학년 여학생이었다. 그날도 1교시 수업 시간이었다. 나는 이 학교에 윤리전담 교사로 발령이 나 있었다. 원래 일반사회 교사인데 윤리담당 교사가 부족하다 보니까 일반사회 선생님을 겸임으로 발령 낸 것이다.

그러다 보니 첫해는 고전했다. 고등학교는 실업계 학교를 나와서 대학은 법정대학을 나오다 보니 윤리 교과에 대한 지식이 부족하여 공부하면서 학생을 지도하고 있었다. 그러나 강원도에 근무하면서 주로 윤리업무를 담당하다 보니 윤리 주무에 대한 연수가 많아 공산주의 이론에 대해서는 제법 아는 체할 정도가 되어있었다.

수업에 들어가 출석 점검이 끝나고 수업을 시작하려는데 한 학생이 손을 들고

"선생님 질문 하나 하도 될까요?" 해서

"그래, 뭔데?"

"KBS2 방송에서 나오는 '지금 북한에서'라는 프로그램은 사실이에요?" 한다.

"드라마니까 조금 재미있게 꾸려놓은 것이겠지. 무엇을 알고 싶은데?"

"사실이면 그쪽이 더 좋아서요." 하는 소리에 소름이 싹 끼쳤다. 북쪽이 더 좋다니 윤리 선생으로서 당황스러웠다. 내가 가르치는 학생의 입에서 북쪽 사회가 더 좋다고 하니 윤리를 가르치는 교사로서 책임이 없다고 말할 수 없을 것 같았다. 나는 이대로 수업을 진행 시켜서는 안 된다고 생각했다.

그래서 교과서 진도 나가는 것을 포기하고 북쪽 사회의 모순

점을 설명하기 시작했다. 그동안 윤리과를 맡으면서 받은 각종 연수에서 배운 유물사관이라든지 공산주의 사회의 허구성에 대해서 횡설수설 떠들어 댄 것이다.

수업을 맡치고 교무실에 와서 그 학생의 담임에게 수업 시간에 있었던 일을 말해주고 학생에 대하여 자세히 알아보니 학생은 그 반에서 공부를 제일 잘하는 학생인데 가정이 어려워 아버지와 어머니는 연탄 배달을 해서 가정을 꾸려나가다 보니 학생이 가정 일손을 도우며 학교에 다니는 어려운 학생이라고 했다.

아마 학생이 생각하는 이상의 세계와 자기가 부닥치고 있는 현실의 세계가 맞지 않는 데서 오는 조현병[25] 같은 것을 가지고 있는 것이 아닌가? 하는 의심이 들었다. 그런 일이 있고 나서 채 일주일도 되기 전에 그 학생이 조현병으로 휴학하게 되었다는 이야기를 담임에게 들었다.

나는 교단에서 22년간 학생을 지도하면서 이 두 번의 수업은 결코 잊을 수가 없었다. 중학교에서 있었던 일은 우리 사회의 모순으로 국정교과서인 「승공 통일의 길」이란 교과서에서 분명 북쪽 사회는 엉터리 선거를 한다고 지적해 놓고 우리도 대통령 선거를 그런 식으로 했으니 학생을 지도하는 교사 입장에서는 피해갈 수 없는 갈등이었다. 그러나 그 무서운 유신체제 밑에서 일개 시골 교사가 할 수 있는 일은 구차한 변명밖에 할 수 없었다. 그 학생이 왜 우리 도덕 선생님이 그리 쩔쩔맸었는가 하는 것은 얼마 안 가서 곧 알게 되었으리라 생각된다.

25) 정신분열증

그러나 고등학교에서 나타났던 학생은 그 후 어떻게 변했을까? 궁금하다. 나는 그다음 해에 도간 전출로 충청도로 발령이 나 그 학생의 소식을 알지 못했지만, 명석한 학생이 가난한 현실에 몸부림치던 학생의 정신적 분열은 이해할 것 같다는 생각이 들었다.

이런 일들은 지금 우리가 사는 현실에서는 이해할 수 없는 지난날 하나의 추억으로 기억될 뿐이다. 다시는 그런 사회가 우리 앞에 나타나서는 안 된다고 생각하며 우리나라 발전 모습을 되새겨 보았다.

없던 일로 해 주세요

나리꽃(꽃말: 순결, 고귀, 진실)

학생은 한참이나 뜸을 들이더니
"선생님 중학교에서 있었던 일은 없던 일로 해 주세요."
"중학교 때 무슨 일이 있었는데?" 하면서 나는 웃었다. 이 녀석이 꽤나 마음에 부담이 되었던 모양이다.

이 이야기는 1982년에 속초여고에서 근무할 때 있었던 일이다. 나는 이 학교에 3월 23일 날 부임했다. 이 학교에 부임하고 채 보름도 되기 전에 우리 집으로 2학년 학생 네 명이 찾아왔다.

학생이 찾아오자 나는 의아해했다. 우리 학교 교장 선생님

방침이 학생은 남자 선생님 댁을 방문하면 절대 안 되게 되어 있었다. 교장 선생님은 엄한 분으로 학교생활을 일본 제국 시대에 한 분이라 그런지 의식이 제국주의 시대의 카리스마를 가지고 계시던 분이다. 그리고 사모님도 일본 분으로 알려져 있었으며, 소문에 의하면 강원도 삼 악당 교장 선생님 중의 한 분이라고 소문나 있었다.

이분은 과학 선생님으로 우리나라에서 최초로 3학년 교실에 TV를 설치해 시청각 교육을 할 수 있게 만들어 준 분이며 전 교실에 인터컴 장치를 설치하여 교장실에서 선생님들의 수업을 들을 수 있고 학생들의 상태를 파악할 수 있도록 설치한 분이다. 이런 소문이 밖으로 나가 다른 학교에 계신 선생님들은 우리 학교로 전출 오는 것을 꺼린다고 했다.

그러나 나 같은 사람은 인터컴 장치가 학생을 지도할 때 편리하여 적절하게 잘 이용하고 있었다. 즉 교무실에서 우리 반 학생들의 동태를 파악하려면 방송 앰프 스위치 하나만 올리면 시험 볼 때 학생들이 답안지 작성하는 소리까지 들릴 정도니, 학생 통제에 아주 유용한 장치였다. 그러나 선생님들은 자기가 수업하는 것을 교장실에서 들을 수 있다는 것이 부담스러워 피하는 모양이었다.

그리고 교장 선생님은 학교 교문을 8시 30분이면 잠가 지각하는 선생님이나 학생은 인터폰으로 서무실에 교문을 열어달라고 해야 학교로 들어올 수가 있어 우리 학교는 잡상인이나 외부 사람이 출입할 수 없는 학교였다.

그리고 여학교이기 때문에 여고생이 남교사와 가까이하는

것은 용납할 수 없다며 선생님 집에 방문하는 것 자체를 금지하고 있었다. 그런데 더구나 저녁에 찾아왔으니 이 학교에 아직 정착되지 않은 나는 의아해할 수뿐이 없었다. 오늘 내 집에 온 학생들은 모두 2년 전에 설악여자중학교에서 가르치던 제자이었다. 1980학년도에 나는 설악여자중학교에서 윤리과 주무로 있으면서 3학년 2반 담임을 맡고 있었다.

10월 어느 날 다른 날과 같이 남보다 일찍 출근했는데 내 책상 위에 편지가 한 통 놓여 있었다. 겉봉을 보니 아무런 표시가 없어 궁금하여 속을 열어보니 학생의 편지였다. 내용은 선생님을 사랑하는데 시간을 만들어 달라는 거였다. 어이가 없었다. 내가 우리 학교 학생들의 인기투표에서 제일 높다는 이야기는 다른 선생님을 통해서 들었지만, 학생이 사랑한다고 따로 만나자니 어떻게 처리해야 할지 난감했다.

편지를 쓴 학생은 3학년 5반 학생으로 공부도 제법하고 착한 학생이라 선도부 활동을 하는 학생이었다. 조금 전 교문에서 만난 학생으로 수고한다고 칭찬까지 해준 학생이다. 이 녀석이 내가 일찍 출근한다는 것을 알고 출근하기 전에 가져다 놓고 간 모양이다.

어떻게 처리해야 할까? 고민이 되었다. 담임과 상의하여 담임에게 인계할까 생각하다가 나보다 서너 살이나 아래인 학생과 차석을 맡은 담임에게 부담을 주는 것 같다는 생각이 들었다. 이런 때 상담교사가 있으면 좋으련만 상담교사는 없는 학교였다. 학생과장이나 윗사람과 상의해 볼까 하다 윗선에 알려지면 무조건 버릇없는 녀석이라고 징계하라고 할 것이 뻔하고 쉽게 답이 나오지 않았다. 나는 일단 모른 체 시치미 떼자고 마음먹었다. 그런데 수업 시간이 문제였다.

내가 맡은 교과는 3학년 사회와 도덕으로 각 학급당 주당 5시간씩이나 수업에 들어갔다. 그러다 보니 학급마다 매일 한 시간씩 수업에 들어간다고 보면 된다. 그런데 오늘은 3학년 5반이 두 시간이나 들어 있다. 수업에 들어가서 이 녀석을 어떻게 대할까 고민이 되었다. 그렇다고 수업을 피할 수도 없고 정면으로 부딪쳐야지 답이 없었다. 수업에 들어가서 나는 그 아이에게 모른 체 시치미를 떼고 수업에 임했다.

그리고 5일이 지나자 편지가 또 날아왔다. 왜 소식이 없느냐는 것이다. 그냥 모르는 체만 할 수도 없다는 생각이 들었다. 그래서 일단 부딪쳐 보기로 했다. 상담실이 없는 학교라 다른 선생님 눈에 띄지 않게 내가 숙직하는 날 선생님이 다 퇴근한 후 만나자고 약속을 잡아 줬다. 젊은 남교사가 여학생을 숙직실로 데리고 들어갔다는 오해를 받을까 봐 편지 내용을 아는 친구가 있으면 같이 오라고 했다.

11월 중순쯤 네 명의 학생이 늦게까지 남아 있다 숙직실로 왔다. 나는 사전에 같이 숙직하는 용인 아저씨[26]에게 오해를 받지 않도록 사전에 학생과 상담할 일이 있다고 이야기해 줬다. 이때 남자 선생님이 여학생을 숙직실로 데리고 들어갔다는 소문이 나서 낭패를 보는 일이 종종 있었기 때문이다.

학생들이 숙직실에 들어오자 자리에 앉게 하고 이야기를 시작했다.

"현숙아, 학생이 선생님을 사랑하고 선생님이 학생을 사랑

26) 지금은 기능직 공무원임

하는 것은 당연한데 대답이 없느냐는 것은 무슨 뜻이지?" 하
자 그 녀석은 얼굴이 빨간 채 고개를 푹 숙이고 있고 당돌하게
생긴 옆에 있던 친구가 나서

"선생님 그런 사랑 말고요." 한다.

"그럼 아이 아빠인 나와 이성의 사랑을 하자는 것이니?"

"아니요. 그런 것이."

"그럼 친구 간의 사랑 말이니?"

"아니요. 그것도."라고 친구가 대신 대답을 한다.

"그럼 사제 간 사랑도 아니고, 이성 간 사랑도 아니고, 친구
간의 우정도 아니라면 어떤 사랑일까?"

나는 뜸을 들이다

"그럼 모든 사랑을 합친 사랑을 하면 되겠구나." 하니

"예, 그래요." 한다.

어이가 없었지만 일단 다독거려 보자는 생각으로 웃으며

"현숙이도 그런 사랑을 원하는 거야." 했더니 고개를 끄덕
였다. 그래서

"그래 그러면 너와 나는 지금부터 서로 사랑하는 사람이 된
거야, 선생님이 바다낚시를 좋아하니까 토요일 오후나 일요일
날 너희 집 앞에 있는 백사장에 나가 낚시할 때 만나서 이야기
하면 되겠네." 하자 고개를 숙인 채로 끄덕였다. 녀석이 비위
가 없나 아니면 염치가 없는 것인지 고개를 숙여 머리가 얼굴
을 가려 있으니 그의 표정을 읽을 수가 없었다.

　내가 바다낚시 때 만나자고 한 것은 그네 집이 청호동으로
바닷가에 있었으며 간혹 토요일 오후나 일요일 날 가까운 선

생님과 바닷가로 낚시를 하러 가는 곳이다. 그때 주변에 사는 학생이 나와 구경하곤 했다. 이렇게 해서 급한 불은 껐다.

그러는 사이 11월이 다 갔다. 나는 혹시 나 때문에 이 학생이 상처를 입지 않나 하여 그의 성적을 유심히 살펴봤다. 그때 3학년 학생들은 고등학교 입학원서를 쓰기 위하여 매달에 한 번씩 모의고사를 보고 11월 말경에 학기말 고사를 보았는데 성적의 변화는 없었다.

학생에게 관심이 많은 담임선생님은 학생의 성적 변화를 보고 학생의 심리 상태나 문제점을 발견하기도 한다. 특히 이성 친구를 사귀고자 할 때 남학생은 성적이 급격하게 하향하고 여학생은 눈에 잘 띄지 않는다. 그리고 서로 헤어졌을 때 남학생은 눈에 잘 보이지 않으나 여학생은 성적이 급격히 떨어진다는 것을 나는 경험으로 알고 있었다. 그리고 고등학교 입학 시험이 얼마 남지 않은 학생에게 상처를 줘서는 안 된다는 부담감을 가지고 있었다.

그러자 12월에 편지가 또 왔다. 왜 만나주지 않느냐는 것이다. 이제는 답이 없다고 생각했다. 이 녀석을 혼내줘야 한다고 생각했다. 나는 마음속으로 12월만 잘 넘기면 겨울 방학이고 방학이 끝나면 졸업이니 방학까지만 잘 넘기면 되겠다고 생각하고 있었다. 그런데 그 기간이 너무 길게 느껴졌다.

그래서 결국 그 아이를 혼내 주기 위해서 정규 수업이 끝나고 3학년만 방과 후 수업을 하는 시간 2층에 있는 2학년 교실로 불러내 혼을 냈다.

"정현숙, 너는 선생님이 그만큼 받아 주었으면 됐지 어떻게 하라고 하는 거니, 학생과에 이야기하여 징계 처리를 하라고 할까?" 하며 겁을 줬다.

"......"

고개를 푹 숙인 채 대답이 없다. 여학생을 지도하다 보면 고개를 숙이고 있을 때 머리에 얼굴이 가려 표정을 알 수 없어 난감할 때가 종종 있다. 이 녀석도 고개를 숙이고 있으니 표정을 읽을 수가 없다. 혼자 열심히 설교할 수뿐이 없었다. 얼마를 설득하고 이제 고등학교 입학시험이 얼마 안 남았으니 시험공부를 열심히 하고 시험이 끝나면 방학이니까 방학하면 선생님도 시간이 많으니 그때 만나자며 타일러 보냈다.

그러는 사이 학생은 고등학교 입학시험도 끝나고 방학이 되어 헤어지게 된 것이다. 그런데 2년 후에 다시 만날 줄을 누가 알았으랴. 나는 설악여중에 부임한 지 2년뿐이 안 된 교사였다. 그런데 내신도 내지 않은 나를 교육청에서 강제로 속초중학교로 발령을 낸 것이다.

1980년 전두환 대통령 때다. 나는 그때 2급 정교사로 1급 정교사만 맡을 수 있는 주임 자리에 대리 윤리 주임을 맡고 있었다. 그 해는 국책사업의 하나로 '사회정화 운동'을 하고 있었는데 그 일환으로 학교에서도 '학교 정화 운동'을 추진하고 있었다. 그런데 우리 학교가 속초교육청주관 '학교 정화 추진 시범 학교'로 지정되어 추진하게 되었다.

그 사업은 원래 학생과에서 추진하고 있었는데 학생과에서 추진이 안 되자 시범 발표 한 달을 남겨 놓고 나보고 추진하라며 윤리과로 업무를 이관시켰다. 일에 욕심이 많은 나는 거부하지 않고 열심히 추진했다. 그리고 발표도 깔끔하게 하여 관내 초·중학교 실무자 및 교장 선생님과 교육청으로부터 칭찬을 받았다. 그런데 그게 내가 떠나야 하는 이유가 될 줄은 몰랐다.

나는 교직 생활을 하면서 두 번이나 나도 모르는 인사이동을 한 사람이다. 내가 설악여중에 근무하면서 힘들게 충청남도로 도간 교류를 성립시켰는데 교장이 결재해 주지 않아 떠나지 못했던 사람이다. 그런데 교육청에서 '정화 시범 연구학교'가 잘 되었다고 '교육부 정화 시범 연구학교'를 우리 학교에 지정한 것이다. 그러면서 실무자를 1급 정교사가 추진해야 한다고 담당자를 바꾸라고 지시했단다. 그러면서 다른 학교로부터 1급 정교사를 받을 수 있게 나보고 떠나라고 했다.

우리 학교에 사회과 교사가 4명이나 되는데 내가 떠나야 하는 이유는 한 사람은 교무주임이고 한 사람은 농구를 지도하기 위해서 온 사람이며 또 한 사람은 나보다 나이가 어린 여교사로 지역 유지의 딸이며 온 지 1년 차였다.

대부분 학교에서 교사 정원이 줄 때 떠나는 사람은 특별한 이유가 없으면 먼저 온 사람이 떠나는 것이 관례로 되어 있는데 먼저 온 교무주임도 역시 속초에 연고를 둔 돈깨나 있는 사람이었다. 그러다 보니 일을 잘하고 못하고를 떠나서 사회적 배경이 없는 내가 떠나야 했다.

자존심이 상한 나는 두말도 안 하고 고향이 가까운 영서지방으로 내신서를 작성했다. 그런데 신기한 것은 교장이 결재를 해 주지 않았다. 그래서 교장실을 찾아갔더니 의자에 앉게

하고 하는 말이

"김 과장, 김 과장같이 유능하고 열심히 일하는 사람은 절대 속초에서 안 보낼 거야."

"예에~?"

"속초고등학교로 보내 줄 테니 걱정하지 말고 속초에서 근무해." 나는 어이가 없었다. 아무리 교장이라도 너무 이기적이지 않은가? 자기네 학교에서 떠나라면서 내가 가고자 하는 곳으로도 내신을 내주지 않겠단다.

나는 그날 저녁 술에 잔뜩 취해 우리 집에서 불과 50m 정도밖에 안 떨어진 교장 선생님 집을 찾아갔다. 선배 교사들이 위로한다고 술을 먹였는데 헤어지고 집으로 돌아오면서 생각하니 도저히 억울해서 못 참겠다는 생각에 담판을 지으려 찾아간 것이다. 그런데 결국 교장에게 설득당하고 말았다. 교장은 술을 먹고 찾아온 내가 불쌍해 보였나 아니면 젊은 교사가 해코지할까 봐 무서워서 그랬는지 모르지만

"김 과장, 내가 김 과장을 떠나라고 한 것은 지금까지 과장 자리에 있던 사람을 그 자리에서 내려오게 할 수 없어서야."

"교장 선생님 저 그런 것 원치 않습니다. 그리고 저는 아직 주임 할 자격도 없는 사람입니다."

"그래도 그렇지," 하며 변명을 하다가

"참 그러면 되겠네. 우리 학교도 상담과를 설치하여 그 자리를 맡으면 되겠구먼." 하면서 상담 주임을 시키겠다며 내신서를 쓰지 말라고 해서 안 될 줄 알면서도 더 버티지 못하고 돌아왔다.

결국, 3월 인사발령에 도 교육청 인사발령에는 명단이 없었고 속초교육청 인사발령에 옆에 있는 속초중학교로 발령이 났다. 그리고 내 자리는 속초중학교에서 윤리 주무를 맡았던 잘 아는 사람이 왔다. 교육청에서 양쪽 학교 윤리 주임을 맞바꾸어 놓은 것이다.

그런데 속초중학교 교장은 내가 전임학교에서 속초로 내신을 냈을 때 자기네 학교로 데려가겠다고 했다는 소문이 나 있던 분으로 나를 따뜻이 맞이해 주었으나 나는 날개 꺾인 비둘기 꼴이 되었다. 그러나 어찌하랴 아이를 셋씩이나 둔 가장이니 참고 견뎌내야지 하면서 내 맡은 일을 열심히 처리하며 근무했다.

나는 속초중학교에 근무하면서 1정 자격연수를 받아 정식 주임을 맡을 수 있는 자격을 획득했다. 1년이 지나자 옆에 있는 속초여자중학교 교감 선생님이 자기네 학교로 오라고 연락이 왔다. 속초라는 곳은 중학교가 4학교로 남자 두 학교 여자 두 학교뿐이라 조금 일 좀 한다고 소문난 선생님들은 서로 잘 알고 있었다.

나는 교감 선생님에게 이웃 학교에서 주임을 맡기겠다며 오라고 했다고 내신서를 작성한다고 하자 한마디로 안 된다고 거절했다. 그러더니

"학년 주임 한번 해 볼 거야?" 해서

"학년 주임은 어떻습니까?" 하자

"알았으니까 쓰지 마." 하면서 주임 자리를 주겠다고 내신을 못 내게 했다.

이때 주임을 하고자 했던 것은 교감 승진할 때 부가 점수로 사용하는 주임점수가 주임을 10년 해야 만점이 되기 때문에 서로 주임을 맡으려고 경쟁이 치열했었다. 그리고 지금은 그 명칭이 부장으로 바뀌었으나 그 당시는 주임이 정식명칭인데 각 과 주임은 과장이라 호칭했고 학년주임은 그냥 주임이라고 호칭했다.

3월 2일 직원회의서 사무분장 발표를 하는데 내게 주어진 업무는 3학년 주무와 3학년 1반 담임을 하면서 연구과 차석을 겸하여 학교 학력을 이끌어 가도록 했다. 교육경력 6년 차인 사람에게 너무 많은 짐이 부여됐으나 나는 즐겁게 일을 했다. 우리 학교는 24학급 규모로 교사 수와 비교해 나에게 업무가 집중되었으나 많은 선배 교사를 놔두고 나에게 주임업무를 맡긴 윗분에게 고마움을 느꼈다. 그러나 한편으로 동료들의 눈치를 살펴야 하는 사람이 되었다.

이런 상황에서 학기 초 어수선한 분위기가 지나가고 3학년 학력 신장을 위한 틀을 짜 가는데 3월 22일 3교시 수업이 끝나고 교무실에 들어오니까 교무실 도우미를 하는 아가씨가 옆으로 오더니

"과장님, 과장님이 속초 여고로 발령 났다고 교감 선생님이 화를 내며 점심 식사하러 나갔어요." 한다. 나는 어이가 없었다.

"무슨 소리야." 하면서 서무실을 찾아갔다. 서무과장은 설악 여중에서 같이 근무한 분으로 잘 알고 있었다.

"과장님 내가 발령 났다는 게 무슨 소리여요?"

"김 과장은 몰랐어. 여고로 발령이 났던데." 한다. 그러면서 "오늘 서류를 다 해줄 테니 내일부터는 속초여고로 출근해야 할 거야." 한다.

맥이 풀렸지만 어떡하랴. 점심을 먹고 들어 온 교감은 나를 보더니, 화를 내며 직원들이 잔뜩 있는 앞에서 "뒤에서는 고등학교로 가려고 다 운동해 놓고 나한테 주임 자리를 달라고 해." 하면서 호통을 친다. 나는 어이없어했지만 변명할 처지도 못 되었다. 그러다 보니 그 학교에서 교직원이나 학생들에게 인사도 못 하고 쫓겨나는 신세로 떠나게 되었다.

다음 날 속초여고로 출근하자 그 학교는 내가 올 줄 미리 알고 윤리과 차석 자리와 1학년 5반 담임 자리를 3월 23일까지 비워 뒀다가 맡겼다. 뒤에 알은 일이지만 도 교육청에서 속초여고에 윤리 교사를 발령해야 하는데 자원이 없자 속초여고에다 관내 중학교에 우수한 교사가 있으면 추천하라고 했단다. 그래서 중학교 교사에 대하여 잘 알고 있는 속초교육청에 문의 했더니 나를 추천했단다. 지금 생각하면 호랑이 담배 피우던 시절의 이야기다.

내가 속초여고에 부임하자 그날 교무실에 난리가 났다. 그 학교에 다니는 학생 반수가 내가 설악여자중학교에서 가르치던 제자들이었다. 1교시가 끝나면서부터 학생들이 교무실에 인사하려 찾아와 복도에까지 웅성대자 교무과장이 이게 웬일이냐고 학생들을 내쫓는 일까지 벌어졌다. 이런 현상이 나타난 것은 내가 설악여중에 근무할 때 학생들과 가까이 지낸 교사로 인기가 좋았기 때문이었다.

이렇게 해서 나는 속초여고에서 내 전공인 정치·경제나 사회·문화를 맡은 것이 아니라 전공과 전혀 상관이 없는 윤리 전담 교사가 되어 처음에는 고전했다. 1학년과 2학년은 공부하면서 가르치면 되었는데 3학년은 1학년과 2학년 교과 내용을 모르니 학생이 질문하면 모른다고 사실대로 이야기하고 다음 시간에 가르쳐 주겠다는 약속을 한 다음 집에 와 공부해서 다음 시간에 대답해 주는 형태로 1년을 보냈다.

내가 속초여고에 부임하고 1주일이 지나자 일부 학생들의 항의가 들어 왔다. 설악여자중학교 때 제자였던 학생들이 나를 만나면

"선생님, 선생님이 변했어요." 나는 어이가 없어

"무엇이 변했는데?"

"중학교 때는 굉장히 자상하고 친절했는데 지금은 그렇지 않은 것 같아요."

"그래, 그러면 너희들을 중학교 학생같이 대할까?"

"예~에?"

"이제 너희들은 여고생이야. 고등학생을 고등학생으로 대하여야지 맨날 어린 중학생으로 대하면 좋겠어." 하자 웃으며 알았다고 했다.

그러다 보니 2학년에 다니고 있는 정현숙 학생을 다시 만나게 된 것이다. 나는 그 학생에게 윤리를 가르치는 사람이 된 것이다. 그러나 나는 그 학생에 대해서 잊어버렸고 중학교 때 있었던 일을 전연 기억하지 못하고 있었다.

그때 어떻게 하면 상처를 입히지 않고 졸업을 시킬까 고민했지만 잘 졸업하고 나자 기억 속에 사라진 것이다. 그런데 학생은 마음에 부담을 느끼고 있었던 모양이다. 중학교 3학년 때 철부지 생각으로 무조건 선생님을 사랑한다고 해 놓고 고등학교에 와서 생각해 보니 무안하고 창피했던 모양이다.

나는 그 학생을 바라보면서 이것이 하나의 인간으로 성장해 가는 과정인 모양이로구나 하는 생각을 해 보았다. 그리고 고등학교에 와서 근무해 보니 분명 중학교 학생보다 학생들이 어른스러워진 것을 느끼게 했으며 그 후 그 학생에 대해서는 3학년 때까지 윤리를 가르쳤으나 어느 반에서 졸업했는지도 알지 못했다. 다만 내 기억 속에 그런 일도 있었다는 하나의 추억 속에 담긴 학생이 된 것이다.

교사가 가장 행복해할 때

영산홍(꽃말: 첫사랑)

오늘은 책장을 정리하다 보니 생각지도 못했던 귀한 앨범 하나가 눈에 띈다. 젊어서 생활이 불안정하여 다른 사람보다 이사를 많이 다니다 보니 신혼 초에 장만했던 책장들은 다 부서져 버린 지가 옛날이 되었다.

어려서부터 책을 아끼던 사람이라 이사 때마다 책을 옮기는 데 집사람과 말싸움도 많이 했는데 나이를 먹어가면서 이제는 소용없겠다는 생각에 그동안 아끼던 교육에 관한 많은 서적과 내가 근무했던 학교의 졸업 앨범을 버린 것이 10여 년이 지난 것 같다.

그때 가장 아까웠던 책은 33권으로 된 대백과사전으로 그 책은 지인이 교장으로 근무하는 학교에 기증하였으며 버리는 것이 아까워서 멈칫거린 것은 내가 3학년 담임을 맡으면서 졸업시켰던 제자들의 앨범이었는데 버린 줄 알았던 앨범 한 권이 남아 있어 눈에 띄었다. 아마 정이 제일 많이 들었던 제자들의 앨범이라 버리지 못했던 모양이다.

이 앨범 속에 있는 제자들은 반수가 4년을 가르친 제자들이었다. 더구나 그중에는 중학교 3학년 때 담임을 맡았던 학생도 있고 고등학교 3학년 때 담임을 맡은 학생도 있는 앨범이라 버리지 못한 모양이다.

앨범을 한 장씩 넘기다 보니 39년이란 세월을 뛰어넘어 이 친구들이 중학교 3학년 다닐 때 모습과 고등학교 3학년 다닐 때 모습이 하나씩 뇌리에서 살아났다.

8개 학급의 여학생 사진을 하나씩 들여다보니 기억이 뚜렷이 남는 학생도 있고 가물가물한 학생도 있다. 그런데 학생들 얼굴이 하나같이 예쁘고 잘생겨 보이는 것은 늙음에서 오는 것인지 아니면 정에서 오는 것인지는 모르겠다.

이 친구들을 졸업시킨 년 도가 1984년 2월이니 그때 나이 18세로 잡아도 지금쯤은 50대 중후반의 나이가 되었으니 벌써 할머니 소리를 듣는 친구도 있겠다고 하는 생각이 들었다.

이 친구들이 내가 교직에 있는 동안 제일 많이 따르던 친구들이다. 소풍이나 학교 행사 때면 같이 사진을 찍자고 졸라 붙잡혀 다녀야 했고 어떤 녀석은 중학교 3학년이 아이 아빠인 나를 사랑한다고 계속 편지를 보내와 애를 먹인 적이 있는가 하면, 어떤 녀석은 유리 상자 속에 종이학을 천 마리나 접어 선물로 줘서 학생의 성의를 생각해서 꽤 오랫동안 보관한 기억 등 끝이 없이 머릿속에서 회오리치며 되살아났다.

이 친구들이 내 책상 위에 놓여 있는 꽃병의 꽃이 시들지 않게 만들어 줬던 친구들이고 수업을 하고 교무실에 들어오면 손가락에 묻은 분필 가루를 닦으라고 물수건을 깨끗이 빨아다 놓아준 친구들이니 쉽게 잊을 수가 없었나 보다.

그런가 하면 내 교사 생활 중에서 가장 정을 많이 쏟은 친구들이기도 하다. 이 제자들이 1983학년에 강원도 속초여자고등학교를 다닌 친구들로 반수는 내가 속초 설악여자중학교에서 근무할 때 가르친 친구들이었다.

그때 내 나이 약관 36살로 교직 생활 7년 차가 되던 해다. 내가 맡았던 3학년 2반 학생들의 사진을 하나하나 들여다보니 옛 생각이 절로 난다. 담임이 욕심이 많아서 그런지 공부를 잘한 친구들도 제일 많았고 그 당시 고등학교에 조직되어 있던 학도호국단의 연대장이면서 학생회장도 우리 반이고 대대장도 우리 반에서 맡고 있었다.

58명의 학생 사진을 보다 보니 제일 끝에 얼굴도 예쁘장하면서 깔끔한 친구가 눈에 들어왔다. 이 친구는 우리 반에서뿐만 아니라 전교에서도 1, 2등을 하는 친구로 성씨가 탁 씨라 번호가 끝번이었다. 그러다 보니 번호순으로 자리를 앉게 되어 있는 우리 반에서 제일 뒤 자리 출입구 쪽이었다.

그런데 3월 첫째 주가 지나가기 전 학생의 아버지로부터 전화가 왔다. 그분은 같은 관내에 있는 중학교 사회과 교사로 담당 과목이 나와 같아 서로 잘 알고 지내는 10여 년 선배 교사였다.

속초라는 지역은 좁은 곳이라 4개뿐이 없는 중학교 교사 중술 한 잔씩 하는 사람은 해변에 있는 몇 개 안 되는 목로주점에서 종종 만나게 되는 경우가 있었다. 그러다 보면 서로 합석하여 잔을 주거니 받거니 하다 보면 서로 아는 사이가 되는 것이다. 전화를 한 분도 그런 사이의 선생님이며 우리 반 학부모였다. 그는 전화에다 대고

"김 과장, 나 설악중학교 탁광오요."

"예, 안녕하세요, 과장님, 김동복입니다."

"김 과장에게 섭섭한 소리 좀 하려고 전화를 했습니다." 전화가 처음부터 시비조로 시작되었다.

"……"

"다름 아니라 우리 아이 자리가 제일 뒤 자리라는데 그럴 수가 있소."

"아~, 여민이 자리요. 너무 걱정하지 마세요. 번호순이라 그렇게 되었는데 다음 주부터 앞으로 옮겨 올 것입니다."

"성씨가 천민 성씨인 것도 억울한데 그렇다고 자리까지 뒷자리에 앉게 하는 겁니까?" 나는 좀 당혹스러웠다.

자기는 같은 교과로 중학교에 근무할 때 종종 술도 한자리에 앉아서 마시고 했는데 고등학교로 갔다고 자기를 무시하

여 자기 딸을 뒷자리에 앉게 했다는 식으로 전화를 하고 있었
다. 나는

"과장님 오해하지 마세요. 누구를 앞자리에 앉고 누구를 뒷
자리에 앉게 할 수 없어 번호대로 앉게 해서 매주 돌리는 것이
니까 다음 주부터는 앞자리로 옮겨 올 것입니다."

"그래도 그렇지 너무 하는 것 아닙니까?" 하면서 불만을 표
하며 전화를 끊었다.

나는 그때 학생 좌석 배치를 번호순으로 앉게 했다. 그리
고 일주일이 지나면 한 줄씩 오른쪽으로 이동하는 데 한 줄은
한 칸 앞으로 이동하고, 그다음 줄은 한 칸 뒤쪽으로 이동하
게 해서 매주 짝꿍이 바뀌며 키가 크든 작든 누구나 제일 앞
자리에도 앉아 볼 수 있고 또 제일 뒷자리에도 앉을 수 있도
록 배치했다.

이렇게 자리를 배치하는 이유는 두 가지가 있었다. 첫째는
서로 눈이 나쁘다며 앞자리를 요구하는 여학생들의 불만을 없
도록 하기 위함이요, 또 하나는 수업을 받을 때 선생님의 목
소리가 자리에 따라서 달리 들리는데 그에 대한 불공평을 없
도록 하기 위함이었다. 수업을 받을 때 선생님 목소리가 앞자
리에 앉은 사람과 뒷자리에 앉은 사람의 귀에 들리는 것이 다
르다는 것을 알기 때문에 그런 불평을 없도록 하자는 생각이
었다.

이 부모는 자기 딸이 공부도 제일 잘하고 나도 잘 아는 사이
이니까 당연히 공부하는데 가장 좋은 셋째 줄 가운데쯤으로
앉게 해 줄 줄 알았던 모양이다.

그러나 내 생각은 공부를 잘하고 못하고를 떠나 모든 학생에게 공평하게 대하는 것이 내 교육관이라 전화 내용에 신경 쓰지 않았다.

이런 일이 있고 난 후 그 선생님을 한 번도 만난 적이 없었다. 그런데 졸업식 날 저녁에 학생의 부모님이 우리 부부를 초대했다. 그 자리에서 학생의 어머니가 나에게 하는 말이

"선생님, 여민이가 지난 10월 초에 있었던 연휴 때 처음에는 선생님이 쪼잔하게 보이더니 3일 차는 위대하게 보이더라고 이야기하던데요."

"그래요, 왜 그렇게 보았을까요?"

"첫날은 이 좋을 가을날 얼마나 따분한 사람이면 학교에 나왔을까 했대. 그러면서 점심 먹으면 가겠지? 생각하고 자기들도 오후에 놀러 가기로 약속했는데 저녁까지 있어서 내일은 안 나오겠지, 라고 생각했다나요."

"그래요."

"그런데 그다음 날도 정확한 시간에 나오셔서 친구들과 놀러 가는 것을 포기했대요. 그리고 3일 차는 담임선생님이 위대해 보이더라고 이야기하잖아요."

이 말은 1983년 10월 초에 있는 국군의 날과 개천절이 일요일을 끼고 있어 연휴가 3일이 되는 날이 있었다. 그러다 보니 학생들은 3일의 연휴를 즐기려고 계획을 세운 모양인데 나는 우리 반을 모두 학교로 나오도록 했다.

우리 반은 월요일에서 토요일까지는 아침 7시 30분까지 등교하여 오후 10시에 하교하고 일요일은 오후 2시까지 등교해

서 오후 10시에 하교하도록 하고 있었다.

3월부터 우리 반만 가지고 있는 등하교 시간이었다. 우리 학교에 다른 반은 월요일에서 금요일까지는 8시에 등교해서 오후 10까지 공부를 했고 토요일과 일요일은 자유 시간을 주었으나 욕심이 많은 나는 일요일 오전만 자유 시간을 주고 학교에 나와 공부하도록 했다.

일요일 오전만 자유 시간을 주는 것은 여학생들이니까 그때 목욕도 하고 교회에 나가는 학생은 교회에 갈 수 있도록 사회과 교사로서 신앙의 자유를 인정해야 한다는 생각을 가졌기 때문이다.

그리고 학생들이 자율학습을 할 때 학생과 같이 우리 반 교실에 들어가 학생과 1대1 상담을 하던지 지루할 때는 책을 읽던지 이어폰을 끼고 음악을 듣기도 하면서 1년을 꼬박 같이 했다.

그러다 보니 10월 초의 3일간 연휴도 평상시와 똑같이 학생들과 같이 생활해 주었는데 학생들이 생각할 때는 처음에 내가 조금 버티다 포기할 줄 알았던 모양인데 3일간 자기들과 같이 생활해 주니 고마움을 느낀 모양이다. 그 소리를 들을 때 내 기분은 이보다 더 기쁠 수가 없었다.

여민이 어머니가 이런 말을 하는 것은 자기 딸이 이번 대학 시험에 강원대학교 사범대학 영어 교육과에 수석으로 4년간 장학생으로 합격하여 그 고마움을 표현한 것이다.

우리 반은 이때 우리 학교 진학반 6개 학급에서 가장 좋은 성과를 거둔 학급이었다. 4년제 대학 진학뿐이 아니라 수도권

대학교에도 제일 많이 합격한 반으로 다른 반에 비해 월등하게 합격자를 배출했다.

이야기를 듣고 있던 여민이 아버지는

"김 과장, 지난봄에 죄송했습니다. 김 과장의 깊은 뜻을 이해하지 못하고 전화를 걸어서."

"아닙니다. 선생님 당연히 오해할 수뿐이 없지요." 하며 웃었다. 내가 교사 생활을 하면서 가장 기뻐했던 순간들은 내가 맡았던 학생들이 상급 학교에 진학할 때 좋은 학교에 많이 진학하고 탈락자가 하나도 없을 때보다 더 기쁨은 없었던 것 같다. 그때 느끼는 희열은 교사만이 느낄 수 있는 행복이라 생각된다.

지금쯤은 여민이란 학생 나이도 50대 후반으로 학교에 관리자가 되어 있지 않겠냐는 생각을 하며 선생님이 멋있어 사범대학의 사회과를 지원 했다는 친구가 있었는데 그 학생의 웃는 모습이 스쳐 간다. 이때 가르친 학생들이 여학생이다 보니 교육대학과 사범대학에 많이 진학했는데 모두 다 멋진 선생님으로 지금쯤은 관리자가 되어 있지 않을까? 하는 생각을 가지며 앨범의 사진을 다시 한번 꼼꼼히 살펴본다.

미완성

민들레(꽃말: 사랑의 신탁, 불사신)

6월 하지가 지난 지 얼마 안 되는 태양이 이글거리는 여름날 시골 중학교 운동장에서 학생 하나가 머리에 손을 올리고 뒤뚱거리며 오리걸음을 걷고 있다. 학생의 등에는 땀이 배어 젖었다 말랐다 하며 멈춤이 없이 끊임없이 150m 정도가 되는 라인을 따라 10바퀴 20바퀴 30바퀴 40바퀴가 넘도록 돌고 있다. 나는 학생 뒤에서 뒷짐을 끼고 따라서 돌고 있었다. 토요일이라 학생들도 다 귀가하고 선생님들도 '수고하시라'라며 인사하고 다들 퇴근한 지가 꽤 되었다. 아직 집으로 돌아가지 않은 학생 몇이 나무 그늘 밑에서 이 광경을 구경하고 있는 모습이 보이다 그들도 보이지 않는다.

이 사건은 1988년 6월 25일에 있었던 일이다. 그때 나는 학교에서 교장 선생님과 갈등을 빚고 있었으며 교감 선생님은 정년을 눈앞에 둔 분으로 나에게 중학교 때 사회를 가르치셨던 은사님이었다.

교장 선생님은 지난해 9월에 오셨는데 11월에 학생 생활지도 문제로 나와 의견 대립이 있었다. 교장 선생님과 처음 부닥친 것은 그분이 우리 학교 부임 후 3일 차에 일어났다. 교장 선생님이 새로 부임하여 환영회를 해 주기 위해서 전 직원이 시내에 있는 음식점에서 환영식을 가졌다.

우리 학교는 중소도시 주변에 있는 면 단위 학교로 시내에서 12km 정도 떨어져 있으며 교장과 교감 선생님은 두 분 다 학교 주변에서 하숙하고 선생님들은 시내에 거주하면서 시내버스로 출퇴근하고 있었다. 환영회가 끝나자 교장과 교감이 택시를 타고 하숙집으로 가는데 그 길목에 내가 사는 집이 있

어 나도 같이 택시를 타게 되었다. 택시 안에서 교장 선생님은 갑자기

"김 과장은 우리 학교에 몇 년 남았어요?"

"예 1년 남았는데 내년에 내신을 내리려고 합니다."

"그래요. 내신을 어디로 내리려고요?"

"집이 금산이라 대전으로 내리려고 합니다."

"나랑 내년에 더 있다 가면 안 돼요?"

"큰아들인데 부모님이 연세가 드셔 집 가까이 가서 모시려고요." 그러면서 집이 가까워져 나는 차에서 내렸다. 그런데 그것이 화근이 될 줄은 몰랐다.

그다음 날 2교시 때 수업이 없어 교무실에서 일을 보고 있는데 교감 선생님이 교장실에서 찾는다고 하여 교장실에 들어갔더니 소파에 앉으라고 권한 다음 직원 명부를 탁상 위에 꺼내 놓으며

"내년에 갈 사람을 이야기해 보세요?" 한다. 나는 남의 인사 문제에 관해서 이야기하기가 껄끄러워 멈칫거리고 있는데 교장 선생님은 몇몇 과장을 손으로 가리키며

"이 사람은 떠납니까?" 하고 물어 아는 대로 답해 드렸다. 교무과장은 지역 만기라 꼭 떠나야 하고 연구과장과 3학년 과장은 온 지 2년 차라 아직 3년이 남았습니다. 했더니 손가락으로 내 이름을 가르치며

"이 사람은 가는 겁니까? 안 가는 겁니까?" 하고 묻는다.

"교장 선생님 저는 가야 합니다. 큰아들인데 부모님 곁에서 떠나온 지가 20년이 넘었습니다." 했더니 좋지 않은 표정을

짓고 퉁명스럽게

"나가보세요." 했다. 나는 알 수가 없었다. 엊그제 온 교장
이 나에 대해서 얼마나 알기에 가지 말라고 하는지 의문이 들
었다. 사실 나는 지난봄에 대전으로 갈 수 있는 절호의 기회가
있었는데 전임 교장이

"김 과장은 나와 같이 살아." 하면서 내신서를 써주지 않아
서 이 학교에 붙잡혀 있는 꼴이 되었다. 그런데 교장은 9월 1
일부로 시내에 있는 중학교로 이동을 한 것이다.

이런 일이 있고 난 뒤 교장 선생님은 내가 미워서 그런지 일
을 못 해서 그런지 사사건건 학생과를 지적했다. 내용은 청소
를 학생과에서 담당하고 있었는데 분리수거를 못 한다고 계
속 나무랐다. 알고 보니 이분은 일본에 파견되어 4년이나 살
다 온 사람으로 일본에서 분리수거가 몸이 배어 있었는데 그
때 우리나라는 분리수거에 대해서 전연 알지 못하고 있을 때
다. 몇 번을 지적받자 나는 화가 나서

"교장 선생님 어떻게 해야 하는지 구체적으로 설명해 주세
요. 지시대로 실천하겠습니다." 했더니

"학생과장, 쓰레기통을 한 곳에 3개씩 설치해서 일반 쓰레
기와 캔과 공병, 종이와 비닐로 분류해서 쓰레기장에 가지고
오면 종이와 비닐은 즉시 소각하여 일반 쓰레기와 같이 나무
밑에 묻던지 구덩이를 만들어서 묻고, 쇠붙이와 캔 및 공병은
따로 모았다가 고물상과 가게에다 처리하세요."

"교장 선생님 그럼 쓰레기통이 많아야 하는데요."

"얼마나 필요한지 신청하세요."

"예, 알았습니다." 나는 이런 방식으로 하면 되겠다는 것을 생각하고 있었지만, 서무실에 쓰레기통을 사달라고 할 수가 없었다. 그 이유는 전임 교장 때 직원회 석상에서 늘 교장이 학교 예산이 없다고 말씀하셨으며, 종이 몇 장 쓰는 것도 마음대로 쓰지 못하고 서무실에 있는 장부에 기록하고 가져다 쓰는 체제에서 근무했는데 교실마다 쓰레기통을 3개씩 배치한다는 것은 상상도 못 할 수 없었다.

이런 일이 있고 나서 우리 학교는 정부나 타 학교가 시작하기 전인 1987년에 분리수거가 철저히 실시된 학교가 되었다. 교장 선생님은 서무실에 지시하여 쓰레기장을 네 개로 분리하여 다시 만들어 주었다. 즉, 캔과 공병 모으는 곳, 종이와 비닐 모으는 곳, 일반 쓰레기 모으는 곳, 소각장으로 구분한 것이다.

나는 여기서 새로운 것을 배웠다. 학교는 교장 선생님에 따라서 예산이 있고 없고 한다고 하는 것을 깨달은 것이다. 이분은 선생님이 학생을 지도하는 데 학습 교구가 필요하다고 신청하면 다 사주는 교장으로 지금까지 보지 못했던 일이었다. 이때 깨달은 나는 뒤에 교장이 되어서 선생님이 학생을 지도하기 위해 필요한 물건을 신청하면 학교 예산 중 제일 우선으로 결재해 주는 사람이 된 것이다.

이분은 집이 대전인데 토요일 날 집에 가면 월요일 오후나 화요일에 출근했다. 지금 같으면 절대 용납이 되지 않는 일이지만 그때는 학교라는 곳은 학교장 마음대로 할 수 있는 곳이라고 할 정도로 교장의 권위가 막강했다. 그러다 보니 대부분

미완성

의 학교가 월요일 날 하는 애국 조회를 우리 학교는 화요일 날 실시하고 학급 활동도 화요일 1교시에 하는 학교로 바꾸었다.

그리고 애국 조회 시간이면 선생님을 학생 앞에 일렬로 세워놓고 훈화했으며, 훈화 내용은 "문학이 어떻고~~ 등등" 아무도 듣지 않는 이야기를 근 30분 이상 하는데 학생은 그만두고 선생님들도 죽을 지경이었다. 특히 임신한 여선생님은 불만이 이만저만이 아니었다. 그래서 선생님들이 교장에게 붙인 별명이 "쪽바리"이었다. 그분은 왜정시대 때 세워진 대전 중학교를 졸업한 데다 일본에 파견되었다 왔다고 해서 붙여진 별명이다.

그런데 11월경 나에게 돌이킬 수 없는 사건이 벌어졌다. 화요일 날 평소같이 일찍 출근하여 각 교실을 한 바퀴 돌아보고 교무실에 들어왔는데 교무과장이

"김 과장, 오늘 훈화는 학생과장이 하래." 한다. 교무과장은 나보다 5살 위였다.

"갑자기 왜요?"

"교장 선생님이 화가 단단히 났어."

"뭐가 잘못되었나요?"

"화장실 문짝이 떨어져 있데."

"그래요." 하며 생각해 보니 오늘 아침 밖에 있는 화장실을 점검하지 않았다. 그러는 사이 간부회의 시간이 되어 교장실로 들어갔다. 우리 학교는 전체 간부회의는 금요일 날하고 평소는 교장과 교감 그리고 서무과장, 교무과장 학생과장만 모여 간부회의를 했다.

교장실에 들어가니 분위기가 싸늘했다. 자리에 앉자마자

"학생과장, 오늘 아침 화장실 돌아봤어요?"

"아침에 실내 화장실은 돌아봤는데 실외는 가보지 못했습니다." 하자

"실외 화장실에 문짝 떨어진 것 알아요? 몰라요?" 한다. 그러면서

"오늘 조회 훈화는 학생과장이 하세요."

"예, 잘 알았습니다." 하고 간부회의가 끝나고 학생들이 모여 있는 운동장으로 나갔다. 나는 교장 선생님 인사가 끝나고 나면 바로 훈화를 하려고 조회대 뒤편에 서 있었다.

대부분 학교가 그렇지만 운동장이 학교 건물보다 3m 정도 낮아 조례 대가 높게 설치되어 있었다. 국민 의례가 끝나고 교장 선생님이 인사를 받으면 바로 내려올 줄 알았다. 그런데 분명 나에게 훈화를 하라고 해 놓고 자기가 조회대에 올라가 근 20여 분이 넘도록 화장실 문짝을 부쉈다고 학생들을 혼냈다. 학생들이 학교를 사랑하는 마음이 없어서 시설을 부순다는 것이다. 즉 화장실 문을 우리 학생들이 부순 것으로 단정하고 말씀하셨다.

우리 학교는 1970년대 초에 설립된 두 개 면 사이에 있는 학교로 마을과 떨어져 있었다. 그러다 보니 공휴일이나 방과 후에 우리 학교 학생뿐이 아니라 인근에 사는 고등학생이나 지역 청년들이 학교에 와서 축구를 하고 놀다가 갔다. 그러다 보니 휴일 다음 날 출근해서 보면 운동장 주변 나무 밑에는 술병 등 쓰레기가 흐트러져 있는 일이 자주 있었다.

미완성

지난 일요일이나 월요일 오후에 누가 화장실 문짝을 부수고 간 모양이라는 생각을 하면서 훈화를 어떻게 하면 좋을까 정리하다 교장 선생님이 20여 분이나 학생들을 나무랐으니 그것으로 끝나는 줄 알았다.

그런데 갑자기 나를 바라보더니

"학생과장, 당장 문짝 부순 녀석을 잡아내세요." 하고 명을 내린다. 나는 어이가 없었다. 자기가 실큰 학생들을 쥐 잡듯이 해 놓고 전교생이 모여 있는 운동장에서 나보고 문짝 부순 녀석을 당장 잡아내라니 아무리 생각해도 이해가 가지 않았다. 그래서

"교장 선생님이 충분히 혼내 셨잖아요." 하자

"지금 내 말을 듣지 않겠다는 거요?"

"지금은 할 수 없습니다." 했더니

"그럼 학생과장을 그만두겠다는 거요?" 한다. 나는 순간 화가 났다. 그래서

"그만두라면 그만두겠습니다." 하고 돌아서 교무실로 들어와 버렸다. 교장이면 교장이지, 시킬 것이 있고 시켜서는 안 되는 일이 있지 않은가? 생각하며 들어와 버린 것이다. 그러는 사이 눈치 빠른 교무과장이 대신 학생들을 나무라는 소리가 들려왔다.

교무실에 들어와서 생각하니 화도 나지만 교장이 안 되었다는 생각도 들었다. 전 선생님과 학생이 보는 조례대 앞에서 40대 초반의 젊은 교사가 시키는 말을 듣지 않았으니 당황했으리라는 생각이 들었다. 그러나 한편으로는 아무리 교장이라

도 자기 생각대로 하는 것이 옳은 일인가? 자기는 월요일 날 학교도 안 나와 놓고 죄 없는 학생들을 아침부터 나쁜 사람으로 비난할 수 있는가?

차라리 학생과장을 조용히 불러 문짝 부서진 것을 조사하라고 지시했으면 왜 거절하겠는가? 그분의 교육관이 무엇인지 모르겠다는 생각이 들었다. 평소 성품이 차분하고 조용하여 교장실에서 책도 많이 보는 것 같은데 이해가 가지 않았다. 조회가 끝나고 교무실로 들어오는 선생님들 표정은 통쾌하다는 표정이었다.

그날 오후 퇴근하는데 나보다 나이가 10살 정도 더 많은 연구과장과 교감 선생님이 술 한잔하자며 붙잡았다. 교감 선생님과 연구과장은 내일 출근하면 교장 선생님을 찾아가 잘못했다고 빌란다. 나는

"교감 선생님 생각해 보세요. 아이들이 무슨 죄가 있다고 아침부터 나쁜 놈이라고 화를 내십니까, 얼마든지 조용히 처리할 수가 있잖아요?"

"김 과장, 교장 선생님은 전교생에게 경각심을 주려고 그랬을 거야."

"그래도 그렇지, 확실하지 않은 일로 전교생에게 장시간 이야기할 수 있습니까?"

"그나저나 교장이 화가 단단히 났나 봐, 김 과장이 학생과장 하기 싫은 모양이라는 말까지 히는 것을 보면."

"교감 선생님 저 학생과장 그만두겠습니다."

"그러지 말고 내일 아침 교장실에 찾아가 사과해, 교장 선

생님과 김 과장이 학생 지도하는 방법이 달라서 그렇지 모두 다 학생을 위한 것이 아니겠어." 역시 교감 선생님은 상담 교원다웠다.

내가 중학교 다닐 때 사회를 가르치셨는데 원로가 되면서 상담교사로 바꾼 분이다. 처음에는 절대 사과하지 않겠다고 버티던 나는 중학교 은사님이시면서 정년을 채 1년도 남지 않은 교감 선생님이 안쓰러워 보였다. 그래서 내일 교장실에 찾아가겠다고 약속을 하고 헤어졌다.

다음 날 나는 간부회의도 들어가지 않았다. 그러다 2교시에 수업이 없어 교장실을 노크하고 들어가자 교장은 소파에 앉아 뻔히 쳐다보면서 앉으란 소리도 않는다. 표정이 네가 왜 들어와? 하는 표정이었다. 나는 그의 앞에 선 채로

"교장 선생님 어제 제가 생각이 짧았던 모양입니다. 죄송하게 됐습니다."

"그게 뭐야?"

"그래서 이렇게 찾아와 사죄하는 것이 아닙니까?" 하자

"나가 봐." 해서 인사하고 나왔다. 그 후 나는 교장과 마주치는 일이 없었다. 분명 교장은 나를 용서한 것이 아니었고 나도 진심으로 잘못되었다고 사과한 것이 아니었다.

그리고 해가 바뀌었다. 나는 인근에 있는 시로 내신을 냈는데 떠나지 못하고 예비 순번 4번째로 나와 있었다. 그러다 보니 3월부로 학생과장에서 밀려나 윤리 과장을 맡게 되었다. 담임은 교감 선생님이 8월 말에 퇴직인데 2학년 수학여행을 인솔할 교사가 마땅한 사람이 없다고 나보고 2학년 1반 담임

을 맡아 수학여행을 추진해 달라는 부탁이 있었다.

나는 교직에 들어온 지 12년 차가 되었지만, 그동안 가는 학교마다 주로 3학년을 담당해 왔었다. 다만 중학교에서 학기 중 본의 아니게 고등학교로 전출했는데 그때 고등학교 1학년 담임을 했고, 강원도에서 충청도로 전출해 오니까 중학교 1학년 남학생 담임을 주어 고전한 적이 있었다. 그러다 보니 11년 동안 1학년 담임 두 번 하고 9년 동안 3학년 담임만 하다 보니 수학여행을 따라가 본 적이 없었다.

그런 나에게 2학년 1반 담임을 맡겨 수학여행을 추진하라고 했다. 다른 교사들은 교직에 들어와 5년이면 다 경주를 가 보는데 나는 아직 경주를 가보지 못했다. 그런 것을 아는 교감 선생님이 배려해서 2학년 담임을 맡겼는지도 모른다는 생각이 들기도 했다. 표현은 이렇게 하지만 사실은 교장에게 완전히 찍혀 눈 밖에 난 찬밥 신세 교사가 된 것이다. 그러나 나는 별로 신경 쓰지 않고 내가 맡은 일을 열심히 추진해 나갔다.

그런데 3월 말에 실시하는 수학여행을 인솔하면서 관광버스 기사들과 경주에서 한바탕 힘겨루기가 나타났다. 원인은 기사들이 팁도 안 주면서 여행코스를 길게 잡아 자기들을 혹사한다는 이유였다. 나는 수학여행을 한 번도 간 적이 없는 사람이라 욕심을 부렸던 모양이다.

천안에서 2박 3일 코스로 첫날은 경주를 관광하고 둘째 날은 진해 벚꽃 구경을 한 다음 경주로 올라와 자고 마지막 날 포항제철과 울산현대조선소를 견학하는 코스로 잡은 것이다. 분명, 나는 관광회사의 조언을 받아 코스를 정한 다음 계약했었다.

그런데 기사들은 무슨 생각이었는지 경주에서 1일 차 관광이 끝나자 저녁에 여행 코스가 무리라며 김해로 가는 깃을 취소하던지 아니면 울산과 포항의 산업단지 견학을 포기하라고 압력이 들어 왔다. 나는 절대 안 된다고 버티자 기사들은 못 간다며 차를 다 철수시키겠다고 으름장을 놨다. 나는 마음대로 하라며 차를 철수하면 우리는 수학여행을 취소하고 기차로 돌아가겠다며 대신 회사에 손해배상을 청구할 테니 알아서 하라고 버티자 결국 기사들이 처음 계약대로 수학여행을 마무리 지었다.

그때 총 인솔 책임자인 교감 선생님이 밀어주지 않았다면 어떤 상황이 벌어졌나 알 수 없었지만, 여행이 끝나고 교감이 교장한테 그런 사실을 보고하자 교장은 나에게 너무나 욕심을 부렸다며 못마땅한 표정을 지어 보였다.

이런 속에서 나는 서울에 있는 대학의 계절학기 교육대학원을 다니고 있었는데 마지막 학기로 졸업 논문을 준비하고 있었다. 6월 24일이 금요일이었다. 그날 나는 대학교에서 지도교수와 졸업논문 마지막 미팅을 하기로 약속이 되어 있었다. 그런데 조회 시간에 학급에 들어가 보니 결석생이 나타났다.

그 학생은 1학년 때 툭하면 결석이나 가출로 담임에게 애를 먹였던 학생이었다. 그러다 보니 지난해 담임선생님이 학생과장이었던 나에게 퇴학 처리를 해 달라고 부모가 맡겼다며 부모와 학생 도장을 주었다. 그러나 나는 학생 퇴학만은 절대 안 된다며 계속 달래어 2학년에 올라왔는데 내가 담임을 맡게 된 것이다.

나의 교육관은 학생이 어떤 잘못을 하더라도 퇴학시켜서는 안 된다는 사고 의식을 하고 있었다. 그런 사고 의식을 갖게 된 것은 내가 고등학교 1학년에 다니다 수업료를 내지 못해 제 적처리가 된 적이 있었기 때문이다. 그래서 지금까지 학교에 서 퇴학 처리를 한다는 학생이 나타나면 내가 맡아서 졸업시 킨 학생이 몇 명 있었다.

그렇다고 학생을 무조건 감싸고 보호하기만 하는 사람은 아 니다. 잘못이 있으면 남보다 무섭게 지도하여 버릇을 고치는 사람이었다. 그러다 보니 이 학생도 학년 초에 결석하려다 단 단히 혼이 난 후 학교에 잘 나왔는데 무슨 이유인지 갑자기 나 오지 않은 것이다. 나는 그 학생 집을 아는 학생 두 명에게 점 심시간에 학생 집에 가서 학생이 있으면 데리고 오라고 보냈 었다.

그리고 점심을 일찍 먹고 서울을 가기 위하여 학교 앞에서 시내버스를 타고 막 100m 정도 가는데 차창 너머 개울 건너 편에서 한 학생은 도망가고 두 학생은 쫓아가는 모습이 눈에 들어왔다. 바로 우리 반 학생들이었다.

아마 교문 앞까지 데리고 왔는데 학교로 들어가지 않고 도 망가는 모양이라는 생각이 들었으나 어떻게 해볼 방법이 없었 다. 그래서 버스 터미널에 도착하자 공중전화로 오토바이가 있는 젊은 체육 선생님에게 부탁했다. 학교에서 1㎞ 남짓 떨 어진 학생 집에 가서 담임이 혼내지 않는다고 약속했다며 학 교에 가자고 달래서 데리고 와 달라고 부탁했다.

미완성

토요일인 다음 날 출근하니 체육 선생님은 어제 학생 집에 방문해서 학생을 만났는데 학교를 안 다닌다고 해서 다니기 싫으면 학교에 나와 담임선생님에게 직접 말하고 다니지 말라고 하자 알겠다며 오늘 학교에 나오겠다고 약속했단다. 그리고 어머니도 학생 문제는 학교에서 알아서 처리하라고 이야기했단다.

학급에 들어가 보니 학생이 나와 있었다. 나는 무척이나 반가웠다. 우선 혼내기 보다는 잘 달래 봐야겠다고 3교시 때 수업이 없어 상담실에서 학생과 상담하기 시작했다.

"황덕수, 어제 체육 선생님께 학교 안 다닌다고 했다며?"

"예, 안 다닐 거예요."

"너 중학교도 졸업하지 않고 잘 살아갈 수 있겠어?"

"예 저는 잘 살 수 있어요." 근 한 시간을 설득해도 눈 하나 까닥이지 않고 학교를 그만두겠단다. 그 학생의 어머니는 울릉도 사람인데 가출하여 대전에서 우연히 논산이 고향인 남자를 만나 살림을 차려 현재 아들만 둘을 낳고 살고 있으며 자기 집이 아니라 남의 집 농장에 거주하면서 농장 일을 거들어 주며 살림을 꾸려나가는 어려운 집이었다. 그러다 보니 학생 관리가 제대로 되지 않아 초등학교 때부터 툭하면 가출하고 남의 집 물건에 손을 대는 습관이 있어 주변 사람에게 외면을 당하고 사는 학생이라는 것을 안 다음부터 나는 특별히 더 관심을 기울이고 지도하고 있었다.

그런데 아무리 좋은 말로 타일러도 막무가내로 학교를 그만두겠단다. 그래서 생각해 낸 것이 스스로 굽히게 하려고 제한을 하나 했다.

"황덕수, 좋아 네가 학교를 안 다닌다고 하니까 네가 어른이란 것을 증명하면 허락하겠어, 해볼 거야?"

"하겠습니다."

"학교 운동장을 쉬지 않고 오리걸음으로 50바퀴를 돌면 어른으로 인정하지, 할 수 있겠어?"

"예, 하겠습니다." 나는 어이가 없었다. 우리 학교 운동장은 시골 학교지만 넓었으며 육상코스로 150m 되는 원이 그려져 있었다. 그리고 50바퀴면 7.5㎞가 되지 않는가, 그런데 돌겠단다.

나는 고등학교 때 럭비 선수를 했었다. 어느 날 지도교사는 우리에게 오리걸음을 걷게 하여 운동장 다섯 바퀴를 돌리는데 선수 생활을 하던 우리는 모두 다 허벅지에 알이 배어 1주일씩 고생한 경험이 있었다. 그 후 매일 훈련으로 오리걸음을 걷다 보니 한 달이 지났을 때는 얼마든지 걸을 수 있다는 것을 깨달았지만 처음에는 얼마나 힘든 것인지 잘 알고 있기에 학생이 한 바퀴만 돌면 포기할 것으로 생각하고 제안했는데 하겠다니 어이가 없다.

그러나 어찌하랴, 한 번 한 말이니 주워 담을 수가 없지 않은가? 나는 반장에게 학생을 보내라고 하고 학생과 같이 운동장으로 나갔다. 학생은 머리에 두 손을 올리고 "꽉, 꽉" 거리며 오리걸음을 걷기 시작했다. 나는 뒷짐을 끼고 그의 뒤를 바짝 따라 걸었다. 한 바퀴 두 바퀴 돌다 보니 학생들은 다 하교하고 선생님들도 나가면서 수고하라고 하며 퇴근했다.

미완성

오리걸음을 걷다 멈추면 학생이 지는 것으로 약속했는데 6월의 뜨거운 태양 볕 아래 풀도 없는 운동장에서 땀을 뻘뻘 흘리며 쉬지 않고 걸었다. 제 녀석이 잘 걸었자 두 바퀴가 넘어가겠냐고 생각했는데 완전 착각이었다. 열 바퀴가 넘어가자 나는 신기해 보였다. 학생의 등에는 땀이 옷에 뱄다 말랐다 하고 있었다. 한 바퀴만 더 한 바퀴만 더 하던 것이 45바퀴가 넘어갔다. 뒤에서 따라가는 내가 힘들 정도였다. 마음 한구석에서는 이러다 사고라도 나지 않을까 두려움이 나타나기도 했다. 그러면서도 한편으로는 오기가 발동했나 45바퀴가 넘어가고 있었다.

그때 3학년 학생 한 명이 무엇을 했나 늦게 집으로 가는 것이 눈에 띄어 불러서 플라타너스 밑 그늘에서 기다리도록 했다. 그리고 학생을 나무 밑 그늘로 걸어가게 하여 그늘에 도착하자 3학년 학생에게 일으켜 세우게 해서 의자에 눕히고 장딴지와 허벅지를 주물러 주도록 했다. 그랬더니 3학년 학생은 불만스러운 표정으로

"선생님, 이 녀석 무엇을 잘못했어요?" 하고 물어

"너는 알 것 없으니 걱정하지 말고 교무실 내 책상에 가서 우유나 가져다줄래?"라고 심부름을 시켰다. 학생은 처음에는 일어나지 못했다. 얼마나 다리를 주물러 주고 교무실에서 가져온 우유를 먹인 다음 또다시 이야기를 나눴다.

"덕수야 네가 이겼으니 이제 학교 다니기 싫으면 그만두어도 돼. 그런데 내가 보니 너는 대단한 끈기를 가지고 있는데, 이런 인내력이라면 격투기 선수가 되면 최고 선수가 될 것 같

은데 체육 고등학교에 가서 레슬링 한 번 안 해 볼래? 레슬링을 지도하는 체육 선생님을 내가 잘 알고 있는데."하고 운동선수를 해 보라고 설득했으나 그의 대답은 한결같이 학교를 그만두겠다고 했다.

내가 이렇게 이야기한 것은 대학원을 다니는 중에 대학의 후배인 체육과 선생님을 한사람 만났었다. 그 후배가 체육고등학교에서 레슬링부를 맡고 있는데 중학교에서 근성이 있는 학생이 있으면 소개 좀 해달라는 부탁이 떠올라 이야기한 것이다.

나는 더 어쩔 수 없어 포기하고 마지막으로

"월요일 날 학교를 안 나오면 자퇴 시켜 줄게, 집에 가서 잘 생각해 봐."하고 택시를 불러 태워 보냈다.

27일 월요일 날 학급에 들어가 보니 학생은 나오지 않았다. 나는 실망하면서 그래도 좀 더 기다려 보자며 학생 자퇴처리는 최종까지 밀어 보자고 마음먹었다. 아마 오늘쯤 학생은 꼼짝 못 할 것이라는 생각이 들었다. 어린 녀석이 오리걸음으로 7㎞ 가까이 걸었으니 지금쯤 다리에 알이 배어 있을 거라는 생각을 하며 내가 너무 잔인했다고 하는 생각이 들었다. 그러나 나는 분명 그 아이를 미워하고 있지는 않았다. 그의 가정환경을 아는 선생님으로서 그 아이의 인생을 아버지와 어머니 같은 삶에서 벗어나게 해 주고 싶다는 생각에서 인내력을 살펴본 것이다.

교감 선생님이 나를 보자 토요일 날 그 학생은 어떻게 되었냐고 물어 왔다. 퇴근하면서 본 모양이다. 나는 사실 그대로 말해 주자 자기가 교장 선생님과 상의해 본다고 교장실에 다녀오더니 교장 선생님 말씀이 담임이 알아서 처리하라는 명이 있었다고 전해 줬다.

학생은 화요일도 나오지 않았다. 나는 한동안 마음에서 잊자고 생각하면서 내가 지켜 줄 수 있는 출석 일수까지는 기다려 보자고 마음먹고 있었다. 그런데 5교시째 교무실에 있는데 교감 선생님이 경찰서에서 2학년 1반 담임을 찾는다며 전화를 건네줬다. 나는 경찰서란 말에 예감이 들어왔다. 우리 학생이 무엇을 잘못해서 연행당한 모양이라는 생각을 하며 냉정하게 전화를 받았다.

"여보세요. 2학년 1반 담임입니다."

"예 선생님, 여기는 ㅇㅇ파출소인데 그 반에 황덕수라는 학생이 있지요?"

"황덕수요, 그런 학생 없는데요. 덕수라는 학생은 지난 토요일 날부터 학교를 그만두었는데요." 하며 시치미를 뗐다. 분명 그 경찰관 옆에 학생이 있을 거라는 예감이 들어 냉정하게 전화를 받은 것이다.

그리고 충청남도에 와서 경찰에 대한 이미지가 좋지 않게 머릿속에 인식되어 있었다. 강원도에서 근무할 때는 학생이 비행을 저질러 경찰에 연행되면 학교 선생님에게 사정하면서 인솔해 가라고 부탁했는데 충청남도에서는 반대로 선생님이 지도를 잘못해서 비행을 저지른 것 같이 선생님을 은근히 나무라며 인솔해 가도록 하는 것이 못마땅했었다.

더구나 나는 대학에서 교육학을 전공한 사람이 아니라 법을 전공한 사람으로 기본법은 알고 있기에 중학교 학생은 어지간한 잘못은 경찰서에서 처리할 수 없다는 것을 알고 있는 사람이었다. 경찰관의 난감한 목소리가 들려 왔다.

"선생님 사실은 덕수라는 학생이 남의 집 담을 넘어갔다 붙잡혀 파출소에 와 있습니다. 선생님이 오셔서 인솔해 갔으면 해서요."

"그래요. 집에는 연락이 됐습니까?"

"예, 지금 어머니가 여기 와 계십니다."

"잘 알았습니다. 생각해 보겠습니다." 나는 끝까지 데리러 간다는 소리를 하지 않았다. 전화 받는 소리를 듣고 있던 교감 선생님이

"김 과장 어쩐대, 가서 데려와야 하지 않겠어?"

"글쎄요, 그 녀석 행동으로 봐서는 가기가 싫은데요."

"교장 선생님과 상의 한번 해 봐." 해서 교장실로 들어갔다. 분명 어제는 그 학생을 담임이 알아서 처리하라고 했다니까 알아서 처리하라고 할 줄 알았는데 내 생각이 짧았나 보다. 그 학생에 대하여 간단히 설명하자 명령조로

"가서 데리고 오세요. 중학교 2학년도 하나 못 다스립니까?" 하며 나무라는 것이다. 나는 뒤통수를 긁으며 교장실에서 나와 학교 자전거를 타고 파출소에 갔다.

파출소에 들어서니 경찰관 앞에 학생과 어머니가 서 있다. 그리고 다른 경찰관은 눈에 보이지 않았다. 내가 들어서자 경찰관은 일어나 인사를 한다. 나는 학생을 바라보며

"네가 왜 2학년 1반이니?" 하고 냉정하게 쏘아붙였다.

"너 분명 지난 토요일에 학교 안 다닌다고 했잖아, 그래서 학교 안 다니는 줄 알았는데, 경찰관님 이 아이는 학생이 아닙니다." 하고 시치미를 떼자 어머니가 울면서

"선생님 한 번만 용서해 주세요. 덕수야 어서 무릎 꿇고 선생님께 빌어." 하자 무릎을 꿇으며

"선생님 잘못했어요. 다시는 그러지 않겠어요." 하면서 빌었으나 나는 속으로 이번 기회에 이 녀석 버릇을 단단히 고쳐 줘야겠다고 생각하고 있었다. 그 광경을 보고 있던 경찰관은 사건의 내막을 설명해 줬다.

어떤 주민이 대문이 잠긴 집의 담을 학생이 넘어가는 것을 봤다고 신고가 들어와 가서 보니 이 학생이 있더란다. 그런데 학생이 경찰관이 왔는데도 도망가지 못하고 서 있어서 데리고 파출소로 와서 조사해 보니 마을 아이라 어머니에게 연락하고 학교에 연락했단다. 나는 경찰관에게

"학생과 조용히 이야기할 수 있는 장소가 없을까요?" 하자 따라오라며 숙직실로 안내해 주었다.

숙직실에 들어가서 두 사람을 앞에 앉게 하고 냉정하게 이야기했다.

"황덕수 생각해 봐, 내가 그렇게 사정했는데 학교 안 다닌다고 해 놓고 경찰에 붙잡히니까 학생이라고 해?"

"……"

"그런 너를 내가 어떻게 믿고 다시 받아 줘?"

"선생님 다시는 그러지 않겠습니다."

"네 말을 어떻게 믿어?" 하면서 20여 분을 밀고 당기며 혼을

냈다. 그러면서 앞으로 하루만 결석하면 퇴학 처리를 할 것이
며 이런 일이 나타나면 학교에서는 절대로 받아 주지 않겠다
고 어머니와 학생의 약속을 단단히 받고 인솔해 왔다.

그 후 학생은 학교에 잘 나왔다. 그리고 학교생활도 즐거워
하면서 다녔다. 그러다 보름쯤 지났을 때

"선생님 저 지난번 선생님이 말씀하신 체육고등학교 꼭 가
게 해 주세요."한다. 나는 반가워서

"덕수야 나는 네 끈기에 깜짝 놀랐잖아. 체육고등학교에 가
는 것은 걱정하지 말고 학교에 열심히 다녀."

"예, 잘 알았습니다. 선생님 저 꼭 체육고등학교에 갈 거예
요."한다. 이것이 그 학생과 마지막 대화가 될 줄은 알지 못
했다. 그 후 여름방학이 끝나고도 학생은 학교에 잘 나왔다.

그날이 8월 30일로 기억된다. 아침 만원 버스를 타고 출근
하는데 나보다 10년 정도 위인 3학년 과장이 내 옆으로 오더
니

"김 과장 발령 났다는데, 알아?"

"예, 무슨 발령?"

"시내 ○○ 중학교로 발령 났다는데?"

"그래요. 누가 그래요?"

"이종복 교장이 자기네 학교로 데려갔다고 어제 시내 중학
교에 근무하는 선생님을 만났는데 그러던데."

"그래요."하면서 나는 반신반의 했다. 이종복 교장 선생님
은 작년까지 내가 모시던 교장으로 내가 대전으로 내신을 내
겠다고 할 때 내지 못하게 하며 자기가 데리고 다니겠다고 한

교장 선생님이었다.

아마 2학기 발령이 난 모양인데 숫자가 적어 매스컴에 나오지 않고 공문으로 전달된 모양이다. 우리 학교는 시골에다 학교가 적다 보니 선생님들이 별로 관심이 없어 모르고 있었나 보다.

나는 속으로 전임 교장이 잊지 않고 내가 시내로 발령이 나자 교육청에 이야기하여 자기네 학교로 데려간 모양이라는 생각을 하며 지금 있는 학교에서 벗어날 수 있다는 것이 기분 좋았다.

그날 3교시 때 수업이 없어 자리에 있는데 교무과장이 전 교장으로부터 전화가 왔다며 바꿔 줬다. 우리 학교는 지난 27일 교감 선생님이 퇴직해서 교감 자리는 비어 있어 교무실에 한 대뿐인 전화를 교무과장이 거의 받았다.

"교장 선생님, 저 김동복입니다."

"김 과장, 왜 인사 안 와?"

"교장 선생님, 저는 오늘 출근하면서 알았습니다."

"다른 사람은 다 인사 왔다 갔는데."

"잘 알았습니다. 그런데 교장 선생님 인사를 꼭 하러 가야 할까요?" 내 생각은 31일까지 이 학교 소속이니 마지막까지 수업하고 가는 것이 옳을 것 같다는 생각이 들어서였다.

"그건 알아서 해."

"그럼 9월 1일 일찍 출근하겠습니다." 하고 전화를 끊으며 생각하니 내가 지금 너무 시건방 떠는 것이 아닌가 하는 생각이 들었다. 지난해 어느 날 교감 선생님이

"김 과장, 교장 선생님이 '김 과장은 자기가 교장인 줄 알아'라고 이야기하시던데."

"예?"

"간부회의 때 말하는 투가 교장같이 말한다는 거야." 하셔서 무슨 뜻인가 생각해 본 적이 있었다. 그러고 보니 간부회의 때 다른 과장들은 교장에게

"우리 과는 이런 일을 추진해야 하는데 어떻게 하면 될까요?" 하고 교장 선생님 의견을 물어보는데 나는

"우리 과는 이런 일을 이렇게 추진하고자 합니다."라는 식으로 의견을 묻는 것이 아니라 어떤 일을 내가 결정해서 추진하겠다는 식으로 말을 하고 있었다. 그 이유는 학교장이 학교 일 모든 것을 다 알 수 없으니까 내가 맡은 일은 내가 책임지고 알아서 추진하겠다는 식으로 보고한 것이다. 그러다 교장이나 교감 선생님이 다른 의견을 주시면 그 의견을 듣고 참고해서 추진하고 있었다.

일단 9월 1일 날 출근 한다고 했으니까 인사하러 간다는 것은 잊어버렸다. 그때 교원들은 대부분 발령이 나면 그날 즉시 있던 학교에서 이임 인사를 하고 떠나는 것이 상례로 되어 있을 때다. 그런데 나는 8월 31일 6교시까지 수업을 마치고 이임 인사를 했다. 이임 인사는 날씨가 더워 전교생을 강당으로 모이게 하여 인사를 하는데 교장 선생님이 직접 참석했다.

나는 이 학교에서 4년 반을 근무하면서 많은 정이 들어 있었다. 더구나 이 학교는 강원도에서 전출해 온 교사로 충청남도에서 첫 번째 근무한 학교라 고향 같은 정이 든 학교였다. 마

음속에 다음에 승진하면 꼭 한 번 더 와서 근무해야지 하는 생각을 하고 있었다.

단상에 올라간 나는 학생들에게 세 가지를 부탁했다.

첫째, 心洪宇器(심홍우기)를 가져달라는 부탁을 드리겠습니다. 심홍우기를 가져달라는 말은 여러분 마음속에 우주와 같이 큰 그릇을 가져달라는 뜻입니다. 다시 말해 큰 꿈을 가지라는 의미가 되겠습니다.

둘째, 克己(극기)를 가져달라는 말을 부탁드립니다. 극기란 자기 자신과 싸움을 말하는 것입니다. 놀고 싶어도 참고 공부하고, 잠이 와도 참고 공부한다면 못할 것이 없으리라 생각합니다.

셋째, 忠恕(충서)를 생활화하라는 말을 부탁드립니다. 충서란 말은 공자님이 하신 말씀으로 내가 어떤 행동을 할 때 상대방의 처지에서 생각하고 행동하라는 뜻입니다. 즉 부모님을 대할 때는 부모님의 처지에서 생각해 보고 행동하면 그것이 孝(효)가 되는 것이고 형제나 친구 간에는 友愛(우애)가 되는 것이고 이웃에 실천하면 敬(경)이 되는 것입니다. 충서를 생활화하는 사람은 훌륭한 인격자로 남으로부터 존경받는 사람이 될 수 있다는 뜻입니다. 선생님이 마지막으로 부탁드리는 것은 큰 꿈을 가지고 자기의 욕망을 이겨 나가면서 훌륭한 인격을 가지라는 이야기가 되겠습니다. 라고 인사를 했다.

그리고 나오면서 마지막으로 교장실을 들러 교장 선생님에게 인사를 하러 가니

"김 과장, 김 과장은 교장을 하면 잘할 거야."라고 하면서 인

사를 받았다. 나는 교장실을 나오면서 무슨 의미인지 알 수는 없었으나 내가 생각하는 만큼 교장은 나를 미워하지 않고 있었나 보다는 생각이 들었다.

지난 1년간 처음 만났을 때 자기와 같이 1년 더 근무하자고 한 것을 거절했다고 사사건건 내가 하는 일에 못마땅하게 했나 생각했는데 달리 생각해 보면 교장 선생님이 하신 행동이 옳았는지 모른다는 생각이 들었다. 그동안 나는 교직에 있으면서 교장 선생님들이 잘한다고 하니까 내 마음대로 했는지도 모른다는 생각을 가지게 된 것이다. 이렇게 해서 그 학교를 떠났다.

이임 인사를 하고 학교에서 나온 나는 8월 31일 날 오후 5시가 다 되어 부임하는 학교에 인사차 찾아갔다. 말은 9월 1일 날 간다고 했지만, 마음 한구석이 켕겼기 때문이다. 서무실에 발령장과 인사기록 카드를 주고 교장실로 들어가려다 시건방지다는 소리를 들을 것 같아 교무실로 먼저 들어가 교감에게 인사하니 반갑게 맞아 주셨다. 그러면서

"김 과장, 과장 자리는 9월이라 줄 수가 없고 대신 담임은 맡기지 않을 테니 그리 아시고! 교장실은 다녀왔지?" 한다.

"예, 아직 들리지 않았습니다."

"그래, 그럼 교장실부터 들리세요." 해서 교장실로 갔다.

노크하고 교장실에 들어서자 교장은 의자에 앉은 채로

"어서 와, 다른 사람들은 벌써 다 왔다 갔는데." 하면서 늦게 인사 온 것이 좀 못마땅한 표정이었다. 그러면서

"담임은 2학년 담임이야." 하기에

"교감 선생님이 담임은 안 준다고 하시던데요." 하자

"쓸데없는 소리, 2학년 6반 담임이야." 하며 나가 보란다.

이렇게 해서 새로운 학교가 시작되었는데 나는 이 학교에 와서 채 2주일이 가기 전에 또 수학여행을 인솔했다. 그것도 교장 선생님의 명이라며 2학년이 12반이며 관광버스가 16대나 되는데 수학여행 진행과 전학생 통솔을 맡겼다. 이렇게 새로운 학교에 열심히 적응하고 있는데 전 학교에서 떠나온 지 10여 일이 지나자 소식이 들려왔다.

내가 맡았던 황덕수 학생을 자퇴처리 했단다. 그 학생은 내가 떠나자 9월 1일부터 결석을 했는데 새로 담임을 맡은 분은 학생이 결석하자 9월 3일 자로 퇴학 처리했단다. 그 소식을 접한 나는 입맛이 씁쓰름했다.

새로 담임을 맡은 분은 오토바이를 타고 그 학생 집을 방문했던 젊은 체육 선생님인데 내가 지도하는 것을 잘 봤을 것 같은데 그 학생 행동이 용납되지 않았던 모양이었다. 체육 교사는 젊어서 그렇다 치더라도 이해할 수 없는 것은 교장 선생님이었다. 분명 내가 그 학생에 대해서 자세히 보고 말씀드려 알고 있을 것인데 그리 쉽게 퇴학 처리 결재를 해 주셨을까? 하는 의문이었다.

그리고 한편으로는 학생 부모가 원망스러웠다. 담임선생님이 자기 자식을 학교에 다니게 하기 위하여 그토록 잔인하게 얼차려를 주었으며 파출소에서 학생 버릇을 고쳐주기 위하여 냉정하게 대하는 것을 보아 놓고도 아무런 느낌이 없었던 모양이다. 자기가 나은 어린 자식 하나 바르게 이끌어 주지 못한다면 과연 어른이라 말할 수 있으며 부모로서 자격이 있는가? 하는 의아심이 생겼다.

  그러다 5년이 지난 후 우연히 자동차 정비공장에서 그때 같이 학교에 다니던 제자를 만났는데 하는 이야기가 황덕수가 선생님 이야기를 많이 하며 언제 한번 보고 싶어 한다는 말을 전해 줬다. 아마 그 녀석이 학교를 그만둔 것에 대해 후회를 하고 있다고 하는 생각이 들었으나 내가 해 줄 수 있는 것은 하나도 없었다. 내 가슴속에 남아 있는 것은 아직 나이 어린 중학교 2학년 학생에게 너무 가혹하게 오리걸음을 시킨 잔인한 교사였다는 마음의 상처만 가지고 살게 된 것이다. 다만 마음속에 그 강인한 인내력을 좋은 방향으로 살려 열심히 노력했다면 잘 살 것이라는 생각을 해 보았다.

삼백 대는 저금

서광 꽃(꽃말: 행복)

  딱
  "하나."
  딱
  "둘." 딱 소리와 숫자 세는 소리가 끝이 나지 않고 계속 이어진다. 학생들은 모두 다 경직된 표정으로 앞을 바라보고 있고 복도에 서성거리는 어머니 표정은 안절부절못하고 있다.

나는 조금도 흔들리지 않고 일정한 힘과 속도로 학생의 손바닥을 때리고 있었다. 매를 맞는 학생도 손바닥이 붉어졌다가 하얘졌다 하는데도 조금도 움직이지 않고 때리는 숫자를 세며 맞고 있다.

이 이야기는 1990년 3월에 있었던 일로 기억하고 있다. 나는 그때 중소도시에 있는 남자 중학교의 3학년 1반 담임을 맡고 있었다. 3월 3일 날 복도에서 같은 또래인 선생님 한 분이

"김 과장, 김 과장이 박창호라는 학생 좀 맡아줘야 할 것 같은데?"

"박창호가 누군데?"

"응, 작년에 내가 담임을 맡았던 학생인데 이번에 복학한대."

"왜, 내가 맡아야 할 이유라도 있나?"

"내가 볼 때 3학년 담임 중에서 김 과장이나 그 아이를 졸업시킬까 다른 사람은 안 될 것 같아서."

"문제가 좀 있는 학생인 모양이지." 하며 대화를 나누었다.

나에게 부탁하는 선생님은 지난해에 나와 똑같이 3학년 담임을 했는데 나는 1반 담임을 했고 그 선생님은 12반 담임을 했었다. 그리고 초등학교에서 올라온 선생님으로 나이는 나보다 한 살 아래였으나 교육 경력이 5년이나 많은 고참 교사였다.

그 선생님 이야기는 이 학생의 어머니는 총 학부모회의 총무를 맡고 있으며 교장 선생님 제자로 교장 선생님과 가까이 지내고 있단다. 그리고 집은 시내에서 큰 목욕탕을 가지고 있

는데 시아버지가 관리하고 있으며 남편은 서울에서 직장 생활을 하는 주말 부부란다.

그리고 이 학생은 3대 독자로 할아버지의 사랑을 독차지해서 그런지 버릇이 없고 어울리는 친구들이 문제 학생이란다. 그래서 지난해에 우연하면 졸업시키려 했는데 계속 말썽을 부려 결국 자퇴를 시키게 되었단다. 그런데 이번에 다시 복학한다고 어머니가 자기한테 연락이 와 나에게 부탁한다는 것이다. 그리고 어머니에게 3학년 1반으로 복학시켜달라고 교장 선생님께 말씀드리라고 했단다.

그의 말대로 3월 4일 날 학생은 우리 반으로 복학을 했다. 나는 반갑게 맞아 주었으며 우리 반 학생들이 지켜야 할 사항을 자세히 설명해 줬다. 나는 3월에 학급을 맡으면 학급 학생들과 약속사항이 있었다.

첫 번째가 지각과 결석은 용납하지 않는다는 것이다. 요즘 학교에서는 이해가 잘 가지 않을지도 모르지만, 그때만 해도 학교 교육이 근면과 성실을 강조했고 학교 평가는 학생들 성적으로 평가할 때다. 그러다 보니 내가 맡은 학급은 3월 첫날 결석이 없으면 1년간 무결석 학급으로 운영하는 억척을 부리는 교사였다.

방법은 어떤 학생이 아파서 못 나온다고 하면 부모가 학생을 데리고 왔다 조퇴하고 병원으로 데리고 가든지 부모가 없으면 집을 아는 우리 반 학생에게 택시비를 주어 데리고 왔다가 조퇴하고 돌아가게 하는 억척을 떨고 있었다. 사실 학교에 와서 한 시간도 수업을 받지 않고 조퇴하면은 원래 조퇴가 아니고 결석으로 취급하게 되어 있지만 그런 규정을 무시하고 조퇴로 인정해 준 것이다.

두 번째는 우리 반은 등교 시간이 다른 반보다 30분 먼저 등교 시켜 자율학습을 시켰다. 그러다 보니 자연히 내 출근 시간도 다른 선생님보다 30분 먼저 출근하는 사람이라 학교에서 제일 먼저 출근하는 사람이 되었다. 그리고 학급에서 정한 등교 시간에 1분을 지각하면 몽둥이로 엉덩이를 한 대 맞고 5분을 지각하면 5대를 맞기로 학급 학생들과 사전에 약속했다.

그러다 보면 개중에 시골에 사는 학생 중 차가 없어 시간을 댈 수 없는 학생과 가정이 어려워 손수 밥을 해 먹고 다니는 학생이 있는데 이런 학생은 사전에 먼저 말을 하게 하여 등교 시간을 조정해 주었으며, 간혹 가정에 특별한 사정이 생겨 늦게 오는 경우는 예외로 인정하는 형태로 운영하여 지각이 없도록 지도했다. 그리고 나도 절대로 시간에 늦지 않았으며 내가 늦으면 이 약속은 그 순간부터 멈추는 것으로 약속했다.

이렇게 운영하다 보면 첫날 학생들이 건성으로 약속했다가 둘째 날 지각이 많이 나타나는데 약속 시각보다 먼저 교실에 들어와 있는 나는 시간이 되면 자동으로 뒤쪽 출입문을 잠가버렸다. 그러면 학생은 앞으로 들어와 교실 벽에 있는 시계를 보고 "몇 분 늦었습니다."라는 말을 하고 교단에 엎드리면 칠판 위에 올려놓은 몽둥이로 때려 준다. 이런 방식으로 3일만 지나면 지각이 사라져 버리게 되어 학년이 끝날 때까지 지각과 결석이 없는 학급이 되는 것이다.

그리고 다른 반보다 30분 먼저 시작하여 담임이 직접 자율

학습한 내용도 점검해 주고 학생의 성적이나 공부하는 요령에 대해서 1대 1로 돌아가면서 상담해 주다 보면 우리 반의 성적은 저절로 올라가 다른 학급보다 높게 나왔으며 모범 학급이 되는 것이다. 이런 학급 경영은 교직 생활 처음부터 내가 실천해 온 방법이었다. 그래서 그런지 가는 학교마다 학교 경영자로부터 인정을 받아 학교에 선임학급인 3학년 1반 담임을 맡겼는지도 모른다는 생각이 들었다.

나는 어머니와 복학생이 인사를 하러 오자 자리에 앉으라고 하고 우리 반이 지켜야 할 사항을 자세히 설명해 주었다. 그리고 지킬 수 있으면 받아 주고 지킬 수 없으면 다른 반으로 가도록 하겠다고 하자 학생은 지키겠다고 약속했고 어머니도 학생이 지각할 때 체벌하는 것에 대하여 이의가 없다고 약속을 해서 우리 반에 받아 주었다. 그런데 이 두 사람은 선생님이 학생에게 겁을 주기 위해서 하는 말이라고 들었나 보다.

3월 5일은 학생이 시간을 잘 맞추어 나왔다. 그리고 두 명의 학생이 일이 분씩 늦게 와 엉덩이를 맞고 들어가는 것도 목격했다. 그런데 일요일이 지나고 4일 차 되는 월요일 날 학생이 나타나지 않았다.

나는 학기 초 학생의 결석과 지각을 없애는 방법으로 자기 자리 옆 짝꿍에게 서로 전화번호를 알게 하는 방법을 쓰고 있었다. 그 이유는 학생이 등교할 시간이 되었는데 나타나지 않으면 짝꿍이 학교에 있는 공중전화에 가서 왜 못 오는지 알아보도록 했다. 이 방법을 사용하는 이유는 내가 지각하면 내 옆 친구가 부담감을 느끼게 된다는 것을 깨닫게 하기 위하여 쓰고 있었다.

그리고 자리는 매주 옮기게 했다. 옮기는 방법은 한 칸씩 오른쪽으로 옮겨가는데 단순히 옆자리로 옮겨가는 것이 아니라 한 줄은 한 칸 앞쪽으로 옮겨가고, 그다음 줄은 한 칸 뒤로 옮겨가게 하여 학생들 짝꿍이 매주 바뀌도록 했다. 그러다 보면 자기 짝꿍이 16사람을 만나게 되어 있다. 그러다 보면 제일 큰 학생과 제일 작은 학생도 짝꿍으로 만날 수 있으며 키가 작다고 앞 좌석에 앉고, 크다고 뒷좌석에 앉는 것이 아니라 키가 제일 작은 학생이 제일 뒷좌석에 앉기도 하고 키가 제일 큰 학생이 제일 앞 좌석에 앉기도 한다. 이렇게 자리 배치를 하면 처음에는 습관이 되어 있지 않아 불만이 있으나 얼마 있다 보면 그 이유를 깨닫게 된다. 즉 모든 학생에게 공평한 기회를 주기 위해서이었다. 즉 뒷자리에 앉아서 수업을 받아보면 선생님 목소리가 뚜렷하게 들리지 않는다는 것을 깨닫게 되고 3번째 줄 쯤 앉을 때 선생님 목소리가 선명하게 들린다는 것을 깨닫게 된다.

월요일 날 복학생이 나타나지 않자 그 짝꿍이 전화하고 와서 하는 이야기가 어제 집에서 나가 들어오지 않았다고 이야기를 했다. 나는 조회가 끝나고 집으로 전화하니 어머니가 당황하며 아이가 어제 친구들과 놀러 나가더니 안 들어왔다며

"선생님 죄송해서 어떡한대요? 그렇게 타일렀는데."

"그러세요. 그럼 어머니가 수고스럽지만 어울릴만한 친구들을 연락해서 찾아봐 주시고 찾는 대로 연락해주시기 바랍니다."하고 조금 냉정하게 전화를 끊었다.

5교시 수업이 끝나고 교무실에 들어오니 교감 선생님이 학부모로부터 전화가 왔다며 바꿔준다.

"여보세요. 3학년 1반 담임입니다."

"선생님 저 박창호 어머니예요."

"예, 어머님, 창호 찾았어요?"

"예, 지금 막 찾았는데 오늘은 너무 늦었으니 내일 학교로 보내겠습니다."

"어머니 그러지 말고 늦더라도 오늘 학교로 데리고 오세요. 우리 반은 결석이 없는 학급입니다." 하며 데리고 오기를 권했다. 학교는 원래 오후에 등교하면 결석으로 처리하게 규정이 되어 있으나 담임의 재량으로 출석으로 인정하고 있었다.

"예 알았어요, 선생님 지금 데리고 가겠습니다."

나는 전화를 끊고 생각해 보았다. 이 학생을 이번에 제대로 지도하지 못하면 1년간 애 좀 먹을 것 같다는 생각이 들었다. 그래서 교장 선생님에게 지원 요청을 하기로 했다. 교장 선생님은 전 학교에서 같이 근무했던 분으로 자기가 먼저 이 학교에 와서 내가 시내로 발령이 나자 교육청에 이야기하여 자기가 근무하는 학교로 데려다 놓은 사람으로 상당히 가까이 지내고 있었다. 아마 그분은 내가 학생 지도하는 것이 마음에 들었던 모양이다. 교장실에 찾아가

"교장 선생님, 저 좀 도와주셔야겠어요."

"김 과장, 무슨 일인데?"

"그게게 복학한 박창호라는 학생이 오늘 결석했는데 지금 어머니가 학교로 데리고 오고 있습니다."

"뭘 어떻게 도와줄까?"

"학부모가 오면 학생과 학부모를 교장실로 데리고 오겠습니다. 그리고 교장 선생님 앞에서 우리 반은 이런 학생은 받을 수 없다고 다른 반으로 보내던지 다시 자퇴 시켜 주세요. 라고 건의 드리겠습니다. 그러면 교장 선생님은 학생과 학부모를 단단히 혼내 앞으로는 이런 일이 있으면 절대로 용납하지 않겠다고 다짐을 받아 주시기 바랍니다."

"그래? 그럼 그렇게 해 보지 뭐."하며 흔쾌히 승낙해 주셨다. 교장 선생님은 박창호 어머니의 고등학교 2학년 때 담임 선생님이었단다. 그리고 같은 지역 출신이라 잘 알고 지냈으며 더구나 학교 어머니회 총무를 맡고 있으니 자주 교장실도 들락거리는 사람이었다.

얼마 있다 어머니와 학생이 교무실로 들어왔다. 어머니가 나에게 말을 붙이려고 하는데 나는 잠깐 따라오시라며 학생과 같이 교장실로 데리고 갔다. 그리고 학부모와 학생을 세워 놓은 채로 시치미를 떼고 교장 선생님에게

"교장 선생님, 이 학생은 지난 금요일 날 복학한 학생인데 오늘 학교에 안 나와 어머니에게 연락하여 지금 막 데리고 왔습니다. 저는 이런 학생을 저희 반에서 지도할 수 없습니다. 다른 반으로 보내 주든지 아니면 다시 자퇴 시켜 주시기 바랍니다."했더니 교장은 얼굴이 붉어지며

"그래? 김 과장 나가 봐."하면서 화가 난 표정으로 나를 내보냈다. 사전에 말씀드렸지만, 교장은 기분이 별로 좋지 않은 표정이었다.

얼마나 있다가 어머니와 학생이 다 죽은 표정으로 내 앞에 나타났다.

"선생님, 한 번만 용서해 주세요. 앞으로는 그런 일이 절대로 없게 하겠습니다." 하며 어머니가 울면서 사정을 했다. 나는 냉정하게

"어머니, 제가 어떻게 이 아이를 믿겠어요?" 하자 어머니는 학생에게

"선생님에게 잘못했다고 어서 빌어."

하자

"선생님 앞으로는 이런 일이 절대로 없도록 하겠습니다." 나는 냉정하게

"내가 지금 너를 받아 주려면 지난 4일 날 약속한 1분 지각에 한 대씩 때린다는 약속을 우리 반 학생들 앞에서 지켜야 받아 줄 수 있는데?" 하자

"맞겠습니다. 받아만 주세요." 하며 맞겠다고 달려든다.

"어머니도 학생 체벌하는 것을 용납하시겠습니까?"

"예, 선생님 받아만 주신다면 얼마든지 때려 주세요." 해서 종례 시간이 돼서 학생을 데리고 교실로 들어갔다.

원래 교실에서 우리 반에게 사용하는 체벌 도구는 길이가 60㎝ 정도 되는 각목으로 학생을 엎드리라고 하여 엉덩이를 때려 주었다. 그 이유는 각목이 크지만, 엉덩이에 살이 있어 보기에는 강한 체벌 같지만, 사실은 소리만 요란하고 그리 아프지 않아 몇 대 정도는 남학생에게 별로 문제가 되지 않다는 것을 내가 학창 시절 맞아봐서 잘 알고 있었다. 그러나 이것도

대수가 많으면 사용해서는 안 되는 체벌 기구다.

그리고 또 하나의 체벌 기구는 수업 시간에 들고 다니는 지휘봉 같은 막대로 옛날 가정에서 사용하는 점상 상다리로 만든 45㎝ 정도 되는 납작한 막대를 들고 다녔다. 이 막대는 지난해에 내 반이었던 학생이 만들어서 졸업 기념으로 주고 간 막대기였다. 한쪽에 사람 얼굴을 새겨 놓는데 후배를 잘 지도해 달라며 선물로 주고 간 막대로 내가 아끼는 막대였다. 나는 그 막대로 수업 시간에 딴전 피우는 학생이 있으면 간혹 애교로 손바닥을 한 대씩 때려 주는 사랑의 막대였다.

복학생을 데리고 교실에 들어서자 아이들은 쥐 죽은 듯 조용했다. 그리고 그들의 눈빛은 담임이 학생을 어떻게 처리하나 궁금하다는 표정이었다. 어머니는 복도까지 따라와 창문 밖에서 서성거렸다. 나는 교탁 앞에 학생을 세워놓고

"박창오, 너는 오늘 몇 시에 학교에 왔지?"하자, 조금 뜸을 들이다

"6교시가 끝나면서 왔습니다."

"그럼 몇 대 맞아야지?"하자 뜸을 들인다. 계산이 복잡한 모양이다. 우리 반 등교 시간은 07:30분이니까 학생이 학교에 온 시간은 오후 3:30분 경이니까 8시간 늦게 온 것이다. 나는

"6교시 끝나고 왔으니까 6시간 지각으로 치면 몇 대 맞아야 해?"

"360대입니다."

"맞을 수 있어?"

"맞겠습니다."

"좋아 그러면 지금부터 맞는 숫자를 큰소리로 세도록."해서 손바닥을 때리기 시작한 것이다. 하나, 둘, 셋 하면서 세는데 역시 고집이 있는 친구라 까닥도 하지 않고 세면서 맞고 있다.

나는 학생을 종종 체벌하는 경우가 있었다. 내가 체벌하는 경우는 시험 본 후 학생이 약속한 점수에 도달하지 못하면 도달하지 못한 만큼의 손바닥을 때려 줬고, 내 반 학생이 지각하면 1분 지각에 한 대씩 엉덩이를 때려 줬으나 그 이외는 체벌해 본 적이 없는 교사였다.

그리고 평소 공부를 잘한다고 특별히 예뻐해 준 적도 없고 공부를 못한다고 미워한 적도 없었다. 그러다 보니 많은 학생이 따랐던 교사였다.

그리고 매를 댈 때 절대로 화를 내지 않는다는 것이 내 특징이다. 어떤 선생님은 학생을 체벌할 때 자기 분을 못 이겨 화를 내다 종종 사고를 일으키는 수가 있는데 나는 더욱 냉정하게 하고 체벌했다. 즉 얄미울 정도로 냉정하게 천천히 학생이 피하지 못하도록 하고 매를 댄 것이다. 이런 매가 빨리 때리는 매보다 학생에게는 더 고통을 느끼게 하나 사고는 나지 않는다.

딱, 딱 소리에 복도에 있는 어머니가 더 안절부절못했다. 집에서는 귀여운 삼대독자인데 맞고 있으니 그 고통은 알만했다. 그러나 나는 냉정하게 손바닥을 바라보면서 60을 셀 때까지 때려 줬다. 학생도 오기인지 아니면 학교에 다니겠다는 결심에서인지 모르지만, 끄떡도 않고 맞고 있다. 60대가 되자 나는 때리는 것을 멈추고

"나머지 300대는 저금이야, 앞으로 1분 지각하면 너는 300

대가 다 없어질 때까지 60대씩 꺼내서 때릴 테니 잘 기억해 두도록." 하니

"예, 잘 알았습니다."

"맞지 않으려면 졸업할 때까지 지각하지 않으면 돼."

"알겠습니다."

그렇게 해서 그 학생을 다시 우리 반에 받아 주었다. 그리고 학생을 보내고 어머니를 교무실에 불러들여

"어머니 미안합니다. 학생을 미워서 때린 것이 아니니 속 아파하지 마세요." 하자 어머니는 고맙다고 몇 번을 인사하고 돌아갔다.

이 사건이 나타난 후 우리 반은 졸업할 때까지 지각하는 학생이 하나도 없었다. 그리고 이 학생도 지각하지 않아 300대 저금은 지금까지 그대로 남아 있게 되었다. 그리고 얼마 있다 이 학생은 집이 학교에서 1.5km 남짓 떨어져 있는데 매일 택시를 타고 학교에 다닌다는 것을 알게 되었다. 그래서 어느 날 그 학생을 불러 놓고 매일 아침저녁으로 택시를 타고 다닌다는데 아침에 조금 더 일찍 일어나 버스를 타고 다니고 택시비를 매일 나한테 맡기면 내가 통장을 만들어 주겠다고 제안하자 그렇겠다고 하며 매일 택시비를 맡겼다. 그렇게 해서 그 학생이 졸업할 때까지 맡긴 돈이 20여만 원이 되어 졸업식 날 돌려줬다.

그리고 그 학생이 중학교를 잘 졸업하고 고등학교에 가서 1학년 때 학급 반장을 맡고 있다고 어머니로부터 자랑하는 전화를 받은 후는 소식을 듣지 못했다.

아마 지금쯤 나이가 50대가 가까워졌을 텐데 그때 내가 매를 댄 것이 잘한 것인지 아니면 마음에 상처만 남겨 준 것인지 알 수 없지만, 지금도 그 상황이라면 나는 매를 대리라는 것은 변함이 없다.

그 학생은 외모도 잘 생겼지만, 두뇌가 명석하고 운동도 잘하며 고집도 있는 친구라 지금쯤 어디엔가 잘살고 있으리라는 생각이 들었으나 내 마음에는 체벌한 것이 지워지지 않고 멍으로 남아있다.

한이 서린 학춤

할미꽃(꽃말: 충성, 슬픈 추억)

덩더꿍 ~

덩더꿍 ~

마음이 울려 나오는 장단 소리에 오른발을 들었다 왼발을 들었다가 사뿐사뿐 오르내리며 하얀 도포 자락이 두 팔을 움직일 때마다 땅에 닿을 듯 말 듯 허공을 가른다. 무슨 한이 그리 많은지 으슥한 여름밤 자정 시간에 혼자서 조그마한 시골 학교 운동장을 무대로 삼아 너울너울 춤을 춘다. 시간이 가는 줄도 모르고 쉴 줄도 모르고 돌고 또 돌면서 긴 한숨을 몰아쉬며 춤을 춘다.

이 이야기는 내 나이 40대 후반 안면도에 있는 어느 시골 중학교에 근무할 때 있었던 일이다. 학교가 끝나고 교문 앞에 있는 관사에서 생활하고 있는 선생님 두 분과 인근 바닷가인 백사장에 나가 술 한 잔 마시다 취중에 신세타령이 나왔던 모양이다. 술을 좋아하는 나는 두 사람을 먼저 보내고 소주를 한 병 사서 백사장에 나가 밤바다의 더울 거리는 파도를 바라보며 내 마음을 다스리고자 고래고래 소리도 질러보고 엉엉 울기도 하다 밤이 깊어지자 관사로 찾아가다 무슨 생각이 들었는지 산언덕에 있는 학교 운동장으로 갔다.

술이 덜 깨서 그랬는지 운동장 가에 있는 플라타너스 나무 밑에 설치한 의자에서 생각에 잠겨 있었다. 얼마나 의자에 앉아 학교 건물을 쳐다보고 있자니 조그마한 운동장에 보름달이 비추어 잘 꾸려진 넓은 무대같이 보였다.

달빛에 취한 것인가?

술에 취한 것인가?

나도 모르게 운동장 가운데로 걸어 나와 혼자 장단을 맞춰가며 춤을 추기 시작했다. 평소 노래와 춤을 모르는 사람인데 어느 날 텔레비전에서 본 학춤이 떠올라 그 장면을 흉내 내며 너훌너훌 춤을 추기 시작했다. 오른발을 들었다 왼발을 들었다 오른손을 들었다 왼손을 들었다 고개를 좌로 돌렸다 우로 돌렸다, 또는 두 날개를 펼치고 운동장을 돌기도 하며 가슴에 맺혀 있는 한을 하나하나 풀어냈다.

시골 가난한 농부 집 팔 남매 장남으로 태어나 어렵게 대학을 졸업하고 공립학교 교사로 들어와 남보다 열심히 산다고 살아오면서 부모 형제에게 효도하고 우애를 지키며 살아왔는데 내 인생의 복이 여기까지인지 나이 45살에 늦둥이 사내아이를 하나 두게 되었다.

1970년대 우리 사회는 예부터 내려오던 남아선호사상이 강하게 남아 있었다. 팔 남매 맏이인 나에게는 딸만 셋이 있었다. 아무리 전통이 뭐라 해도 신교육을 받은 나는 귀엽고 예쁘며 똑똑한 딸들이 자랑스럽기만 한데 집사람으로서는 그렇지 못하였던 모양이다. 아마 시부모에게 눈치가 보였던 모양이고, 장모님이 만날 때마다 은근히 아들 하나 낳기를 권했던 모양이다.

그러다 집사람의 나이가 40대가 넘어가자 우리 부부는 아이 낳는 것이 끝난 줄 알았다. 그러던 중 내 나이 45살이고 집사람 나이가 43살 일 때 갑자기 임신했단다. 나는 임신의 기쁨보다 어이가 없어 낙태하기를 권하고 있었는데 병원을 다녀온 집사람이 태아가 아들이라고 낳겠다고 고집을 부렸다. 처음에는 나이 먹어 임신한 것이 창피했지만, 아들이란 말에 귀가 솔깃했던 모양이다. 그동안 술자리만 앉으면 딸 셋이라고 "김 과장, 안타 하나 못 쳐?"라고 아들 가진 사람들이 얼마나 놀려 댔던가. 이런 과정에서 태어난 아들이 우리 집 막내아들이다. 그 아이가 태어나던 날 집사람이 아이를 낳아 놓고 좋아서 자기 엄마와 시어머니 앞에서 엉엉 울면서 내가 혼자 힘으로 아들을 낳았다고 하던 말이 귀에 쟁쟁하며 나보다 젊은 의사가 나를 보고 나이가 몇 살인데 아이를 낳느냐고 산모를 죽이려고 그러느냐는 핀잔을 받았던 아이다.

이 아이가 태어나던 날 나는 직장에서 처음으로 연가를 사용했었다. 아이를 꼭 새벽에 출산하는 집사람은 이 아이도 새벽에 낳게 된 것이다. 밤새 병원에서 뜬눈으로 보냈기 때문에 아침에 교장 선생님에게 집사람이 해산하려고 해서 오늘 하루 연가를 신청하겠다고 하자 언제 소리도 없이 임신했었냐며 축하한다고 하면서 허락해 주셨다.

그날 오후 학교에 출근하니 축하 인사가 이만저만이 아니고 겨울방학 직원연수회 시간에 교장 선생님이 김 과장이 오늘 아들을 출산했다고 소개하자 70여 명의 직원이 갑자기 환호와 손뼉을 치며 축하해 주었으며 학교가 파하자 교장과 교감 등 원로 선생님들이 정말로 축하한다며 축하 파티도 열어주었다.

그런데 이런 아들이 정상인이 아니고 다운증후군이라는 돌연변이의 아이였다. 즉 염색체가 일반 사람과 다른 아이였다. 태어난 지 채 6개월이 안 되어 정상인이 아니라는 것을 알게 된 우리 부부의 갈등은 무어라 표현할 수 없었다.

나는 한 번도 들어보지 못한 다운증후군이라는 것이 무엇인지 알아보기 위하여 어느 종합대학에 있는 도서관에 찾아가 심리학 책과 교육심리학 책을 다 검토해 보니 해결책이 없다는 말만 쓰여 있었다. 염색체의 종류에 따라 아주 지능이 낮은 지적장애인이나 고양이와 비슷한 얼굴 형태라든지 일반인과 다른 성염색체가 있다는 등 모두 끔찍한 말만 쓰여 있었다.

희망이라고는 염색체에 따라서 교육을 잘하면 일상생활은 가능하다는 정도였다. 내 아이는 과연 어떤 아이일까? 고민하면서 방학만 되면 대구에 있는 영남대학에 가서 특수교육 연수를 받으며 특수교육에 대한 견문을 조금씩 넓혀 나갔다.

집사람도 반은 넋이 나간 사람으로 변하였다. 어떡하면 조금 더 나은 아이를 만들어 줄까? 고민하면서 3살도 채 되기 전부터 특수유아원을 보내면서 청주며 서울로 헤매고 다녔지만, 해결책이 나오는 것은 없었다.

집사람이 언젠가는 이런 아이에 대하여 잘 치료하는 영한 약사가 있다고 처제가 소개했다며 나와 같이 약국을 찾아가기를 원했다. 나는 염색체 이상을 약사가 어떻게 고치냐며 반대했지만 결국 거절하지 못하고 찾아간 적이 있다. 그런데 이 약사하는 말이 미꾸라지를 물에 익혀 통째로 먹여보란다. 나는 어이가 없었지만, 집사람은 물에 빠진 사람이 지푸라기라도 잡는다고 그 말을 따라 실천했다.

이런 가정생활이다 보니 그동안 학교생활을 잘하고 있던 딸들이 흔들리기 시작한 모양이다. 우리 부부는 고등학교와 중학교 및 초등학교 6학년에 다니고 있는 딸들에게 마음을 줄 여유를 갖지 못한 것이다.

부모의 얕은 생각은 딸들이 아빠 엄마가 동생으로 인한 갈등을 이해할 줄 알았는데 아이들은 그렇지 않았던 모양이다. 그리고 양가의 큰아들과 큰딸이었던 우리에게 부모님과도 거리가 생겼으며, 그러다 보니 동생들도 점점 멀어지는 외톨이 가정으로 변해 갔다. 세상에 누가 장애 아이를 둔 부모의 마음을 알 수 있을까? 최고 학부인 대학을 나와 선생님을 한다는 사람들도 장애인에 대하여 이해를 하지 못하는 사회가 아니던가?

우리나라에 특수아동에 관한 각종 법률이 나타나기 시작하는 것은 내 아이가 태어난 후 2~3년 뒤부터 제정되기 시작하였다. 이런 생활 속에서 중학교에 막 입학한 막내딸에게 신경을 써 주고 싶어 그 아이 학교로 전출을 갔더니 이 녀석이 성격이 내성적이라 그런지 저희 아버지와 같이 학교 생활하는 것이 부담되는지 학교 성적이 떨어졌다. 그래서 나는 1년만 근무하고 교장과 교감 및 여러 선생님이 만류하는데도 시골 학교로 전출하여 학교 관사에서 손수 밥을 끓여 먹으면서 살게 된 지가 벌써 4년째가 되었다.

어쩌다 술 한 잔 마신다든지 가정 이야기만 나오면 나도 모르게 한숨이 나오고 눈에서 눈물이 핑 도는 것은 막을 수 없었다. 이런 내 마음을 달래는 방법은 스스로 모든 것을 체념하고 주어진 현실을 인정하면서 우리 가정에 행복은 어떤 것인지 방법을 찾아야 한다는 것을 알면서도 오늘 또다시 폭발한 모양이다.

덩더꿍 덩더꿍 마음의 장단을 맞추며 입으로 "얼씨구나 좋다." 춤사위를 너면서 중천에 있던 둥근달이 서쪽으로 기울 때까지 한숨을 몰아쉬며 운동장을 돌고 또 돈다. 가슴에 맺힌 한을 한 꺼풀 또 한 꺼풀 벗겨 속이 훤히 보일 때까지 춤을 춘 것이다.

마음의 정화

꽃잔디(꽃말: 희생)

점심시간이 끝나고 5교시가 시작되었다. 9월 초 아직 더위가 완전히 가시지 않은 후덥지근한 날씨였다. 식곤증인지 몸이 나른해지며 졸음이 왔다. 책상에 엎드려 낮잠이나 살짝 자려고 하는데 교감이

"김 과장, 교장 선생님이 잠깐 교장실로 오라네."

"예~"하면서 일어나 교감 선생님과 같이 교장실로 들어갔다.

교장 선생님은 교감과 나를 소파에 앉게 하고

"김 과장, 일 좀 하나 처리해 줘야겠는데?"

"……"

"지금 학생과에서 추진하고 있는 정화 시범학교를 윤리과에서 추진해줘야 할 것 같아."

"학생과장이 좋아할까요?"하자 교감 선생님이 나서

"학생과는 걱정하지 말고."

"……"

내가 뜸을 들이자 교감은

"김 과장이 일이 많은 줄은 아는데 정화 시범 발표가 한 달 남짓 남았는데 학생과에서 시작도 못 하고 있어서 그래."

"한 번 생각해 보겠습니다. 학생과에서 오해는 갖지 않도록 해 주세요."하고 교장실을 나왔다.

이 이야기는 1980년도 속초 설악여자중학교에 근무할 때 이야기다. 그때 나는 교직 4년 차로 2급 정교사였으며 3학년 2반 담임에다 3월 초에 윤리 과장이 갑자기 발령이 나자 대리 윤리 과장을 맡고 있었다. 그리고 학생과장은 나보다 나이가

2살 위였으며 교직경력이 6년이나 많아 정식 주무를 맡고 있었다. 그런데 교장이나 교감이 학생과장에 대하여 별로 신뢰를 보내지 않고 있었던 모양이다.

우리 학교가 속초교육청 정화 시범학교로 지난 5월에 지정되었는데 9월이 될 때까지 조금도 움직이지 않고 그대로 있었다. 시범 발표는 10월 말경으로 날짜는 다가오는데 움직이지 않으니 답답했던 모양이다.

학생과장은 일을 싫어해서 그런 사람인지, 아니면 할 줄 몰라서 그런지 모르지만 윤리과에서 시범 연구를 추진한다고 하자 좋아했다. 이렇게 해서 나는 교직에 들어와서 처음으로 한 번도 보고 듣지도 못했던 시범 연구학교라는 것을 맡게 된 것이다.

내가 첫 번째 근무한 학교는 면 단위에 있는 6학급의 시골 학교에서 근무했고 두 번째 학교가 이 학교인데 아직 교직에 햇병아리를 벗어나지 못하고 있었다. 그러다 보니 윗분이 잘한다고 하면 죽을지 살지 모르고 일을 했다. 그것은 일에 대한 욕심이 원래 많은 사람이었기 때문인지도 모른다. 다시 말해 공명심이 강한 성격의 소유자라 누가 잘한다고 칭찬하면 그것을 곧이곧대로 듣고 일을 했던 것 같다.

나는 계획서를 수립하기 시작했다. 먼저 정화의 뜻부터 교직원과 학생들에게 인식시켜야겠다고 생각했다. '정화란 말 그대로 사물의 더러운 것을 없애 깨끗하게 한다.'는 뜻이 아닌가? 나는 사물의 더러운 것을 없애려면 먼저 사람의 마음부터 정화해야 한다는 생각을 가졌다. 사회와 도덕을 가르치는 사람이라 그런지 모르지만, 인간의 마음이 깨끗하면 사물을 더 럽히지 않을 것이라는 생각을 하게 된 것이다.

내가 그때 근무한 학교는 15학급 규모의 여자 중학교였다. 전에 근무한 학교는 시골 학교라 남녀공학인데 남·여학생이 3학급씩 있었으나 학생 숫자가 남자가 많은 남자 중심학교였 었다. 그런데 새로 신설된 순수한 여자 중학교에 와서 보니 분 위기가 완전 달랐다. 여자중학교 학생들의 특징은 한마디로 시끄럽다는 것이다. 필요 없는 말을 많이 한다는 뜻이나 그것 은 쉽게 고칠 수 없을 것 같았다.

그리고 또 하나는 군것질을 잘한다는 것이다. 군것질하고 나면 그 뒤처리가 깨끗하지 못했다. 학교가 교실이나 운동장 이나 과자 껍질과 과자 봉지가 늘 지저분하게 떨어져 있으며 복도와 교실에 열심히 지도한다고 해도 껌 자국이 많이 붙어 있었다.

나는 이 학교에서 정화 운동으로 무엇인가 하나 정도는 확 실하게 고쳐 보겠다는 생각을 가졌다. 그래서 쉽게 할 수 있는 것이 무엇인가 생각하기 시작했다. 선생님과 학생에게 호감을 주면서 실천하기 쉬운 것을 주제로 삼아야 한다고 생각했다.

이런 생각을 하고 있을 때 내가 담배를 배울 때 생각이 났 다. 그때 우리나라는 처음으로 '경범죄 처벌법'이 제정되어 담 배꽁초를 아무 데나 버리면 벌금을 물리는 법이 나타났다. 그 러다 보니 담배를 피운 다음 꽁초를 길거리에 버리지 못하고 불을 끈 다음 호주머니에 넣는 버릇이 나타났다. 비록 호주 머니는 더럽지만, 담배꽁초로 내 주변이나 거리를 더럽히지

마음의 정화

는 않았다.

이런 습관을 지닌 나는 아무 데나 담배꽁초를 버리는 사람을 보면 무시하는 버릇이 생겨났다. 담배꽁초도 제대로 처리하지 못한다면 담배를 피우지 말라는 사고 의식이 생겨난 것이다. 즉 자기가 좋아서 자기 돈 주고 사서 피우는 것은 좋지만 그로 인해 다른 사람에게 피해를 줘서는 안 된다는 사고 의식을 갖게 된 것이다.

나는 여기서 착안하여 우리 학생들이 껌이나 과자를 먹고 뒤처리하는 방법을 고쳐 주기로 마음먹었다. 이 안을 정화 주제로 정하자고 직원회의 때 제안하자 모두 다 좋다고 했다. 그래서 학교 정화 시범주제를 「휴지와 껌 자국이 없는 깨끗한 학교 만들기」로 정했다.

휴지와 껌 자국이 없는 깨끗한 학교 만들기의 구체적인 실천 방법은 매일 휴지 주운 사람과 버린 사람을 조사하고, 껌 자국 없는 학교도 같은 방법으로 껌을 뱉은 사람과 뗀 사람을 조사하는 방법으로 실천했다. 그리고 확인하는 방법은 학급마다 일지를 하나씩 배치해 놓고 종례 시간에 담임이 자율적으로 휴지 버린 사람과 주운 사람, 껌 자국을 제거한 사람과 뱉은 사람을 조사하도록 했다. 그리고 나는 그것을 매일 통계처리 했다.

그런데 이 운동을 시작한 지 일주일도 안 되어서 우리 학교는 휴지와 껌 자국이 보이지 않았다. 우리 학교 총학생 수가 850여 명 되는데 첫날은 휴지를 주운 사람이 700여 명이나 되고 버렸다는 사람이 500여 명이 나타났다.

둘째 날은 주운 사람이 300여 명이었고 버린 사람이 150여 명이었으며 3일 차가 되자 주운 사람이 60여 명이고 버린 사람은 30여 명으로 줄어들었다. 신기할 정도로 줄어들었다. 이렇게 해서 1주일이 지나자 주운 사람이 10명 안쪽이었고 버린 사람도 한 자리 숫자로 나타났다. 버린 사람이 없으니 주운 사람도 없는 학교가 된 것이다. 껌 자국도 비슷한 현상이 나타났다.

이처럼 이 운동이 성공할 수 있었던 것은 우리 학교는 신설 학교로 선생님과 학생들 사이가 타 학교보다 정이 많은 학교로 서로 신뢰할 수 있는 분위기가 조성된 학교였다. 즉 학생들의 마음을 움직여 스스로 휴지나 껌을 버리지 않고 줍는 습관을 지닐 수 있게 마음의 변화를 일으켜 행동으로 옮기었다는 생각이 들었다.

작은 실천이지만 대 성공을 거둔 정화 운동이었다. 시범 연구 발표 후 교육청이나 연구보고회에 참석했던 각 학교 교장 선생님과 실무자들로부터 칭찬이 자자했다. 그 결과 나는 교육청으로부터 표창장을 받았고 학교는 그다음 해 '교육부 정화 시범학교'로 지정되기까지 했다.

그러다 세월이 흘러 내가 교감으로 승진하여 처음 나간 학교는 중소도시의 변두리에 있는 역사가 깊은 고등학교였었는데 학교 규모가 한 학년에 9학급씩 27학급 규모로 구성된 큰 학교였다. 이 학교에 진학하는 학생들은 같은 울타리 안에 있는 병설 중학교 학생 소수만 빼놓고 대부분이 시내 중심권에 있는 다른 고등학교에 진학하려다 실패한 학생으로 공부와는

마음의 정화

담을 쌓은 학생이 대부분이었다. 다시 말해 갈 데가 없어 온 학생이란 뜻이다.

그러다 보니 학교가 조용할 날이 없었다. 지각과 결석은 말할 것도 없고 학생 사고가 끝일 날이 없었다. 그러다 보니 이 학교는 퇴학당하는 학생이 많아 1학년 때 9학급을 모집했는데 2학년과 3학년은 8학급씩으로 줄어드는 학교였다. 이렇게 학생이 거칠다 보니 학교 화장실 문짝은 수시로 부서지고 변기가 담배꽁초로 막히는 것은 다반사였다.

처음 부임해서 학교를 한 바퀴 돌아보고 나는 깜짝 놀랐다. 그동안 내가 근무한 학교는 일반계 여자고등학교와 중학교에서 근무했었는데 학생들이 담배를 피운다고 매스컴에서 떠들어 대도 내 눈으로는 한 번도 보지 못했고 학교에서 학생이 피운 담배꽁초를 보지 못했던 사람이었다.

그런데 이 학교는 뒷동에 있는 교실 주변에 담배꽁초가 부지기수였고 화장실을 둘러보니 선생 입으로 말하기 민망할 정도였다. 화장실 문짝은 부서져 떨어져 있고 변기는 휴지와 담배꽁초로 막혀 있는 곳이 3분의 1이 되었다. 더구나 남녀 공학인 학교인데 남학생 화장실이나 여학생 화장실 모두 다를 바가 없었다.

학교는 관리자인 교장과 교감의 학교 관심도에 따라서 여름방학이 끝나는 8월 말이나 겨울방학이 끝나는 2월에 관리가 제대로 안 되어 지저분한 경우가 더러 있다. 그러나 관리자가 꼼꼼한 학교는 이런 일이 나타나지 않도록 특별히 신경 써서 잘 관리하고 있다. 혹시 자기가 전출을 하더라도 새로 오시는 분한테 욕먹지 않으려 더 관리를 잘해 놓고 떠나는 분도 있다.

그런데 이 학교는 겨울 방학 하는 동안에 완전히 방치된 모양이란 생각이 들었다. 그래서 나는 이 학교에 부임하자 제일 먼저 생각한 것이 화장실 변기 막힘과 담배꽁초를 없애겠다고 생각했다.

이 학교에 와서 내가 처음 한 일은 교장 선생님께 건의하여 선생님들이 교무실에서 담배를 피우지 못하게 하고 대신 흡연실을 만들어 주었다. 그러면서 학생이 가능한 담배를 피우지 않도록 지도를 부탁드렸으며 화장실에서는 절대로 피우는 일이 없도록 지도해 달라고 부탁했다. 그러면서 20년 전에 정화 시범학교를 운영하면서 했던 방법을 사용해 보기로 한 것이다.

먼저 교장과 행정실장에게 건의하여 화장실 문짝과 막힌 화장실을 완전히 수리해준 다음 대변 칸을 학급별로 분배하도록 했다. 그리고 학생들은 자기 반 대변 칸만 사용하고 그곳은 그 반에서 청소하도록 한 것이다. 즉 변기가 막힌 학급은 막힌 변기에 볼일을 볼 수뿐이 없도록 한 것이다. 그러면서 각 학급에서 책임지고 관리하도록 했다. 그런 이유는 자기 반 변기를 잘 관리하고 활용하여 막히지 않게 서로 책임을 지도록 하기 위함이었다.

그리고 다른 반 화장실은 절대 사용하지 못하게 서로 감시하도록 했으며 내가 매일 아침 8시에 전 화장실을 점검하여 각반 대변 칸에 떨어진 담배꽁초 숫자를 아침 직원회의 때마다 공개하겠다고 선언했다. 그랬더니 선생님들이 그것이 되겠냐는 듯 웃었다. 아마 중학교에서 막 승진해서 온 경험도 없는 교감이라 우리 학교 학생들을 잘 이해하지 못해서 하는 말이라고 생각하는 뜻에서 웃었을지도 모른다.

분명 나는 그다음 날 아침 직원회의 때 다른 말은 일절 하지 않고 각반 화장실에 떨어진 담배꽁초 숫자를 발표했다. 작게는 5개에서 가장 많이 떨어져 있는 반은 공부 좀 한다는 이과반인 3학년 5반 여학생 반이었다. 이반의 화장실 변기에는 담배꽁초가 35개나 떨어져 있었다. 내가 3학년 5반 35개 하자 선생님들은

"와 ~" 하고 탄성 소리가 나왔다. 3학년 5반 담임은 샌님같이 생긴 순한 남자 선생님인데 얼굴이 홍당무가 되었다.

나는 숫자를 다 불러 준 다음 더 다른 말은 없었다. 그리고 그다음 날도 똑같이 발표했다. 그렇게 1주일이 지나자 우리 학교 화장실에는 담배꽁초를 구경할 수 없었다. 담임들이 처음에는 '당신이 할 수 있겠어.'라고 했는데 매일 아침 일찍 출근하여 화장실을 점검하고 직원회의 시간에 발표하니 움직이지 않을 수 없었던 모양이다.

그렇다고 전교생이 담배를 끊은 것은 아니다. 분명한 것은 전과같이 쉬는 시간에 화장실에서 피는 것이 아니라 밖에 나가 숨어서 피려니 귀찮아서 피는 학생이 점점 줄었을 거라는 생각이었다.

나는 행정실에 이야기하여 학생들이 숨어서 피는 창고 뒤편에 담배꽁초를 버릴 수 있는 항아리를 하나 가져다 놓게 했다. 그렇게 한 이유는 교실이나 화장실에서 피우는 담배를 교실에

서 멀리 떨어진 창고 뒤편으로 옮겨가도록 유도한 것이다. 그러면서 그곳까지 가기가 귀찮으면 피우지 않을 것이 아니겠냐는 속셈이 있었다. 즉 담배 피우는 것을 완전히 근절시키지는 못하지만 줄이는 데는 효과가 있을 것으로 본 것이다.

그런데 문제가 생겼다. 그해 9월에 교장 선생님이 바뀌었다. 새로운 교장 선생님은 교사 시절 체육을 지도했던 분으로도 교육청에서 장학관으로 근무하다 처음 일선 학교 교장으로 오신 분인데 너무 정열적이라 그런지 담배 피우는 것을 완전히 근절시키겠다고 아침에 출근하면서 승용차를 창고 뒤편까지 몰고 가 몰래 담배 피우는 학생을 붙잡았다.

그리고 학생을 학생부장에게 넘기면서

"이 녀석 당장 퇴학 시켜."라고 했단다. 그날 학생은 집에 돌아가 아버지에게 교장 선생님께 담배 피우다 걸렸는데 퇴학시키라고 하면서 학생과에 넘겼다고 이야기했단다.

퇴학시킨다는 이야기를 들은 아버지는 무슨 학교가 담배 한 대 피웠다고 학생을 퇴학시키느냐며 학교와 연락 한번 없이 언론사에 연락하여 학생이 담배 한 번 피웠다고 퇴학시키는 곳이 학교냐고 지방 일간지에 보도하게 했다. 그리고 지방 방송에도 연락하여 학교가 너무 횡포를 부린다는 식으로 지방 뉴스 시간에 보도되기도 했다.

나는 어이가 없었다. 지금까지 나는 학교에 근무하면서 교사 때나 교감이 되어서도 학생 퇴학만은 절대 반대해온 사람인데 교감이 알지도 못하는 사건에 퇴학시키는 교감이 된 것이다. 결국 이 사건은 내가 나서서 해결해야만 했다.

마음의 정화

분명히 교장은 학생을 퇴학 처분하고자 한 것은 아니다. 학생에게 겁을 주어 다시는 피지 못하도록 지도한다고 한 것인데 학생은 교장 선생님이 한 말이니까 분명하다고 생각한 모양이다.

그리고 아버지란 사람도 그렇다. 자기 자녀가 잘못하여 지적을 당했다면 자녀를 따끔하게 혼내주고 학교에 한 번쯤 연락할 법도 한데 일방적으로 언론사와 결탁하여 학교를 공격하는 것이 부모의 역할인가 하는 생각이 들었다.

이때 나는 최고 관리자라는 사람의 말 한마디가 얼마나 무서운가를 깨닫게 되었다. 학생과 학부모는 얼마나 위화감을 느꼈으면 언론사와 결탁하여 저항했을까? 하는 생각과 학교 위신은 얼마나 추락시켰는가? 하는 생각이 든 것이다. 즉 최고 지도자는 모든 일을 심사숙고해서 행동해야 한다는 것을 깨달았다.

나는 이 두 학교에서 학생들에게 좋은 습관을 길러 주기 위하여 서로 비슷한 방법을 사용했다. 그런데 한 학교에서는 쉽게 성공하여 학교에 휴지와 껌 자국이 없어지도록 만들었으며 휴지 버리는 습관과 껌을 씹고 아무 데나 뱉는 습관을 고쳐 주었는데, 다른 한 학교에서는 담배를 피우는 학생 숫자는 줄여 주었나 모르지만, 완전히 고쳐 주지를 못 했다. 그래서 그 원인이 어디에서 나타난 것인가 생각해 본 것이다.

옛 속담에 '소를 개울가에 끌고는 갈 수 있어도 물을 먹이지는 못한다.'라는 말이 있다. 그 말뜻은 주인이 소에게 물을 먹이고 싶어도 소가 먹고 싶지 않으면 먹일 수가 없다는 뜻이 아닌가?

내가 학생들에게 아무리 좋은 것을 가르쳐 주려고 해도 그들이 받아들이지 않으면 의미가 없다는 뜻이다. 앞에서 여자중학교 학생들은 아직 순수한 마음으로 선생님을 믿는 마음이 있어 그들의 마음이 움직여 학교에 휴지나 껌 자국을 없앨 수 있었으며, 버려서는 안 된다는 사고 의식을 심어 줄 수 있었는데 고등학교 학생들의 담배 문제는 단순히 검사로만 해서는 고칠 수가 없었다는 것이다.

즉 그들이 담배를 피워서는 왜 안 되는가를 깨우쳐 주어 그들의 마음이 움직이게 해야 했는데 그러지 못하고 단순히 단속만 하려고 한데서 온 실패라고 생각되었다.

그러나 나는 이 학교에서 학생들에게 담배를 피우지 못하게 하면서 내가 담배를 피운다는 것이 양심에 가책을 받아 학생들에게 담배를 끊게는 못했지만 나는 담배를 끊게 되었다.

나는 젊은 날에 성철 스님의 수필집을 읽은 적이 있었다. 그 책 속에 다른 내용은 다 잊었고 영원히 머릿속에 잊히지 않는 문구가 하나 남아 있다. 그 문구는

「사람은 눈이 있다고 해서 보는 것이 아니고 귀가 있다고 해서 듣는 것이 아니다. 바로 그 사람이 보고 싶어야 보이는 것이고 들으려고 해야 들을 수 있다고 했다. 즉 보고 싶은 마음이 있어야 볼 수 있는 것이고 들으려는 마음이 있어야 듣는다는 것이다. 즉 그 말은 보는 것은 눈이 아니고 마음이며 듣는 것은 귀가 아니고 마음으로 듣는다는 것이다.」

사람 눈은 분명 앞에 놓여 있는 사물을 볼 수 있다. 그런데

마음의 정화

우리 눈앞에 여러 가지 사물이 있을 때 우리는 앞을 바라보면서 앞에 어떤 것들이 놓여 있는지 모르는 경우가 있다. 즉 쳐다보고 있는데 내 머릿속에 입력이 안 되는 사물이 있다는 것이다. 그 원인은 바라보고 있지만 내 마음에 다른 생각을 하고 있어서 내가 생각하고 있는 것만 보이는 것이다.

아마 누구나 한 번쯤은 경험했으리라 믿는다. 분명히 책을 눈으로 읽었는데 무엇을 읽었는지 알지 못하는 경우가 있다. 그것은 바로 마음이 다른 데 있었기 때문에 나타나는 현상이다.

듣는 것도 마찬가지다 예를 들어 보면 TV에서 방영하는 재미있는 영화를 보고 있는데 주방에서 어머니가 무엇을 도와달라고 말을 하는데 그 소리를 듣지 못하는 경우가 있다. 그 현상은 귀가 먹어서 그런 것이 아니고 내가 마음을 TV에 두고 있어서 어머니의 말씀이 들리지 않는 것이라는 것이다.

이것을 이해했다면 우리가 무슨 일을 할 때 잘하고 못하고는 그 사람이 얼마나 마음을 두고 일을 하느냐에 달려 있다는 뜻이다. 즉 공부를 잘하는 아이들은 공부할 때 정신을 집중하고 하는데 그 정신집중을 하고 있다는 것은 마음을 거기에 두고 있다는 뜻이 아니겠는가?

앞에서 두 학교의 예를 들었다. 한 여자중학교에서 휴지를 버리지 않고 줍게 만들 수 있었던 것은 학생들의 마음을 움직여 학생 스스로가 깨끗한 학교 환경을 만드는데 마음에서 우러나 동참했기 때문에 성공을 거둔 것이고 고등학교에서 담배꽁초 문제는 학생들 마음을 움직인 것이 아니라 다만 선생님이란 권위로 몰아낸 것이지 스스로 움직이게 한 것이 아니기 때문이 아니겠는가? 하는 생각이 들었다.

이렇게 본다면 학생이 공부를 잘하고 못하는 것은 여러 가지 이유가 있겠지만 그중에 제일 중요한 것은 학생의 마음이 어디에 있냐는 것이 아니겠는가? 즉 자기의 인생 목표가 뚜렷한 학생은 그 목표를 이루기 위하여 거기에 걸맞은 노력을 하게 된다는 것이다.

그런데 오늘날 우리 주변에는 마음의 정화를 시키지 못한 사람들이 너무 많은 것 같다. 매일 쏟아져 나오는 뉴스를 보면 이해하기 어려운 사람들이 많이 나온다. 아동학대 문제라든지 또는 성범죄는 물론 사회적으로도 저명한 사람이 저지른 행동이 너무 유치한 때도 있다. 이런 행동들이 나타나는 것은 모두 어려서부터 마음의 정화를 시키지 못한 데에서 나타난 것이라는 생각이 든다.

어려서부터 바른 습관을 길러왔으면 그리되지 않았을 것인데 부모의 무관심이나 욕심 때문에 잘못된 습관을 길러와 자기가 한 행동에 대해서 잘못을 느끼지 못하는 이기적인 사람으로 변했기 때문이라고 생각된다. 즉 마음의 정화를 시키지 못했기 때문이다.

이런 생각을 해 보면서 어느 저명인사의 부도덕한 행동에 대한 뉴스를 들으면서 혹시 내가 가르친 제자나 내 자녀가 그리되지는 않았는지 자신을 반성해 보며 나의 얼마 남지 않은 인생을 바른 마음으로 살아야겠다고 다짐해 본다.

시민의식

목련꽃(꽃말: 자연에의 사랑, 우애)

1990년대 후반 교사 생활을 하고 있던 나에게 행운이 찾아왔다. 어느 일간지에서 실시하던 '일본 속의 한민족사' 탐방의 일원으로 중학교나 고등학교에서 사회 교과를 담당하는 교사 500명을 각 시도 교육청에서 추천받아 일본 속에 있는 우리 민족 문화를 탐방하는 프로젝트가 있었다.

충남교육청에 배당된 7명 속에 한사람으로 나도 추천을 받아 참가하게 된 것이다. 우리 도에서 참가한 사람은 인솔자로 도 교육청 장학사 한 사람과 교사 6명으로 구성되어 있었는데 탐방을 마치고 돌아오는 길에 장학사 방에서 평가회 겸 탐방 소견을 말할 기회가 있었다.

우리 일곱 사람은 모두 중학교나 고등학교에서 사회 분야(윤리, 역사, 지리, 일반사회 등)를 가르치는 사람인데 같은 곳을 1주일간 탐방했는데 보고 느낀 것은 서로 달랐다. 어떤 교사는 일본의 경제성장 면을 보고

"우리나라는 영원히 일본을 따라잡을 수 없다."라고 비관적인 표현 하는가 하면, 또 어느 교사는

"아무리 잘 살아도 지진이 심하다는 일본에서는 살기 싫다." 라고 표현하기도 했다. 나는

"일본의 경제 성장에 대해서는 하나도 부러운 것이 없으나 그들의 시민의식은 본받을 만하다."라고 말했다.

나는 1주일간 탐방을 하면서 일본사람들의 시민의식이 정말로 부럽다고 생각했다. 우리는 언제 그런 시민의식을 갖게 될 수 있을지 모르겠다는 생각을 한 것이다. 그리고 내가 덧붙인 말은

"일주일 동안 불법주차를 한 자동차는 한 대도 보지 못했으며 탐방지 곳곳을 다녀 봤지만, 휴지가 하나도 없고 시골길을 지날 때 밭에 있는 원두막에 무인판매가 신기하게 보이더라."고 말을 했다.

그렇다. 그들은 조그마한 시골 마을인데도 우리나라와 같이 길에다 차를 주차하는 것이 아니라 집마다 주차할 수 있는 주차장이 마련되어 있었다. 그리고 수박밭을 지나가는 데 사람은 없고 수박과 돈 통만 있는 무인판매를 하고 있었으며 탐방지 가는 곳마다 휴지통에 휴지가 눈에 보이지 않았다.

휴지통에 휴지를 구경한 것은 세계 최대의 목조 건물이라는 동대사의 남쪽대문 입구에 사슴 동물원이 있는데 그곳에서만 휴지통에 휴지가 가득 찬 것을 보았다.

내가 대학에서 공부할 때 일본사람들은 민주시민 의식이 세계에서 제일이라는 말은 교수에게 들었으나 평소 일본을 무시하는 나는 설마 했었다. 그리고 많은 연수를 통하여 일본은 국가가 부자지 국민은 검소하다는 이야기를 들었는데 사실이라는 것을 실감한 것이다.

우리나라는 정부가 도로를 만들면 그 도로가 개인 주차장이 되는 나라가 아닌가? 심지어 불이 나도 소방차가 지나갈 수 없는 것이 우리나라 도로인데 이 나라에서는 내 눈에 불법 주차

가 하나도 보이지 않았다. 이렇게 말하는 나는 일본을 두둔하고자 하는 것이 아니다. 그들이 우리나라를 얼마나 괴롭혔는가. 삼국시대부터 동양의 해적이라고 하는 왜구가 우리 해변에서 노략질한 것을 어찌 일일이 열거할 수 있을까?

더구나 근대에 와서는 35년이라는 긴 세월을 식민통치까지 하지 않았나. 그러나 미운 것은 미운 것이고 부러운 것은 부러운 것이다. 분명 내 눈에 비친 일본의 첫인상은 시민의식이 강한 나라로 우리가 본받아야 할 것으로 생각했다.

그럼 시민 의식이라 무엇인가 국어사전을 찾아보니 시민의식이란 도시 및 국가의 구성원이 되는 사람으로서 가지는 공통된 생활 태도 또는 견해나 사상이라고 적혀 있다. 즉 집단을 구성하는 사람들이 가지는 공통된 생활 태도나 견해 또는 사상이란 뜻이다.

이런 시민의식이란 말을 내가 중·고등학교에 다닐 때는 들어 본 기억이 없었다. 왜 그런가 생각해 보니 나라가 해방된 지 얼마 되지 않은 데다 한국전쟁으로 혼란을 겪어 학교 교육에서 강조한 것이 시민의식이 아니라 민족의식이었구나 하는 생각을 하게 되었다.

민족의식이란 한 민족을 다른 민족과 구분하는 중요한 지표로 민족을 구성하는 사람들이 자기가 소속되어 있는 민족에 대해 가진 관념이나 의식으로서 일반적으로 집단의식 혹은 사회의식을 말한다. 그리고 보면 집단의식이나 사회의식으로 본다면 시민의식과 쉽게 구별이 되지 않는다.

그렇다고 민족의식이 시민의식이라고 말할 수는 없다. 그 이유는 민족의식은 민족을 우선하기에 타민족을 배타하는 성격이 있다. 자기 민족만을 우선하는 사상이란 뜻이다. 오늘날 세계에서 가장 강하고 끈질긴 민족의식을 가진 민족이 서구에서는 이스라엘 민족이요 동양에서는 한민족이라는 말을 많이 한다. 아마 두 민족 다 주변 국가로부터 끊임이 없는 침략을 받아 왔는데 이를 잘 극복해 왔기 때문이라고 생각된다.

그러나 이와 같은 민족의식이 없는 나라가 있다. 바로 미국이란 나라다. 미국은 어느 한 민족으로 구성된 것이 아니라 여러 민족으로 구성되어 있어서 민족을 강조할 수가 없다. 그래서 미국에서 강조하는 교육은 시민의식을 강조하는 교육, 즉 민족보다는 국가를 강조하는 교육을 하는 나라다.

오늘날은 세계화 시대라고 한다. 어떤 한 민족으로서 구성된 나라가 자기 나라만을 강조하다 보면 외톨이 국가가 되는 것이다. 외톨이 국가가 되면 국가 발전에 한계가 있어서 상호 문호를 개방하여 상호 교역과 교류가 활발하게 이루어져야 발전하게 되는 것이다.

그러다 보니 후진적인 약소국가 때 강조했던 민족의식이란 말은 점점 사라져 가고 세계화 국제화에 걸맞은 시민의식을 강조하게 된 것이다. 그렇다고 민족의식을 버리면 되겠는가? 반성해 보고 시민의식을 발전 시켜 나가면서 우리 민족의식도 발전 시켜 나가야 한다는 뜻이다.

그럼 내 기억 속에 남아 있는 우리 국민의 시민의식 발전과정을 되돌아보고자 한다. 해방된 지 70여 년이 조금 지났지만, 그 70여 년에 엄청난 변화를 겪은 것이 우리나라인 것 같다.

1950~60년대는 가난도 하였지만, 국민의 민도가 낮아 시민의식이라는 것은 상상도 할 수 없었다. 그저 자기의 욕망만 채우는데 급급했던 것 같다. 공공 화장실을 가면 발을 어디에 디뎌야 할지 몰랐고 버스나 기차를 타려면 새치기에 고함이 오가며 밀치기를 하던 상상할 수 없는 사회였다. 그런 나라 사람들이 지금 어떻게 변화하고 있나 생각해 보았다.

나는 강원도 속초라는 곳에서 중등교사로 재직하고 있었다. 내 본가는 충청남도로 부모님을 뵈려면 속초에서 강릉을 나와 강릉에서 고속버스를 타고 서울에 와서 다시 대전으로 가는 버스를 갈아타야 집을 다녀올 수 있었다.

그런데 그 당시는 담배를 피우는 것이 큰 벼슬이나 한 모양처럼 자동차나 기차를 타면 좌석에 앉기가 바쁘게 담배부터 한 대 피우는 것이 생활화되어 있었다. 의자마다 재떨이가 부착되어 있었으며 어떤 재떨이는 꽁초가 가득했다. 거기에다 가래침까지 뱉어 놔 더럽고 지저분하기가 말할 수 없었다. 그러나 어쩌랴 그것이 그 시절의 시민의식이니 참을 수뿐이 없고 나도 같이 담배를 피웠었다.

그런데 1980년 전후의 일이다. 고향을 다녀오기 위하여 강릉에서 고속버스를 탔는데 버스에서 담배를 피우는 사람이 눈에 띄지 않았다. 젊은 군인 아저씨들만 제일 뒷좌석으로 가 담배를 피우고 있었다. 참 신기했다. 속초에서 강릉까지 버스에서는 담배를 피웠는데 강릉에서 서울로 가는 고속버스에서는 담배를 피우지 않는 것이다.

그러다 서울에서 대전 고속버스를 타자 이곳에서는 전과 같이 담배를 피우고 있었다. 나는 생각해 보았다. 왜 그럴까? 하고. 내가 얻은 결론은 서울과 강릉을 오가는 승객들은 의식 수준이 높다는 것을 깨달았다.

그로부터 1년이 지나자 서울에서 대전을 오가는 버스에도 담배가 사라지고 4~5년이 지나자 열차 객실에서도 담배가 사라지게 되었다. 이렇게 시작된 금연 구역은 점점 확대되어 이제는 식당은 물론 공공장소에서도 금연하는 것이 하나의 시민 의식으로 변하여 가고 있다.

그러다 1980년 후반쯤 오니 버스 승차장에서 줄을 서는 모습이 나타났으며 새치기나 밀치기는 시골 장이나 가야 볼 수 있는 풍경으로 변했다. 하긴 이런 속에서도 가끔 나잇살이나 들은 분들이 실수하는 경우가 종종 나타났지만, 그도 길게 가지는 못하였다. 요즘은 어떤가. 시내버스 정류장에서 누가 줄을 서라고 하지 않아도 스스로 알아서 줄을 서는 사회로 변하게 되었다.

지저분하고 낙서로 가득 찼던 공동 화장실. 어쩌다 급하면 아니 갈 수도 없어 인상을 찌푸리고 사용했는데 이제는 얼마나 깨끗한가? 화장지가 없다고 당황할 필요가 없는 나라가 되었다.

문득 3년 전에 동남아 어느 국가를 여행할 때 생각이 떠오른다. 그 나라 수도의 기차역인데 우리나라 화장실로 착각하고 화장실을 갔다가 기겁을 했다. 꼭 우리나라 60년대 시골 장터 공동화장실 모습을 목격한 것이다. 지금 우리나라 화장실은 세계에서 최고 수준이란다. 선진국이라고 하는 유럽을 여

시민의식

행해 보면 화장실 보기가 얼마나 어려운가 여행을 가본 사람은 누구나 느꼈을 것이다.

이처럼 시민의식은 누가 시켜서 되는 것이 아니다. 집단에 소속된 사람들이 스스로 느껴 자발적으로 생각하고 행동하는 것을 말한다. 우리는 2002년 세계적인 행사인 월드컵을 개최한 나라다. 그때 붉은 악마라고 하는 응원단을 중앙 정부나 지방 정부에서 관여했는가? 국민들이 자발적으로 만들고 참여하여 목이 터져라

"대~한민국"을 외치며 응원한 것이다. 그리고 2016년에 나타난 촛불집회는 누가 참여하라고 했다면 그렇게 많은 인파가 참여했을까?

우리나라가 이처럼 시민의식이 높아진 것은 그동안 나는 못 살고 고생했지만 내 자녀만은 잘살게 만들어 주겠다고 허리띠를 졸라매며 교육을 한 부모님들의 높은 교육열이 있었기 때문이다.

국민들의 교육 수준이 높아지자 나보다는 남을 생각하는 배려정신이 나타나고 나만 잘살기보다는 더불어 같이 잘살아 보자는 시민의식이 나타나 남에게 피해를 주지 않으려는 사고의식이 나타났기 때문이다.

그러나 아직도 일부에서는 저만 잘살겠다고 설치는 사람들이 있어, 제 식구나 인척만 잘살겠다는 얌체 족속들이 사회적 지위를 이용하고 있지만, 이제는 어떤 권력이나 지위를 가지고 장난치는 사람들은 끝나가고 있다는 것을 알아야 할 것이다. 그 이유는 우리 국민들의 높아진 시민의식이 그를 용납하

지 않을 것이기 때문이다.

목숨보다 강한 자존심

분꽃(꽃말: 수줍음, 소심)

우리는 종종 매스컴을 통하여 저명한 사람이 자살한 이야기를 들을 수 있다. 이 사람들이 자살하는 이유는 자신의 명예에 흠이 가는 것을 자존심이 허락하지 않기 때문이라 생각한다. 지금 이야기하고자 하는 사건은 2010년 5월 초에 있었던 일이다.

내가 이 학교에 부임한 지도 3년이 다 되어 갔다. 처음에 부임하여 눈에 거슬리던 일들이 1년이 지나자 어느 정도 해결되어 그동안 학생과 학부모가 기피했던 학교에서 점점 선호하는 학교로 안정되어 갔다. 거기다 이제는 정년퇴직도 4개월 정도 남았으니 모든 일은 내가 앞장서서 처리하기보다는 교감 선생님이 처리하도록 위임했다.

그 이유는 교원은 퇴직 3개월 전부터 특별 연수를 신청하여 사회에 적응할 기회를 가질 수 있도록 법이 허락되어 있다. 그래서 나도 이 연수를 신청하고자 했으며, 또 9월에 새로운 교장 선생님이 오셔도 3월부터 추진하던 일이 1년 동안 흔들리지 않고 그대로 추진할 수 있게 교감 선생님에게 모든 것을 위임하고 뒤에서 받쳐 주는 형태로 학교를 경영하고 있었다.

그런데 5월 첫째 주 문제가 발생했다. 내가 이 학교에 와서 제일 먼저 손댄 것은 선생님의 출·퇴근 시간과 직원회의였다. 그동안 선생님 출·퇴근 시간이 오전 8시 이전에 출근하여 오후 5시가 넘어야 교감과 교장의 눈치를 보며 퇴근했으며 직원회의가 매일 있었다.

그러나 나는 상부 지시대로 오전 8시 30까지 출근 하고 오후 4시 30분에 퇴근하도록 했다. 그리고 직원회의도 전체 직원회의는 월요일과 금요일 두 번 하고 간부회의는 월, 수, 금요일 3번으로 줄이고 화요일과 목요일은 교감과 행정실장에게 보고받는 형식으로 운영했다.

이렇게 고친 이유는 직원에게 여유로운 시간을 주고 가능한 모든 일을 자기 스스로 책임지고 처리하도록 하기 위함이었다. 그리고 나부터 출·퇴근 시간을 선생님들이 눈치 보지 않게 하려고 정확히 지켜 줬다.

그날이 화요일로 기억된다. 오후 4시 30분에 교장실에서 가벼운 운동복으로 갈아입고 퇴직하고 취미 생활로 골프나 즐겨볼까 생각해서 학교 바로 뒤에 있는 골프 연습장으로 갔다.

골프 연습장에 가서 레슨을 받는 것이 아니라 TV 골프 채널에서 방영하는 레슨을 기억했다가 혼자 연습하고 있었다. 열심히 연습하고 있는데 핸드폰이 울려 받아보니 교감 선생님이었다.

"여보세요."

"교장 선생님, 저 이미란이에요."

"예, 교감 선생님 어쩐 일로?"

"전화 받을 수 있으세요?"

"예, 괜찮은데. 말씀하세요."

"학교에 일이 좀 있어서요."

"무슨 일인데요?"

"낮에 왔던 현서 어머니가 화가 안 풀렸는지 정인숙 선생님을 경찰서에 고발했다고 전화가 왔네요."

"예?" 나는 어이가 없었다.

오늘 3교시가 시작될 때쯤 평소 학부모 회의도 잘 참석하는 2학년 학생 어머니 한 분이 교장실을 찾아온 일이 있었다. 학부모가 방문하자 나는 하던 일을 멈추고 자리에서 일어나 반갑게 인사를 하자 자기는 2학년 4반 박현서 어머니라며 2학년 학부모회 임원이라고 환하게 웃으면서 자기소개를 했다.

나는 학부모가 학교에 일이 있어 들렀다가 잠깐 인사차 들어온 모양이라고 가볍게 생각하며 소파에 앉으라고 권하고 손수 커피를 뽑아 마주 보고 앉아 이야기를 나누었다.

어머니는 '자기 큰아들이 지난해에 이 학교를 졸업하여 특수목적 고등학교에 진학했다며 교장 선생님이 오신 후 학교가 몰라보게 달라졌다.'고 칭찬했다. 그리고 자기 작은아들도 공부를 곤잘 한다고 자랑을 하여 나는 '다 부모님이 집에서 뒷바라지를 잘해 주셔서 그런 것이라고.' 학부모를 추켜올려 줬다. 이렇게 이야기가 부드럽게 시작되었는데 어머니는 웃으며

"교장 선생님, 학생이 아파서 학교에 나오지 못하면 담임선생님이 가정방문을 하는 것이 아닌가요?" 한다. 나는 직감으로 무슨 문제가 있었다고 생각하며

목숨보다 강한 자존심

"가정방문은 될 수 있으면 하지 말라는 것이 상부의 지시 사항인데 무슨 일이 있었나요?"하고 물어봤다. 사실 선생님들의 학생 가정방문은 1980년대 촌지 문제가 사회문제로 대두되면서 상부의 지시로 없어졌었다.

"사실은 제 아들 현서가 담임선생님으로부터 얻어맞고 머리가 아파 1주일간 결석을 했는데 담임선생님이 전화 한 통화 없어요."한다. 나는 어이가 없었다. 그런 일이 있었으면 아침에 하는 간부회의 시간에 학년 부장이나 교감 선생님의 보고가 있었을 것인데 처음 듣는 이야기였다.

"아~, 그런 일이 있었어요. 내 곧 알아보지요."하며 인터폰으로 교감 선생님을 교장실로 내려오도록 했다.

교감 선생님이 내려오자 나는

"교감 선생님, 혹시 2학년 4반 박현서 학생이 결석한 걸 알고 계셨나요?"하자

"예, 알고 있었습니다. 그래서 제가 어머니에게 좀 어떠냐고 전화까지 했는데요."하자 자모는

"교감 선생님이 전화하며 뭐 해요. 담임이 해야지?"하며 뿌루퉁하니 안색이 변한다. 나는 자상하고 너그러운 교감 선생님이 나에게 보고도 하지 않고 가정에 전화까지 했다면 별로 문제가 될 만한 일이 아닌 모양이라고 가볍게 생각하며

"어떻게 된 일입니까?"하고 물으니 자세히 설명해 준다.

지난주 월요일에 2학년 4반 담임인 정인숙 선생님이 자기 반 박현서란 학생의 복장이 불량하여 아침 자율학습 시간에 복도에 나가 서 있으라고 하고 학생들을 지도한 다음 복도에

나가

"박현서, 교복 위에 목도리를 하지 말라고 했어, 안 했어?"
하자 학생이 공손하게 잘못을 인정하는 것이 아니라

"선생님은 학생부 선생님도 아닌데 왜 혼내요?"

"학생부 선생님만 복장 지도를 하는 줄 알아?"

"어머니가 학생부장 선생님은 괜찮다고 했다는데 선생님은
왜 혼내요?"라면서 항의를 했단다.

그래서 어이가 없어 손에 들고 있던 출석부로 아이의 머리를
툭 건드리려 하자 그는 손으로 막았단다. 그런 일이 있고 난 뒤
학생은 머리가 아프다며 의사 진단서를 제출하고 지난주 일주
일간 학교를 나오지 않았단다.

그러자 지난주 수요일 날 담임이 학생이 진단서를 제출하고
학교에 나오지 않는다고 상담이 들어와 자기가 전화를 해 보
겠다면서 직접 어머니에게 전화했다고 했다.

학부모는 교감 선생님이 나에게 보고하는 소리를 가만히 듣
고 계시더니 화를 벌컥 내며

"교감 선생님이 전화하면 뭐 해요. 담임이 직접 전화해야
지."하면서

"교장 선생님, 선생님이 학생을 출석부로 때려 머리가 아프
다고 일주일씩이나 결석하고 있으면 담임이 집으로 찾아가 학
생이 어떠한가 확인도 하고 사과를 해야 하는 것이 아녀요?"
하며 화를 내고 있었다. 그러다 보니 교감 선생님과 서로 언쟁
하는 꼴이 되었다. 나는 난감하여 인터폰으로 학생부장을 불
러들여 지시를 내렸다.

목숨보다 강한 자존심

"학생부에서 어떻게 된 일인가 조사하여 학생의 잘못이 있으면 거기에 맞는 벌을 주고 선생님이 잘못했으면 교감 선생님이 직접 주의를 주세요."하고 점심시간이 되어 학부모에게 급식실에 가서 식사나 하자고 권하자 거절하여 교감 선생님과 이야기하게 놔두고 혼자 급식실로 갔었다.

내 생각은 교감 선생님이 여자이며 성품이 온화하면서 착실한 크리스천이고 어머니도 외모로 풍기는 인상이 학식이 있는 인테리로 보여 잘 해결될 줄 알고 일어났다. 그런데 잘 못 생각한 모양이다.

"교장 선생님, 경찰서에서 오늘 수업이 끝나면 정인숙 선생님 좀 경찰서로 보내 달라는데 어떻게 할까요?"나는 머리가 복잡하게 돌아갔다. 처음에는 강하게 가지 말라고 할까? 하다 오히려 일을 키우는 것이 아닐까? 하는 생각이 들어

"그래요. 영장이 발부된 것도 아니니 가기 싫으면 안 가도 되는데 서로 협조하는 차원이면 귀찮아도 갔다 오는 것이 어떤는지? 본인 의사에 맡기도록 하지요."

"예, 잘 알았습니다."하고 전화가 끝났다.

그리고 다음 날 아침 간부회가 시작되기 전 교감 선생님이 어제 일을 보고했다.

내용은 어제 교장실에서 내가 나간 다음 학부모는 열을 내며 담임선생님을 '젊은 것이 싹수가 없이 손윗사람이 왔는데 의자에 앉으란 말도 없이 세워놓고 있었다고 하면서 선생이 뭐 대단한 사람인 줄 아나 봐.' 하면서

"만약 학교에서 자기 아들을 처벌하면 학교를 가만두나 봐."

라고 화를 내 자기가 담임에게 주의를 주고 학생이 처벌받는 일이 없도록 하겠다며 잘 타일러서 보냈단다.

그리고 담임을 상담실에 불러 자세한 내막을 알아보니 어제 2교시 수업이 끝나고 막 교무실에 들어와 자기 의자에 앉으려고 하는데 현서 어머니가 들어와서 서 있는 채로 인사를 나누고 미처 앉으라고 의자를 권하기 전에

"선생님, 우리 현서가 선생님을 좋아해서 지난번 과학 시험에 100점을 맞았네요. 이것 새로 나온 화장품인데 한번 써 보라고 가져왔어요." 하면서 들고 온 종이 가방을 건네주어서

"현서 어머니 저는 이런 것 받지 않아요. 도로 가져가세요." 하자 얼굴이 붉어지면서 쏘아보더니 그대로 나갔단다.

그리고 현서라는 학생은 공부는 곧잘 하는데 평소 툭하면 아침 자율학습 시간에 지각하고 학교에서 하지 말라는 교복 위에 목도리를 칭칭 감고 다닌다든지, 춥지도 않은데 교복 위에 잠바나 겉옷을 입고 다니며 운동화를 꺾어 신고 다녀 주의를 주면 꼭 무어라고 말대꾸를 한단다.

그리고 지난 월요일에는 말대꾸하여 출석부로 머리를 슬쩍 건들었는데 진단서를 제출하고 1주일씩이나 결석을 하다 어제 학교를 나와 화가 나도 참고 잘 타일렀는데 오늘 어머니가 왔단다.

현서라는 학생은 자기보다 키가 20㎝는 더 큰 학생으로 말은 출석부로 때렸다고 하지만 팔꿈치로 막아 머리에 닿지도 않았었단다. 그리고 2교시 수업에 들어가서 수업하는데 학생들이 말을 안 들어 화가 난 상태로 교무실에 들어왔는데 학부

　목숨보다 강한 자존심

모가 찾아와 친절하게 대하지 못한 것 같았다고 말하더란다.

　그래서 교감 선생은 선생님에게

"다음 주가 스승의 날이고 해서 선물을 주려고 한 모양인데 그냥 받지 그랬어?" 했더니

"교감 선생님 저는 선물 같은 것은 받지 않아요." 하더란다. 그러면서 정인숙 선생님은 한국교원대학을 나온 선생으로 평소 학생들에게 깐깐한 선생님으로 교육관이 뚜렷한 분이라고 했다.

　그리고 어제 오후 경찰관의 전화를 받은 다음 현서 어머니가 경찰에 고발했다고 이야기해 주고 자기가 경찰에 같이 가 준다고 하자 같이 가자고 하여 다녀왔단다. 경찰서에 찾아가 담당 경찰관을 만나서 사건 내용을 사실대로 말하자 경찰관은 웃으면서

"이제는 선생님 하기도 참 어렵겠어요. 우리도 갈수록 점점 어려워지네요. 자기들 잘못은 인정하지 않고 권리만 주장하니?" 하면서 오히려 위로해 주며 시간이 가면 해결될 테니 걱정하지 말라며 가라고 해서 돌아왔단다. 돌아오는 길에 함께 저녁을 먹으면서 걱정하지 말라고 위로해 줬단다. 나는 학부모 행위가 어이없었지만, 경찰관 말대로 화가 풀리면 잘 해결될 것으로 생각했다.

　그러고 있는 사이 간부회의 시간이 되어 각 부장이 들어와 아침 간부 회의로 연결되었다. 그런데 2학년 부장의 보고가 2학년 4단 담임이 아직 출근을 안 했단다. 그래서 전화를 두 번씩이나 해 봐도 받지 않는다고 보고했다. 그러면서 그 선생님

은 평소 학생지도에 깐깐하여 절대 결근이나 지각을 하지 않는 사람인데 알 수가 없다고 말했다. 나는 직감으로 무슨 일이 일어났구나? 하는 생각이 머리에 감돌았다.

그래서 회의를 간단히 마치고 선생님 숙소를 아는 사람이 있나 확인해 보니 2학년 부장이 한 번 가 봤다고 해서 바로 교감 선생님과 행정실장, 그리고 1교시 수업이 없는 나이가 지긋한 체육부장과 학년 부장을 즉시 집으로 찾아가 보도록 지시를 내렸다. 그때 시각이 09시 15분쯤 되었다.

그들을 보내놓고 나는 초조했다. 많은 선배 교장 선생님이 퇴직 1년 남겨놓고 꼭 사고가 나타난다고 조심하라고 한 생각이 떠올랐으나 한편으로 '아무 일이 없을 거야.' 하면서 마음을 다스리고 있는데 집을 찾아간 사람들의 소식이 깜깜무소식이었다. 그 선생님 숙소는 학교에서 1㎞ 남짓 떨어진 곳에서 자취하고 있는 것으로 알고 있는데 10분이면 연락이 올 줄 알았는데 20여 분이 지나도 소식이 없자 불안해지기 시작했다. 이렇게 불안 속에 있는데 40분쯤 지나자 행정실장으로부터 전화가 왔다.

"교장 선생님 큰일 날 뻔했어요."

"왜, 무슨 일인데?"

"선생님이 자살하려고 했나 봐요."

"예? 자살, 그래서?"

"왼손 팔목 동맥을 식칼로 절단했는데 응급조치하고 지금 대학병원으로 가고 있어요."

"선생님 상태는?"

"의식이 없어요. 병원에 가서 다시 연락드릴게요." 하면서 전화가 끊기었다.

나는 온몸에 기운이 쑥 빠졌다. 어이가 없어 벙벙하다가 버쩍 정신이 들었다. 학교장으로서 사후 조처를 해야 했다. 그래서 교무실로 인터폰을 눌러 교무 부장을 교장실로 속히 오라고 지시했다. 교무부장은 여자로 차분하며 냉정하게 일을 잘 처리하는 분이었다. 나는 그를 놀라지 않게 하려고 우선 소파에 앉게 한 다음 상황을 설명하고 지시를 내렸다.

"부장님 놀라지 마세요. 지금 정인숙 선생님이 위독한 상태에 있으니 그리 아시고 2교시 수업은 자율학습을 하도록 하고 복도에 학생부 선생님을 배치해서 학생지도를 하게 한 다음 전 선생님을 소강당으로 모이도록 해 주세요." 하자 눈치 빠른 교무부장은 더 묻지 않고

"예, 알았습니다." 하고 나가려 하자

"혹시 선생님들이 무슨 일이냐고 물으면 교장 선생님이 갑자기 지시한 일이라 잘 모른다고 하세요." 하고 내보냈다.

뒤에 들은 이야기지만 내가 얼마나 놀랐나 얼굴에 핏기가 하나도 없고 백지장같이 하얗게 보였다고 교무부장이 말을 했다. 부장을 내보낸 다음 조금 있다 교장실 옆에 있는 소강당으로 갔다. 소강당은 내가 이 학교에 부임하여 특별예산을 들여 만든 것으로 학부모나 직원들 연수할 때 사용하는 특별실이다.

2교시 수업 시작 종소리가 울리고 조금 있다 선생님들이 웅성거리며 강당으로 모여들었다. 나는 마이크를 사용하지 않고

육성으로 말하기 시작했다.

"선생님들 모두 제 이야기 잘 듣고 꼭 지켜 주시기 바랍니다. 지금 학교가 어려움에 부닥쳤으니 선생님들이 도와주시기 바랍니다. 지금 2학년 4반 정인숙 선생님이 어제 학부모와 불미스러운 사건으로 자해를 하여 병원 응급실로 실려 갔습니다. 아직 상태는 연락받지 못해 어떤 상태인지 잘 모르겠으나 이 이야기가 밖으로 새 나가지 않도록 누구에게도 말하지 말아 주시기 바랍니다. 혹시 2학년 4반 학생이 물어도 몸이 안 좋아 못 나왔다고만 말해 주시기 바랍니다." 하고 함구령을 내리고 각자 수업하러 가도록 했다. 선생님들은 내 눈치를 살피며 뭔 일이냐고 구시렁거리며 헤어졌다.

그리고 교장실에 들어오니 또다시 행정실장으로부터 전화가 왔다.

"교장 선생님 너무 걱정하지 마세요."

"실장님 어떤 상황입니까?"

"예, 지금 막 의식이 회복되었는데 의사 말이 위험한 고비는 넘겼다네요."

"아~, 그래요."

"그런데 피를 너무 많이 흘려 10여 일 정도 입원하고 몸이 회복되는 데는 몇 달 걸린 다네요."

"그래요. 수고 많았습니다." 하며 머릿속에 살았다고 하는 생각이 들었다.

"바로 들어가서 자세히 말씀드리겠습니다." 하며 전화를 끊는다. 나는 긴장이 풀어지며 나도 모르게 한숨이 나왔다. 꽤나 마음을 졸였나 보다. 큰 고비를 넘겼다고 생각하며 교무부장에게 선생님이 의식을 회복했다고 인터폰으로 알려주고 사후처리에 대하여 생각하기 시작했다.

얼마 있다 행정실장과 체육부장이 들어왔다. 행정실장은 그동안 있었던 일을 자세히 보고했다. 자기들이 숙소를 찾아가서 보니 집은 단독주택으로 안채는 집주인이 살고 별채에 살고 있더란다.

방문 앞에서 몇 번을 불러 봐도 소식이 없어 문을 열어보니 문이 잠겨 있는데 방문 앞에 신발이 나란히 있는 것이 분명 사람이 있다는 예감이 들어 주인아주머니를 불러 방문을 열어보자고 하자 키가 없다고 하여 망치를 가져오라고 해서 문고리를 부수고 들어가 보니 방바닥에 피가 낭자하고 의식을 잃은 채 침대에 쓰러져 있더란다.

그래서 한 사람은 119에 신고하고 체육 선생님이 확인해 보니 부엌 식칼로 왼손 동맥을 절단하여 응급조치로 침대 시트를 찢어 손목의 피를 지혈시킨 다음 119구급차가 도착하여 대학병원 응급실로 갔단다. 병원에 도착해서 응급실에서 치료한 다음 20여 분이 지나자 의식이 회복되었는데 얼굴에 핏기가 하나도 없어 하얗게 변해 있더란다. 옆에서 지키고 바라보고 있는데 의식이 돌아오는지 눈을 떠 교감 선생님이

"정 선생! 정 선생 정신이 들어?"

"……"

"나 알아보겠어?" 하자 눈물을 흘리며 눈을 감더란다. 그리고 의사 선생님이 의식이 돌아온 것을 확인하고 위험한 고비

를 넘겼으니 걱정하지 말라고 해서 교감 선생님은 집에서 사람이 올 때까지 거기에 계시고 우리는 수업이 있어 먼저 왔다고 보고했다. 나는

"수고 많으셨습니다. 강 부장님이 안 갔더라면 큰일 날 뻔했네요." 하자 실장이

"마침 강 부장님이 응급 처치를 할 줄 알아서 다행이지 저는 어떻게 해야 할지 난감했습니다." 하며 체육부장을 칭찬한다.

나는 그들에게 그동안 학교에서 있었던 상황을 설명해 주고 사건이 밖으로 나가지 않도록 입단속을 시킨 다음 실장에게 교감 선생님이 돌아오면 사후 처리에 대해서 상의해 보자며 각자 자기 사무실로 돌아가도록 했다.

얼마 후에 교감 선생님이 집에서 어머니와 작은 언니가 왔다며 돌아왔다. 나는 긴급 간부회의를 소집했다. 그리고 의견을 들어 본 다음, 다음과 같이 지시했다. 먼저

"교감 선생님은 경찰서와 시 교육청에 사건을 사실 그대로 보고하고 교원총연합회에 연락하여 법률 자문을 지원해 줄 수 있나 알아봐 주시기 바랍니다.

그리고 행정실장은 학교에 긴급한 상황이 벌어져서 그런다며 내일 중으로 학교운영위원회 위원장과 부위원장을 학교로 나올 수 있도록 연락해주시기 바랍니다. 또 학부모 회의를 맡은 환경부장은 학부모회장과 부회장을 운영위원장이 오는 시간에 같이 올 수 있도록 실장님과 상의해서 연락하시고, 박현서 학생 어머니에 대해서도 좀 알아봐 주시기 바랍니다.

2학년 부장은 정인숙 선생님에 대해서 가정환경과 성격을

좀 더 자세히 알아봐 주시기 바랍니다. 그리고 각 부장님은 같이 사용하는 교무실 선생님에게 이번 사건이 학생은 물론 외부로 흘러가지 않도록 다시 한번 더 당부 말씀드립니다."라며 입단속을 내렸다.

환경부장과 2학년 부장은 모두 여자 부장님이라 어머니와 여선생님 사이에서 일어난 일이라 남자 선생님보다 파악하기가 쉬울 것 같아 그렇게 지시를 했다.

얼마 있다 교감 선생님 보고가 들어 왔다. 경찰서에 담당 경찰관에게 사실을 이야기하자 깜짝 놀라며 자기가 고발인에게 사실을 이야기하고 고발한 것을 취소하도록 하겠다고 하며 걱정하지 말라고 했단다. 그리고 교육청은 중등과장이 사실을 서면으로 즉시 보고하라며 자기가 직접 교장 선생님에게 전화하겠다며 전화를 끊었단다.

이때 전화가 와서 받아보니 중등과장이었다.

"여보세요!"

"교장 선생님이세요, 저 중등과장입니다."

"과장님 죄송합니다. 바쁘신 분을 괴롭히는 것 같아서."

"교장 선생님 얼마나 놀라셨어요. 그리고 사건이 밖으로 절대 새 나가지 않도록 조치해 주세요. 특히 경찰이 알지 못하게 하세요."

"과장님 경찰서는 사실 그대로 이미 보고했습니다."

"예? 경찰에~"하면서 상당히 놀라는 표정의 목소리가 흘러나왔다.

"과장님 사건을 감추려다 오히려 되잡히는 수가 있으니 사

실 그대로 알리고 해결해 나가려고 그럽니다."했더니 어이가 없다는 표정으로

"그러세요. 그럼 서면으로 사건 과정을 보내 주시기 바랍니다."하면서 통화가 끝났다.

상부에서는 사건이 감춰지기를 원하고 있는 모양인데 평소 내 생각은 달랐다. 어떤 일이 있으면 사실 그대로를 가지고 해결해야지 감추려다 사건이 더 커져 궁지에 몰리는 것을 종종 보아 왔기 때문이다.

그리고 얼마 있다가 2학년 부장이 들어와 정인숙 선생님에 대한 가정환경 및 성격 등을 보고했다. '선생님은 농촌 태생으로 4녀 중 막내며 부모님이 남의 집 과수원에서 일하여 가정을 꾸려나간단다.

그리고 언니들이 다 결혼했지만 모두 사는 것이 그리 넉넉하지 못하고 평소 딸만 있다 보니까 아버지가 술 한잔하시면 아들 타령으로 가정불화가 자주 일어나 부모님과도 왕래가 적어 명절 때나 들리는 사람이라고 했다.

그리고 학교 다닐 때 공부를 잘해 학비가 거의 들어가지 않는 국립 교원대학을 나왔는데 그러다 보니 대학 동문이 없으며 이 학교에 부임한 지 2년 차가 되었지만, 특별히 가까이 지내는 사람이 없는 사람이란다.

그리고 성격이 깐깐하여 학생들 잘못은 절대로 용납하지 않는 엄한 선생님으로 학급 운영은 모범이라고 했다.

그러면서 자기가 그녀의 집을 알게 된 것은 학년 초 2학년 학년 협의회를 마치고 집으로 가는 길목에 그녀의 집이 있어

잠깐 들러 차 한 잔 마신 적이 있어 알게 되었단다.'

학년 부장 이야기를 듣고 보니 내가 교내 순시 차 2학년 교무실에 들렀을 때 기억은, 여선생님이 인사를 한 다음 자기 일에만 열중하던 모습이 떠올랐다. 그러고 보니 나도 그 선생님과는 이야기를 나눈 적이 한 번도 없었다.

이야기를 나누는 사이 환경부장이 들어 왔다. '환경부장 이야기는 현서 어머니는 서울에 있는 이름 있는 S 여자 대학을 나온 사람으로 집안이 좋아 그의 오빠가 큰 병원을 운영하고 있으며 남편은 그 병원의 사무장으로 일하고 있단다.

그리고 2학년 학부모회의 임원이며 현서가 초등학교 4학년 때 담임이 마음에 들지 않는다고 교장 선생님에게 항의하여 담임을 바꾼 적이 있는 사람이라고 소문이 나 있어 가능한 선생님들도 접촉을 꺼리는 사람이라고 말했다.

두 분의 부장님 이야기를 종합해 보니 사건의 내막을 대략 알 것 같았다. 이렇게 하루가 어떻게 지나갔나 알 수 없이 지나갔다.

목요일 날 오전 10시 30분에 운영위원회 임원과 학부모회 임원이 왔다. 나는 그분들에게 사실을 이야기하고 현서 어머니가 고발한 사건을 취소하도록 설득해 달라고 지원 요청을 하자 자기들이 한번 만나 보겠다고 하며 돌아갔다. 그리고 어제는 정신이 없어 처리하지 못했던 정인숙 선생님에 대한 의사 진단서를 제출받아 병가 처리하고 학생들 수업에 결손이 없도록 강사 모집 공고를 내도록 조치했다.

금요일 날 오전 11시경 교무실에 올라가니 교감 선생님이 전화를 받는데 난감한 표정으로 전화를 받고 있었다. 무슨 전화냐고 묻자 도 교육청 생활지도 담당 장학관이라며 난감한 표정을 짓고 있어 전화를 달라고 하여

"장학관님 ㅇㅇ중학교 교장입니다."

"예, 교장 선생님 저 장학관 ㅇㅇㅇ입니다. 학교에서 나타난 사건을 속히 문서로 보내 주시기 바랍니다. 기자들이 어떻게 알고 보도 자료를 내놓으라고 난리네요."

"기자가 어떻게 알고 그럴까요?"

"글쎄요. 학부모가 이야기한 것이 아닐까요."

"장학관님 심려를 끼쳐 죄송한데 언론에 보도될 만한 내용은 없으며 전에 보고한 내용 그대로입니다. 그리고 문제가 나타나면 제가 알아서 처리할 테니 너무 걱정하지 말아 주시기 바랍니다." 하자 난감한 표정으로

"예. 알았습니다." 하며 전화를 끊었다. 아마 학부모는 학교에서 자기에게 사정하러 올 줄 알았는데 소식이 없자 언론을 통하여 보도되면 학교가 사정할 줄 알고 자기가 아는 기자에게 교육청을 취재하라고 한 모양이라는 생각이 들었다.

사실 학교에 관한 문제가 언론에 나오면 학교장은 상부관청의 지시로 쩔쩔매는 것이 학교 현장의 모습이었다. 나는 그것이 싫었다. 잘못이 없는 선생님을 골탕 먹이기 위하여 자기 오빠 병원에서 아들의 거짓 진단서를 작성하여 결석하게 만들고 학교를 궁지로 몰아넣는 학부모를 용납할 수 없었다.

토요일이 되자 한국교육총연합회 도지부에서 사람이 나왔다. 그는 나에게 얼마나 놀랐냐며 위로하고 이 사건을 어떻게

처리해야 좋을지 모르겠다며 난감한 표정만 짓고 갔다.

그리고 월요일이 되자 학교 운영위원장과 학부모회장이 찾아왔는데 지난 토요일에 학부모를 만나보니 '그런 일로 죽으려고 했냐며 오히려 학교를 의심하는 눈치를 보이더라고.' 이야기해 더 말을 못 하고 돌아왔다면서 교장 선생님이 한 번 만나보면 어떻겠냐고 나보고 찾아가 보기를 권하고 돌아갔다. 나는 자존심이 허락하지 않았다. 어떤 일이 있어도 굽히지 말자고 다짐했다. 내가 불명예 퇴직을 하면 했지 잘못된 일에 고개를 숙이고 싶지 않았다.

오후가 되자 교감 선생님으로부터 보고가 들어왔다. 경찰서에서 학부모가 고발 사건을 취소했으니 그리 알라고 연락이 왔고, 또 학부모가 한 번 만나자는데 어떻게 해야 하냐고 물어왔다. 그래서 나는 집으로 찾아가지 말고 학부모가 학교로 찾아오면 만나 보도록 하라고 했다.

그다음 날 교감 선생님은 학부모가 찾아와 만나보니 뭐 그런 일로 죽을라고 했냐며 자기가 병원에 찾아가 치료비로 몇 푼 주려고 하자 거절해서 그냥 가지고 왔단다. 그러면서 교감 선생님이 전해 줄 수 없냐고 맡겨 교장 선생님과 상의해서 처리하겠다며 받아 놓았다면서 어떻게 하면 좋을까? 물어왔다.

그래서 나는 먼저 교감 선생님 의견을 물어보자, 그녀는 서로 화해하는 차원에서 받아 주는 것이 좋을 것 같다고 대답했다. 그래서 교감 선생님이 정인숙 선생님을 잘 다독거려 보라고 했다.

이렇게 해서 사건은 잘 마무리되어 가는 것 같은데 선생님이 몸이 회복된 후에 학교에 출근해서 학생을 잘 지도할 수 있을까 하는 생각이 들었다. 더구나 자기 반 학생 부모가 고발해서 자살까지 시도했는데 그 아이를 지도할 수 있을까? 하는 의문이 들었다.

내 사고 의식 같으면 본보기로 굴하지 않고 이 학교에서 학생을 지도하여 학부모 기를 꺾어야 올바른 교사가 될 것 같다는 생각이 들었으나 혹시 마음이 약한 분 같으면 오히려 부담을 줄 것 같아 2학기에 시내 인근에 있는 학교나 타 시군으로 전보 발령을 내주면 어떨까 하는 생각으로 교감 선생님과 상의해 보니 그것이 좋겠다고 하여 교육청에 연락하자 당사자가 원한다면 발령을 내주겠다고 중등과장으로부터 확답을 받아 놓았다.

그 다음 날 교감 선생님이 병문안을 다녀와서 이야기가 학부모가 일부 보태주는 치료비를 절대 받지 않겠다는 것을 얼마나 설득하여 받게 했으며 학교 문제는 절대 떠나지 않고 이 학교에서 근무한다며

"왜 내가 떠나야 합니까?"라고 물어 와 선생님이 원하는 대로 해 주겠다며 돌아왔단다. 이렇게 해서 사건은 일단락되었다.

나는 이 사건을 되짚어 봤다. 학부모는 선생님이 출석부로 학생 머리에 닿을까 말까 한 체벌 정도를 가지고 자기 자녀에게 병 진단서를 만들어 결석시켰다. 그리고 나서 화장품을 선물로 가지고 와서 담임을 회유하려고 찾아갔으나 받지 않는다고 하자 무안하여 자존심이 상한 그녀는 나이 어린 것이 선

생이라고 손윗사람을 몰라보고 시건방을 떤다며 화를 냈다.

그러면서 자기의 자존심을 상하게 한 분풀이로 경찰서에 찾아가 자기 아들 담임선생님을 폭행죄로 고발한 것 같은데 최고 학부까지 배운 사람으로 자기 행동이 자기와 자기 자녀에게 얼마나 많은 이익을 주는 행동이며 남에게 해를 끼치는 행동인가를 생각하지 못한 독선적인 행동에 대하여 좀처럼 이해가 가지 않았다.

그리고 선생님도 그렇다. 학생이 평소 어떻게 보였는지는 모르지만, 학부모가 찾아왔으면 당연히 앉으라고 공손하게 의자를 권하고 상담에 응해야 하는 것이 아닌가? 그리고 성의 표시로 선물을 건네면 주는 사람이 무안하지 않게 얼마든지 거절할 방법이 있지 않았을까? 알 수가 없다. 그리고 경찰서에 한 번 갔다 왔다고 자기 목숨까지 던질 정도로 자존심이 상할 일이며 자기의 행동이 얼마나 많은 사람에게 어려움을 주는 행동인지 최고의 학부를 나온 사람으로써의 올바른 행동인가 아무리 생각해도 이해가 되지 않았다.

나는 이 사건으로 인해 정년을 눈앞에 두고 단단히 혼쭐이 났다. 아마 퇴직이 얼마 남지 않았으니 학교에 대한 정을 떼라고 나타난 사건이 아니겠는가 하는 생각을 가지며 마음의 위안으로 삼아보았다.

정년 퇴임식 회고사

영춘화꽃(꽃말: 희망)

　이제 마지막 인사 시간이 된 것 같네요. 길고도 먼 여정이 끝나는 시간인 것 같습니다. 공사다망하신데도 저를 위하여 시간을 내주신 ㅇㅇㅇ 천안시 교육장님과 이ㅇㅇ 운영위원장님을 비롯한 운영위원 및 학부모님, 또 다정한 우리 교장 선생님도 몇 분 참여해 주셨네요. 감사드립니다.

　그리고 괴팍스러운 서방님 비위 맞추며 반평생을 뒷바라지해 준 집사람 육ㅇㅇ 여사께도 이 자리에서 감사 인사 올립니다. 수고했습니다.

　교단에 첫발을 들여놓던 그 날부터 그만두어야지 그만둘 거야, 하던 말이 이제 끝나는 시간인 것 같습니다. 이처럼 막상 퇴직한다고 생각하니 지난 34년의 일들이 주마등같이 스쳐가네요.

　공부를 시켜보겠다고 시골 중학교 아이들을 2㎞만 떨어져 있으면 학부모를 설득 시켜 강제로 자취나 하숙을 시키며 방학도 없이 야간 10시까지 괴롭혔던 기억, 여고 3학년 학생들을 1년 내내 일요일과 공휴일도 없이 아침 7시 반에 등교 시켜 밤 10시까지 붙잡고 씨름하던 일, 우리 반 아이들이 상급학교 진학에 전원 합격했다고 좋아서 밤새껏 술을 마시며 길길이 날뛰던 일. 내신도 내지 않았는데 더 좋은 학교로 보내준다고 두 번씩이나 강제로 전보되어 속이 상했던 일, 교장 선생님이면 학생들에게 인격으로 대하고 학교를 합리적으로 운영하라고, 전교생이 모여 있는 조회대 앞에서 대들었던 일 등 몇 날을 뇌까려도 끝이 없는 것들이 이제는 영화필름의 한 장면처럼 지난날의 추억이 되었네요.

그중에서도 가장 추억에 남는 것을 몇 가지 소개하면 1977년 강원도 양양군의 한 시골 중학교에서 1년에 1~2명뿐이 진학하지 못한다는 강릉고등학교를 내 반 13등 학생까지 합격생을 냈을 때의 기쁨과 1987년 가을 38선이 지나가는 강원도 두메산골 중학교 3학년 승공 통일[27] 시간에 우리나라 대통령 선거에 한 사람이 입후보해서 99.99% 투표율에 99.99%로 당선된 대통령 선거와 1인 입후보에 99% 투표율과 99% 찬성으로 당선된다는 북한의 선거가 어떻게 다르냐는 질문에 등줄기가 오싹하며 한 시간 내내 대학 때 그렇게 반대하던 유신헌법으로 위기를 모면하면서 '너희들이 나이 먹어보면 알아.'라고 수업을 했던 일인 것 같습니다.

그리고, 교직 생활 1년이 지나고 2년이 지나가면서 학생들의 실력은 선생님이 많은 것을 가르쳐 주려고 하는 것보다 한 시간에 하나라도 제대로 요점을 정리하여 가장 적은 내용을 가르쳐야 성적이 올라간다는 것을 깨달았고, 4년이 지나서야 학생들로부터 인정받는 선생님이 되려면 학생들에게 잘해만 준다고 지도를 잘하는 것이 아니라 학생들에게는 칼날 같은 약속을 지켜야 한다는 것을 알았습니다.

그런가 하면 사범대학을 나오지 않은 비사대 출신 교사로서 멋진 교수-학습 방법은 한 평 남짓 되는 교단에서 그 누구보

27) 도덕과목의 일부

다도 멋진 희극배우가 되어야 한다는 것도 깨닫게 되었습니다. 또한 교직 생활 10여 년이 지나니 내가 가르치는 모든 아이가 다 예뻐 보여 사제 간의 정이 이런 것이로구나 하는 것도 깨닫게 되었으며 수업 시간이면 학생들과 일일이 시선을 맞추며 내 편으로 만드는 기술도 터득하게 되었습니다.

교감·교장 시절 나의 학교경영 철학은 합리적이고 현실적이며 중용의 논리를 주장했습니다. 과거의 전통이라도 현실에 적합하지 않으면 과감하게 개선하고자 노력했습니다. 그런 결과 병천 고등학교 교감 재직 시 교장 선생님과 대다수 교사가 반대하는 것을 무릅쓰고 대화와 설득으로 대한민국 최초로 교과부 6년 기간 통합형 교육과정 시범 연구학교를 유치하여, 조리과 미용과 애니메이션과를 설치하고 약 24억 원이 되는 실습 동과 8억이 들어가는 기숙사를 유치하는 성과도 거두었습니다.

그 결과 병천 고등학교 신입생 모집에서 매년 3월까지 모집하던 학생을 1.95대 1[28]의 경쟁력 있는 학교를 만들었고, 20여 년 동안 해결하지 못한 병천 중·고등학교의 교사(校舍)를 맞바꾸어 병천 중학교 학생과 선생님들에게 병천 고등학교에서 벗어나게 해 주었습니다.

그리고 그동안 선생님들을 괴롭혔던 주번 활동과 학급일지를 과감하게 폐지하고, 천안시 교장 회의에서 결정했던 각 학교의 졸업식 날짜와 종업식 날짜 등 학사일정을 학교 자율로 결정하도록 교장 선생님을 설득하여 실천하기도 했습니다.

그리고 영인중학교와 병천 중·고 및 오성중학교 교장으로

---
28) 264명을 탈락시킴

근무하면서 그동안 보아왔던 학교시설의 모순점을 개선하기 위하여 화장실 증·개축, 도서실 리모델링, 교실 및 복도 리모델링, 교사 도색 등 다양한 공사를 추진했으나 그중에서도 병천 고등학교의 약 80억짜리 공사인 교사(校舍)를 BTL 사업으로 신축함으로써 병천 중·고등학교를 완전히 분리한 일은 제 교직 생활에서 가장 멋진 사업이 아니었나 생각해 봅니다.

또, 내가 근무했던 학교들은 주변의 다른 학교에 비하여 학력이 뛰어나 학부모님들로부터 인정받게 되었는데 이는 가는 학교마다 우리 선생님이 열심히 도와주고 동참해 주신 결과로 우리 모든 교직원의 승리라 생각합니다.

마지막으로 근무한 우리 천안오성중학교는 노태산의 동쪽 기슭에 자리 잡은 학교로 세계적인 교육자이신 공자님의 교육사상을 받들어 '어떤 행동을 할 때는 충서(忠恕)를 생활화하여 상대방을 먼저 생각해 보고 행동하는 학생'이 되고, 공부는 누가 시켜서 하는 것이 아니라, 3-Know 즉 '스스로 느껴서(Know-why)' '자기만의 독특한 방법(Know-how)'을 찾아 '자기만의 길(Know-way)'을 개척해 가는 학생을 양성하고자 노력했습니다.

그리고 천안오성중학교의 五城(오성)[29]이란 이름에 걸맞게 선생님들은 교수(教授)하기에 불편이 없고, 학생은 학습(學習)하는데 가장 좋은 교육환경을 만들고자 꾸준히 노력해 왔습니다.

그런 결과 우리 천안오성중학교는 학생들의 실력 면이나 학교 시설 면에서 천안은 물론 충남 및 전국의 어느 중학교에 뒤

29) 내성을 의미 = 궁궐을 뜻함

지지 않는 선진화된 학교로 변모했으며, 이제는 천안의 명문 학교로 발돋움하게 되었습니다. 이런 모습이 나타나게 된 것은 그동안 내 몸같이 학교를 아껴주신 모든 오성 교육 가족들의 적극적인 지원 결과라고 생각합니다.

제가 교직 생활을 하는 동안 우리 학생들이 나에게 보여준 아름다움을 마음속 깊이 간직하며, 부모님들이 보여준 교육의 열정을 아름다운 인생 추억으로 간직하면서 저에 아름다운 노년을 찾아 34년의 교직 생활을 즐겁게 떠나 새로운 20년의 인생을 설계하고자 합니다.

그동안 보내주신 성원에 다시 한번 더 감사드리며 가내에 행운과 하시는 일 모두 소원성취하시길 기원합니다.

호-오포노포노(미안합니다. 용서해 주세요. 고맙습니다. 감사합니다)

제3장. 해변처럼 아름다운 노년생활

부산 해운대 풍경

해변은 바닷가나 바닷가 지방을 나타내는 말로 바닷물이 갯바위에 부딪혀 물보라를 일으키는 아름다움이나 모래밭으로 파도가 밀려왔다 밀려가는 평화롭고 아름다운 모습이 우리 인간의 노년기와 같지 않나 생각해 보았다. 젊은 시절 사회생활을 하면서 산전수전 다 겪으며 살아왔다면 이제는 나이가 들어 사회활동에서 은퇴하고 조용히 집에서 사색하며 자기 취미 생활이나 여행을 즐기며 살아가는 노인들의 안정된 모습이 해변의 아름다운 모습 같다는 생각이 들었다.

마음의 변화

천년 초(꽃발: 무장, 불타는 마음, 인내)

오늘은 내 인생 제2막의 직장에 첫 출근하는 날이다. 첫 출근이란 말을 사용하기는 조금 애매한지도 모르겠지만 고등학교를 졸업하고 군청에 임시 직원으로 들어가 첫 출근이 있었으나 그때 기분은 어떤 기분이었는지 기억이 남아 있지 않고 대학을 졸업하고 교사 임용 고시에 합격하여 출근하던 때는 잊을 수 없는 희열의 기쁨이 있었다. 그리고 교직 생활을 하면서 전출할 때마다 새로운 학교에 처음 출근하는 날은 늘 긴장감과 어색함을 느끼곤 했다. 그러다 교감으로 승진하여 첫 출근할 때 기쁨과 교장으로 승진하여 첫 출근할 때 기쁨은 말로 쉽게 표현할 수 없는 희열을 느꼈던 것으로 기억된다.

그러다 공직에서 정년퇴직하고 백수로 집에서 놀다가 새로운 일자리를 찾아 나선 것이다. 퇴직 후 처음에는 국가에서 나이가 들었으니 그만 쉬라고 정년퇴직을 시켰으니 놀아야 한다고 주장하며 한때는 골프채를 들고 3~4년 놀아 봐도 별로 재미를 느끼지 못했다. 그래서 어렸을 때 부모님께 어깨너머로 배운 농사 기술을 되살려 근 7~8년 밭농사를 지어도 봤다. 이때 친구나 친지들이

"요즘 무엇을 하며 지내?"라고 물으면 나는 스스럼없이

"Field(밭) 가서 놀아"라고 큰소리친 적이 있었다. 아마 농사를 짓는다고 하면 비웃을 것 같아 언뜻 듣기에 필드 하면 골

프를 생각하도록 유도했던 모양이다. 내 밭에는 이것저것 가리지 않고 우리 몸에 좋다고 하는 작물이 있으면 무조건 재배하다 보니 내가 재배하는 작물의 종류가 몇십 가지가 넘었다.

이런 생활은 평생 책상에서만 살던 사람이 몇백 평이 되는 밭을 삽 한 자루 들고 설쳤으니 몸이 온전할 리가 없었다. 그러다 결국, 척추 디스크 파열과 협착증이란 병으로 밭에서 쓰러져 수술을 받은 후 허리 근육을 강화하기 위하여 매일 걷기 운동을 시작한 지 벌써 5년이란 세월이 흘러갔다.

이처럼 크게 신경 쓰는 일 없고 운동에다 적절하게 노동을 하니 몸이 50~60대 현직에 있을 때보다 달라 보이게 건강해진 것이다. 그러다 보니 재미가 나서 농사일이 없는 겨울철에는 집에서 보내는 것보다 틈만 나면 걷기를 한 것이다. 새벽에 걷고 아침 먹고 걷고 또 점심 먹고 걸으니 하루 평균 26,000보 이상을 4개월이 넘도록 눈이 와도 날씨가 추워도 아랑곳하지 않고 걸으니 지루한 줄 모르고 시간이 잘도 흘러갔다.

그런데 문제가 생긴 것이다. 걷는 것은 문제가 없는데 소변이 자주 마려웠다. 특히 추운 날은 증세가 더욱더 심하여 한 시간을 버티지 못하는 현상이 나타난 것이다. 그러면 병원을 바로 찾아갔으면 좋으련만 성격이 병원을 싫어하여 참으며 겨울을 버티었다.

어느 날은 2시간 걷는데 세 번은 소변을 봐야 하는 경우가 나타났으며 저녁에 잠을 잘 때도 두 시간이 멀다고 잠에서 깨어나는 것이다. 속으로는 전립선 비대증이 나타난 모양이라고 혼자 추측하고 있었다. 나이를 먹어가니 많은 친구가 전립선

비대증 이야기를 했는데 나도 그런 증상이 나타나는 모양이라고 생각하고 참고 살다 겨울이 다 간 어느 날 무슨 바람이 불었나 비뇨기과를 찾아갔다.

소변 검사를 하고 피검사를 하더니 1주일분의 약을 처방해 주었다. 나는 궁금하여 이유가 무엇이냐고 물어보자 인상 좋은 의사는 웃으며 전립선은 아직 괜찮고 피에 이상이 있단다. 내 마음속에 내 피는 깨끗한 거로 알고 있기에 피에 무슨 이상이냐고 물었더니 속 시원히 대답은 안 해주고 피에 염증이 있어서 그러니 1주일 약을 먹은 다음 소변을 세 시간 참은 다음 와서 검사를 다시 해 보잔다.

1주일 약을 먹자 밤에 소변보는 것이 한차례 정도 줄었고 상당히 좋아진 기분이 들었다. 일주일 후 소변을 3시간 이상 참고 병원에 찾아가니 항문 초음파 검사와 소변 검사를 다시 했는데 초음파 검사도 이상이 없고 방광도 아직 버틸 만 하단다. 그러면서 다시 10일분이나 약을 처방해 준다. 그리고 10일 후에 다시 피검사를 하잔다.

또, 10일이 흘러갔다. 그동안 소변보는 것은 상당히 좋아졌으나 얼마나 좋아져야 다 좋아진 것인지 알지 못하니 병원을 찾을 수밖에 없었다. 다시 피검사를 한 결과 좋아졌단다. 나는 무엇이 좋아진 것이냐고 물으니 비대증 수치가 낮아졌단다.

바로 소변이 자주 마려운 것은 비대증 수치가 높았기 때문이란 것을 알게 된 것이다. 완전히 치료된 것은 아니지만 상당히 좋아졌으니 또 증세가 나빠지면 다시 오란다. 나는 비대증 수치를 낮추려면 어떻게 해야 하냐고 물었다. 그랬더니 의사는

마음의 변화

담배를 피우냐고 물어 끊은 지가 15년이 넘었다고 대답했고, 술은 많이 먹느냐고 물어 한 달에 한두 번 정도 마시는데 그때는 소주 2병은 마신다고 하자 운동을 많이 하냐고 물었다. 하루 25,000보 정도 걷는다고 했더니 걸음 숫자를 만 보 정도로 줄이란다. 허리를 강화하고자 걷고 또 걸었더니 너무 과하여 비대증 수치가 높아지는 결과를 만든 모양이다.

걷는 것을 줄인다고 생각하자 걸었던 시간을 활용하는 방법을 찾아야 했다. 그것이 내 새로운 일자리를 찾기 시작한 원인이 된 것이다. 운전을 좋아하니 운전을 이용해서 할 일자리를 찾다 아주 적당한 일자리를 발견하게 된 것이다. 바로 장애인 도우미로 아침과 저녁으로 장애인의 이동을 도와주는 일자리를 구하게 된 것이다.

참말로 사람 많이 변했다. 내가 생각해도 신기할 정도로 내 성격에 변화가 나타난 것이다. 예전 같으면 교장 체면에 '뭐 장애인 활동 도우미를 해' 하며 펄쩍 뛰었을 것이나 TV를 통해서 봉사하는 사람들을 보니 나도 못 할 것 없다는 생각이 들었다. 보수는 아주 적으나 돈이 있어야 하는 사람도 아니고 아침 새벽에 운동하고 아침 먹고 도우미 일을 한 다음 나머지 시간은 농장 일을 하고 오후에 다시 도우미 일을 하면 하루해가 짧을 것 같다는 생각을 한 것이다. 그리고 그동안 내 마음속에 있는 권위와 체면의 카테고리에서 벗어나고 싶은 욕망이 살아난 것이다. 이렇게 변하기까지 걸린 시간이 장장 8년이란 세월이 흘렀다.

퇴직하고 한때 점잖게 혼자 고독을 즐기며 살겠다고 머리 염색에서 벗어나 완전 백발 머리를 한 채 4년을 살아 보니 스스로 마음에서 늙었다는 생각만 들고 내 생활이 점점 위축되는 것 같은 느낌을 받아 머리를 다시 새까맣게 염색을 했다. 그러고 나니 다시 내 몸에 활기를 느낀다는 것도 깨달았다. 그래서 이번에는 외모의 변신만이 아니라 마음의 변신도 해 보자는 의미에서 일해 보자고 결심했는지도 모르겠다.

잘 해낼 수 있을까? 하는 마음의 부담도 있었지만, 70년이 넘는 세상살이를 한 사람이 두려울 것이 무엇이 있겠느냐? 하는 생각에 언제부터인가 마음에도 여유가 생겨 전에는 하지 않던 말도 곧잘 조잘대는 사람으로 변한 것이다. 이런 마음의 변화는 나에게 용기를 주어 대부분이 여성들로 구성된 '활동 지원사 교육'을 받은 다음 오늘 처음으로 일을 시작하는 날이 된 것이다.

오늘도 평상시와 똑같이 새벽에 일어나 아침 운동을 나갔다 왔다. 겨울이 다 간 줄 알았더니 아직 늦추위가 있는지 제법 쌀쌀했다. 열심히 두 시간 가까이 걷기도 하고 천변에 있는 헬스 기구에 붙어 운동하고 집으로 들어오면서 현관문을 열자 집안에서 맛있는 음식 냄새가 코에 진동한다.

"서방님 첫 출근이라고 맛있는 밥상을 차리나 봐."라고 웃으며 마나님에게 익살을 부리자

"그려. 그동안 놀고먹는 것이 안쓰러웠는데 일을 한다니까 좋아서."라고 농으로 응수하는 70 먹은 할망구가 사랑스러워 보였다. 얼마 남지 않은 나머지 인생 이것저것 눈치 보지 말고 어깨를 활짝 펴고 하고 싶은 것 마음껏 하고 당당하게 살다 가

야지 하는 생각을 하며 아침밥을 맛있게 먹었다.

꽃길

진달래(꽃말: 절제, 사랑의 즐거움)

4월 초 이른 새벽 산책을 하고 집으로 돌아오는데 천변에 화사하게 핀 벚꽃이 나를 유혹한다. 뒷주머니에 넣고 다니는 핸드폰을 꺼내 한 컷 담는데 옆을 지나가던 아가씨도 한 컷 실례를 한다.

아마 사람의 마음은 늙으나 젊으나 다 똑같은 모양이라는 생각이 들었다. 활짝 핀 벚꽃을 넋 놓고 바라보다가 문득 자연의 아름다움이 새삼스럽게 느껴진다. 저렇게 아름답게 핀 벚꽃이 며칠이나 갈까 하는 생각 속에 지난날 내 모습이 떠오른다.

벚꽃의 화사함을 느끼면서 자연의 사계절을 생각해 보니 어쩌면 우리네 인생살이와 같다는 생각이 들었다. 봄에 새로 움트는 새싹 모습은 고사리손 같은 아이의 앙증맞은 모습이요, 나뭇가지마다 푸릇푸릇 돋아나는 신록은 천진난만한 유년기 모습이고, 싱그럽게 우거진 신록은 꿈 많은 청소년기의 모습이 연상되었다. 그리고 짙푸른 녹음은 힘이 넘치는 청년기요, 누릇누릇 익어가는 가을의 모습은 세상 물정 다 파악한 장년기의 모습 같았다. 그러다 보니 을씨년스런 겨울은 해 저물어가는 저녁노을 같은 내 모습이라는 생각이 들자 쓸쓸한 미소를 짓게 한다.

　자연의 아름다움에 취하다 보니 지난날의 나의 모습이 떠오른다. 아무런 생각 없이 철모르고 나대던 초등학교와 중학교 시절이 내 인생의 봄이라는 생각을 하니 그리 아름다운 추억이 되지 못했다. 6·25의 쓰라린 상처 속에서 보낸 초등학교 시절이나 가난에 허덕이며 살았던 청소년기가 모두 가슴앓이 하던 추억으로 남아있다.

　나의 소년기는, 봄날처럼 화사하여 살겠다고 생각하면 갑자기 북풍에 휘몰아치는 눈보라와 한파가 오고 가는, 2월이나 3월같이 불안한 소년기로 기억되었다. 생활이 어려워 부모님이나 이웃들의 눈치를 살피며 기를 펴지 못하고 학교에서도 친구의 눈치를 살피며 살아온 기억으로 남아있다.

　그러다 사회가 발전하면서 운 좋게 중학교와 고등학교를 진학하고 책을 좋아하게 되면서, 사고 의식이 점점 넓어지자 내 인생의 꽃을 피우기 위하여 욕망을 부려보던 청년기로 자연으로 말하면 4~5월이 아니었나 생각이 들었다. 어려운 생활이었지만 남들이 부러워하던 대학이란 문턱도 넘어보고 오로지 내 꿈만을 위하여 열심히 공부하던 시절도 있었으니 얼마나 축복받은 생활이었나 싶었다.

　그러다 취업을 하여 내 마음껏 교단에서 누렸던 행복은 녹음이 우거진 6, 7, 8월 같다는 생각이 들었다. 교사로 중학교와 고등학교를 넘나들면서 나에게 주어진 일들을 책임감 있게 욕심을 부리며 학생을 지도할 때는 아무런 고민이 없었다.

　학교에서는 학생들로부터 인기투표에서 제일 높다는 소문

이 들려오고 내가 가르치던 과목은 학력고사에서 상위권을 유지하고 있었다. 많지 않은 월급이지만 돈에 크게 구애받지 않고 가정을 꾸려나가면서 알뜰한 집사람의 살림 수단으로 재산도 조금씩 부풀려가던 시절은 분명 한여름의 우거진 녹음의 계절이 아니었던가?

이렇게 짙푸르던 녹음이 결실을 보아 풍성한 가을을 맞이하는 것이 아닌가? 나에게도 남보다 몇 년이나 늦게 시작한 교직 생활이었지만, 교감도 하고 교장도 했다. 그리고 아이들도 다 출가하여 자녀를 두고 잘살고 있으니 결실의 계절인 가을의 아름다운 단풍보다도 더 아름다운 내 장년의 삶이라고 자부하고 싶어진다. 그러나 이렇게 허풍을 떨고 있지만, 자연의 아름다운 단풍 속에서도 제대로 물들이지 못하고 낙엽이 지는 잎사귀가 있듯 나에게도 전혀 아픔이 없는 것은 아니다.

가을이 지나면 모든 것을 벗어버린 앙상한 나무와 같이 나에게도 사회의 모든 책임을 벗어 버리고 이제는 새로운 세계로 가기 위한 준비로 수양을 쌓기 위해 고독을 즐기며 혼자의 세계를 외롭지 않게 살려고 오늘도 자연을 벗 삼아 산책을 즐기는 것이다.

누구를 의식할 필요도 없고 무엇을 두려워할 것도 없으니 눈길 닿는 대로 바라보고, 보이는 대로 생각하며 지난날을 회상해 보면서 살아가는 내 모습이 휘몰아치는 강풍에도 아랑곳하지 않는 겨울의 고목으로 변해가고 있다는 생각이 들었다.

이렇게 내가 살아온 지난날을 회상해 보니 봄날에 활짝 핀 벚꽃같이 화려했던 시절이 곳곳에 숨어있다는 것을 느끼게 했다. 초등학교 6학년 시절, 중학교에 가고자 할 때 남들의 비웃음을 받고 살던 내가 당당히 높은 경쟁률 속에 치른 입학시험에 합격하여 중학교 현관에 붙어있던 합격자 명단의 내 이름을 보고 좋아서 껑충껑충 뛰며 냇물을 건너뛰던 그 기쁨은 지금도 가슴을 설레게 하는 감동으로 남아있다.

그 후 어렵게 몇 년을 거친 노력 끝에 들어간 대학 생활은 내 인생 꽃길의 시작이 아니었던가? 그러나 내 인생에서 가장 아름다웠던 꽃길은 교사 시절이라는 생각이 들었다.

그중에서도 가장 아름다웠던 시절은 나이 30대 초반으로 속초에 있는 여자고등학교에서 근무할 때가 눈앞에 활짝 핀 벚꽃같이 화려했던 것 같았다. 가정을 예쁘게 꾸려주는 현모양처와 유년기의 세 딸 재롱을 바라보며 아담한 연립주택에서 아무런 근심 걱정 없이 살았던 때라는 생각이 들었다.

학교에서는 담임 중의 담임이라고 하는 고등학교 3학년 담임에다 나이 어린 부장이란 직책까지 맡고 있었으니 더 부러울 것이 무엇이었겠는가? 학교에 출근하면 착하고 예쁜 학생들이 잘 따라 주고 집에 오면 귀여운 딸들의 재롱 속에 하늘 같이 받들어 주는 집사람이 있었으니 몸은 조금 고되고 업무는 많았지만 아무런 고민이 없는 생활이었으니 이보다 더한 행복은 없었을 것 같다는 생각이 들었다.

활짝 핀 벚꽃에 취해 아름다웠던 지난날을 추억하며 지금의 나를 되돌아보니 아무런 근심 걱정이 없다. 자연을 벗 삼아 이야기하고 노래하며 사는 이 순간이 활짝 핀 벚꽃만큼 아름다움을 간직하고 사는 내가 아닐까? 행복이란 바로 지금처럼 근

심 걱정 없는 인생의 꽃길을 걷고 있는 내 생활이라는 생각에
미소를 지어본다.

눈 위의 그림자

라일락꽃(꽃말: 우애)

살짝 눈이 쌓인 어느 추운 겨울날 아침을 먹고 집에서 웅크
리고 있으니 아침 운동 겸 겨울 풍경을 감상하자고 산책길에
나섰다. 아무런 생각 없이 열심히 걷다 보니 길 위에 소복이
쌓인 눈 위에 아무런 흔적이 없는 것이 너무 아름답고 깨끗해
보여 핸드폰을 꺼내 들었다.

이곳저곳 풍경을 담다 보니 내 발아래 형체 아닌 형체가 눈
에 들어왔다. 그곳에 폰카를 대고 보니 또 하나의 풍경이 나타
났다. 알고 보니 그것은 내가 만들어낸 예술품이란 것을 깨달
았다. 내가 움직이는 대로 똑같이 연출하는 나의 형상 그림자
가 하얀 눈 위에 연출되는 무대였다.

세상의 지저분함이 보기 싫어 하얀 눈으로 색칠을 해준 자연
에다 내가 새로운 형체를 만들어 놓은 것이다. 그 형체를 만든
것은 자연의 힘을 빌려서 내가 만들어 낸 것이 아닌가? 물끄
러미 바라보며 생각해 보니 대자연의 아름다움과 그 속에 존
재하는 나의 아름다움이 뇌리를 스쳐 간다.

존재하는 것 같으면서도 존재하지 않는 것, 잡힐 것 같으면

서도 잡히지 않는 것, 분명히 보이는데 존재하지 않는 것, 실상(實像)인가 허상(虛像)인가 알 수 없는 것이 그림자인 모양이다.

그러다 보니 내가 연출해 낸 것이 그림자인데 이 그림자가 실상인지 허상인지 만들어 낸 사람이 알 수 없다면 나를 연출한 존재가 나를 볼 때 실상으로 보는지 허상으로 보는지 알 수가 없다는 생각이 들었다.

내가 실상으로 보인다면 존재하는 존재일 것이고 허상으로 보인다면 존재하지 않는 존재가 된다. 그렇게 생각하니 그림자를 내가 존재한다고 보면 존재하는 것이 되고 존재하지 않는다고 보면 존재하지 않는다는 것이 되는 것이다. 결국, 존재하고 존재하지 않고 하는 것은 내 마음에 있다는 뜻이 아니겠는가?

우리가 살아가면서 행복하다, 행복하지 않다고 하는 것도 결국 내 마음에서 정하는 것이요, 무엇을 하고 싶다 하고 싶지 않다는 것도 다 내 마음에서 결정하며, 가지고 아니 가지고도 내 마음이요, 모든 결정은 내 마음에서 이루어지는 것이라는 것을 알게 될 것이다.

그렇다면 이 세상에서 일어나는 일들을 모두 다 내 뜻대로 할 수 있을까? 생각해보니 그렇지는 않은 것 같다. 그림자를 어떤 형체로 만들 것인가? 하는 것은 내 마음이라고 하지만, 그 그림자를 만들고 아니 만들고는 나의 의지와는 상관이 없다는 것을 알게 되었다. 그림자를 만드는 데는 필수적인 조건을 갖추어야만 만들 수 있다.

즉 빛이란 것이 있어야 그림자를 만들 수 있지 빛이 없는데 내가 그림자를 만들고 싶다고 해서 만들 수는 없다. 그러고 보니 무엇을 하고 아니하고, 만들고 아니 만들고는 거기에 따른 필수 조건들을 갖춰야 할 수 있다.

우리가 이 세상에 태어나서 열심히 노력하며 사는 것도 이런 필수 조건들을 더욱 많이 갖기 위한 것이라는 것을 깨닫게 되었다. 무엇을 만들고 아니 만들고는 자기 마음으로 결정하는 것이 아니라 먼저 만들 수 있는 능력이 있느냐 없느냐가 우선 되어야 한다.

이처럼 만들 수 있는 조건을 다 갖추었을 때 자기가 하고자 하는 일을 할 수 있다는 것이다. 그렇지 않으면 무엇을 해 보고자 하는 것은 하나의 허황한 꿈에 불과하다는 것이다. 즉 필요 없는 허욕으로 고민과 갈등만 가져다줄 뿐이라는 것을 깨닫게 될 것이다.

하나의 허상에 불과한 그림자도 빛이라는 필수 조건이 있어야 하는데 실상을 만들어 내려면 허상을 만드는 것보다 더 많은 조건이 필요할 것이다.

그래서 우리 인간은 이런 실상을 만들기 위하여 무던한 노력을 하고 공을 들인다는 것을 깨달은 것이다. 나는 오늘 문득 눈 위에 있는 내 그림자를 바라보면서 자연의 아름다움에 흠뻑 취하면서 무한한 실체를 만들어 내는 인간으로 태어나고 살아온 것이 얼마나 행복한 존재인가? 새삼스럽게 느끼게 되었다.

닉네임

개나리꽃(꽃말: 희망)

　요즘 날씨가 예년과 달리 음산하고 추위가 오싹오싹 온몸에 기어드는 것 같다. 더구나 나잇살이나 먹고 보니 아무리 단풍이 아름다워도 시들어가는 가을도 싫은데 낙엽도 다 진 앙상한 겨울은 더군다나 싫다. 그런데다 늙은이 더 늙으라고 그런지 내 주변에서 일어나는 일들이 모두 내 생각과 다르다 보니, 칠십 평생 산 것이 잘못 살았나 하는 생각이 들기도 하고 한편으로는 아직도 나에게 욕심이 남아서 그런가 하는 생각도 든다.

　그렇다고 매사 짜증만 내자니 스스로 병들어 죽을 것 같고 그냥 잊어버리자니 성격이 허락하지 않는다. 며칠을 끙끙대며 고민해 보았지만, 결론은 늙은이가 못 본 체, 아니면 모르는 체해야지 별수가 없을 것 같다는 생각에 도달했다. 이런 상황에서 스스로 마음을 달래기 위해 지금까지 사용하던 내 닉네임을 바꾸기로 한 것이다.

　이제는 늙은이가 되어 죽을 날이 얼마 남지 않았으니 스스로 지는 해를 뜻하는 '낙조'라 고치기로 했다. 낙조는 강렬하지는 않지만 화려하면서도 추하지 않은 모습이 지금 내가 사는 모습이 아닐까 하는 생각이 들어서다. 깨끗하면서도 아름답고 추하지 않게 해가 지듯 조용히 가야지 하는 생각에서 스스로 노인네를 자청한 것이다.

그러다 보니 닉네임도 자신의 생활에 따라 바뀐다고 하는 생각을 하며 내 닉네임을 되돌아보았다. 닉네임이란 본래 우리말로는 어른들 사이에서는 자(字)나 호(號)라 불리었으며 젊은이들은 별명(別名)이란 말로 그 사람의 생김새나 버릇, 성격 따위의 특징을 가지고 남들이 본명 대신에 지어 부르는 이름을 말하는 것이다.

그런데 요즘 사회는 인터넷이 발달하면서 자기 본명보다 닉네임을 사용하는 경우가 많아졌다. 그 이유야 다양하겠지만 자기의 본명을 숨긴다든지 또는 자기를 멋지게 보이고 싶어서 나타나는 것이 아닌가 하는 생각이 들었다. 이런 닉네임은 별명이나 호와 달리 남이 만들어 주는 것이 아니라 자기가 만들어 사용한다는 것이다.

나에게 붙어 있던 별명을 되돌아보니 내가 살아온 길이 보이는 것 같았다. 초등학교 때는 '헤보[30]'라는 별명이 따라다녔는데 그때는 뜻을 잘 모르고 살았으나 지금 돌이켜 보니 바보라는 의미로 불린 것이라는 것을 알게 되었다.

그 이유는 내가 어렸을 때 집안에 사정이 있어 부모님이 타관에서 잠깐 남의 집 일을 봐주며 살았는데 그때 주인집 사람들에게 잘 보이려고 웃어주다 보니까 주인집 아이들이 붙여준 별명이란 것을 깨달은 것이다.

그리고 고등학교 때는 '아리랑'이란 별명이 붙어 있었다. 이 별명이 붙여진 것은 내가 담력을 키우기 위하여 럭비 선수에 들어간 적이 있는데 그때 내가 뛰는 모습이 아리랑 춤을 추는 것 같이 팔을 흔든다고 친구들이 붙여준 것이다.

30) 일본말로 잘 웃는다는 뜻으로 조금 모자란 사람을 일컫는 말

그러다 대학을 가기 위하여 대전에서 재수한 적이 있는데 고등학교 때 제일 친했던 친구가 내 집을 방문하면서 갑자기 '멍게'라고 불러 무슨 말인가 했더니 이 친구가 멍게 맛이 처음 먹을 때 씁쓰름하면서 맛이 별로나 씹으면 씹을수록 달짝지근하니 맛이 난다는 것을 알고 자기와 성격이 달라 종종 의견 대립이 있어 싸우지만 생각할수록 좋은 친구라는 생각에 붙인 것이라는 것을 알게 되었다.

그러다 학교에 나와서 여학교에서는 '오리 궁둥이'란 별명이 붙었는데 깔끔한 외모인데 수업할 때 교탁에 기대서 한다고 붙여진 별명이고 남자학교에서는 "빵"이라고 불리었는데 이는 시험을 볼 때 학생 개개인이 약속한 점수에 도달하지 못하면 종아리를 때리겠다고 약속해 놓고 전체 학생들의 점수가 좋다며 용서해 주던 것이 반복되다 보니 붙여진 별명이었다.

그러다 한동안 별명이 없었는데 10여 년 전 퇴직을 1년 남기고 퇴직 후에 취미 생활로 골프를 하기로 마음먹고 골프채 잡는 법만 배운 다음 혼자 컴퓨터와 TV를 보면서 연습한 적이 있었다. 그러다 보니 감히 필드는 나가지 못하고 젊은 선생님들과 같이 스크린 골프장에 종종 다니게 되었다.

스크린 골프를 치려면 게임을 하게 되는데 내 기록을 남기기 위하여 애칭을 사용하게 되었다. 이때 내가 좋아했던 '아리랑'이란 애칭을 사용하려니 벌써 다른 사람이 사용하고 있어 새로운 애칭을 만드는데 우리들이 흔히 사용하는 말들은 거의 다른 사람이 사용하여 독특한 애칭이 아니면 사용할 수가 없었다.

닉네임

그래서 만든 닉네임이 '시골 샘'이었다. 그 뜻은 중소도시에서 선생 노릇을 하고 있던 사람으로 시골 선생이란 뜻을 나타낸 것인데 사용하다 보니 시골 선생이란 표현보다 옛날 시골의 공동 우물이란 의미가 정감이 들어 블로그나 카톡의 닉네임으로 오랫동안 사용하게 된 것이다.

그런데 요즘 몸이 늙어지는 모양이다. 이는 물론 눈과 귀가 점점 망가지는 것 같은데 거기다 대고 현직에 있을 때는 별로 몰랐는데 퇴직하고 집에 들어와 보니 마나님의 잔소리가 보통이 아니다.

내가 하는 행동 하나하나 그냥 넘어가는 것이 없으니 서로 언성이 높아지는 날이 많아지기 시작했다. 되게 화가 날 때는 헤어질까? 하는 생각이 들기도 했다. 매스컴에 '황혼 이혼이 많다더니 이래서 그런가 보다'라는 생각이 들기도 했다.

그렇다고 내 주제는 이혼할 배짱도 못 되는 것 같았다. 체면과 자존심을 최고로 알고 살아온 인생인데 늙어서 이혼이라니 가당치도 않은 말이다. 결국, 모든 것을 침묵으로 일관하기로 마음먹었다.

그리고 집사람이 무엇이라 하건 상대를 하지 않기로 한 것이다. 이런 생활을 해 보니 전보다는 조금씩 나아지는 것 같다가도 얼마 지나지 않으면 다시 원래대로 돌아갔다.

이런 생활 속에서 참으며 살고 있는데 어느 날인가 해외에 나가서 사는 큰딸 녀석이 집에 와서 며칠간 있으면서 저희 어미와 같이 내가 하는 말에 한마디도 지지 않고 말대꾸를 했다. 내 딴에는 저희한테 좋은 말을 해 준다고 하는데 세대 차이인지 말대꾸다. 저희 세대를 이해 못 하는 노인네로 취급한다는 느낌을 받게 만든 것이다.

처음에는 화를 내 보았지만, 조용히 생각해 보니 화를 낼 필요가 없다는 것을 깨닫게 되었다. 저희가 잘 된다고 나에게 득이 될 것도 없고 모른 체한다고 나에게 손해 볼 것도 없는데 괜히 나서서 스트레스를 받을 필요가 없다는 것을 깨달은 것이다.

그래서 소리 없이 나 혼자 즐기며 살자는 의미로 서쪽으로 기우는 태양처럼 내 인생도 기울었다고 생각하며 이제는 가정의 문제나 자녀들의 문제에 대하여 나서지 말고 늙은이답게 조용히 살자는 의미에서 '낙조 인생'이란 닉네임을 사용하기로 했다.

그러다 낙조를 생각해 보니 눈부시게 강렬하지는 않지만 은은하면서도 황홀하게 비춰주다 소리 없이 사라지는 모습이 너무 아름답다는 생각이 들어 인생이란 말을 생략하고 '낙조'라는 닉네임을 사용하기로 한 것이다. 그리고 단순히 카톡에서만 사용하는 것이 아니라 내 명암에도 호(號)를 낙조로 고치기로 했다.

원래 나는 젊어서부터 호(號)를 일릉(日陵)이라고 만들어 사용하고 있었다. 일릉이란 의미는 '태양이 떠 있는 작은 동산'이란 뜻으로 어렸을 때 추운 겨울이나 봄에 햇볕이 쬐는 작은 동산의 잔디밭 묘 동에서 뛰어놀던 추억으로 다른 사람에게 따뜻함을 선사하면서 무엇인가 도움을 주면서 살겠다는 의미로 만든 것이다.

즉 따뜻한 마음으로 베풀면서 살겠다는 의미로 교사 생활을 할 때는 학생에게 도움이 되는 교육을 하고자 했고 교장이나 교감 때도 학교경영에서 이느 것이 학생을 위한 교육이고 어느 것이 선생님들이 학생을 지도할 때 도움이 되는가를 생각하며 살아왔다. 그런 사고 의식을 가지고 살다 보니 자연히 다른 사람들에게 친절을 베풀며 사는 사람이 되어 인상 좋은 사람으로 평을 받으며 살아왔다.

그러나 이제는 나도 모든 것을 놔야겠다는 생각을 가지며 강렬한 태양처럼 사회에 커다란 도움을 줄 수는 없지만 은은하니 아름다움을 선사할 수 있는 낙조처럼 살다 가자는 의미로 바꾸게 된 것이다.

뒤태

모란(꽃말: 부귀, 왕자의 품격)

참 아름답기도 하네!

이른 아침 산책길에 집으로 들어서는 아파트 담장 길을 따라 들어오는데 검은 바바리코트를 입은 아가씨가 옆을 스치며 지나간다. 언뜻 눈에 들어오는 모습이 집사람이 시집왔을 때 처음 보았던 모습같이 느껴졌다. 뒷모습에 나타난 생머리나 바바리코트에 감춰진 몸매나 다리맵시가 어쩌면 저리도 똑같을까? 굽이 높은 구두를 신고 일자 걸음을 걷는 모습마저도 똑

같다고 생각하다 문득 떠오르는 생각이 집사람에게 보여줘야지 하면서 저 멀리 지나간 아가씨의 뒷모습을 겁도 없이 줌으로 당겨 아무도 모르게 실례를 해 본다.

아름다운 모습도 한때이듯 인생의 삶도 한때인 모양이다. 바로 엊그제 같은 지난날들이 이제는 까마득한 옛날의 추억으로 변한 것이 아닌가? 젊은 시절 '너는 늙지 않을 것 같지?' 하던 어른들의 말이 이제는 내 말이 된 것이다. 그와 같은 젊은 시절 내 모습은 어떠했을까? 스스로 지난날을 되돌아보았다.

그러고 보니 우리 인생은 뒷모습이 아름다워야 한다는 생각이 들었다. 오늘날 매스컴에서 떠드는 정치인들의 모습을 듣다 보면 매스꺼움이 목까지 차오를 때가 자주 있다. 어쩌면 사람이 그리 없어 저런 비양심적인 사람을 국민의 대표자로 뽑아 줬을까? 하는 의문과 그런 사람을 뽑아주고 뒤에서 흉이나 보는 우리네 국민이나 시민은 어떤 수준의 사람인가 하는 생각을 해 봤다.

내가 이런 생각을 하는 것은 1960대 대학을 다닐 때부터 줄곧 가지고 있었던 생각이었다. 내가 학교에 다닐 때는 우리 사회가 학력 수준이 낮고 주민들의 의식 수준이 낮아 먹고 살기 위하여 그랬을 것이라고 이해하려 했으며, 나라가 발전하고 세월이 흐르면 교육열이 높은 우리나라 현실을 고려할 때 쉽게 의식 변화가 올 줄 알았는데 살아온 날들을 되돌아보니 늘 쳇바퀴가 돈 형상이 된 것 같은 느낌이 들었다.

오늘은 TV에서 전직 대통령의 재판 중계를 듣다 보니 다 알고 있던 이야기지만 뒷맛이 더 씁쓸하며 내가 살아온 사회가 아름답게 느껴지지 않았다. 어쩌면 우리네 인간들은 너무 자기중심적으로 사는 것이 아닌가 하는 생각이 들었다.

사회라는 것은 혼자 사는 것이 아니고 남과 더불어 살아가는 것이라 하여, 우리 사람을 인간이라고 말하지 않는가. 다시 말해 혼자 살 수 있는 것이 아니라 다른 사람과 더불어 살아가는 것이 인간인데 내가 사는 사회 사람들은 자기만을 위해 사는 고집스러운 이기주의적인 사람이 많이 사는 것 같았다.

그러다 보니 그 심리를 이용하여 양심적이고 유능한 정치인보다 지연이나 학연 및 혈연을 이용하는 약삭빠른 사람이 판을 치는 후진국 선거 형태에서 벗어나지 못하고 있다는 생각이 머릿속에 맴돈다. 어느 지역은 어느 당에 들어가야 만이 당선되는 악연이 벌써 몇십 년이 되풀이되는 이유가 무엇이며 도대체 언제 고쳐질까 하는 아쉬움이 서린다.

이를 근본적으로 지적하자면 쉬운 일은 아니지만 바르고 정직한 국민의 대표 선출을 국민 스스로가 포기해서 나타나는 일들이 아니겠는가? 하는 생각이 들었다. 다시 말해 작은 나의 이해관계로 더욱 큰 민족이나 국가의 이익을 생각하지 못하는 우리의 민도에서 나타나는 것이 아닐까? 하는 생각이 든 것이다.

그리고 국민의 대표라고 하는 의원이란 사람들도 자기 스스로가 국가의 한 기관이라는 인식을 갖지 못하고 자기가 속한 정당의 힘 있는 사람 눈치나 살피면서 자기의 소신을 펴지 못하고 힘 있는 사람에게 좌우되다 보니 국민을 위한 정치를 한다기보다는 자기 이익만 챙기는 정치를 하는 것이 우리나라 정치인의 모습이라는 생각이 들었다.

　이런 사람의 버릇을 고쳐주는 방법이 선거인데 선거에서는 주민들이 더욱 크고 깊은 생각을 하지 못하고 조그마한 자신의 이익에 눈이 멀어 지연이나 학연 및 혈연에 얽매이다 보니 계속 반복되는 현상이 아니겠는가?

　오늘날 민주주의 국가의 대명사로 알려진 영국이나 미국을 보면 어느 정당이 실정을 하면 다음 선거에서 가차 없이 바꿔 버리니 정치인이 소신으로 책임 정치를 하는데 우리나라는 과거에 어떤 범죄나 잘못이 있더라도 지난날 것은 잊어버리고 그를 또다시 뽑아주니 이런 악순환이 계속되는 것이 아니겠는가? 오죽하면 우리 민족을 '냄비 근성이 있는 민족'이라는 비유까지 나왔으며 과거를 잘 잊어버린다는 비아냥거리는 말까지 존재하게 되었을까? 하는 서글픈 마음이 가슴에 서린다.

　이런 생각 저런 생각을 하다 보니 사람은 뒷모습이 깨끗해야 오래오래 기억된다는 생각이 들었다. 예를 들어 이순신 장군이 전쟁에서 사망에 이르렀으니 뒤끝이 없어 두고두고 칭송을 듣고 있는 것이 아닐는지? 그런가 하면 유관순 열사나 안중근 의사 또는 김구 선생 같은 분들이 늦게까지 살아 있었다면 오늘날 우리에게 어떻게 기억되고 있었을까? 하는 생각을 해 보았다. 우리가 그분들을 칭송하는 것은 그분들의 뒷모습이 오로지 국가를 위하여 헌신하다가 돌아가신 분들이라 뒤가 없어 깨끗하고 아름답게 느껴져 더 추모하는 것이 아닌가 하는 생각이 들었다.

　운동선수도 전성기에 은퇴하면 많은 사람이 아쉬워하며 오랫동안 기억하는데 은퇴 시기를 놓쳐 쇠퇴할 때 은퇴하면 사람들에게 전성기 모습은 사라지고 쇠퇴한 때 모습만 기억에 남아 전성기의 화려했던 모습보다 은퇴할 때의 초라한 모습들만 기억되는 것도 이런 맥락에서 오는 모양이라는 생각이 들었다.

아무리 잘하던 선수도 세월 앞에서는 무너지게 되어 있는데 세월의 무게를 이기지 못하고 허덕이는 추한 모습을 보여주면 전성기 명예까지 자연스레 묻혀들어가는 것이 세상사인 모양이다.

멋지게 차려입고 젊음을 만끽하며 당당히 걷는 저 아름다운 여성분의 모습에 집사람의 아름다웠던 모습을 되새겨 보면서 앞으로 남은 내 인생도 추한 모습 보이지 말고 나 스스로 나를 관리하여 아직 조금이라도 남아있는 아름다운 내 모습을 간직한 채 조용히 살다 가야지 하는 생각이 머릿속에 맴돌았다.

걷는 것도 팔자인가?

백도라지(꽃말: 영원한 사랑)

오늘은 넋 놓고 걷다 보니 언뜻 걷는 것도 내 팔자가 아닌가? 하는 생각이 들었다. 지난날의 내 인생을 돌아보니 걷는 데는 꽤 일가견이 있었던 것 같았다. 아마 내가 최초로 장거리를 걸은 것은 여섯 살 때로 기억되었다. 나보다 세 살 많은 사촌 형하고 진안군 주천면에서 금산읍까지 걸어갔던 것이 지금도 기억이 생생히 남아있다.

여름 어느 날 사촌 형이 금산에 사는 외갓집을 데려다준다는 것이다. 어머니의 허락을 받고 아홉 살배기와 여섯 살 먹은 나는 자그마치 16㎞가 되는 외갓집을 향하여 땀을 뻘뻘 흘리며 길을 나선 것이다.

가는 도중 6㎞ 정도 떨어진 곳에 사촌 누나가 살고 있어 하루 저녁 자기는 했지만, 비포장의 신작로를 걷고 또 걸어 금산읍에 도착했는데 마침 그날따라 장날이라 시장통에 사람들이 꽤 복잡했다.

우리는 외갓집으로 가기 전에 먼저 시장 구경을 하다 사람들이 많이 모여 있는 얼음과자[31] 공장을 구경하다 형을 잃어버린 것이다. 촌놈이 최초로 얼음과자를 봤으니 신기하여 넋이 나갔던 모양이다.

나는 형을 잃어버리고 혼자 울고 있으니 누가 데려다주었는지는 모르지만 금산경찰서에 데려다줬다. 경찰서에서 마이크로 아이를 잃어버린 사람은 경찰서로 와서 찾아가라고 방송을 하는 소리가 지금도 내 귓가에 남아 있다. 순경 아저씨는 방송을 듣고 나를 아는 사람이 데리러 올 때까지 의자에 앉아 기다리는 말을 하고 자리를 비웠다.

그러나 평소 순경 아저씨를 무서워하던 나는 아저씨가 잠깐 자리를 비운 사이 아무도 모르게 경찰서에서 도망 나왔다. 외갓집이 큰 도로 옆에 있는 국수 공장 앞에 있다는 기억만 믿고 날은 저물어 가는데 큰 도로만 따라 걸었다. 얼마나 걸어갔나

31) 일명: 아이스께기

읍내 외각으로 빠져나와 장을 보고 가는 시골 아저씨를 졸랑 졸랑 따라간 모양이다.

늦게 알았지만, 그 길은 금산읍에서 금성면을 통하여 전주로 가는 길이었다. 시골 장꾼 아저씨는 해는 기우는데 졸졸 따라오는 나를 보고 어데 사느냐? 아버지, 어머니, 큰아버지, 외할아버지, 외삼촌의 함자는 무엇이냐? 등등 말을 시켰다. 나는 또박또박 대답했던 기억이 남아 있다. 그는 내가 귀여워 보였는지 친절하게 대해 주었다.

얼마를 걸어 고개를 넘어가더니 검문소[32]가 나왔다. 그는 나를 검문소로 데리고 가려고 하자 안 간다고 울며 버티었다. 그러자 검문소에 신고해놓고 자기 집으로 데리고 가 재워줬다. 그때는 전화가 관공서나 있고 시골의 일반 가정에서는 볼 수 없었다.

나는 그다음 날 외갓집에서 외할머니가 와서 데려간 사건이 있었다. 이 사건은 70년이 다 되어 가는데 지금도 내 머릿속에 남아 있다. 나이를 먹으면서 그 집을 한 번 찾아가 보려고 기억 속에 남아있는 언덕에 있는 도로에서 오른쪽으로 내려가면 집이 두 채가 있는데 그중에 오른쪽에 감나무가 있는 집이 선명하게 떠오르는데 집이 없어진 것인지 찾을 수가 없었다.

그리고 두 번째 장거리를 걸은 것은 초등학교 2학년이 끝나갈 무렵 겨울로 생각된다. 그러니까 여덟 살 때 겨울 여느 날 큰아버지와 같이 커다란 산 고개를 두 개씩이나 넘어 금산으로 이사를 온 것이다. 새벽밥을 먹고 큰아버지를 따라 주천면 용덕리에서 출발하여 금산군 남이면 하금리를 지나 진악산에

32) 한국전쟁의 휴전 직후라 곳곳에 빨갱이를 색출하기 위하여 설치한 곳

있는 수리미재를 넘어서 금산읍 음지리라는 마을로 이사를 온 것이다. 추운 겨울에 자그마치 14㎞가 되는 산길을 몸은 꽁꽁 언 채 새벽부터 걸어왔다. 지금의 내 머릿속에는 수리미재 정상에 올랐을 때 백부님이 산 아래에 있는 마을을 가리키며 저 마을까지만 가면 된다는 말에 '이제 살았구나.' 생각했던 기억이 남아 있다.

그다음 많이 걸은 것은 중·고등학교를 다니면서 20㎞가 떨어진 본적지에서 동생이 학교에 들어갈 때 필요한 호적 초본을 떼어 나른다던지 또는 동생이 태어나면 출생신고를 하기 위하여 당일치기로 다닌 기억들이 남아 있다. 아마 중학교 일학년 때부터 다닌 것 같았다. 그때는 버스가 하루에 두 번 정도 주천면을 지나는 버스가 있었지만, 돈이 없어 사람 대부분이 걸어 다니는 때였다.

중학생이 장장 왕복 40㎞를 당일에 다녀왔으니 지금 생각해도 이해가 잘 가지 않는다. 그때 걸으면서 먹던 영양갱이랑 과자와 바나나 우유 맛이 생각만 해도 입안에 침이 고인다. 그리고 종종 명절 때나 할아버지 제사 때면 아버지를 따라 16㎞나 떨어진 고향에 가곤 했으며 방학을 하면 큰집에 가서 사촌들하고 놀았던 기억들이 남아 있다.

그러다 1962년 가뭄에 흉년이 들어 고등학교 1학년을 채 마치지도 못하고 10월에 학교를 그만두어야 했다. 중학교 일 학년 때부터 꼴머슴을 했던 나는 학교를 그만두자 집안일을 돕는 농부로 변한 것이다.

겨울이면 낮에는 나무를 하고 저녁에는 머슴살이하는 친구

집에 찾아가 새끼를 꼰다든지 화투 놀이를 했으며 봄부터 가을까지는 농사일을 거들어 준 것이다. 특히 금산이란 곳은 인삼을 재배하는 고장으로 인삼밭을 꾸리기 위하여 사용하는 지주[33]와 말목은 산에 있는 나무를 잘라다 했기 때문에 산에 나무가 제대로 자랄 수가 없었다.

그러다 보니 나무가 무척 귀하여 나무를 하려면 도시락이나 누룽지 한 뭉치 싸서 가까이는 왕복 10㎞, 멀리는 20㎞를 넘게 가서 나무를 해 왔다. 나는 힘도 없는 것이 집에서 가까운 곳에 있는 검부적 나무는 하지 않고 잘 타고 화력이 좋은 싸리나무나 솔가지만 고집하여 남들보다 두 배 내지 세 배 먼 곳까지 가서 나무를 해 날랐다.

이유는 다른 사람들이 좋은 나무를 해 온다고 칭찬하는 소리가 자랑스러웠고, 어머니에게 불 떼기가 좋고 화력이 좋으면서 잘 타는 싸리나무나 솔가지 나무를 해다 드리기 위해서 고집을 부린 것이다. 그리고 집 앞마당 구석에 나뭇가리를 싸 올리는 것이 재미가 있었다. 지금도 내가 나무를 하러 다닌 수리미재, 보티재, 큰 먹뱅이, 작은 먹뱅이, 저승재, 장자골, 활골, 상금리 앞산, 건천리 뒷산, 솔밭, 역평리에서도 더 가는 600고지까지 이 골짝 저 골짝 안 가본 곳이 없으며 머릿속에 기억이 생생하다. 그러다 보니 죽기 전에 그곳을 한 번 더 가봤으면 하는 생각을 하고 있다.

이런 나무꾼이 어른이 되어 중·고등학교 교장까지 했으니 인생의 앞날은 아무도 알 수가 없다. 아마 나무꾼의 끈질긴 인내심이 오늘의 나를 만들어 준 모양이다. 학교에 근무할 때도

33) 일명 통대라고 함

몸이 비실이[34]이였지만 깡다구로 선생님들과 설악산이나 지리산을 헤매고 다녔으니 걷는 것이 내 천성인 모양이다.

이렇게 나에게 주어진 환경에 적응하면서 남보다 열심히 살아온 사람인데 막상 정년퇴직하고 나니 공허함을 느끼게 된 것이다. 이런 공허함을 이겨내고자 시작한 것이 취미생활로 어릴 때 싫어했던 농사에 취미를 붙이기 시작했다. 학교에서 퇴직하고 나니 특별히 할 일도 없고 부모님께 어깨너머로 배운 것이 농사일이라 농사를 지어보니 그리 재미날 수가 없었다.

노년의 내 취미는 '밭 가꾸기'로 하기로 마음먹었다. 그래서 현직에 있을 때 장만한 밭에다 컨테이너 하나와 창고로 사용하기 위하여 조그마한 비닐하우스를 한 동 만들어 놓았다. 그리고 삽 한 자루로 700여 평의 땅을 일구며 농사일을 시작한 것이다.

어릴 때 괭이자루를 잡으면 성을 간다고 맹세하며 아버지에게 혼깨나 나면서 공부했건만 나이 들어 밭을 가꾸어 보니 농사가 얼마나 재미가 있는지 모르겠다. 내가 재배한 작물은 논에서 나는 벼 재배만 빼고 밭에서 재배하는 작물은 거의 다 재배한다고 말할 수 있을 정도로 다양하게 재배했다.

농기구도 없고 시간을 보내기 위한 농법이니 생산물에 대하여 신경을 쓰는 것도 아니다. 잉여 농산물이 있으면 내가 사는 아파트 같은 라인 현관에 가져다 놓고 드실 분은 가져다 드시라고 종이에다 '이 농산물은 농약을 사용하지 않은 농산물이니 필요하신 분은 필요한 만큼 가져다 드시기 바람'이라고 적

---

34) 키 178cm, 몸무게 62kg 정도

어 놓으면 언제 없어졌는지 모르게 없어지는데 흐뭇함을 느끼기도 하고, 어쩌다 마나님이 몇 푼 받고 아는 분에게 팔아오면 신기하기도 했다.

내가 거름을 넣고 땅을 일구어 씨앗을 드린 곳에 파릇파릇 올라오는 작물의 새싹을 바라보고 있으면 하루해가 언제 갔는지 모르고 지나간다. 꽃이 피고 열매가 맺혀 수확하는 재미는 학교에서 학생들을 가르치는 재미에 못지않게 재미가 있었다.

그런데 고집은 있어 내 인내력을 테스트해 보겠다고 어렸을 때 부모님들이 지으시던 농사일을 어깨너머로 보아둔 실력으로 야채는 물론 콩과 깨 및 수수 농사를 지어 도리깨질하면서 사는 내 인생이 신기도 하고 나름대로 재미도 있었지만 결국 쓰러지고 만 것이다. 허리에 탈이 붙은 것이다. 참고 참으며 고집을 부리다 더 버틸 수 없어 한의원을 찾아가 침을 맞으며 계속 일을 하는데 통증이 가라앉지 않고 점점 기어 다니는 일이 많아졌다.

내가 쓰러진 것은 지난가을에 새로운 흙을 받아 복토한 밭에 거름을 내기 위하여 손수레를 60여 차례나 밀고 다녔다. 그런데 거의 마지막쯤 되었는데 거름을 손수레에 퍼 올리다 '아이코' 하면서 쓰러지고 말았다. 얼마나 주저앉아 있다가 통증이 조금 가신 후 일어나 쉬었다 집사람의 도움으로 병원을 찾아갔던 것이다.

결국, 병원을 찾으니 척추 협착증에 디스크 파열이라고 했다. 나는 디스크 파열이란 말에 겁이 나 그 즉시 시술을 받고 집으로 돌아왔다.

참 신기한 것은 시술을 받고 나자 아프던 허리가 하나도 아프지 않았다. 그러나 사후 관리를 잘못했는지 시술 후 3일 정도 지난 후 약간의 통증이 있어 병원에 가서 여자 의사로부터 척추에 통증클리닉 주사를 맞았다. 그런데 주사 맞는 순간 신경을 잘못 건들은 것인지 따끔하더니 그날로부터 척추가 왼쪽으로 휘어지는 현상이 나타났다.

그 후 시술받은 병원에 가서 물리치료와 허리 교정 치료를 받아보았으나 효과가 없는 것 같아 유명하다는 한의원이나 척추교정센터 등을 찾아다니며 치료를 받게 되었다. 이때 한의원에서 침으로 허리를 잡아주면 고집불통이라 그런지 시술해 준 의사가 운동해도 괜찮다고 말했다고 골프와 헬스 운동을 열심히 한 것이 화근이 된 것을 뒤늦게 깨달았다.

그래서 결국 시술 후 8개월 만에 다시 유명하다는 대전에 있는 척추 병원에 찾아가 다시 수술을 받게 되었다.

수술을 받은 후 문진하는 의사에게

"박사님 내가 다시 척추 수술을 받지 않으려면 어떻게 해야 할까요?"

"예, 환자님이 재수술을 받지 않으려면 허리 속 근육을 강화해야 합니다."

"속 근육 강화를 시키려면 어떤 방법이 있나요?"

"걷기를 꾸준히 하면 됩니다. 하루 만 보 걷기를 해 보세요."

"잘 알았습니다. 그리고 또 지켜야 할 것은 없습니까?"

"예 환자님이 지켜야 할 사항을 간호사를 통해서 유인물로 만들어 드리도록 하겠습니다."라고 대답하고 지나갔다.

그날 오후에 간호사가 A4용지에다 수술 후 지켜야 할 사항을 자세히 기록해 주었다. 그 내용은 3개월간 앉지 말고 서서나 누워서 생활하고 매일 걷기를 꾸준히 하여 척추에 붙어 있는 속 근육을 단련시키라는 것이었다.

나는 병원에서부터 허리에 피 주머니와 무통 약병을 차고 병실 복도를 새벽, 아침 먹기 전·후, 점심 전·후, 저녁 전·후, 자기 전 등 하루 일곱 차례를 걷기 시작하였다.

그때 걸은 하루 걸음 숫자가 적어도 8,000보 이상이 되는 것으로 알고 있다. 내가 걷는 것을 보고 척추 수술 환자들이 너도, 나도 따라서 하다 보니 식후에는 병실 복도에 걷는 수술 환자들이 북적대는 현상이 나타났다.

퇴원 후에도 처음에는 아파트 주변을 시작으로 오전과 오후로 나누어서 일만 보 걷는 것을 계속하다 어느 정도 허리가 튼튼해지자 새벽이나 오전, 오후 등 계절에 맞추어 만 보 이상 걷는 것을 생활화하였다. 명절이라고 쉬지도 않고 여행을 가도 걸었으며 그렇게 시작한 것이 만 7년이 넘었다. 지겹게도 독하게 걸었다. 하루 만 보씩 30년을 잡고 일억 보를 걷겠다는 것이 내 노년의 새로운 생활 목표라고 계획을 세우고 실천하고 있다.

이렇게 걷다 보니 해외여행을 가서도 새벽에 걷다가 터키에서는 굶주린 개한테 혼쭐이 난 적이 있고, 스페인에 가서는 새벽에 걷는데 길가에 버려진 핸드백이 눈에 띄어 불량배들이 있지 않나 겁을 잔뜩 먹기도 했다. 하긴 호찌민에 사는 딸네 집에 가서는 오전에 만 삼천 보, 오후 만 삼천 보씩 매일 2만

6천 보씩 한 달 동안 걷다 보니 더운 줄도 모르고 시간이 잘도 흘러간 적도 있다.

이렇게 시작한 하루 만 보 걷기를 생활화하면서 만 1년이 지나자 허리에 힘이 생겨 농사일은 말할 것도 없고, 등산하는 데도 50~60대 때보다도 힘을 들이지 않고 산행을 하였다. 그러다 보니 걷는 것이 재미가 나, 3년 차부터는 매일 걷는 걸음 숫자를 책상 달력에 기록하고 토요일이면 1주일 동안 걸은 걸음 숫자를 기록하고 다시 월말과 연말에 통계를 내는 사람이 되었다. 그러다 보니 새벽이든 낮이든 하루에 2시간 이상은 꼭 걷는 사람이 된 것이다. 그렇게 걷다 보니 점점 재미가 붙어 4년 차부터는 하루 평균 2만 보에서 2만 5천 보 가까이 걷는 사람으로 변했다.

이렇게 걷다 보니 어떤 때는 새벽 일찍 산책하면서 머릿속에 떠오르는 생각이 내 인생은 걷기 위하여 사는 인생인 모양이라는 생각이 들었다. 어제는 지리산 등산로에서 험하다는 피아골 계곡을 새벽 일찍 마나님과 함께 천안에서부터 손수 차를 운전하여 8시간이나 산행하고 왔으니 늦잠도 잘만하건만 매일 아침 2시간씩 걷는 것을 실천하기 위하여 새벽 5시에 산책을 나서는 사람이니 그런 생각이 들 만도 했다.

퇴직 후 내가 왜 사는가?

더 살 가치가 있는가?

그저 밥만 치우는 노년의 인생이 인생인가? 하는 의문이 종종 드는데 이런 생각을 하던 중 문득 내가 지금 사는 이유는 걷기 위해서 사는 것이 아닌지? 하는 생각을 하게 된 것이다.

특별히 할 일도 없고 아이들도 다 성장하여 분가해 나갔으며 지금 하는 일이라고는 늙어가는 두 늙은이가 서로 얼굴만 쳐다보고 사는 것이 인간이 사는 의미인가? 하는 의문이 들 때가 종종 있다.

이런 생활 속에 매일 쉬지 않고 걷기에 몰두하다 보니 내가 사는 이유가 '걷기 위해 사는 것이 아닌가?' 하는 생각이 들었으며 오로지 걷기만을 위하여 사는 느낌을 받게 된 모양이다. 그러나 한편으로는 걷기만을 위하여 사는 인생도 나름대로 즐거움이 있지 않을까? 하는 생각이 들었다.

죽는 그 날까지 아프지 않고 건강하게 살기 위하여 걷기만 하는 노년의 인생 목표도 나쁘지만은 않을 것 같다는 생각을 가지며 앞으로 내 인생 목표는 죽는 그 순간까지 걷는 것으로 정하자는 생각을 가지게 된 것이다.

이렇게 걷다 보니 허리가 튼튼해져서 그런지 젊었을 때 그리도 쩔쩔매며 오르던 지리산도 별로 힘들이지 않고 오르는 사람이 되었고 히말라야의 안나푸르나 베이스캠프까지 트레킹을 하기도 했다.

지난해부터는 75살이나 된 늙은이가 부산에서 강원도 고성 통일전망대까지 펼쳐진 트레킹코스인 해파랑길을 완주하겠다고 도전하여 매달 둘째 주와 넷째 주 일요일이면 트레킹에 나서는 반 미친 사람이 되어버렸다. 지금 16코스를 통과했으니 2년 후면 끝날 것으로 본다.

올해도 역시 하루 2만 보 이상 걸어 칠백 오십만 보가 넘게 걷는 것이 목표인데 무리는 아닐지? 혹시 늙은이의 어리석은 자만일는지 모른다고 생각하면서 오늘도 열심히 걷고 또 걷는다.

아마 내가 사는 이유는 걷기 위해 사는 인생인 모양이라는 생각을 가지며 무념 속에 걷고 또 걷는다. 그러다가 보면 지난날의 아름다웠던 추억도 머리에 머물다 가고 집에서 내가 해야 할 일도 저절로 떠올라 처리하게 되며 고민이란 남의 이야기가 되는 것이다. 걷다가 아름다운 사물이 눈에 띄면 핸드폰 카메라에 담고, 글귀가 떠오르면 핸드폰에 메모했다 집에 와서 블로그에 정리하다 보면 하루의 해가 왜 이리 짧은지 모르게 지나간다. 이런 것이 노년의 행복이 아닌지 하는 생각이 들기도 한다.

무관심

고구마꽃(꽃말: 행운)

무관심(無關心)이란 어떤 대상에 대하여 끌리는 마음이나 흥미가 없음을 나타내는 말이다. 그러나 우리들이 살아가면서 간혹 무관심이 최고 관심이 되는 경우가 있다. 다시 말해 내가 어떤 사람에 대하여 지나치게 관심이 있는데 상대방에서 반응이 없을 때 반응을 보이게 하려고 무관심하게 보이는 행동을 한다는 것이다.

사회라는 것은 공동생활을 하는 사람들이 조직화한 집단을 말한다. 이런 사회에 필요한 것이 자유와 평등이다. 여기서 자유란 개인의 자유를 최대로 보장하면서 남에게 피해를 주지 않는 범위 내에서 행동해야 진정한 자유가 되는 것이지 남에게 피해를 주면서 하는 행동은 자유로운 행동이라고 말할 수 없다. 왜냐면 다른 사람도 그와 같은 행동을 하면 내가 피해를 보기 때문에 서로 상충하여 진정한 자유를 누릴 수 없기 때문이다.

이처럼 진정한 자유란 자기 마음대로 하는 것이 아니라 다른 사람에게 피해를 주지 않는 범위 내에서 자기 마음대로 하는 것을 뜻한다. 즉 자기 마음대로 하는 것은 자유를 넘어 하나의 방종이 되는 것이다.

그러나 우리는 사회생활을 하다 보면 자신도 모르게 자유를 넘어 방종 생활을 할 때가 많이 있다. 이것을 고치기 위하여 개인의 행동을 규제하는 각종 규범이 나타나게 된 것이다. 그렇다고 규범을 너무 엄격하게 지키다 보면 우리가 사회생활을 하는데 위축되어 마음대로 살 수 없는 경우도 나타난다. 그래서 적절한 범위 내에서 규범을 지키며 살아가는 것이 인간사회이다. 이런 때 엄격한 규범을 적용하기보다는 관심이나 무관심을 이용하여 해결하는 경우가 종종 있다.

내가 학교에서 근무할 때 내가 맡은 학급 학생을 지도하면서 간혹 무관심 법을 사용하기도 했다. 어느 학생이 남에게 보이기 위하여 관심법을 사용하고 있는지는 모르지만, 문제행동이 계속될 경우 문제행동을 고쳐주기 위하여 다각적으로 노력해도 고쳐지지 않는 학생이 간혹 나타난다.

이럴 때 그 학생에 관하여 관심이 없는 것 같은 행동을 하여 스스로 깨닫도록 하는 방법이다. 그러나 이런 무관심이 너무 과하거나 장기간 계속되면 따돌림이 될 수도 있어 적절하게 조절할 줄 알아야 한다. 이때 사용되는 무관심은 최고의 관심이 내재하고 있다는 것을 알고 사용해야 한다.

요즘 젊은 세대의 가정에서는 대부분 자녀를 하나둘씩 두고 있는데 그러다 보니 내 자녀에 관한 관심이 너무 지나쳐 아이들의 습관이나 버릇이 나빠지는 경우가 종종 있다.

이런 아이들은 학교에서 부모님 관심이 지나쳐 선생님이 아이 교육을 하는데 오히려 방해를 받는 경우가 있다. 부모님이 너무나 아이를 오냐오냐 키우다 보니 아이의 개성을 키우는 데는 도움이 될지 모르지만, 도가 넘어 다른 사람에게 피해를 주는 경우가 발생하는 것이다. 이런 학생에 대하여 선생님들은 다른 학생에게 피해가 가지 않게 하려고 세심한 배려를 하는데 잘 고쳐지지 않는 경우가 있다.

그리고 잘못하면 부모로부터 오해를 받는 경우도 있어 다른 학생에게 피해도 주지 않고 부모에게 오해도 받지 않으면서 학생이 스스로 깨닫도록 지도할 때 간혹 무관심 법을 사용하기도 한다.

그리고 가정에서 자녀 교육에도 정도에 맞는 무관심은 관심보다 훨씬 효과가 있을 때가 있다. 즉 아이들이 하는 행동을 일일이 간섭하는 것보다 자율적으로 하게 놔두면서 잘못된 점만 바로 잡아주면 된다는 것이다. 옛말에 "방 청소를 하려고 빗자루를 잡는데 부모님이 방 청소하라면 빗자루를 내던지고 나가버린다."라는 말과 같이 잔소리를 할 때가 있고 해서는 안 될 때가 있다는 뜻이다.

그런데 요즘 내가 늙은이가 되어서 그런지 말이 많아졌나 식구도 그렇고 아이들도 내 이야기에 시큰둥하니 전혀 먹혀들지 않는다. 혹시 잘못된 말을 했나 되짚어 봐도 당연한 이야기를 한 것 같은데 알 수가 없다. 이것이 한 번 두 번 쌓이다 보면 나도 모르게 스트레스를 받는 경우가 있다.

이때 생각한 것이 혼자 외로워지는지는 모르지만, 무관심 법을 사용해 보기로 한 것이다. 아이들이 오건 말건 집사람이 무어라 하든 말든 관심을 보이지 않고 '소 닭 쳐다보는 식'으로 살기로 한 것이다.

70 평생 살면서 다양한 경험으로 다져진 내공을 자식들이나 손자 녀석들에게 전수하고 싶은데 받아들이기는커녕 하나의 '꼰대'로 취급해 버리는 사회 풍조에 스스로 스트레스를 받을 필요가 없다고 마음에 위안으로 삼아 본 것이다.

그리고 고요하고 아름다운 빛을 발하며 조용히 석양으로 살아지는 낙조처럼 빙그레 웃으며 살다 가는 것이 행복한 노인네 삶인 모양이라는 생각을 해 본다. 이제는 내가 할 수 있는 일이 무관심 법이 아니라 무관심으로 살다 가는 것이 옳은 것 같다고 생각하면서 오늘도 혼자 속앓이를 달래 본다.

배려

감자꽃(꽃말: 당신을 따르겠습니다)

봄이 되니 마음이 한결 가벼워져 모든 사물이 아름다워 보인다. 이 세상에 존재한다는 그 자체가 행복이고 사물을 감상할 수 있다는 것이 행복인 모양이다. 지나간 젊은 날을 되돌아보면 이런 시간을 가질 수 있다는 것을 생각하지 못했던 일들이 아닌가?

이 세상에 존재한다는 그 자체가 행복함을 느끼게 하고 눈에 보이는 모든 사물이 아름답게 보인다는 사실 하나만으로도 내가 이제는 늙었다는 것을 증명해 주는 것이라는 것을 깨닫게 했다. 모든 늙은이가 늙었다고 하면 싫어한다는데 나는 왠지 모르게 스스로 늙었다는 것이 절로 들어오니 늙은이 중에서도 꽤나 늙은이가 된 모양이다.

지난날을 되돌아보면 삼사십 대에 칠십 대 어르신을 보면 폭삭 늙은이로 보였으며 꽤나 오래 사셨구나? 했는데 내 나이 칠십 중반이 되었으니 왜 그렇지 않겠는가? 오늘은 한들한들 봄을 만끽하며 산책로를 걷다 보니 지난날의 추억들 속에 내 주변의 모든 것들이 더욱더 값지고 아름다워 보이며 내 삶이 얼마나 아름다웠나 스스로 체험하는 시간이 되었다.

집사람과 45년 동안 살면서 알콩달콩 사랑도 있었겠지만 얼마나 많은 날을 지지고 볶고 싸워 왔던가? 그러나 지금 생각하니 그 싸움이 우리 가정을 위한 배려의 싸움이었다고 생각하니 웃음이 절로 나고 내 몸에 엔도르핀이 절로 생성되는 기분이다. 우리가 사는 이 세상은 상대방을 배려하며 사는 사회가 아니던가?

분명한 것은 이 세상 모든 만물은 약육강식으로 이루어져 강한 자는 번식력이 어렵게 만들어졌고 약한 자는 번식력이 강하게 만들어져 강한 자가 약한 자를 착취하고 도륙해도 없어지지 않고 균형을 이루며 존재하게 되어 있는 것이 자연의 이치가 아니겠는가?

그러나 인간만은 이런 약육강식의 틀에서 벗어난 존재이다. 인간은 참 신기하게 만들어졌다. 모든 생물체는 종족 유지를 위해서만 수컷과 암컷의 존재 가치가 있는데 인간은 단순한 종족 유지를 떠나 사랑이라는 것을 스스로 만들고 느끼며 유지하는 존재가 아니던가?

이런 사랑을 만드는 것은 인간만이 가지고 있는 이성으로 배려할 줄 아는 존재이기 때문이란 생각이 든다. 40여 년간 우리 부부가 다투면서도 같이 사는 것은 서로를 배려하는 마음이 가슴속 깊이 간직하고 있기에 가능한 것이 아니겠는가?

세상의 이치는 모든 것이 상대성이 존재한다는 생각이 들었다. 어느 상인이 돈을 많이 벌었다면 누군가는 상인이 많이 번 만큼 손해를 보았다든지, 비가 내리면 우산 장사는 좋겠지만 아이스크림을 파는 사람은 울상일 수뿐인 없는 것이 자연의 이치이다. 이런 상대성 원리에 같이 존재할 수 있는 법칙이 배려의 법칙이 있기 때문이라는 생각이 들었다. 내가 조금 손해 보는 것 같으면서도 사실은 이익을 보는 것이 배려의 법칙이다.

즉 아름다운 꽃이 존재하는 것은 벌과 나비가 있기 때문에 종족을 유지할 수 있고, 벌과 나비는 아름다운 꽃이 있기에 꿀이라는 양식을 구하여 살 수 있는 것이 아닌가? 벌과 나비는 꽃과 서로 배려하면서 공생하는 것이다. 이처럼 사람도 우리라는 사회 속에 서로 배려하며 공존하는 존재라는 것을 깨닫게 한다.

이처럼 오늘날 내가 존재하는 것은 내 가족이 서로 배려해줘서 존재하는 것이요. 이웃이 있고 친구가 있고 사회가 있기 때문이며 더 나아가 나라가 있고 세계라고 하는 큰 틀이 있기에 우리는 행복을 만끽하며 사는 것이 아니겠는가?

그런데 우리는 간혹 이 배려를 잃어버리고 사는 경우가 있다. 즉 나만을 의식하다 보면 배려라는 것을 잃어버려 자신도 잃어버리는 잘못을 범하여 영원히 되돌릴 수 없는 상처를 입는 일들이 우리 사회에 종종 일어나고 있다. 바로 이런 것들이 사회에서 말하는 범죄라는 것들이 아니겠는가?

나는 잔디밭 동산을 지나며 자연의 아름다움을 만끽하면서 가족에 대한 고마움과 내 이웃 더 나아가 사회와 국가에 대한 고마움을 생각하면서 이 세상에 존재한다는 것이 얼마나 아름답고 고마운 일인가 되새기며 내 주변의 모든 것들을 배려의 마음으로 사랑해 보겠다고 생각하면서 봄의 따사로움과 햇살을 만끽해 본다.

사랑을 영원히 아름다움이라 ~~~~

배려는 사랑의 어머니라 ~~~

배려

배려하는 마음으로 이 세상에 머무르는 동안 살다 가리라.

빈말

상추꽃(꽃말: 나를 해치지 마세요)

낙엽을 밟으며 가을의 정취에 물신 취해 넋을 놓고 걷다 보니 지난날 추억들이 가을바람처럼 스쳐 간다. 내가 살아온 인생 70이 그리 짧은 세월이 아니라는 생각이 들며 아름답고 행복했던 추억보다는 고달팠던 추억이 더 많았던 것 같다는 생각이 들었다.

특히 어린 시절 6·25란 한국 동란을 거치며 살아온 세대라 1950~60년대 시골에서 초등학교와 중·고등학교를 보낸 가슴 아팠던 추억들이 풍전등화같이 가물가물 스쳐 갔다.

내가 어렸던 시절의 모습을 떠올리며 요즘 아이들 생활 모습을 비교해 보니 믿어지지 않는 외계의 세상에서 살다 온 사람 같다는 생각이 들었다. 얼마나 꾀죄죄하게 살아왔던가? 그런 세상에서 가난을 벗어나 보자고 발버둥 치면서 만들어 놓은 것이 오늘날의 대한민국이고 내 가정이 아닌가? 하는 생각이 들자 가슴 한쪽에 뿌듯한 자부심이 느껴지기도 했다.

이런 생각 저런 생각 하면서 걷다 보니 문득 '아니면 말고'라는 말이 떠올라 입 언저리에 웃음이 스쳐 갔다. 1960년대로 기억이 되는데 우리 사회에 '아니면 말고'라는 말이 고등학생들에게 하나의 유행어로 떠돌았던 적이 있었다. 이 말은 어느 친구가 말을 할 때 열심히 듣고 있는데 끝에 가서 하는 말이 '아니면 말고' 하면, 그 기분은 무어라 말할 수 없이 허전했다. 친구에게 우롱당한 것 같은 기분을 어떻게 표현해야 할까? 특히 남의 말을 잘 믿는 나 같은 사람은 멘탈이 더 크게 느낄 수 뿐이 없었다.

나는 중학교 때부터 책을 좋아하여 많은 세계 명작과 위인전을 읽어 봤다. 가난한 환경에서 열심히 일하시는 부모님의 바쁜 일손으로 부모님의 사랑을 크게 받지 못해서 그런지 나름대로 가난에서 벗어나 보자고 하는 욕망이 어려서부터 일찍 나타났는지 모른다는 생각이 들었다.

그리고 시골에서 자란 순박한 어린 시절을 보내서 그런지 거짓이 없는 정의로운 사회를 만들어 보겠다는 꿈을 늘 가슴에 품고 살아왔다. 그러다 보니 어떤 약속이든 약속을 하면 꼭 지켜야 하는 사람으로 상당히 오랜 기간 살아왔다.

그런 나는 아무리 친한 친구라도 약속을 세 번만 어기면 절대로 그를 친구로 인정하지 않는 습관이 생겨났다. 이런 성격의 소유자는 살기가 어려웠던 세상인데도 고집스럽게도 약속을 중하게 여겨 온 것이다.

해방 후 우리나라는 남을 별로 신뢰하지 않는 사회였나 보다. 그리고 시간관념이 별로 없어 시간 약속을 잘 지키지 않아 '코리안 타임'이란 유행어가 나타나기도 했던 때로 어찌 보면 약속이란 의미를 모르고 살던 사회였나 보다는 생각이 들었다.

이런 사회에서 약속을 철칙같이 지켜 온 나 같은 사람은 바보였는지도 모른다. 이런 나는 친구들의 말을 찰떡같이 믿으며 듣고 있는데 실큰 이야기해 놓고 '아니면 말고'라고 하니 맥이 빠질 수뿐이 없었다. 그러다 보면 다정했던 친구도 헛소리 몇 번 하면 자연스레 마음속에서 멀어지게 된 것이다.

그러다 군대에 가서 보니 입에서 나오는 말이 모두 다 믿기 힘들다는 것을 깨닫게 되었다. 특히 남자들이 술좌석에서 한 이야기는 거의 믿을 수 없었으며 군대에 있을 때 술좌석에서 한 말은 믿을 것이 10%도 안 된다는 것을 깨닫게 된 것이다.

1970년대는 오죽하면 "뻥이야"라는 말이 유행하기까지 했을까? 술을 마시면 자신도 모르게 너나 나나 대부분 큰소리를 치는 경우가 많았다. 즉 약속해 놓고 다음에 만나면 내가 언제 그랬냐는 듯 시치미를 떼는 사람이 대다수였다. 그러다 보니 술 마시고 한 이야기는 다 무효라는 유행어가 나오기도 했지만 나는 이런 것을 인정하지 못했던 사람이었다.

내가 젊은 시절에는 사업을 잘하려면 첫 번째가 술을 잘 마셔야 한다고 한 때가 있었다. 그 이야기는 사람들이 술을 마시면 기분이 좋아져 평소 같으면 하지 않을 약속도 잘하므로 어려운 문제를 해결하려면 술좌석을 만든 것이다. 이때 술이 상대보다 강해야 상대를 설득할 수 있다고 해서 술 잘 마시는 것을 자랑으로 여겼던 때도 있었다. 나는 이런 술좌석에서 한 약속도 꼭 지켜야 하는 사람이었다.

그런데 대부분 사람은
"술에 취해서 잘 모르겠는데"하며 약속을 지키지 않는 것이 대부분이다. 그러다 보면 그런 사람은 사람들 사이에서 믿지 못할 사람이라고 인식되어 사회생활을 하는데 자기도 모르게 점점 도태되는 것이 이 사회인데 대부분의 사람이 그것을 깨닫지 못하고 살아가고 있다. 이런 것을 아는 나도 어느 날부터 술을 마시면 큰소리를 쳐 놓고 자신도 모르게 약속을 지키지 않는 사람으로 점점 변해 가고 있다는 생각이 들었다.

내 나이 칠십이 지난 지 몇 년이 되었지만, 성격의 변화는 별로 없다고 생각했는데 지난번 어느 모임에 참석하여 기분이 좋았는지, 맥주에 소주에다 친구가 가져온 인삼주를 다른 사람들은 독하다고 피하는데 겁 없이 그라스로 몇 잔이나 받아 마셨으니 술을 잘한다고 해도 도가 넘었나 보다.

대리운전으로 친구 차를 타고 왔는데 탈 때 기억만 남아 있고 차 안에서 있었던 일은 사라져 버렸다. 그날 분명 집에 와서 친구에게 고맙다고 인사하려고 핸드폰을 찾으니 없어서 타고 온 차에 빠트린 모양이라 생각하고 친구에게 연락하여 차에 빠진 핸드폰을 식구에게 찾아오게 한 것은 기억이 있는데 같이 차를 타고 온 사람들이 언제 어디에서 내렸으며 차 안에서 무슨 이야기를 하고 왔는지 전연 기억이 없었다. 그리고 내가 몇 시경에 어디서 내렸는가도 기억이 나지 않았다. 그러나 신기한 것은 집에는 잘 와서 핸드폰을 찾은 것을 보면 꼭 거짓말 같다.

그러고 나서 며칠이 지난 후에 친구로부터 전화가 왔다. 오늘이 작년에 작고한 친구의 기일인데 공원묘지에 같이 가지 않겠냐는 전화였다. 나는 갑자기 받은 전화라 난감해하니 그는 지난번에 차를 타고 오면서 공원묘지에 내가 먼저 같이 가자고 약속을 했단다. 그래놓고 전혀 기억하지 못하고 있었다.

이런 것이 바로 실언이 되고 빈말이 되는 모양이라는 생각이 들었다. 살다 보니 이제는 나도 빈말이나 하는 늙은이로 변한 모양이라는 생각이 들어 입맛이 씁쓰름했다. 젊은 시절 유행했던 '아니면 말고'라는 말이 새삼스럽게 생각나며 이제는 술좌석도 조심해야겠다는 마음 다짐을 하며 깊어가는 가을 정취를 만끽하면서도 한 편으로는 세월의 아쉬움이 나를 서글퍼지게 한다.

삶과 죽음

땅콩꽃(꽃말: 그리움)

지난 11월까지 밭에서 1년간 재배한 농작물을 거두어들이는데 정신이 없었다. 해보지도 않은 농사일을 나이 먹어서 해보니 그리 쉽지만은 않다. 더구나 시대에 맞는 농기구를 사용하여 농사를 짓는 것도 아니고 재래식 농기구를 사용하여 노년의 무료함을 달래기 위한 농법이니 알만하지 않은가?

시간 나는 대로 삽이나 쇠스랑으로 땅을 파서 감자, 고구마, 참깨, 땅콩밭을 2~3백 평 일구어 농사를 짓고 나머지 600평은 트랙터로 로터리만 치고 밭이랑을 손수 만들어 콩과 깨 등 농사를 짓고 있으니 노인네가 그리 쉬운 일은 아니다.

특히 허리도 안 좋은데 쭈그리고 앉아 고구마를 캐고 땅콩을 캐는 데는 며칠이 걸렸으며 특히 서리태(검정콩)나 메주콩을 터는데도 도리깨를 만여 번은 더 두드린 것 같다. 힘이 들면 좀 쉬었다 하면 되건만 고집이 이를 악물고 누가 이기나 시합이라도 하는 듯 참고 일을 했는데 겨울이 되어 고작 한 달 정도 쉬고 나니 봄이 그립고 밭에서 농사짓던 때가 그리워진다.

정초 몰아치는 한파를 이겨 내겠다고 늙은이가 마스크를 하고 털모자에 두꺼운 오리털 잠바를 입은 채 새벽 산책하러 나가 두어 시간 열심히 걷고 아침 식사를 한 다음 집에 있자니 온몸이 쑤신다.

TV를 켜 봤자 눈만 아프고 재미도 없다. 뉴스를 보면 세상 돌아가는 것이 짜증만 나고 영화나 연속극도 재미가 없다. 식구라야 단 세 식구인데 모두 다 아침을 먹고 나면 자기 일을 찾아 나가니 혼자 책상 앞에 앉아 컴퓨터에 매달려 시간을 보낸다.

그리고 보면 점심때라 찬밥 한술 냄비에다 물을 부어 푹 퍼지게 끓여 김치 한 포기 꺼내다 이런 생각 저런 생각 하며 점심을 때운다. 내가 밥을 끓여 먹는 것은 반찬이 필요 없고 소화가 잘되기 때문에 직장에서 퇴직한 후 겨울이면 혼자 해 먹는 나만의 별식이다.

이처럼 혼자 밥을 먹기 시작한 지도 벌써 8년째가 되었다. 여름에는 농장에 가서 도시락을 혼자 먹고 겨울에는 집에서 끓인 밥을 혼자 먹는다. 사랑스러운 마누라가 있지만, 그가 곁에 있으면 오히려 방해가 되어 떨어져 있는 것이 속이 편하다.

삶과 죽음

이런 생활이 나만 겪는 것인지 아니면 내 세대가 다 겪는 것인지는 잘 모르겠다.

날씨가 추워지면서 하루 근 이만여 보 걷던 걸음 숫자를 줄여 보려고 했지만, 하루 시간 보내기가 너무 지겨워 오후에 다시 산책길로 나섰다. 늙은이 걸음이라 그런지 대다수 사람은 나를 앞질러 간다. 다른 사람이 앞질러 간다고 허둥댈 것도 없고 내 걸음 나는 대로 허리를 꼿꼿이 펴고 無念(무념)에 빠진 채 걷고 또 걷는다. 이왕 나왔으니 못 걸어도 만 보는 채워야 하지 않나. 그러다 보면 새벽 만 보 오후에 만 보 이만 보가 되는 것이다.

얼마나 살겠다고 이 추운 겨울에 입에서 뿜어 나오는 입김이 눈썹을 하얗게 만드는데도 걷고 또 걷는다. 하긴 내가 이렇게 열심히 걷는 것은 5년 전 밭에서 일하다 허리가 삐끗하여 시술을 받았지만 고치지 못하고 다시 1년 후 수술을 받은 다음부터 거의 빠진 날이 없이 만 보 이상 걷기 시작한 것이다. 그러다 보니 습성이 되어 이제는 2만 보가 넘게 걷는다. 이렇게 걷다 보니 허리가 튼튼해져서 그런지 농장에서 일하는 데 별로 부담이 없고 등산에도 자신이 생겼다.

그러나 이렇게 걷다 보면 별별 생각을 다 한다. 초기에는 허리 병을 낫겠다고 힘든 것을 참으며 주로 지난날을 회상하면서 걸었는데 1년이 가고 2년 3년이 가다 보니 이제는 無 槪念(무 개념)으로 걷는다.

처음에는 같은 길을 두 시간씩 걷는다는 게 무척이나 지루하여 걸음걸이 숫자도 세어보고 또 음악도 들으면서 걷기도 하고 지난날의 추억을 회상하며 걸었는데 이제는 이도 저도 다 지친 것인지 두 시간이 어떻게 지나갔는지 알지 못하고 매일 매일 반복한다. 올해는 작년보다 정초부터 걸음 숫자가 많아 졌다. 나이가 거꾸로 가나 알 수는 없지만 걷기 시작한 후 허 벅지 근육이 단단하게 변하였다.

나이 좀 먹으니 세상에 관심 있는 일이 하나도 없다. 정치가 어떻고 경제가 어떻고 다 남의 일 같으며 죽음도 두려움이 없 다. 이 정도 살았으면 충분히 살지 않았나 하는 생각을 하고 있 으니 죽음을 두려워할 이유도 없다.

다만 병석에 누워 고통받지 않고 짧은 시간에 깨끗하게 죽 어야 하는데 하는 마음뿐이다. 지난달에는 내 동갑내기가 스 포츠타운에서 열심히 헬스를 하고 목욕탕에 들어가 목욕을 하 다 갑자기 숨을 거둔 모양이다. 아직 70 초반인 사람이 죽은 것을 안쓰러워하는 사람이 많이 있지만 내 생각은 '참 그 친구 죽음 복은 있었구나.' 하는 생각이 들었다. 헬스장에서 충분히 땀 흘리고 목욕탕에서 깨끗이 씻고 죽는지도 모르게 죽었으니 얼마나 멋진가? 죽음의 두려움이나 고통을 전혀 느끼지 못하 고 이 세상을 하직한 것이 아닌가?

이 친구 죽음 소식을 접한 후 보름도 안 되어 이번에는 모임 을 두 개나 같이하는 친구가 쓰러졌다는 소식이 들려왔다. 평 소 여러 가지 성인병을 가지고 있어 몸 관리를 특별히 하는 친 구인데 부인 말에 의하면 새벽에 자고 일어나 보니 쓰러져 있 다는 것이다.

그 친구와 평소 대화를 나눌 때 '아프지 말고 건강하게 살다 하루아침에 가야 할 텐데'라고 늘 입버릇처럼 말해 왔는데 그리되지 못한 모양이다. 중환자실에서 일반 병실로 왔다는 소식에 병문안하고 다녀온 후 좋은 소식이 있기를 기대하고 있는데 들려오는 소리가 다시 중환자실로 옮겨 갔단다.

아마 회복이 어려운 모양이다. 겨울이라고 하는 계절은 노인들에게 저승사자인 모양이다. 이런 상황에서 또 인근 시에서 교직 생활을 했다는 또래 한 분이 쓰러졌다는 소식이 들려온다. 그러다 보니 나도 모르게 마음이 허전하게 느껴졌다. 그리고 병문안 때 보았던 친구 모습이 눈앞에 어른거려 마음이 심란해진다. 삶과 죽음이 무엇인지. 왜 세상에 태어나서 이런 갈등을 느껴야 하는지 알 수가 없다.

이런 갈등에 쌓인 나에게 어느 친구가 카톡방에다 서산대사 시비에 있는 "살아 있는 게 무엇인가?"라는 글이라고 올려놔 읽어보니 나를 되돌아보게 하는 글이라 옮겨 보았다.

이보게 친구! 살아 있는 게 무언가?
숨 한번 들여 마시고 마신 숨 다시 뱉어내고
가졌다 버렸다, 버렸다 가졌다
그게 바로 살아 있다는 증표 아니던가?
그러다 어느 한순간 들여 마신 숨
내뱉지 못하면 그게 바로 죽는 것이지.

어느 누가 그 값을 내라고도 하지 않는
공기 한 모금도 가졌던 것 버릴 줄 모르면
그게 곧 저승 가는 것인 줄 뻔히 알면서
어찌 그렇게 이것도 내 것 저것도 내 것
모두 다 내 것인 양 움켜쥐려고만 하시는가?

아무리 많이 가졌어도 저승길 가는 데는
티끌 하나도 못 가지고 가는 법이라니
쓸 만큼 쓰고 남은 것은 버릴 줄도 아시게나
자네가 움켜쥔 게 웬만큼 되거들랑
자네보다 더 아쉬운 사람에게 자네 것 좀 나눠주고
그들의 마음 밭에 자네 추억 씨앗 뿌려
사람 사람 마음속에 향기로운 꽃 피우면
천국이 따로 없네, 극락이 따로 없다네.

생이란 한 조각 뜬구름이 일어남이요
죽음이란 한 조각 뜬구름이 스러짐이라
뜬구름 자체가 본래 실체가 없는 것이니
나고 죽고 오고 감이 역시 그와 같다네
천 가지 계획과 만 가지 생각이
불타는 화로 위의 한 점 눈이로다.

논갈이 소가 물 위로 걸어가니
대지와 허공이 갈라지는구나.
삶이란 한 조각 구름이 일어남이오
죽음이란 한 조각 구름이 스러짐이다
구름은 본시 실체가 없는 것
죽고 살고 오고 감이 모두 그와 같도다.

　나이를 먹어서 그런지 너무나 마음에 와닿는 글이라 그대로 옮겨 보았다. 죽고 사는 것은 숨 한번 쉬고 못 쉬고 차이인데 뭘 그리 아웅다웅 살려고 발버둥 치는가? 나에게 남은 인생이 얼마인지는 모르지만, 헉헉 대지 말고 여유로움을 가지고 "허~"

삶과 죽음

"허~"

"허~"

너털웃음 웃으며 건강하게 살다 미련 없이 가야겠다.

유년 시절

호박꽃(꽃말: 해독, 포용)

정초!

날씨는 춥고 특별히 할 일도 없어 새벽 운동 후 몸이 나른하여 조금 쉬었다가 책상 앞 컴퓨터에 앉는다. 볼 것도 없지만 내가 그래도 조금이나마 관심이 있는 정치면과 스포츠면을 뒤적거리다 컴퓨터를 끄려는데 바탕화면에 있는 사진 파일이 눈에 들어온다.

파일을 열어 무관심 속에 하나하나 훑어보다 재롱을 떠는 장난꾸러기 손자 두 녀석의 사진이 눈에 들어왔다. 한참 익살꾸러기인 초등학교 1학년에 다니는 둘째 녀석의 아들과 이제 6살인 셋째 녀석 아들의 익살스럽게 찍은 사진이 내 시선을 멈추게 한다.

지난 10월 6일에서 8일까지 3일간의 연휴가 있었다. 셋째가 무슨 생각이 났는지 청양의 칠갑산 휴양 랜드를 예약해 놓았다고 저희 언니네와 우리 식구를 초대했다.

익살꾸러기 손자 녀석들

칠갑산을 구경한 지도 몇 년이 지난 것 같아 각자 자기네 차를 타고 2박 3일 즐겁게 여행한 적이 있다. 아마 그때 칠갑산에 있는 출렁다리를 건너 산책했는데 호수 옆 산책로에 있는 용과 호랑이상에서 사진을 찍은 모양이다. 나는 아들과 같이 산책에 빠져 익살꾸러기들의 익살을 보지 못했는데 사진을 들여다보니 표정이 너무나 밝고 천진난만하여 넋 놓고 보고 있자니 지난날 내 어린 시절이 떠올랐다.

지지리도 못살고 어려웠던 나라. 내가 어린 1950년대를 회상해 보니 하나의 꿈만 같다. 일제 침략 속에서 근근이 해방되어 채 기쁨을 나눠보지도 못하고 동족상잔이라는 한국전쟁을 3년이나 치렀으니 그 후유증이 얼마나 많았을까? 어린 시절을 기억해 보니 머릿속에 아직도 지워지지 않은 아련한 추억이 몇 가지 남아 있다.

유년 시절

내가 살고 있던 집은 고향에서 두 집이 생각나는데 한 집은 큰 백부님 댁과 울타리를 같이 하는 집으로 집 뒤에는 우리 집 안 산인 조그마한 동산 자락에 자리 잡고 있었으며 울타리 안에 자두나무가 몇 그루 있고 조그마한 도랑물도 흐르고 있었다. 우물가와 집 앞마당 및 싸리문 근방에는 커다란 감나무가 있었는데 우물가에 있는 것은 커다란 넙죽 감나무였다. 그리고 싸리문 쪽 행랑채에 방이 있었으며 외양간이 있었던 것으로 기억이 난다.

그리고 두 번째 집은 큰 마을이라고 하는 아랫마을에 할아버지가 셋째 아들과 같이 사는 집 옆으로 지은 지 얼마 아니 되는 집이었다. 큰아버지 집과 접하는 곳은 울타리를 일부 만들지 않아 왔다 갔다 하면서 한 집같이 살던 집이었다.

어머니 이야기로는 내가 태어난 곳은 할아버지가 사는 집 머리방에서 태어났다는데 나에게는 기억이 없고 어렸을 때 큰집에 놀러 가면 외양간 앞쪽 여물을 끓이던 사랑방이 있었는데 그곳인 모양이다.

지금 생각해 보니 할아버지는 아들이 오 형제인데 장가를 가자, 집을 한 채씩 다 장만해 주고 막내아들인 우리 아버지만 결혼 초에 집이 없어 자기와 같이 사는 셋째 아들의 머리방을 쓰게 하다가 둘째가 객지로 나가자 그 집을 막내에게 살게 한 모양인데 그 집이 바로 내 머릿속에 남아있는 첫 번째 집인 모양이다.

이 집에 살 때 남아 있는 기억은 몇 살 때 일인지 확실히 모르지만, 집 뒤의 자두나무가 있다는 것이 생각나고 우물가에 있는 넙죽 감 홍시가 맛있다는 생각이 난다. 그리고 어느 날인가 새벽녘으로 알고 있는데 뒷동산에서 총소리가 나자 어머니가 이불을 뒤집어쓰게 하고 내 귀를 막아주시었던 기억이 있다. 또 어느 날 저녁 피난을 간다고 큰집 머슴의 지게를 타고 면 소재지로 피난을 가다 되돌아온 생각이 남아 있다.

나는 해방이 되고 그 다음다음 해로 1947년에 태어났다. 4살에 한국전쟁이 일어났으며 아버지는 막내아들로 형제 중에서 유일하게 군대에 입대하게 된 모양이다. 어머니 말에 의하면 아버지 바로 위의 형님은 상당히 똑똑하여 약관의 나이에 마을 이장을 보고 있었는데 언제인지 모르지만, 좌우익 싸움을 할 때 좌파 세력에 의하여 아까운 목숨을 잃었다고 했다.

그리고 큰어머니는 모내기하다 쓰러져 어른들이 허둥지둥 업고 가던 모습이 내 기억에 남아 있다. 그러다 보니 아버지 바로 위의 형님 내외분은 모두 일찍 세상을 떠나게 되었으며 그 큰집의 둘째 딸이 내 머리를 수저로 때려 피가 난 적이 있다.

아주 어린 나이였던 것 같고 엄마 아빠가 없으니 심통을 부린 모양이다. 그런가 하면 어느 날 저녁 산의 멧돼지가 집으로 들어왔다고 어머니와 같이 문고리를 잡고 있었던 기억이 있는데 어머니는 그런 일이 없었다고 하니 확실한지는 모르겠다.

나의 유년 시절은 부잣집 막내아들의 큰아들로 태어났지만 그리 행복하지 못했던 모양이다. 내가 태어날 당시 셋째 큰어머니는 나보다 보름 전에 딸을 낳고 넷째 큰어머니는 딸만 하나 있고 아들이 없었다. 그러다 보니 할아버지가 나를 무척이나 귀여워해 주셨지만, 나이 어린 어머니는 한 부엌을 사용하는 두 분의 손위 동서들에게 눈칫밥을 먹었나 보다.

그러다 아버지가 군대에 가서 한동안 소식이 없자 할머니는 자기 아들이 잘못된 것으로 생각하고 어머니에게 눈치깨나 준 모양이었다. 그러니 나에게도 당연히 눈칫밥을 주었을 것이다. 그리고 바로 내 밑의 동생은 어머니 배 속에 있을 때 아버지가 군대에 가 아버지를 한 번도 본 적이 없었다. 이런 상황에서 어머니가 밭을 매면 나는 밭둑에 있는 뽕나무 밑에서 동생을 보살피며 놀던 기억이 어렴풋이 남아 있다.

이렇게 성장한 나와 아무런 부러움이 없이 갖고 싶은 장난감을 다 가지고 있는 손자 녀석을 비교해 보니 차이가 나도 너무 난다는 생각이 들었다. 우리나라가 해방되고 얼마나 발전해 왔는가? 엊그제 TV에서는 우리나라 사람들이 그 나라의 인구비례로 따져보면 해외여행을 세계에서 제일 많이 다니는 나라라고 하는 말이 떠오른다.

그런 나라에서 태어난 내 손자들은 당연히 행복에 겨워야 하는 것은 당연하겠지만, 한편으로는 이것이 언제까지 갈 것인지 걱정도 된다. 옛날 어른들 말에 부자는 삼대를 넘기지 못한다는 말이 있듯 나라에도 흥망성쇠가 있는데 못처럼 일으켜 세운 나라 다시는 내가 살아온 지난날 같은 어려운 시절로 돌아가지 말아야 하는데 생각하면서 두 녀석의 천진난만한 모습을 다시 한번 더 쳐다본다.

참, 고 녀석들 예쁘게도 생겼네!

태어날 때 가지고 나온 재능을 마음껏 펼치고 마냥 즐겁고 행복하게 살 거라! 내 자손들아!

잠재교육

고추꽃(꽃말: 세련, 친절)

세상에 농부의 아들로 태어난 것이 이처럼 자랑스러울 줄 예전에 미처 몰랐다. 어려서 지지리도 가난하고 부모님들 일손 돕는 것이 죽기보다 싫을 때도 있었는데 나이 먹고 보니 그보다 더 큰 유산이 없는 것 같다고 생각하게 되었다. 이제 내가 철이 들었나 보다 하는 생각이 든다.

나는 시골 농촌에서 태어났다. 부모님은 두 분 모두 학교라고는 문턱도 가보지 않은 분들로 열심히 농사일하시면서 사신 분들이다. 1950년대 한국전쟁이 끝나고 전쟁의 후유증도 있었겠지만 발전하지 못한 우리나라 농촌의 생활은 너나 할 것 없이 비참하였다.

1950년대 우리나라 국민 1인당 GNP가 80불대 수준이었으니 얼마나 비참한 생활을 했는지 알 수 있을 것이다. 하긴 30,000불 시대에 사는 요즘 사람들이 생각하면 도저히 이해가 가지 않는 생활을 했던 것이 내 어린 시절 우리나라 풍경이었다.

지난날을 되돌아보면 초등학교 3~4학년 때부터 부모님 일손을 도와주고 중학교 1학년 때부터 꼴머슴과 지게를 짊어진 것이다. 농번기 때는 동생을 등에 업고 남의 집 일을 하러 가신 어머니를 찾아 이 골짝 저 골짝 논밭으로 찾아다니는 것은 늘 있는 일이었다.

초등학교 고학년에 다닐 때 농번기 어느 날인가는 동생을 데리고 학교에 같이 가서 하루 동안 생활한 적도 있다. 그런 학교생활도 고등학교에 다니다 흉년으로 학교를 더 다니지 못하고 집에서 농사일하는 농부로 변하기도 했었다.

이때 내가 해본 일은 농촌에서 하는 일은 거의 다 해 봤다. 모내기는 당연하고 논이나 밭 김매기, 벼나 보리 및 밀 베기, 각종 농작물 타작은 물론 소독도 도맡아서 했다.

그중에서 가장 하기 싫었던 일은 보리타작 같다. 보리 알 끝에 붙은 부푸러기가 땀에 젖은 옷에 붙으면 왜 그리 껄끄러웠든지 생각만 하면 지금도 몸이 군실거린다.

이런 나에게도 배우지 못한 농사일이 하나가 있다. 그것은 밭을 가는 쟁기질이다. 쟁기는 딱 한 번 잡아 봤는데 아버님이 무슨 생각을 하셨는지 단 1m도 갈기 전에 쟁기질을 못 하게 하셨다. 그리고 절대로 쟁기를 잡지 못하게 했다. 일 중에서 가장 어렵다는 장군까지는 지고 다녔는데 왜 쟁기질은 못 하게 했는지 알 수가 없다. 하긴 장군을 지었다고 하여 오물 장군을 진 것은 아니고 물장군만 지고 다녔다. 오물 장군은 아버지가 지신 것이다.

이처럼 일을 하던 나는 책을 좋아하여 힘들고 바쁜 일손에서도 친구들이나 헌책방에서 책을 구하다 읽고 있었다. 그 영향인지 어느 날부터 학교에 다시 가겠다는 생각으로 부모님을 졸라 2년 동안 일하고 고등학교를 다시 들어가게 되어 남들이 부러워하는 대학 생활도 하게 된 것이다. 그때 내 결심은 '내가 괭이나 낫을 잡으면 사람이 아니다'라고 결심했으며 농사짓고 사는 우리 집이 창피하게 느껴지기도 했었다.

그랬던 내가 오늘날은 농부 아들로 태어난 것이 자랑스럽게 느끼게 된 것은 나이 70이 되어서야 깨달았다. 그동안 공직생활을 하면서 남에게 욕먹지 않는 삶을 살겠다고 발버둥 치며 살다 정년이 되어 집안에 들어 안게 되자 또 다른 사회가 나를 기다리고 있었다. 많은 선배로부터 퇴직 후의 생활에 관해서 이야기를 들어왔고 퇴직하기 직전 퇴직 후 생활을 위하여 교육도 받아 보았지만 손수 체험해 보기 전에는 알 수 없었다.

누구나 직장에서 퇴직하고 나면 시원하면서도 섭섭함은 어쩔 수 없을 것이다. 시원함은 공직에서 맡고 있던 책임감에서 벗어났다는 기분일 것이고 섭섭함은 그동안 누려왔던 것을 내려놓는 것에서 오는 허탈감이 아니겠는가?

퇴직 후 처음 몇 달은 식구로부터 특별한 대우를 받는다. 그동안 고생했으니 이제는 다리 쭉 펴고 쉬면서 살라는 것이다. 그러나 인생살이 그리 쉽던가? 얼마 가지 못해 갈등은 또 쌓이기 마련이다.

지금까지 서로 다른 생활을 해 왔던 부부다 보니 같이 붙어 있기도 쉽지가 않다. 사사건건 서로 잔소리한다고 부딪히게 되고 밖에 나가보니 생소하기만 하다. 같은 생활을 했던 옛 동료를 만나는 것도 한두 번이지 맨날 만나면 또 하나의 쳇바퀴가 되니 점점 몸은 늙어 가는데 거기에 맞는 나만의 세계를 만들어야 하지 않겠는가?

퇴직하고 나서 제일 부러운 사람이 자영업 하는 사람이라는 것을 깨닫게 된다. 퇴직이 없이 자기 힘 있는 데까지 일할 수

잠재교육

있는 사람들이 아닌가? 그 사람들은 노년의 새로운 사회에 특별히 준비할 필요성이 없어 보이기 때문이다. 과거에는 인생 70이면 거의 다 사라졌는데 지금은 인간의 수명이 늘어나다 보니 새로운 고민거리를 만들어 준 모양이다.

이런 고민거리를 해결하려는 방법으로 내가 선택한 것이 '밭 가꾸기'라는 취미 생활이다. 모든 사람이 퇴직 후 각자 자기 나름대로 계획을 세워 생활한다. 젊어서 열심히 산 보람으로 먹고, 입고, 자는 것은 별로 걱정이 없으니 그 만만 해도 부러운 건 없지만 어찌 사람이 그것으로 만족할 수 있을까? 머릿속이 행복하려면 일거리가 있어야 하지 않겠는가?

그래서 시작한 것이 밭 가꾸기였다. 젊어서 괭이자루를 잡으면 성을 바꾼다고 했는데 성을 바꿀지언정 잡아야겠다. 이렇게 해서 시작한 것이 농사였다. 농업경영 등록 체에 농업인 등록도 하고 명함의 직업란에 농업경영인이라고 기재하고 다니는 생활을 하게 되었다.

이렇게 사는 나를 보고 주변 사람들은 신기하게 생각하는 모양이다. 친구들도 지금 뭐 하냐고 물어오면

"밭에 나가서 놀아." 하면 이상하게 생각한다.

"어떻게 농사를 지어?"

"풀을 어떻게 매?" 하며 농사짓는 사람이 따로 있는 것 같이 말한다. 그 사람들이 생각할 때는 내가 그동안 중·고등학교에서 교장을 하다 퇴직한 사람이니 무슨 농사를 지을 줄 알겠느냐는 식이다.

그러나 나는 농사일에는 자신이 있다. 농업고등학교를 졸

업한 것도 있지만 어려서 부모님에게 어깨너머로 배운 잠재적 교육과정이 몸에 밴 모양이다. 내가 생각해도 신기하게 농사를 잘 짓는다.

풀을 이겨내고 가뭄을 방지하기 위하여 비닐을 사용하는데 다른 사람들과 같이하는 것이 아니라 나만의 비법으로 사용하여 농작물에 가뭄이 타지 않도록 한다. 풀을 매는데도 제초제를 사용하지 않고 풀이 크기 전 싹이 트면 서양 괭이로 곡식에 붙을 주면서 긁어 버리니 풀이 살 수가 없다. 이런 농법으로 심심풀이 1~2백 평이 아니라 1,000여 평이 넘는 밭을 관리하니 신기도 할 것이다.

요즘은 이처럼 농사를 짓는 나를 부러워하는 친구들이 꽤 많이 나타났다. 그 친구들은 대부분 어려서 가정이 나름대로 부유하여 농사에 대해서는 알지 못하는 친구들이거나 부모님이 농업에 종사하지 않고 다른 직업에 종사했던 친구들이다.

늙어서 농사를 짓는다는 것은 참으로 행복하다. 내가 씨앗을 뿌리고 가꾼 작물이 싹이 트고 자라서 열매 맺는 것을 보면 신기도 하고 자랑스럽다. 그리고 내가 먹고 싶은 작물이나 몸에 좋다고 하는 작물이 있으면 거의 자급자족하고 있으며 그러다 여분의 생산물이 있으면 이웃에 나눠 주기도 하고 때에 따라서는 판매도 하는데 이제는 제법 그럴듯한 농부로 변한 것이다.

이와 같은 내 생활은 누구에게 얽매여 있는 것이 아니라 자영업이기 때문에 다른 볼일이 있으면 얼마든지 볼 수 있으며 몸이 힘들면 쉬었다 하고, 여행을 가고 싶으면 얼마든지 다니면서 하는 자유 직업인이 된 것이다.

거기에다 일을 잘 못한다고 해서 나무랄 사람도 없고 다른 사람과 이해관계도 없으며 정년도 없으니 힘이 있는 동안 할 수 있는 일이기 때문에 수시로 가족여행도 하고 산행도 즐기며 산다.

이런 나를 많은 친구가 무척 부러워한다. 이런 노년의 내 생활을 할 수 있게 만들어 준 것은 내가 농부의 아들이었기 때문이 아닌가? 농부였던 부모님이 이렇게 고마울 줄은 예전에는 미처 몰랐었다.

농부

동이 트기 전 이른 새벽에 들녘을 거니는 사람
이슬털이를 하며 논과 밭을 돌아보는 사람
허리가 끊어지게 아파도 호미질을 하는 사람
옆구리가 결려도 괭이질을 하는 사람
아무리 햇볕이 따가워도 아랑곳하지 않는 사람

비가 아니 와도 괴롭고
비가 너무 와도 괴로운 사람
그러나
무럭무럭 자라는 곡식을 보며 마음에 흐뭇함을 느끼는 사람
바로 그 사람이 농부라네!

나의 좌우명

옥수수 암·수꽃(꽃말: 재물, 보물, 금은보화)

내가 좌우명이란 말을 처음 알게 된 것은 고등학교 때로 기억된다. 지긋지긋하게도 못 살던 1960년대 초 농촌에서 부모님 일손을 도우며 고등학교에 다니면서 생각한 것이 '우리나라는 왜 이렇게 가난하게 살아야 하는가?' 하는 생각을 하게 된 것이다.

감수성이 예민한 고등학교 때 집안 일손을 도우며 학교생활을 하다 보니 가난하게 살게 된 이유가 무엇인가? 라는 생각을 가지게 된 모양이다. 이런 생각에서 얻은 답이 정치를 잘못해서 나라와 민족이 잘못된 것이 아닌가 하는 생각을 하게 되었고 이런 가난을 극복하려면 유능하고 훌륭한 정치인이 나타나야 한다고 생각하게 되었다.

그 당시 세계를 들썩이게 했던 미국의 존 F. 케네디 대통령의 영향이었던지 '케네디의 생가'에 대한 책을 좋아하게 되었다. 가난해서 그런 것인지 모르지만 내가 좋아했던 사람은 케네디가의 존 F. 케네디가 아니라 그의 할아버지인 조지프 패트릭 케네디와 아버지인 조지프 케네디였다. 그 두 사람은 가난을 극복하면서 철저한 자녀교육으로 존 F. 케네디란 대통령이 나타나게 되고, 법무부 장관을 지낸 로버트 케네디와 상원의원인 에드워드 케네디란 미국의 최고 명문가인 케네디가를 일구어낸 것에 대한 매력을 느꼈던 모양이다.

시골 농촌의 가난한 농부 아들이 생각한 것은 케네디의 할아버지나 아버지와 같이 부를 일으키면서 자녀들에게 마음대로 꿈을 펼칠 수 있는 길을 열어 준 성공의 길이 감명을 준 것 같다. 이분들의 생활 철학을 배워 나도 어려운 가정환경을 이겨 나가면서 훌륭한 인격을 갖추려면 무엇이 필요한가? 생각하다 찾은 것이 좌우명이었다는 생각이 들었다.

좌우명이란 말의 뜻을 국어사전에서 찾아보니 '생활하는 자리 옆에 갖추어 두고 지침으로 삼는 말이나 문구'라고 표현하고 있다. 그런가 하면 인터넷에서는 '좌우명이란 개인이나 단체 또는 국가에서 특별한 동기 부여를 위해 만드는 표어'라고 기술하고 있다.

그리고 이 말을 처음 사용한 사람은 후한(後漢)의 학자 최원이란 사람이 자기 자리의 오른쪽에 일생의 지침이 될 좋은 글을 쇠붙이에 새겨 놓고 생활의 거울로 삼은 데서 유래되었다고도 한다. 그러다 보니 좌우명은 사람마다 사는 환경이 서로 다르므로 각자 자기에게 맞는 좌우명을 갖게 된다는 것이다. 즉 내 좌우명이 다른 사람에게 꼭 옳다고 볼 수는 없다.

고등학교 2학년 때 내가 만든 좌우명은 좌우명의 의미를 정확히 알고 만들었는지는 모르지만 「솜 같은 인간이 되자」라고 정하고 실천했었다. 여기서 말하는 솜은 목화를 말하는 것이며 하얀색이면서도 부드럽고 따뜻하여 옷감의 원료로 쓰이고 있었으며 가난한 사람들에게 따뜻한 보금자리를 만들어 주는 이불이요, 또 부드럽고 약한 것 같지만, 돌을 얹어 놓으면 반항하지 않고 쭈그러들었다 돌을 치우면 다시 본래의 제 모습으로 돌아가는 끈질긴 면이 있으며 총알도 뚫지 못하는 강한 면도 지니고 있다.

이런 솜을 나의 좌우명으로 삼은 것은 어린 나이에 형과 누나도 없고 친척도 없는 타관에서 남의 집 일을 해주러 다니시는 어머니를 따라다니다 보니 남들에게 잘 보이기 위하여 웃기를 잘했는지 초등학교 시절 내 별명은 바보라는 의미가 있는 '헤보[35]'라는 별명을 가지고 있었다.

그리고 중학교나 고등학교 시절에도 가정환경이 어려워 집안 일손을 돕다 보니 친구들과 자주 어울리지 못하고 나의 욕구불만을 표현한다는 것은 상상도 못 했으며 모든 것을 참고 또 참으며 생활하다 보니 솜을 생각한 모양이다.

솜의 성질은 아무리 무거운 물건이 짓눌러도 반항하지 않고 눌러있다 누르던 물건이 사라지면 다시 옛 모습으로 돌아가는 성질을 가진 물건으로 나의 어려운 역경을 이겨 나가자는 의미에서 솜으로 정한 것 같았다.

이런 나의 좌우명은 초·중학교 2년 후배들과 같이 다닌 고등학교를 큰 사고 없이 졸업하게 만들어 주었다. 1년 후배들이 선배가 되었다고 나를 괴롭히려 들었으나 그들과 맞서지 않고 슬기롭게 넘긴 것이다.

그리고 어려운 가정환경에서 포기하지 않고 고등학교를 졸업한 지 3년이 되던 해에 대학에 들어가 졸업하기도 했으며 직장 생활을 하면서도 어려움 없이 남들로부터 칭찬받으며 잘 적응해 가며 산 것이 '솜 같은 인간이 되자'라는 좌우명을 지키며 살아온 영향이란 생각이 들었다.

35) 일본말로 미숙하다는 의미

그러다 고등학교에서 윤리 전담 교사로 2년간 근무한 적이 있었다. 그때 동양 윤리에서 공자 사상을 가르치는데 충서(忠恕)라는 말이 너무 좋아 나의 좌우명으로 삼기로 다짐을 하고 지금까지 실천하며 살고 있다.

이 충서(忠恕)란 말은 충(忠)은 가운데 중(中)자와 마음 심(心)자가 합쳐진 말로 마음의 중심을 나타내는 것이요 서(恕)는 용서할 서(恕)로 입으로만 용서하는 것이 아니라 마음에서 우러나는 용서를 하라는 뜻으로 풀이된다.

즉, 충서(忠恕)라는 말은 일상생활을 하면서 사람을 대할 때 자기중심으로 생각하지 말고 '상대방의 입장에서 생각해 보고 행동하라'는 뜻이란다. 즉 우리가 어떤 행동을 할 때 상대방의 입장에서 생각해 보고 행동한다면 자기 마음대로 행동할 수 없을 것이다.

이와 같은 충서(忠恕)가 부모와의 관계에서 나타나면 부모님의 뜻을 헤아려 행동하기 때문에 효(孝)가 되는 것이고, 부부간에 지키면 서로 인격을 존중해 주기 때문에 애(愛)가 되는 것이다, 또 형제자매간이나 친구 사이에 나타나면 우애(友愛)요, 이웃 어른들에게 나타나면 바로 경(敬)이 되는 것이다.

이처럼 고등학교 1학년 윤리 교과에서 학생을 가르치다 충서(忠恕)라는 말을 알게 된 다음 지금까지 지켜오던 '솜 같은 인간이 되자'보다 좀 더 고상하고 폭이 넓은 '충서(忠恕)를 생활화(生活化)하자'로 좌우명을 바꾸어 실천하고 있다.

그리고 교사 생활을 하면서 해마다 내가 맡은 학급 학생들에게 충서라는 말을 설명해 주고 급훈으로 정하여 실천하도록 하였으며 교장 때는 전교생에게 훈화할 때 학생들에게 꼭 한 번은 들려주기도 했다. 그리고 지금도 어쩌다 주례를 보면 주례사로 충서라는 문구를 사용하고 있으며 생활화하도록 권장하고 있다.

내가 학교에서 훈화할 때 꼭 학생들에게 들려준 말이 또 하나 있다. 그 말은 석가는 '자비(慈悲)'를 실천하라 하였고 공자는 '인(仁)'을 강조했으며 예수는 '사랑'을 강조했는데, 여기서 자비(慈悲)나 인(仁) 또한 사랑 모두 다 상대방을 용서하고 배려하며 너그럽게 베풀란 뜻이라고 이야기했다. 이런 말들은 모두 남을 배려하는 의미로 충서라는 말과 같은 맥락이 아닌가?

그리고 그 말들을 실천하는데 가장 좋은 방법이 충서라고 강조했다. 즉 사람을 대할 때 상대방의 처지에서 생각해 보고 행동한다면 절대로 남에게 피해가 가는 말이나 행동은 할 수 없을 것이기 때문에 그것이 바로 자비요 인이며 사랑이란 것이다.

우리가 사는 이 사회는 혼자 사는 사회가 아니고 다른 사람과 이해관계 속에 얽혀 살기 때문에 상대방의 처지에서 생각해 보고 상대방을 배려하는 사고 의식을 갖고 살아간다면 그보다 더 아름답고 좋은 사회는 없으리라 생각된다. 만약 이런 사회가 된다면 요즘 매스컴에서 떠드는 각종 사회적 비리는 나타나지 않을 것이라는 생각이 들었다.

이런 생각을 하다 보니 요즘 내가 내 좌우명을 잘 지키고 있나 하는 반성의 기회가 되었다. 괜스레 식구에게 짜증을 부리

지 않았나, 집에서 내가 할 일을 잘하고 있는가? 혹시 친구
나 이웃들에게 피해 주는 일은 없었나? 반성해 보면서 지금
까지 잘 지켜온 내 좌우명을 눈감는 날까지 실천하여 눈을 감
는 순간 아무런 미련 없이 환하게 웃으면서 가야겠다는 다짐
을 해 본다.

추억

가지꽃(꽃말: 진실)

　정원에 영산홍이 활짝 피고 개천에는 유채꽃이 활짝 핀 그
좋은 춘삼월이라!

　자연의 아름다움을 질투라도 하듯 일본에서는 연이은 지진
으로 사십여 명이 죽고 몇백 명이 다치었다는 뉴스 속에 한 이
틀 비바람이 몰아치더니 오늘은 그야말로 춘삼월이라는 아름
다운 봄볕이 나래를 펼쳤다. 라일락꽃이 고개를 내미는 따사
로운 봄볕에 오늘도 내 몸을 맡겨 본다.

　봄만 되면 그놈의 농사일에 미쳐 제대로 쓰지도 못하는 개
미허리 힘으로 어설프게 농부 흉내를 내다 땅바닥에 주저앉은
것이 벌써 삼 년 차인데 올해도 여지없이 그 병은 다시 도졌다.

　부지런 떤답시고 남보다 먼저 감자 심고, 옥수수 심고, 땅콩
을 심었으면 며칠쯤 쉬었다 하지 무엇이 잘났다고 때도 이른
데 참깨밭을 만들고 고구마밭을 만들어 놓았다. 그리고 나서

탈이 붙은 허리로 멀칭한 비닐 속에 갇혀 있는 감자 싹과 옥수수 싹이 애처롭게 보여 정신없이 구멍을 뚫어 주다 그만 허리가 뜨끔하여 땅바닥에 주저앉고 말았으니 그놈의 팔자가 고되기도 한 모양이다.

봄만 되면 밭에서 주저앉은 것이 벌써 삼 년 차인데, 처음에는 겁나서 이 병원 저 병원 정신없이 다니며 시술도 받고 침도 맞고 수술도 받았지만, 이제는 아픈 것도 면역이 생겼나 병이 이기나 내가 이기나 어디 한번 해 보자고 몸으로 버틴 시간이 나흘이나 되었다.

삼 년 동안 척추병과 싸우면서 얻은 지식은 척추 협착증이나 디스크 파열은 삼 개월만 앉지 않고 누워서 생활하거나 서서 생활하면 다 낫는다는 것을 수 없는 전문의 의사와 글에서 배워 왔으니 몸소 체험해 보자고 달려들은 것이다. 하긴 나도 삼 년 전에는 시술도 받았고 그다음 해는 수술을 받았다. 이런 과정을 거친 후 철저히 관리는 하고 있지만, 조금이라도 허리에 무리가 가면 여지없이 신호가 오는 것이다.

그 무리라는 것은 다른 일이 아니라 해보지도 않은 농사일이라는 것을 알면서도 고치지 못하는 이유는 성격 탓도 있지만 나를 둘러싸고 있는 주변 환경이 나를 벗어나지 못하게 하고 있다.

밭에서 일하고 있을 때가 나에게 엔도르핀이 가장 많이 생기고 행복감을 느끼니 하루를 살다 죽더라도 즐거움 속에 살다가 죽으려니 별수가 없다. 그리고 척추병을 앓으면서 배운 것을 하나 더 말한다면 병원에 가서 수술을 받아도 삼 개월은 앉지 말고 서서 생활하든지 아니면 누워서 생활해야 치료가 제대로 된다는 것을 알게 된 것이다. 그러고 보면 수술을 하지 않고 삼 개월만 집에서 잘 관리하면 허리는 원래의 자리로 돌아가니 병원을 왜 가냐는 논리를 터득한 것이다.

허리가 탈이 난 것은 지난 수요일이라 목요일 골프 약속도 취소하고 집에서 하루 푹 쉬고 나니 제법 부드러워져 금요일 오후에는 다리 근육 좀 보존하겠다고 매일 걷는 일만 보 걷기를 실천하겠다고 집을 나섰다.

춥지도 덥지도 않은 춘삼월 나뭇가지에 고사리손 같은 새싹이 아름답고 언덕 곳곳에 피어있는 이름 모를 작은 꽃들은 나를 집으로 들어가게 놔주지 않았다. 봄기운에 취한 나는 산책 길이 너무 좋아 두 시간이 넘게 일만 삼천 보를 걸었으니 다시 허리에 탈이 난 것이다. 별수 없이 토요일과 일요일은 비가 온다는 핑계로 집에 박혀 집안에서만 침대와 텔레비전으로 시간을 보냈으니 속에서 열불이 났다.

오늘은 월요일이라 한차례에 많이 걷지 말고 나누어서 걸어보자고 아침 먹기 전 천 오백 보를 걷고 오전에 육천 보만 걷자고 나간 것이 칠천 보를 넘기었다. 사흘 만에 집 밖에 나와 보니 봄볕이 하루하루 얼마나 변하는지 뚜렷하게 느껴지는 것이다. 나뭇가지에 새싹들이 이제 제법 신록으로 변해있고 영산홍이 마음 놓고 화려함을 뽐내고 있으며, 녹색의 언덕에 작은 꽃들이 선명하게 자기 색깔을 드러내고 있다.

무아(無我)에 빠져 실개천을 따라 걷다 보니 나도 모르게 옛 추억에 빠져들어 버렸다. 내가 퇴임 직전 어느 중학교 교장으로 재직하고 있었을 때다. 퇴임한 교장들로만 구성된 삼락회가 학생회관에서 열린다고 공문이 와, 출장이나 외출을 싫어하는 성격이지만 큰마음 먹고 격려차 참석했다. 그런데 학생회관에 들어서면서 교육감이나 많은 퇴임하신 전임 교장 선생님들을 만나 반갑게 인사를 나누던 중 특히 반가운 사람이 눈에 띄었다.

그분은 내가 강원도에서 처음 충남으로 왔을 때 근무하던 천안 주변의 시골 학교에서 교장으로 모시던 분으로 내가 대전으로 전출한다고 하자 끝까지 내신서를 써 주지 않고, 자기와 같이 천안에서 근무하자고 했던 분이었다.

그분은 자기가 먼저 천안 시내에 있는 중학교로 전출 가서 내가 천안 시내로 발령이 나자 자기네 학교로 나를 끌어다 놓은 분이기도 했다. 그러다 보니 그분과 같이 근무하는 동안 누구보다도 가까이 지냈다.

그리고 그때 나는 학교 일에 미쳐 가정일은 제쳐놓고 학교 일에만 열중하는 교사였다. 이런 교사를 어느 교장이 싫어하겠는가? 그러다 보니 가는 학교마다 교장 선생님으로부터 사랑과 인정을 받으며 근무했던 사람이다. 강원도에서 충청남도로 전출할 때는 약주도 하지 않는 교장 선생님이 나를 보내는 것이 아쉽다며 3차까지 송별연에 참석해준 일도 있었다. 이런 나를 그분은 특별히 더 아껴 주셨던 모양이다.

교장 선생님을 발견한 나는 반가움에 달려가 인사를 하자

"아니 김 교장!" 하며 반갑게 맞아 주더니

"예끼 이 사람!"이라고 혼을 낸다.

추억

나는 반가이 웃다 어안이 벙벙해졌다. 그때 다른 교장 선생님이 반갑게 인사를 하여 서로 인사를 나누는 사이에 그분은 저만큼 가버렸다. 나는 기분이 찜찜하기 그지없었다. 기분이 상하여 회의장에 들어가려다 말고 학교로 되돌아온 일이 있었다. 학교에 와서 곰곰이 생각해 봐도 내 머리로는 왜 그분이 그렇게까지 했는지 이해가 잘되지 않았다. 얼마가 지난 후에 깨달은 것은 내가 교장이 된 후에 자기를 같이 근무할 때처럼 모시지 않았다는 뜻이라는 것을 깨달은 것이다.

나는 혼자 속으로 웃었다. 그분을 모시고 있을 때 분명 내 부모님보다도 더 잘 모셨다는 것을 인정한다. 그러나 그건 그분뿐이 아니라 내가 모셨던 교장들 모두 그런 정신으로 모셨으며 다만 그분과 같이 있을 때는 학교에서 맡은 일이 다른 사람보다 많아 조금 더 가까이했을 뿐이었다.

그때 같이 근무했던 또래 선생님들이 교장과 친하다고 질투하고 시샘한 것은 알고 있었지만, 나에게는 별다른 생각이 없었다. 그러다 보니 헤어진 후 15년 동안 두 번 정도 모신 것으로 기억되었다.

지난 세월에 같이 근무한 분들과 자주 만나 정분을 나눈다면 얼마나 좋으련만 나에게는 그런 시간을 가질 수 있는 환경이 못 되었다. 욕심 많은 성격에 남에게 뒤처지는 것을 싫어하니 가는 학교마다 학교 일에 정신이 없었다.

거기에다 가정에서는 늦둥이 아들을 두었는데 그 아이가 1급 중증 장애아이라 그를 키우는 집사람 눈치 보면서 학교 일에 정신없이 살다 보니 늙은 부모님도 제대로 모시지 못하는 생활을 하는 내 생활이 지난날 모셨던 상사라고 특별히 모실 상황이 안 된 것이다.

이런 환경 속에서 생활하는 나는 나를 따르던 많은 선생님과 만나는 것도 꺼렸다. 퇴직 후 나를 찾아온 선생님에게 '앞으로 나를 찾지 말고 현재 모시고 있는 교장이나 교감 선생님을 잘 모시라고 충고한 사람이니 알만하지 않은가?'

그분과 생활했던 두 곳의 학교에서 있었던 일을 떠 올리며 젊었을 때 학교에 대한 나의 열정에 흐뭇함을 느끼며 지난날의 추억 속으로 빠져들었다.

'교장이 배구를 좋아하여 전 직원이 다른 학교와 배구 시합을 하러 갔는데 혼자 학교에 남아 700여 명이 넘는 전교생을 이끌고 화단을 예쁘게 만들겠다고 2㎞가 떨어진 산에 가서 돌을 하나씩 가져온 일'

'개교 15주년 기념행사 때 사회과 교사가 체육 교사를 놔두고 남학생 전체 학생들에게 차전놀이를 지도한 일'

'전 직원이 배구 시합이나 학부모 초대로 일찍 하교하여 회식에 참석해도 옹고집스럽게 혼자 학교에 남아서 삼학년 전체 반 학생의 자율 학습을 지도했던 일'

'한국 민주시민 교육 충남 지부장을 맡은 그분과 같이 학교 수업을 몰아서 오전에 하고 오후에 전국 곳곳을 출장 다니던 일이나 세미나를 주관한 일'

'교장, 교감 및 원로 교사들을 모시고 울릉도, 강원도 설악산, 무주 구천동 및 부산 등으로 여행을 다니던 일' 등이 한 편의 영화같이 머릿속을 스쳐 갔다.

징글징글하게도 바쁜 교직 생활이었지만 이제는 하나의 추억으로 머릿속에서 서서히 사라져 가고 있다. 왜 그리 열정이 있었는지 알 수가 없었다. 3학년 1반 담임에다 윤리 주임을 맡고 있으면서 충청남도 민주시민 교육회 총무부장에다 수업 욕심까지 많아 같은 교과 교사 중에서 수업 시수를 제일 많이 맡았으니 바보 같은 사람이 아닌가 하는 생각도 들었다.

이제는 모든 것이 하나의 추억 속으로 사라진 젊은 날의 추억이 된 것이다. 아마 그분의 연세가 지금쯤은 90이 넘었을 것 같은데 건강은 어떠하실는지? 혼자 추억 속에 취하며 봄의 기운을 만끽해 본다.

치매 아닌 치매기

강낭콩꽃(꽃말: 행복한 삶)

나이가 들어가면서 늙음의 두려움보다 더 두려움이 있다면 치매가 아닌가 하는 생각이 든다. 젊었을 때 간간 집안의 어른들이 치매에 걸렸다고 숙덕거리는 소리를 들었지만 별로 관심이 없이 살았는데 어느 날부터 내가 그런 나이가 되었다는 것을 깨달은 것이다.

우리나라도 노년의 인구가 많아지고 나이 드신 어른들이 많아지다 보니 어른들의 치매가 사회문제로 대두된 지가 여러 해가 된 것 같다. 직장에 있을 때는 일에 정신이 없어 몰랐는데 지나고 생각해 보니 선거 때마다 노년의 복지 문제를 들고나오는 후보들의 이야기가 무슨 소리인가 했는데 그 소리가 바로 내 문제였다는 것을 조금씩 느껴지기 시작한 것이다.

눈이 오는 추운 겨울 날씨이다 보니 밖으로 마음대로 나갈 수가 없어 창밖을 멍하니 무심코 내다보다 갑자기 엊그제 집사람의 이야기가 떠올랐다.

"여보 글쎄 지난번에 없어졌다고 하던 옥상 열쇠가 내 차에 있잖아."

"……"

"귀신이 곡할 노릇이네."하는데 나는 어이가 없었다.

지난 8월 초 어느 날 집에 있는 나에게 집사람으로부터 전화가 왔다.

"지난번 내가 맡긴 옥상 열쇠를 가지고 가게 집에다 가져다 줘요."

"알았어요."하면서 열쇠를 찾아보니 책상에 넣어둔 열쇠가 보이지 않았다.

그 열쇠는 새로 장만한 집 옥상에 올라가는 문의 열쇠로 나보고 보관하라고 해서, 귀중품 보관 상자에 넣어 두려고 하자 너무 깊이 둔다고 잔소리하여 그녀가 보는 앞에서 책상 첫 서랍에 넣어 두었는데 보이지 않았다. 나는 다급하게

"열쇠가 안 보이는데?"

"그것도 못 찾아 잘 찾아봐."하면서 짜증스러운 목소리가 들렸다. 아마 옥상 공사를 하기 위하여 사람이 곧 온다고 하는데 열쇠가 없다고 하니까 짜증이 날 만도 하다는 생각이 들

치매 아닌 치매기

었다.

나는 열쇠를 둘만 한 곳을 다 찾아봐도 보이지 않아 공사하러 온다는 사람에게 연락하여 다음에 오라고 하라는 연락을 하고 내 책상 서랍을 모조리 뒤집어서 보았다. 그리고 혹시 다른 곳에 두었나 싶어 둘만 한 곳을 모조리 찾아봤지만, 열쇠는 나오지 않았다. 내가 노망이 들지 않았나 생각하면서 종이 한 장까지도 세다시피 하면서 두 시간을 찾아봤지만, 열쇠는 보이지 않았다.

우리 두 부부는 혹시 손자 녀석들이 손대지 않았나 싶어 옆에 사는 둘째와 셋째 딸에게 아이들이 열쇠 가지고 노는 것 못 봤냐고 물으면서 호주머니를 한번 뒤져보라고까지 하면서 찾아보았다. 그런데 딸들에게서 돌아온 이야기는

"노인네들이 어디다 잘 두고 못 찾는 것이 아냐? 잘 생각해서 찾아봐."라는 답이 왔다.

"네 아비가 그 정도로 늙어 보이냐? 그리고 나 아직 치매 오지 않았다."라며 화를 낸 적이 있었다. 그러다 추석 전날 책상에 앉아 컴퓨터를 하면서 내 책상 서랍을 열어보니 없어졌던 열쇠가 서랍 입구에 놓여 있다.

"여보 옥상 열쇠가 서랍에 있네?"

"어떻게 된 거야?"

"글쎄."

"지난번 자기가 잘 못 찾은 것 아냐?"

"뭐야 책상 서랍을 다 빼내서 완전히 뒤집어 놓고 찾았는데 무슨 소리야?" 하면서 어떻게 된 일인가 추리를 해 보았다.

열쇠가 어디에 있다 나타났을까? 생각해 보니 나름대로 답이 나왔다. 옆에 사는 셋째 딸이 추석 명절을 쇠려고 간다고 어제저녁에 시댁에 가기 전 인사차 사위와 5살짜리 외손자가 왔다 갔었다.

나는 몸이 피곤하다는 핑계로 안방 침대에 누워 있었는데 그때 내 서재에 외손자 녀석이 가져다 놓은 모양이다. 라고 추리하면서, 열쇠가 언제 없어졌을까 생각해 보았다.

그러고 보니 지난 8월 13일경 딸들 셋이 내 古稀(고희) 기념으로 가족여행을 제주도로 떠나자고 하며 해외에 나가 있는 큰 녀석 가족까지 다 왔다 간 적이 있었다. 그때 셋째가 계획을 세운다면서 내 책상에서 컴퓨터를 만진 적이 있는데 그때 저희 어미 곁에서 칭얼대던 외손자가 손댄 모양인데 그것을 소리 없이 제자리에 다시 가져다 놓은 것이 아닌가? 라는 생각이 들었다.

그리고 추석 전날 음식을 장만해 주려고 온 둘째 딸한테 저희 엄마가 그런 이야기를 하자 딸은 벌컥 화를 내며 그럴 리가 있겠냐며 노인네들이 잘못 찾아보고서 그런다는 투로 이야기했다. 나는 점잖게 딸을 나무라며 아비 아직 그렇게 늙지 않았다고 하면서 쓴웃음을 참으며 그 말을 한 집사람만 혼을 내었다. '화가 나지만 참고 살자고?'

그러다 10월에 큰딸과 함께 네팔에 있는 안나푸르나 트레킹 길에 외손자 녀석의 영악함을 이야기하면서 열쇠 사건을 이야기하자 큰딸도 역시 그럴 리가 있겠냐며 아빠가 착각한 것이 아니냐고 한다.

책상 서랍을 완전히 뒤집어 놓고 종이 한 장까지 다시 정리하면서 찾아도 보이지 않았던 열쇠였는데 내가 둔 곳을 잘 몰라서 그런 것이 아니냐는 식이다. 쉽게 말해 나이가 들어 어디에다 두었는지 잊은 것이 아니냐는 것이다.

억울한 나는 이 녀석이 책 좀 읽더니 노인네는 모두 다 치매가 있어 그렇다는 식이 아닌가? 나는 앞으로 내 새끼라도 함부로 이야기하지 말고 가능한 말을 줄여야겠다는 생각을 한 적이 있다.

이처럼 되찾은 열쇠가 6개월이 지난 후에 또다시 우리 집을 혼란에 빠지게 했다. 집사람이 호들갑을 떨면서 지난번 없어졌다던 열쇠가 자기 차에서 나왔다며 나보고 귀신이 곡할 노릇이란다. 처음에는 나도 당황스러웠다. 내 책상 서랍에 넣어 둔 열쇠가 왜 차에서 나오냐며

"도대체 어떻게 된 거야? 자기가 서랍에서 꺼내다 차에다 놓고 나보고 찾아보라고 한 거야?"하면서 나이가 들어가니 혹시 집사람이 치매 증상이 나타나고 있는 것이 아닌가? 하는 걱정이 들어 열쇠 사건을 글로 작성해 놓아 다음에 이런 일이 또 나타나나 살펴보기로 했다.

이처럼 열쇠에 대한 글을 작성하면서 생각해 보니 이 열쇠는 지난번에 찾았던 열쇠라는 것을 기억하게 되었다. 그때 열쇠를 찾아보았으나 찾지 못하여 문을 부수고 새로운 자물쇠로 바꾸어 놓았기 때문에 뒤에 찾은 열쇠가 필요 없게 되어 버린 것이다.

그래서 필요 없는 열쇠를 버리라면서 내가 집사람에게 주었

는데 이 사람은 그것을 자기 차에다 놓았던 모양이다. 그러다 6개월이 지난 후에 다시 열쇠를 보고 내 서랍에서 자기가 꺼내다 차에 둔 것으로 착각을 했고, 나는 나대로 열쇠를 버리라고 한 것은 까마득하게 잊어버리고 있었다. 그리고 집사람을 믿지 못하겠다고 생각하면서 혹시 치매 현상이 아닐까 하고 글을 작성하고 있었다.

나는 퇴직을 하고 치매에 대해서 은근히 걱정되어 65세가 되던 해 아무도 모르게 보건소에 가서 치매 검사를 받아 보았는데 그런 검사 정도라면 아직 나에게는 아무런 문제가 없을 것 같다고 자부했는데 오륙 개월 전 일을 까마득하게 잊어버린 현상이 나타난 것이다.

딴에는 치매에 걸리지 않기 위하여 컴퓨터에 앉아 글도 쓰고 낙서도 하면서 하루 두 시간 이상 꼬박꼬박 헬스뿐 아니라 하루 만 보 이상 걷기를 4년째 하고 있는데 내 머릿속에서 되찾았던 열쇠 생각이 싹 사라져 버린 것이다.

친구들이 나이 들어가면서 하는 이야기가

"사람 이름이 잘 기억이 안 나."

"그래 나는 금방 한 것도 기억이 안 날 때가 있어."

"그건 괜찮네, 나는 손에 핸드폰을 들고서 핸드폰을 찾고 있었는데…"라고들 하지만 자식들에게 핀잔을 먹으면서까지 그리 요란을 떨면서 찾았던 열쇠 사건이 고작 6개월 전인데 혼자도 아니고 두 사람이 감쪽같이 머릿속에서 사라졌을까? 생각하면 생각할수록 어이가 없다.

이것이 나이 들면서 나타나는 치매의 시초인 치매기가 아

치매 아닌 치매기

닌가 하는 생각이 들었다. 나는 집사람이 나갔다가 들어오자 그녀에게 열쇠 이야기를 나누며 이런 것이 치매기인 모양인데 치매가 오지 않도록 정신 바짝 차리고 살자면서 허탈 웃음을 지었다.

행복이란 무엇인가?

오이꽃(꽃말: 애모, 존경, 변화)

행복이란 무엇인가?

평생을 행복하게 살겠다고 몸부림치고 또

"행복하게 살아라."

"행복해야 한다."라고 인사를 해 왔는데 도대체 행복이란 무엇인가? 내가 생각하고 있던 행복이란 의미가 사전에는 어떻게 쓰여 있는지 찾아보았다.

국어사전을 보니 행복이란 '생활에서 기쁨과 만족감을 느껴 흐뭇한 상태'라고 기록하고 있고 인터넷을 찾아보니, 보다 구체적으로 '욕구와 욕망이 충족되어 만족하거나 즐거움을 느끼는 상태. 또는 불안감을 느끼지 않고 편안해하거나 또는 희망을 그리는 상태에서의 좋은 감정으로 심리적인 상태 및 경지를 의미'라고 기록하고 있다.

이를 다시 살펴보면 행복이란 결국 자기 자신의 주관적인 판단으로 얼마만큼 자기의 삶에 만족하냐에 따라 '행복하다' 아니면 '불행하다'라는 말이 된다. 평소 내가 생각하고 있던 행복이란 개념과 별로 차이가 없다.

그러다 보니 행복이란 말은 모든 사람이 다 같을 수가 없고 서로 다르다는 것을 알 수 있다. 어떤 사람은 재물을 많이 가졌을 때 행복을 느끼는 사람이 있는가 하면, 또 어떤 사람은 사회적 지위가 높아질 때 행복감을 느끼듯 사람마다 서로 다른 것이다.

이렇게 생각하다 보니 언뜻 15년 전에 몽골을 관광했을 때 현지 가이드 이야기가 떠오른다. 가이드 아가씨는 한국의 서울에 있는 모 대학에서 2년간 유학을 한 몽골 아가씨로 우리나라에 대하여 제법 많이 알고 있었다. 그 가이드 이야기가

"세상에서 행복지수가 가장 높은 나라가 어느 나라입니까?"라는 질문을 했다. 우리는 무슨 의미로 묻는지 잘 몰라 대답을 하지 않고 그녀만 응시하고 있는데 가이드 말이

"방글라데시가 가장 높고 그다음이 몽골입니다."라는 것이다. 그러자 우리 일행은 아무도 그 말에 동조하지 않고 있으니까 하는 말이 행복지수는 국민 1인당 GNP에 반비례하여 낮을수록 높게 나타난다는 것이다.

가이드 아가씨는 자기 나라인 몽골은 못 살고 한국은 잘 사는 나라라는 것을 역설적으로 GNP가 높고 잘 산다고 행복지수가 높은 것이 아니라는 말을 하고 있었다. 비록 나라가 가난하고 국민이 못 살아도 인간이 느끼는 행복지수는 자기 나라가 우리나라보다 높아 살기가 더 좋은 나라라는 것을 말하고 있었다.

사실 그렇지 않은가? 돈이 많다고 해서 행복한 것도 아니요, 사회적 지위가 높다고 해서 꼭 행복하다고 할 수는 없다. 돈이 없어도 행복감을 느끼며 사는 사람도 많으며 사회적 지위가 낮더라도 자기 일에 만족을 느끼며 사는 사람이 얼마나 많은가? 그러고 보면 우리가 잘 살고 못 살고 하는 가치 기준은 개개인이 가지고 있는 가치 기준 판단에서 평가해야 한다고 생각되었다.

오늘날 우리가 사는 사회를 보면 분명 내가 어렸던 1950년대나 60년대에 비하여 상상도 할 수 없이 풍요롭고, 발전했지만 지금 사는 사람이 그때 살았던 사람보다 행복하게 살고 있다고는 말할 수 없을 것 같다.

그 시절은 비록 굶주리며 살았지만, 가족이나 친족 및 이웃들과 정감이 있었다. 바로 인정이 넘치는 사회였다. 콩 한 쪽도 나눠 먹는다는 우애가 있었고 색다른 음식 하나만 장만해도 이웃과 나눠 먹는 인정이 있었다. 이웃이 이사하면 서로 도와주었으며 서로 아껴주고 격려해 주던 사회였다.

그런데 오늘날 우리가 사는 사회는 같은 아파트에 몇 년을 살아도 내 앞집에 누가 살고 있는지 모르고 누가 이사 가고 오는지조차 관심이 없으며 위층에서 어린아이들이 조금만 뛰며 놀아도 층간 소음이라고 싸움을 하는 사회가 되어 버렸다.

그러고 보면 선진국이란 사회는 남을 배려하려는 사고 의식이 부족하고 자기중심적으로 생각하는 개인 중심 사회가 되는 모양이다. 오늘날 우리 사회도 점점 부모 형제에 관한 관심이 없어지고 이웃이야 죽든 말든 나만 잘 살면 된다는 사회로 변해가는 모양이다.

한평생 바르게 살고 양심을 지키며 살라고 가르쳐 온 교직자가 퇴직하고 집에 있어 보니 사회 돌아가는 것이 씁쓸하기만 하다. 어쩌다 뉴스라고 들어보면 좋은 소식은 하나도 없고 우울한 뉴스만 흘러나온다.

행복이란 자기 자신의 마음속에서 나오는 것인데 우리 사회 행복은 서로 많이 가지려 하는 재력이나 권력을 행복의 기준으로 삼고 있는 것이 아닐까 하는 생각이 들었다.

이런 생각을 하다 보니 문득 네팔에 있는 히말라야를 등반할 때 그곳에서 만난 네팔 사람들의 생활 모습이 떠올랐다. 깊고 깊은 산골 오지에서 비록 옷은 남루하고 외모는 보잘것없었지만 그들의 얼굴에는 천사 같은 표정이 있었다. 얼마나 순수하고 해맑아 보였던가.

그리고 보니 초식 동물은 모두 착하고 순진하며 눈빛에 독기가 없어 보이는데 육식 동물은 표정부터 무서워 보이고 눈빛에 독기를 품고 있다는 생각이 들었다. 그렇다면 인간도 욕망에 따라 표정이 달라지는 것일까? 하는 의문이 든다.

세상 살만큼 산 노인네가 이런 생각 저런 생각 하면서 행복이란 게 무엇인지 다시 생각해 보니 지금 내가 사는 것이 가장 행복한 삶인 것 같다는 생각이 들었다.

모든 욕심 다 내려놓고 자연을 벗 삼아, 보이면 보이는 대로 들리면 들리는 대로 자연에 순응하면서 사는 나의 삶이 진정한 행복이 아닐까? 이런 생각을 하면서 일 년 중 가장 춥다는 소한이 지난 지 며칠 안 되는 매서운 한파와 눈이 내리는 데도 두툼한 옷차림으로 스틱 하나에 의지한 채 쏟아지는 하얀 눈을 바라보면서 걸음이 나는 대로 걸어 본다. 나만의 행복을 찾아서 무념(無念)의 세계(世界)로 들어가 본다.

허상

복숭아꽃(꽃말: 매력, 유혹, 희망)

우리는 이 세상을 살아가면서 수없이 많은 虛像(허상)을 보며 살아간다. 그런 허상에 사로잡히다 보니 TV 연속극에서도 '도깨비'라는 작품이 많은 시청자를 끌어들인 모양이다. 사람의 마음속에 도깨비와 같은 허상을 가지고 그 허상을 꿈꾸며 살기 때문이 아닌가 하는 생각이 든다.

내 인생에 가장 뚜렷하게 느낀 허상(虛像) 하나가 지워지지 않는 것이 있다. 그 이야기를 옮겨보면 내 나이 갓 20살 때 일이다. 고등학교를 졸업하고 대학을 진학하고 싶은데 진학을 하지 못하고 있을 때다.

집안 살림이 어려워 도시에 나가 학원에 다니며 공부할 처지도 못 되고 집에서도 공부할 방이 없으며 일하는 부모님과 많은 동생으로 공부할 분위기가 못 되었다. 그러다 보니 집에서 나와 진악산이라는 산자락 밑에 있는 인삼밭에서 다락을 지어 놓고 혼자 밥을 끓여 먹으며 생활한 적이 있다.

마을에서 2㎞쯤 떨어진 해발 700m가 넘는 산자락에 혼자

기거하고 있으니 어린 나이라 무서움도 있었으나 이를 이겨내고 공부를 한다고 생활하고 있었다. 낮에는 간간 풀[36]하려 지나다니는 풀 꾼과 5일 만에 한 번씩 돌아오는 장날이면 산 너머에 사는 사람들이 장을 보려 지나다닐 뿐 사람은 거의 보기가 힘들었다. 봄에는 산에서 취나물과 고사리를 꺾어다 나물죽도 끓여 먹으면서 봄부터 가을까지 한 해를 보낸 적이 있었다.

1960대 우리나라는 무척이나 가난한 나라였다. 그러다 보니 금산이란 곳은 농산물로 인삼이 유명한데 인삼 도둑이 심하여 3년이 지난 인삼밭은 저녁에 사람이 자면서 땅이 얼 때까지 지켰다. 이처럼 사람이 지키는 데도 종종 외곽지대에서는 도둑이 떼로 와 인삼밭 지키는 사람을 위협하여 다락에서 나오지 못하게 하고 인삼을 캐갔다는 소문이 종종 돌기도 했다.

나이가 어린 나는 도둑이 오면 무기로 사용하기 위하여 인삼밭 다락에 손도끼와 아령을 가져다 놓고 있었다. 잠을 잘 때면 손에 닿는 잡기 좋은 곳에 도끼를 놓고 잠을 잤다.

그날은 유독 달이 밝았다. 보름달이었던 모양이다. 자정까지 책과 씨름하다 잠자리에 들었다. 잠을 자다 들으니 밖에서 울타리 뜯는 소리가 들려왔다. 나는 숨을 죽이고 계속 잠든 체했다. 울타리 나뭇가지를 부러트리는 소리가 나더니 울타리를 넘어오는지 소리가 더 크게 들려왔다. 그리고 발소리를 죽이면서 걸어오는지 살금살금 걸어오는 것 같은 소리가 들려왔다.

나는 바르게 누운 채 자는 체하며 소리가 나는 왼쪽으로 고

36) 인삼밭에 거름으로 사용하기 위하여 여름철에 베어 나름

개를 돌리고 오른손에 도낏자루를 움켜줬다. 얼마나 시간이 지났을까? 거적으로 만든 문 한쪽이 살며시 열렸다. 두 눈을 부릅뜨고 바라보고 있자니 거적문 귀퉁이를 쳐들고 사람이 얼굴을 들어 밀었다. 내가 자나 안 자나 살피는 모양이다.

나는 순간 벌떡 일어나면서 도끼로 사람 얼굴을 내려찍었다. 그러자 커다란 쥐 한 마리가 뛰쳐나간다. 정신을 차리고 보니 내가 들은 소리는 쥐란 녀석이 지푸라기를 씹는 것이 울타리를 뜯는 소리로 착각했으며 쥐를 사람 얼굴로 착각한 것이다. 일어나 생각하니 쥐가 아니었다면 어찌 되었을까 겁이 발칵 났다. 만약 사람이었다면 얼굴이 두 쪽이 나지 않았을까? 도끼에 맞은 거적 나무는 푹 파여 있었다. 쥐가 어쩌면 그리도 선명하게 사람의 얼굴로 보였을까? 거적문을 열고 밖을 내다보니 서쪽으로 기우는 달빛이 휘영청했다.

이런 일을 경험한 후 나는 虛像(허상)에 대하여 곰곰이 생각해 보곤 한다. 어릴 때 밤길을 걸을 때 희끗희끗 보이는 것이 도깨비가 아닌가? 겁을 먹기도 하고 특히 혼자 밤중에 공동묘지 옆을 지날 때 귀신이 나오지 않나 하는 공포증에 깜짝깜짝 놀라기를 여러 번 느껴 보았다.

그러나 이 사건이 일어난 후 나는 허상이란 것은 자기 마음에서 나타난다고 하는 것을 깨닫게 된 것이다. 다시 말해 귀신이나 도깨비는 존재하지 않는다는 것이다. 다만 본인이 어떤 물체를 보고 귀신이나 도깨비라고 착각한다는 뜻이다. 이런 결론에 도달하자 神(신)을 부정하게 되어 부처님이나 하나님을 믿지 않는 무종교인이 되어 버렸다.

그렇다고 神(신)이 없다고 부정하는 사람은 아니다. 사람은 누구나 神(신)을 볼 수 있으며 만날 수 있다고 생각한다. 신을 만나려면 그만큼 믿음이 강해야 신을 접할 수 있을 것이라는 생각이다.

그 믿음이란 바로 자기 자신의 마음이요 精神(정신)이란 뜻이다. 그러고 보니 정신이란 精(정)자는 '정할 정'자요 神(신)자는 '귀신 신'자니 정신이란 바로 귀신을 정한다. 라는 말이 된다.

즉 자기가 신이라고 정하면 신이 되는 것이고 아니라면 아니 된다는 뜻이다. 그러고 보면 精神(정신)을 가진 우리 사람은 누구나 신이 될 수 있다는 뜻이 되는 것이 아니겠는가? 바꾸어 말하면 자기 자신이 바로 신이라는 말이 된다.

내가 젊은 시절 읽어 보았던 어느 스님의 수필집에 이런 말이 떠오른다. '사람은 귀가 있다고 하여 듣는 것이 아니요, 눈이 있다고 보는 것이 아니라 자기가 마음으로 듣고 싶어야 들을 수 있고 보려고 해야 볼 수 있다.'라고 한다. 그 글귀를 읽은 후 곰곰이 생각해 보니 사실이라는 것을 깨닫고 교단에 있을 때 학생들에게 무척이나 강조했던 기억이 있다.

바로 내 눈앞에 있다고 내 눈에 보이는 것이 아니라 눈앞에 있어도 다른 생각을 하고 있으면 볼 수 없다는 말이 된다. 즉 허상은 마음에서 보고 싶으면 얼마든지 볼 수 있다는 말이 된다. 다만 얼마만큼 몰입하느냐에 따라 보이고 안 보이고는 차이가 있을 수 있다는 것이다.

나는 요즘 나이를 먹어서 그런지 아니면 눈에 백내장과 녹내

허상

장이 있다는데 그래서 그런 것인지 허상이 잘 보인다. 분명 사람이 있었던 것 같았는데 아니고 다른 물체를 사람으로 착각하는 虛像(허상)이 종종 나타난다. 아마 精神(정신)이 바르지 못해서 그런가 보다. 앞으로 살을 날보다 죽을 날이 가까워지니까 그런지 모르겠다. 어릴 때나 젊어서는 두려움에서 허상이 나타났는데 이제는 죽음에 대해 두려움이 없는데도 허상이 나타나는 것은 늙은이라 허깨비를 보는 것인지 모르겠다.

두대바리[37]와 멍청이 부부

황매화(꽃말: 인내, 충실)

우리 부부는 어느 날부터 두대바리와 멍청이 부부가 되었다. 서로 만난 지가 하루하루 살다 보니 어언 45년이란 짧고도 긴 세월이 흘렀다. 가난뱅이 농부의 아들과 딸이 만나 열심히 살아도 왔다. 더구나 8남매 맏이와 7남매 맏이가 만났으니 두 못난이가 같이 살아온 인생길이 동생들 뒤치다꺼리가 바쁜 부모님의 따뜻한 사랑의 손길은 그만두고 관심 밖에서 고향을 떠나 객지를 전전긍긍하며 살아온 인생들이다.

둘 다 막냇동생들하고 나이 차이가 우리와 부모님과의 차이보다도 더 많으니 결혼 초부터 부모님에게 손 한번 내밀어 본 적이 없는 인생살이이었다. 그렇게 열심히 산 덕에 늙어 가면

---

37) 둔재의 방언

서 자식들 눈치를 보지 않을 정도의 살림도 만들어 놓고 높지는 않지만 그래도 비웃음을 살 정도는 아닌 사회적 지위도 가져 보았다.

그런 우리에게 어느 날부터인가 서로 두대바리와 멍청이란 용어를 자연스럽게 사용하는 부부가 된 것이다. 두대바리는 나를 나타내는 대명사가 된 것이요 멍청이는 집사람을 나타내는 대명사가 된 것이다.

나이를 먹어 정년퇴직하고 보니 특별한 재능과 기술이 없으니 조그만 땅덩어리를 가지고 놀 수밖에 더 있으랴. 원래가 뻣뻣한 몸뚱이인데 운동도 하지 않고 책상다리에만 매달려 평생을 살아왔으니 몸뚱이가 굳을 대로 굳은 것이 아닌가. 그래도 고집은 있어 겨울이 채 가기 전 3월 초부터 완두콩, 감자 등등 시작으로 11월에 가서 서리태 타작과 마늘을 심어야 끝나는 먹 잘 것 없는 밭농사에 매달리며 살다 보니 간간이 헉헉대는 숨소리가 하나의 멜로디가 되기도 한다. 그런 몸뚱이를 가지고 괭이를 들고 삽을 들어 설쳐대니 어설플 수밖에 없다. 그런 나를 두고 어느 날부터 집사람은 두대바리란 용어를 사용하기 시작한 것이다.

어린 시절 어머니로부터 바로 손아래에 있는 동생같이 일을 못 한다고 두대바리 같다는 말을 들은 것도 같은데 늙어서는 집사람에게까지 듣는 꼴이 된 모양이다. 하긴 어느 날인가부터 걸어 다니는 아파트 계단에 내려올 때 종종 발뒤꿈치가 계단에 걸려 내가 두대바리가 아닌가라는 생각을 한 적이 있기도 하다. 그것을 집사람에게 말을 했더니 두대바리라는 용어가 서슴지 않고 입에서 나온 것이다. 두대바리라 한다고 그리 섭섭한 것도 없다. 원래 날랜 동작을 가진 사람은 아니니까?

나는 그렇다손 치고 내 입에서 집사람에게 요즘은 멍청이 소리가 절로 나온다. 나이가 70살이나 먹은 늙은이가 되었으면 70 먹은 늙은이답게 점잖게 살았으면 좋으련만 아직도 욕심이 얼마나 많은지 새벽부터 일어나 설쳐대니 정신이 없다. 원래 새벽잠이 없는 사람이지만 5시면 일어나 무엇을 하는지 정신이 없다. 내 생각엔 깨끗하게 옷이나 갈아입고 친구나 만나러 가든지 아니면 노래 교실이나 그 많은 평생교육 프로그램을 즐긴다든지 아니면 곧잘 치는 탁구장에 가서 운동하면서 시간을 보내면 좋으련만 고집스럽게 밭으로만 나간다. 이러니 내 입에서 멍청이 소리가 안 나올 수가 있겠는가.

이처럼 서로가 두대바리, 멍청이라고 불러 놓고는 웃고 있다. 아마 서로 두대바리라는 말과 멍청이란 말을 용인하는 행동이 아닌가. 올해는 유독 가뭄이 심해 몇 년 전에 심어 놓은 가로수가 말라죽고 밭에다 심은 밭곡식은 크기는커녕 살아 있는 것도 힘이 드는지 줄기가 축 처져 있으며 잎들이 시들시들 했다. 심은 것이 아까운지 집사람은 아침밥만 먹으면 밭으로 나가 흙이 잔뜩 묻은 옷으로 갈아입고 얼굴은 보자기로 칭칭 감아 싼 채 밀짚모자를 뒤집어쓰고 물이 나오는 호스를 질질 끌고 다니며 온 밭을 헤매고 다닌다. 차라리 키라도 크던지, 키는 도토리 난쟁이같이 작아 가지고 온 밭을 헤매고 다니니 그런 집사람을 보고 내 입에서 나오는 소리가 멍청이같이 하늘이 말리는데 무슨 물을 주며 농사를 짓는다고? 하며 야유를 보내는 것이다.

나는 아무리 생각해도 멍청이 중에 최고 멍청이를 만난 모양이다. 이 멍청이는 자기가 멍청이면 자기나 멍청이 같이 살 것이지 이웃에 사는 딸들까지 멍청이같이 살라고 잔소리를 한다. 40이 넘은 딸들은 저희들 나름대로 열심히 멋지게 살고 있는데 우리 집 멍청이는 자기같이 안 산다고 잔소리를 한다. 하긴 두대바리인 자기 서방이나 멍청이랑 40년이 넘게 소리 없이 살았지 누가 또 그 잔소리를 들으며 살 사람이 있는지 영 깨닫지를 못한다.

그러나 어쩌랴. 지금까지 같이 살아온 인생살이가 45년이니 두대바리라고 해도 좋고 멍청이라도 좋으니 얼마나 우리네 인생이 남았는지 알지는 못하지만, 오늘보다는 내일이 내일보다는 모레가 더 두대바리가 될 것이고 더 멍청이가 되어갈 텐데 두대바리라고 불러 주는 마나님이 있으니 행복하고 멍청이라 불러 주는 서방님이 있으니 이것이 늙은이들의 행복이 아니겠는가?

오늘도 서로 두대바리 멍청이라 놀려대면서 허허 웃기도 하고 화도 내면서 이 세상에 존재하고 있음을 과시하며 하루를 보낸다.

두대바리!

멍청이!

사랑스러운 우리 부부의 애칭이라!

지리산 연가

유채꽃(꽃말: 쾌활)

　내가 웅장한 지리산 등산을 좋아하는 이유는 깊은 산속을 혼자 헤매다 보면 속세에서 쌓였던 스트레스가 언제 사라졌는지 모르게 사라지기 때문이다. 그러다 보니 가정이나 직장에서 골머리가 아픈 일이 생기면 도시락 하나 준비해서 깊은 산속에 들어가 예닐곱 시간 헤매다 보면 몸은 피곤해도 머리에서는 언제 그런 일이 있었냐는 듯 사라지고 새로운 기운이 나기 때문이다.

　나는 젊어서 속초에 살 때는 매년 6월 6일이 되면 같은 학교에 근무하는 선생님이나 학생들과 같이 설악산을 등산하면서 조국을 위하여 승화하신 국군장병들의 넋을 기리다 충청남도로 와서는 한동안 큰 산을 가지 못했다. 그러다 어느 날 전주에 사는 장인어른이 25인승 봉고차를 대절하여 출가한 자녀 및 손자들까지 태우고 지리산 노고단과 화엄사를 거쳐 온 적이 있었다.

　이때부터 지리산에 관심을 두기 시작하여 그 후 내 가족과 처가 식구들과 같이 천왕봉을 올라가 보고 그 웅장함에 탄복하여 직장에서 여름 방학을 이용하여 선생님들과 같이 여러 차례 천왕봉을 점령해 보았다.

　그러다 지리산 종주를 해 보자는 욕심이 생겨 기회를 보는데 같이 가줄 사람을 만나지 못하고 퇴직하게 된 것이다. 직장에서 퇴직하자 시간이 남아 집사람을 꼬드겨 그동안 가보지 못한 화엄사에서 무넹기보를 거쳐 노고단으로 오르는 코스와 피아골에서 반야봉과 삼도봉을 거쳐 반선으로 내려오는 뱀사골 코스 및 음정에서 시작하여 연하천을 거쳐 벽소령으로 해서 음정으로 내려오는 코스 등 수없이 다녀 보았지만, 마음이 차지 않았다.

그러는 동안 지리산 능선에 있는 모든 봉우리를 점령해 보자는 욕망이 생겨 내 책상 유리판 밑에 지리산 종주 코스가 그려진 유인물을 꽂아 놓고 내가 걸어 본 곳은 붉은색으로 표시하면서 다녀 보았으나 늘 간 곳만 가는 꼴이 되었다. 그래서 구간을 4개로 나눠서 종주하기로 마음먹었다.

지리산 종주하면 대부분 사람이 성삼재에서 시작하여 중산리로 내려오는 것으로 끝내는데 나는 화엄사에서 시작하여 대원사까지 코스를 잡고 실천해 보자고 한 것이다.

그래서 2015년 11월에 집사람과 같이 첫 코스로 화엄사에서 무넹기보를 거쳐 노고단까지 가을 단풍 구경 겸 산행을 하였다.

그리고 대원사에서 천왕봉까지는 2016년은 내가 古稀(고희)가 되는 해였다. 해외에 나가 있는 큰아이 가족이 고희 기념으로 제주도로 가족여행을 가자며 들어와 집이 복잡해지자 나는 혼자 8월 12일 배낭을 짊어지고 집을 나섰다. 혼자 하는 큰 산 산행이라 짧게 코스를 잡기 위해 인터넷을 검색하고 또 검색하다 보니 가장 짧은 코스로 유평 새재에서 시작하는 코스가 눈에 들어왔다.

화엄사 계곡 단풍

　대원사 계곡은 도로가 좁아 대부분 차 한 대가 지나가는 낯
설은 도로로 조심스럽게 4㎞도 넘게 차를 몰고 올라갔다. 좁
은 도로였지만 곳곳에 차가 서로 비켜줄 수 있는 곳이 있었
으며 곳곳에 계곡에서 물놀이 하는 차량이 주차하고 있었다.
　이 계곡이 유명한 지리산 대원사 계곡이라는 것을 처음에는
알지 못했다. 차를 몰고 계곡을 따라 올라가다 보니 깊고 아름
다운 계곡이라는 것을 깨닫게 된 것이다. 지리산 계곡 하면 뱀
사골 계곡만 알았는데 알고 보니 대원사 계곡도 그에 못지않
은 유명한 계곡이란 것을 깨달았다.
　대원사 계곡은 물이 많으면서도 맑았으며, 자동차가 계곡
옆에 주차할 수 있는 공간이 곳곳에 확보되어 있고 아름다운

바위와 맑은 물, 그리고 우거진 숲속이 조화를 이룬 깊은 계곡으로 천혜의 여름 피서 지역이었다. 언제 한 번 가족을 데리고 피서를 와 봐야지 하는 생각이 들었다.

오후 5시경 새재에 도착하여 마을을 살펴보니 집이 몇 채뿐인데 마침 예약이 취소된 방이 하나 있어 숙소로 정하고 주차장 바로 앞에 있는 식당에서 저녁을 먹었는데 반찬이 정갈하고 맛이 좋았다. 산나물 반찬이 맛이 있어 밥 두 공기를 뚝딱 해치우고 이곳을 찾는 손님들에게 소개 좀 해야겠다는 생각이 들어 인터넷에 올릴 사진 몇 장을 찍어 봤다.

요즘 집에서는 기온이 35도 이상 되는 찜통더위였는데 이곳은 해가 지기도 전에 25~6도의 선선한 기온으로 신선이 사는 곳 같은 기분이 들었다. 늙은이라 잠이 없어 뒤척이며 밤을 지새운 것 같았다. 새벽 일찍 산행을 시작하고 싶었지만, 야간 산행 경험이 없는 사람이라 미처 전등을 준비하지 못했다. 거기다 평소 겁이 많아 새벽 3시 반에 잠이 깨어 나가지 못하고 뒤척이고 있는데 4시가 조금 지나자 밖에서 산행하는 사람들이 구시렁거리며 걷는 소리가 들려 왔다. 나도 따라나서야지 하면서 준비하고 나선 시각이 05시 15분이었다.

두려움을 참고 산행을 하는데 날이 점점 밝아왔다. 아무래도 혼자 하는 산행이라 속도가 빠른지 지도에서 표시된 산행 시간보다 빠르게 걷고 있는 것 같았다. 삼거리에 도착하자 사람 소리가 들려 마음이 가벼워졌다. 일행을 만나보니 40대 남자 다섯 사람이 쉬고 있다. 이 사람들이 내 숙소 앞을 지나가면서 구시렁대던 사람들이려니 생각하면서 나는 그 사람들을 뒤로 제치고 부지런히 올라가기 시작했다.

혼자 정신없이 오르다 땀도 나고 목도 말라 개울을 건너려다 말고 배낭을 벗어 놓고 개울물 한 모금 마시고 주위를 살펴보니 바로 위에 옹달샘이 눈에 들어왔다. 샘을 살펴보니 바위 틈새로 수도꼭지가 박혀있어 신기하게 느껴져 자세히 보니 플라스틱 물병을 잘라 꽂아 놓은 것이 수도꼭지보다 더 멋져 보였다. 어느 분의 작품인지 모르지만 멋지다는 생각이 들었다. 또한, 물맛이 일품으로 개울물과는 비교가 되지 않게 시원했다.

아침 식사 대신 간식으로 가볍게 물과 초코파이 하나를 먹고 다시 산행을 시작하는데 앞에서 사람 소리가 들려 이제는 마음의 여유가 조금씩 생기기 시작했다. 앞뒤에 사람이 있지 않은가? 지리산을 등산할 때마다 느끼는 일이지만 혹시 곰을 만나면 어떻게 해야 할까? 하는 두려운 생각에 마음이 쫄아 있었는데 그 두려움이 사라진 것이다.

무재치기 폭포를 지나친지도 모르고 지발목 대피소에 도착해서 시간을 보니 아침 07:30분이었다. 지도상의 거리에서는 50분 정도 걸린다고 되어 있는데 나는 1시간 10분 정도 시간을 소비한 것 같았다. 마음이 나태해졌나 아니면 잠깐 쉬었다고 그런가? 나름대로 정신없이 올라와 무재치기폭포도 모르고 그냥 지나쳤었는데도 시간이 더 걸렸다.

지발목 대피소에는 젊은 남녀 일행 15명 정도가 숙박했는지 아침 식사를 마치고 그릇을 닦느라 소란스러웠다. 나는 잠깐 숨을 돌리고 안내판을 보고 있는데 50대 초반 남자 한 사람이 힘들어서 더 못 올라가겠다고 혼자 푸념하는 것이 안쓰

러워 보여

"그렇게 힘이 드십니까?"

"힘들어서 더는 못 가겠네요."

"평소 걷기를 잘 안 하는 모양이지요? 젊었을 때 많이 걷는 습관을 지니는 것도 좋은데." 하자

"어르신은 어디까지 가십니까?"라고 물어 와

"천왕봉에 갔다가 다시 내려 올 겁니다."

"무리하지 않으세요. 연세가 많으신 것 같은데?" 하며 혀를 내두른다. 하긴 내 머리가 완전 백발이니 검은 머리인 사람들이 볼 때 그렇게 생각할 수도 있겠다고 생각하면서

"아직은 걸을 만합니다."

"대단하십니다. 건강이 부럽네요."

"평소 만 보 이상 걷기를 한 3년 실천했더니 오르는데 별로 무리를 느끼지 않네요." 하면서 평소 걷기를 권장하고 또 부지런히 오르기 시작했다.

얼마나 올라갔는지 허기가 진다는 생각이 들어 시계를 보니 08시가 되어 간다. 평소 07:30분이 내 아침 식사 시간인데 역시 배꼽시계는 속일 수가 없는 모양이다.

적당한 자리를 찾아 배낭을 벗어 놓고 보니 옆에 고목의 등걸이 한그루가 있는데 꼭 내 모습 같다는 생각이 들어 핸드폰에 담아 보았다. 어쩌면 썩어서 옹이만 남은 앙상한 모습이 바짝 마른 내 모습과 같을까? 하는 생각이 들었다. 이 세상에 태어나서 열심히 살았건만 이제는 나이 들었다고 국가에서도 쉬라고 쫓겨난 지가 7년이나 되다 보니 하루하루가 외로움 속으

로 점점 사라져 가는 내 인생이 썩어서 옹이만 남은 고목의 모습과 다를 바 없다는 생각이 든 것이다.

가방 속에 들어 있는 뻣뻣한 떡가래 하나를 씹어 먹고 다시 산행을 시작한다. 산이 험한 것인지 내 몸이 부실한 것인지 다른 때보다 몸이 빨리 지쳐 오는 것 같은 느낌이 들었다. 이정표를 지나고 또 지나다 보니 아직 써리봉을 못 오른 것 같은데 지리산의 중봉과 천왕봉이 내 눈에 들어왔다. 천왕봉으로 기어오르는 구름이 너무 아름다워 한참이나 넋 놓고 바라보면서 숨을 골라본다.

첩첩이 쌓여있는 산 산 산
그 속에서 헤매는 바싹 마른 흰머리 영감이
긴 한숨 몰아쉬며 허리를 펴고 앞을 바라보니
나뭇가지 사이로 보이는 청잣빛 하늘 아래
운무들이 둥지를 튼 곳이 천왕봉이라

지금쯤 운무가 둥지를 튼 천왕봉에는
지리산 백발 신령이 바둑판 벌려 놓고
옛 친구 오기를 기다리느라
들어 쉬고 내 쉬는 한숨이 운무로 변하노라!

가냘픈 내 허리 지탱해 주는
가느다란 지팡이 하나에 몸을 의지하고
흰머리 영감이 한발 한발 걷다 보니
운무가 둥지를 튼 천왕봉에 도달할지니

백발 신령이 반가워하며 벌떡 일어나
흰머리 영감 두 손 잡으며

어서 오라 반기며 인사를 하자
운무가 사라지고 파란 하늘이 방긋 웃고 있누나!

　드디어 써리봉에 올라 지리산을 핸드폰에 담아 본 시간이 08:50분이었다. 몸이 꽤 지쳐 왔지만 쉬지 않고 오르고 또 올라 드디어 중봉을 점령했다. 시간은 10:00로 분명 인터넷 지도에서 나타난 시간보다 시간이 더 걸렸다는 것을 알게 되었다.

　거리 목에는 천왕봉이 0.9㎞ 남았다고 표시되어 있는데 내 눈에는 까마득하게 보였다. 그만 포기를 해 버릴까 하는 생각이 머릿속에 맴돌았지만, 성깔이 있지 여기까지 와서 포기하면 내가 언제 또 올 수 있겠는가? 하는 오기가 솟아났다. 천왕봉이 거리 목에 200m 앞이라는 데 숨도 차고 다리도 꽤 풀려 있다는 것을 느끼었다. 앞에 있는 천왕봉 봉우리를 나뭇가지 사이로 바라보면서 식구에게 카톡 하나를 날려 본다.

　"봉우리가 200m 남았다는 데 왜 이리 힘이 드노?"

　10:45분 드디어 천왕봉에 등정했다. 그동안 천왕봉 산행을 하면서 40대 초반에 처음 도전했는데 몸이 부실하여 상당히 고전한 적이 있었다. 오늘은 그때보다는 못했지만 최근 몇 년 동안에서는 제일 고전한 것 같았다. 천왕봉 표지판에 많은 사람이 인증-샷을 하기 위해 몰려있는데 나는 하얀 머리 힘을 믿고 밀어 대니 젊은이들이 양보하여 준다. 한 젊은이에게 핸드폰을 건네고 사진 한 장 부탁하며 두 손을 활짝 벌리고 "만세!"를 불러 본다. 마음속에 나도 모르게 "내가 또 올 수 있을

까?" 하면서

천왕봉 정상　　　　천왕봉에서 본 지리산 봉우리들

　내가 오른 중봉과 써리봉을 핸드폰에 담아보며 4시간이면 오를 줄 알았는데 5시간 30분이나 소요됐다. 분명 산을 오르면서 다른 사람들을 앞지르면서 왔는데 알 수가 없다. 인터넷의 산행 시간을 너무 믿으면 안 되겠다고 하는 생각을 가졌다. 인터넷 지도상의 시간은 평균 속도로 걷는 사람을 기준으로 기록하여 놓아야 하지 않는가?

　가볍게 떡 한 조각과 가지고 온 5년 묵은 인삼주 한 잔을 마시고 하산을 시작했다. 내려오기 시작한 지 15분이나 되었을까? 어느 아주머니 한 분이 카메라를 꽃에 들여대며 나보고 들으라는 뜻인지

　"용담꽃이 참 예쁘게 피었네!"

　"내 프로필이 용담꽃인데." 하면서 넉살 좋게 자기 카톡 프로필 사진을 나에게 보여 주며 자랑한다. 카톡 속에 담긴 꽃은 보랏빛으로 꽃이 복스럽게 피었다. 너무 활짝도 아니고 봉우리도 아닌 아주 알맞게 피어난 보랏빛 꽃이었다. 나는 2년 전 산책이나 등산을 하면서 만난 꽃들을 모두 폰-카에 담아

내 블로그에 올려 본 적이 있었다. 아마 수백 종을 올린 것으로 알고 있는데 이 꽃은 처음 본 꽃이며 용담이라는 꽃 이름이 내 고향에서 얼마 떨어지지 않은 전북 진안군의 용담댐이 생각나 폰-카에 담아 보았다.

내가 사진을 찍고 조금 가니 그녀는 다른 것을 사진에 담다가 나를 보더니 말을 걸어왔다. 원래 나이는 먹었지만 수줍음도 있고 남에게 말을 쉽게 하지 않는 내 성격이지만 술기운인지 나이의 힘인지 아니면 자연의 아름다움에서 오는 것인지 모르지만 우리 두 사람은 오래된 친구같이 자연스럽게 대화를 나누면서 산에서 내려오고 있었다.

지쳐 있는 내 몸은 간혹 숨이 차기도 하고 머리에 어지러움 증상도 나타났다. 이런 증상이 일어나면 심장마비가 온다는데 하는 생각을 하면서 천천히 내 몸을 컨트롤하면서 앞장서서 하산했다.

그녀는 산녀로 17년 동안 일주일에 한 번씩 지리산을 이 골짝 저 골짝 다니며 산행을 한단다. 아침 새벽 3시에 집에서 나서 산행을 하기도 하며 산행 중 곰을 세 번이나 만났다니 신기도 하고 대단하다고 감탄하지 않을 수 없었다. 그녀는 산이 자기를 보호해 준다고 자랑을 했다.

내가 볼 때 그녀는 산녀로 마음씨도 착해 보였으며 50대 중반이라는데 인상이나 표정은 30대 중·후반 정도로 밝았으며 몸매는 군살이라고는 하나도 없는 균형이 잘 잡힌 무용수 같은 몸매였다.

그녀는 써리봉에 올라 나에게 사진 한 장을 찍어주며 자기도 찍어 달라고 했다. 나는 용기를 내어 같이 사진 한 장 찍자고 하자, 자기는 얼굴이 많이 공개되어 마스크를 쓰면 찍을 수 있다고 한다. 나는 그녀의 프라이비시를 존중하기로 하고 마스크를 착용한 여자와 같이 사진을 찍고 싶지 않아 포기했다.

써리봉에서 천왕봉을 배경으로　　　　써리봉 거리 목

그녀는 지리산국립공원 객원기자로 지리산 모니터링을 하는 사람이란다. 그리고 지리산국립공원에서 축제 때 실시하는 지리산 종주 산행 걷기대회에서 5년간 연속 우승한 사람으로 그의 기록은 5시간 40여 분인가 하는 신기록 보유자라고 자랑하는데 믿음이 갔다.

산행 중 내가 그녀를 만난 것은 행운이었나 보다. 내려오는데 끝까지 동행해 줘서 지루한 줄 모르고 오래된 친구같이 인생 이야기를 나누며 하산했다. 새재에 내려오니 오후 4시가 조금 넘었다. 하행 시간도 5시간이 넘게 걸린 것 같다. 인터넷 지도에 나오는 시간에서는 7시간 반으로 되어 있는데 실제 산행을 하고 보니 근 11시간 가까이 소요되었다. 그렇다고 산행을 못 하는 사람도 아닌데 이유를 잘 모르겠다. 이렇게 해서 가장 접근하기 힘든 대원사에서 천왕봉코스를 마무리했다.

그리고 천왕봉에서 장터목 코스는 수없이 왔다 간 코스였다. 이 코스는 젊었을 때 장모님과 처갓집 식구들과도 같이 내 가족을 다 데리고 왔었던 곳이고 직장에서는 가는 학교마다 내가 산을 좋아한다고 여름방학이 되면 선생님들이 중심이 되어 이곳을 다녀갔다. 그런가 하면 몇 년 전에는 터키 여행길에서 알게 된 어느 여인이 동행을 요구해 안내해 주기도 했는데 이번에는 딸들이 중심이 되어 2018년 7월 30일 무더위를 피하고자 여름 피서 겸 등산을 하자고 하여 70살이 된 집사람과 같이 딸 셋과 중학교 2학년인 외손녀를 데리고 중산리에서 시작하여 법계사로 올라와 천왕봉과 제석봉을 거쳐 장터목에서 중산리로 하산했다. 집사람이나 40대 딸들은 모두 즐거워하는데 멋모르고 따라나선 중학교 2학년 외손녀가 힘들어하는 것이 안쓰러웠지만 좋은 추억 거리를 만들어 준 것 같았다.

여름 피서 가족 나들이 지리산 천왕봉

그다음 코스는 2018년 6월 17일, 생각지도 않았는데 전주에 사는 막내 처제 부부의 초대로 집사람과 같이 백무동에서 시작하여 장터목을 거쳐 연하봉, 화장봉, 삼신봉, 촛대봉, 세

　　　지리산 연가

석평전으로 해서 한신계곡으로 내려왔다. 이 코스는 40대 중반에 내 가족을 데리고 처남과 처제들 부부와 같이 등산한 적이 있는데 이번에 다시 막내 처제네 부부와 같이 등산한 것이다.

젊었던 시절 내 가족과 처남 처제 가족

그리고 내가 가보지 못한 화개재에서 세석평전은 성삼재에서 백무동까지 당일 종주로 계획을 세웠다. 그러나 나이가 70이 넘어가자 이제는 포기해야 할 것 같다는 생각이 들곤 했다. 내 책상 유리판 밑에 있는 지리산 전 코스 지도에는 그동안 다녀온 코스에 붉은색으로 표시해 놓았는데 토끼봉과 명선봉을 오르지 못했고 촛대봉, 덕평봉, 칠선봉, 영신봉도 오르지 못해 표시할 수가 없었다.

그러다 인터넷에서 우연히 서울에 있는 해올 산악회를 보게 된 것이다. 그 산악회에서 얻은 정보는 지리산을 하루에 종주할 수 있다는 것이었다. 지금까지 지리산 종주하면 1박 2일이나 2박 3일만 알고 있었는데 이 산악회 회원들은 무박 2일 코스로 지리산을 당일 종주한다는 것을 알게 된 것이다.

자세히 검토해 보니 03:00에 성삼재에서 출발하여 중산리까지 17:00에 산행을 마치게 되어 있었다. 그래서 용기를 얻어 먼저 산행한 분들의 산행기를 검토해 보니 많은 사람이 무박 종주로 산행하고 있다는 것을 알았다. 그리고 자가용을 이용하는 사람은 백무동에다 차를 대놓고 택시를 이용하여 성삼재로 간다는 것도 알게 되었다.

혼자 하는 산행이라 가능한 어둠을 피하고자 낮이 길고 밤에도 훤한 보름달이 떠 있는 2018년 7월 8일을 선택했는데 장마가 계속되어 1주일이나 뒤로 밀려 7월 15일로 날짜를 잡았다.

7월 14일 오후 6시경 백무동 택시에 전화하니 새벽 2시와 4시에 예약이 되어있어 성삼재로 직접 가면 오후에 성삼재로 태워다 주겠다고 성삼재에 차를 대 놓고 하산할 때 미리 전화하라고 했다.

날씨도 계속 흐리고 택시 예약도 제대로 안 되어 그만둘까 망설이다가 마음먹었을 때 해야지 하는 마음으로, 자정에 가볍게 과일과 음료수 및 김밥을 챙겨 15일 00:15분에 천안에서 출발했다.

차가 차령터널을 지나는데 빗방울이 비치기 시작하더니 공주쯤 지날 때는 제법 굵은 비가 내렸다. 차를 되돌려 가야 하나 갈등이 일었으나 일기예보에 지리산은 오전에 비가 오지 않고 오후 3시경 조금만 내리는 것으로 나와 있었다. 그래서 오후 3시경이면 산행이 거의 끝나가니 별로 문제가 될 것 같지 않다는 생각이 들어 밀어붙였다.

비는 전라북도 땅에 들어서자 줄기가 가늘어지더니 전주를 지날 때는 멈추었다. 일기예보가 기가 막히게 맞는 모양이라고 생각하며 구례에서 노고단으로 올라가는데 빈 택시가 내려오는 것이 보였다. 일찍 온 사람은 벌써 올라간 모양이다. 먼저 간 사람이 있으니 산행은 무섭지 않을 것 같았다.

성삼재에 오르는 길은 어두워서 차가 마음 놓고 달릴 수가 없었다. 오늘이 분명 음력 22일이라 하현달이 떠 있을 텐데 구름이 껴서 그런 것인지 라이트 불빛만 보였고 차창 밖은 깜깜하니 아무것도 보이지 않는 먹-밤이었다.

내가 성삼재 주차장에 도착했을 때는 03:10분 경으로 차가 주차장으로 들어서는데 관광버스 1대가 주차장에서 나왔다. 서울에서 온 산악회 회원을 내려주고 중산리로 가는 모양이다. 마음이 급했다. 단체 등산객보다 조금 앞에서 출발하고 싶었는데 빗길이라 조심하다 보니 늦게 도착한 모양이다.

차를 주차장 깊숙한 곳에 대놓고 부지런히 준비하고 시계를 보니 03:20분이었다. 노고단을 향하여 입구를 들어서는데 여자 한 분이 남자한테

"나 먼저 가."

"그래요, 금방 따라갈게." 하는 것이 그들도 올라갈 모양이다.

호흡을 조절하며 노고단을 향해 걸어가는데 깜깜하여 내 머리에 있는 전등 빛은 3m 정도밖에 보이지 않았다. 겁도 조금 났지만 무조건 앞만 보고 걸으면서 군데군데 있는 지름길을 놓치지 않을까 걱정이 되었으나 용케도 안내판이 보여 잘 찾

아갔다.

30분쯤 오른 것 같은데 뒤에서 발소리가 나서 돌아보니 한 사람이 올라왔다. 그는 젊어서 그런지 순식간에 나를 앞질러 갔다. 열심히 앞만 보고 걷다 보니 웅성거리는 사람 소리가 들려 고개를 들어 주변을 살펴보니 벌써 노고단 대피소에 올라온 것이다.

멈추지 않고 노고단을 향하여 오르는데 능선에서 사람 소리가 났다. 조금 넓은 공간이 나타나자 밤이라 여러 갈래 길 중 어느 길이 등산로인지 알 수 없어 두리번거리는데 먼저 올라온 남자 네 사람이

"이쪽으로 가야 해." 하면서 숲속으로 산행을 시작했다.

산행 기념으로 입구에서 사진을 한 장 찍고 숲속 좁은 길을 따라 본격적으로 산행이 시작됐다. 시계를 보니 지도에 나와 있는 시간보다 10분 정도 앞당겨 입구에 도착한 것이다.

앞장선 젊은이들은 얼마나 빨리 걷는지 순식간에 사라졌다. 혼자 내 걸음에 맞추어 더듬거리며 산행을 했다. 비록 빠르지는 못하지만, 끈기는 있지 않은가? 겁먹을 필요가 없다고 마음을 달래며 날이 새기를 기다리면서 걷고 또 걸었다. 30분이 채 가기 전에 젊은 남녀가 추월해 갔다.

1시간 가까이 가다 보니 50대 부부가 앞장 질러 또 길을 양보해 줬다. 아마 성삼재에서 출발할 때 입구에 있었던 부부 같다는 생각이 들었다. 노고단에서 천왕봉 등산로 입구에서 만났던 젊은 친구 네 사람은 자주 쉬는 폼이 산에 대하여 그리 익숙하지 못한 친구들 같이 느껴졌다.

어제 아침 산책하면서 날이 밝아오는 시간을 확인해 두었는데 04:50분경에 날이 밝았다. 그런데 이곳은 05:30분이 지나도 어둠이 가시지 않았다. 진지 불빛을 따라 열심히 걷다 보니 녹내장 끼가 있는 눈이 부시어 잘 보이지가 않았다. 두 번이나 길을 잘 못 들어 두리번거리는 실수도 했다.

얼마나 걷다 나무 사이가 부옇게 보여, 걸음을 멈추고 살펴보니 하늘의 색상이 나무 사이로 보인다. 날이 새고 있는 것 같아 시계를 보니 05:20분이 되어 간다. 구름이 끼어 늦게 밝아오는가 보다. 그리고 내 눈에 보이지는 않지만 울창한 산림 숲속 길을 따라가니 하늘이 보이지 않은 모양이었다. 열심히 걷다 보니 임걸령 삼거리 팻말이 눈에 들어왔다.

지난해 초여름 집사람을 설득하여 평일 피아골을 등산했는데 사람도 다니지 않는 길로 안내한다고 어찌나 잔소리하던지 토끼봉까지 가려던 산행을 고작 임걸령 삼거리에서 멈춘 적이 있었다. 그때 온종일 산행하면서 만난 사람이라고는 피아골 대피소 근방에서 남자 두 사람뿐이 없었으니 나이 먹은 여자로서 잔소리를 할만도 했다.

주중에 집사람과 둘이 산행할 때는 혹시 산짐승을 만날까 봐 귀를 곤두세우기도 했는데 주말에 오니 깜깜한 밤중인데도 무서움이 없었다. 수시로 사람들이 지나가니 산짐승은 등산로로 오지 않을 것 같다는 생각에서 그런 모양이다.

걷다 보니 임걸령 샘터가 보였다. 시계는 05:30분을 가르치고 있다. 숨 좀 돌리고 무엇 좀 먹어야겠다고 생각하고 먼저 핸드폰에 이정표를 담으려 더듬거리자 젊은 여자 한 분이 지나가다 보고 내 모습까지 한 장 찍어 준단다. 대단한 분인 모양이다. 여자 혼자 이 새벽에 큰 산을 타고 있다니, 그는 익숙하게 플래시도 터트리며 사진을 찍어 주고 순식간에 사라진다.

머리에 있는 전지를 챙겨 넣고 배낭을 내려놓은 다음 바위에 앉아 자두를 하나 먹는데 서투른 등산객 네 사람이 내 옆으로 와서 다시 숨을 돌린다. 고작 자두 두 개 먹는 사이에 하늘에서 변덕이 나타나 빗방울이 떨어지기 시작했다. 배낭을 풀어 우비를 꺼내 입고 배낭은 비닐로 대충 씌운 다음 또 걸었다.

비가 내리니 마음이 급해지기 시작했다. 일찍 포기하고 뱀사골 계곡으로 내려가 반선으로 갈까? 아니면 피아골로 내려갈까? 머리가 복잡해졌다. 그러나 마음 한구석에서는 몇 년이나 뜸을 들여서 왔던가? 그리고 깜깜한 밤중에 위험을 무릅쓰고 혼자 험하고 깊은 산을 여기까지 왔는데 포기할 수 없지 않은가? 하는 생각이 들자 죽어도 가 보자는 생각이 들어재촉해서 걷기 시작했다. 그러다 보니 능선에서 조금만 벗어나면 가 볼 수 있는 반야봉은 포기하고 그냥 삼도봉으로 길을 재촉했다.

70대 늙은이 혼자 한밤중에 큰 산을 갔으니 집에서 얼마나 궁금해할까? 전화 한 통화 해 주고 싶은데 비가 와서 할 수가 없었다. 그런데 이심전심인지 토끼봉에서 명선봉을 향하여 내려가고 있는데 핸드폰이 울렸다. 시간을 보니 07:14분으로 구름이 껴 여기가 어디쯤인지 예측할 수 없어 나는 연하천을 거의 다 온 줄 알고 반갑게 전화를 받으며 집사람에게

"조금만 가면 지난번 당신과 같이 왔던 연하천 산장이야."

했더니

"아니, 벌써 거기까지 갔어."라는 답이 왔다.

"생각보다 산행이 일찍 끝날 것 같아."

"너무 무리하지 말어, 그리고 조심하고."

"알았어, 고마워."

"비는 안 와?"

"비는 오는데 지금은 조금씩 개는 것 같아, 그리고 아직 싱싱한 것이 걱정하지 않아도 될 것 같아."라고 큰소리쳤다.

그러나 그것은 혼자 생각이었다. 지리산이 그리 만만한 산이던가? 배는 고파오는데 가도 가도 연하천이 나타나지 않았다. 하늘은 조금씩 개어 시야가 점점 넓어지는데 알고 보니 토끼봉을 지나 연하천과 아직 거리가 먼 명성봉을 오르고 있었다.

연하천 대피소에 도착한 시각은 08:50분경이었다. 대피소에는 비가 멈춰서 그런지 아침 식사를 하는 사람들이 많이 모여 있었다. 나는 성삼재에서 출발한 서울에서 온 단체 등산객이 식사하는 줄 알고 반가워했는데 그 사람들은 벌써 지나간 모양이고 여기서 식사하는 사람들은 연하천 대피소에서 자고 노고단으로 가는 등산객들이었다.

등산화 속에 고인 물을 쏟아 내고 흠뻑 젖은 양발을 짜서 널어놓은 다음 아침 식사를 하는데 집에서 싸준 김밥이 너무 맛이 없었다. 평소 김밥을 맛있게 싸는 집사람인데 싸기 싫은 걸 재촉하니 급하게 싸서 그런지 퍼지지도 않은 생쌀밥으로 김에 김치만 넣어서 둘둘 말아 놨다.

평소 가족끼리 야유회에 나갈 때 김에다 밥과 김치를 둘둘 말아먹으면 담백한 맛이 먹을 만해서 그렇게 해달라고 했더니 잘못 생각한 모양이다. 비는 맞아 초라한 모습에 뻣뻣한 김밥을 먹는데 목으로 잘 넘어가지 않았으나 먹지 않으면 안 되니 억지라도 몇 줄 먹다가 점심때 먹어야지 하면서 다시 배낭에 집어넣었다. 그리고 물 대신 속도 채우기 겸 수박 썰어 간 것을 대신 먹었다. 그러는 사이 동쪽 하늘에 햇살이 비쳐왔다. 이제는 살았다고 생각하며 09:30분경 다시 산행을 시작했다.

분명 햇살이 멋지게 비추었는데 연하천 삼거리도 못미처 왔는데 또 가는 비가 내린다. 다시 음정으로 내려갈까? 하는 갈등이 나타났다. 지난번에 집사람과 같이 음정에서 올라올 때 멧돼지 두 마리가 숲속에서 튀는 것을 본 생각이 떠오르자 혼자 그 길로 갈 용기도 나지 않았다. 그리고 어차피 버린 몸 죽어도 끝까지 가 봐야지 하면서 벽소령을 향하여 열심히 걸었다.

전에 집사람과 같이 벽소령에서 연하천으로 올 때 능선이 이렇게 험한지 몰랐는데 형제바위를 전후하여 지리산 종주 길에서 가장 험한 곳이라는 것을 이번에 알았다. 그때는 집사람과 같이 산행을 하다 보니 즐거워서 험한 것을 느끼지 못했나? 아니면 집사람 걱정 때문에 느끼지 못했나? 하는 생각이 들었다.

벽소령을 지날 때는 비가 바가지로 퍼붓는 것 같이 쏟아졌다. 멈출 수도 없고 어디에서 피할 수도 없다. 그저 빨리 백무동에 도착해야 끝나는 싸움이었다.

지리산 연가

벽소령에서 세석평전까지는 한 번도 가보지 않은 초행길이다. 이 길을 걷기 위해 근 2년을 고민해 왔는데 비가 온다고 멈출 수는 없었다. 다시 비옷을 입고 앞만 보면서 걷고 또 걸었다. 비가 오니 주변이 보이지도 않고 그저 눈앞의 길만 보고 걸은 것이다.

배가 고픈지 알 수도 없었다. 먹은 것으로 보면 분명 허기가 져야 하는데 비가 와서 그런지 느끼지 못하고 있었다. 하긴 배가 고파도 비가 쏟아져 배낭에 있는 음식을 꺼내 먹을 수도 없었다. 시간이 흐르니 어깨에 배낭의 무게가 조금씩 느껴지기 시작했다.

비가 잠깐 멈추는 틈새를 이용하여 점심은 옥수수 쪄 온 것 하나로 때우고 집사람이 챙겨준 알사탕과 솔잎차로 목을 적시며 걷다 보니 몸은 점점 지쳐 왔다.

벽소령을 지날 때 앞이 보이지 않을 정도로 쏟아지던 비가 덕평봉을 지나면서 줄기가 점점 가늘어졌다. 선비샘을 지나다가 왔다 간 기념으로 샘물 한 모금 마시고 칠선봉에서 숨 좀 돌리며 물 한 모금과 초코파이로 몸에 에너지를 충전시켰다. 몸도 많이 지쳐갔다. 셀카로 내 모습을 찍어보니 얼굴에 피로감이 잔뜩 드리워져 있다.

드디어 지리산 등산로에 있는 봉우리에서 내가 밟아 보지 못한 마지막 봉우리인 영신봉을 밟았다. 나도 모르는 쾌감이 온몸에 감돌았다. 기분이 날아갈 것 같았다. 그동안 밟아 보지 못한 토끼봉, 명선봉, 덕평봉, 영신봉을 장마 비속에 차례대로 밟아 본 것이다.

연하천 대피소에서 아침 먹을 때 모습   칠선봉에서 지쳐 있는 모습

영신봉을 뒤에다 두고 눈 아래에 있는 세석평전을 바라보고 자리를 잡았다. 그렇게 퍼부어대던 빗줄기가 가늘어지더니 언제 왔냐는 듯 개였다. 하늘에는 아직 아쉬움이 남는 구름이 바람에 쫓겨 가나 정신없이 천왕봉을 향하여 흘러간다.

물 한 모금 마시고 사방을 둘러보니 어쩌면 이렇게 깨끗하고 평화스러울 수가 있을까? 의심이 들었다. 험한 돌산에 나무라야 도토리 키 재기 같은 작은 나무들이 나를 봐 달라고 유혹하는 것 같고 빗물을 가득 머금은 풀들이 배불리 먹은 아이들 표정같이 활기차고 싱싱해 보인다. 드문드문 보이는 하늘나리꽃이 방긋 웃으며 나를 유혹하는 것 같았다. 능선 따라 보이는 끝자락이 지리산 정상이라는 천왕봉이 깨끗한 하늘 덕인지 바로 눈앞에 있는 것 같이 보인다.

천왕봉에 시선을 두고 있자니 제석봉에 널려있는 천년 목을 휘감고 돌아가는 안개구름이 파도 물결같이 보였으며, 이곳에 나의 다음 세상 보금자리로 잡으면 어떨까 하는 생각이 들었다. 오늘 집에 가면 아이들한테 내가 죽거들랑 화장해서 지리산 능선에다 뿌려달라고 하고 싶은데 어느 자식이 이 험한 곳까지 올 것인가 생각이 들자 다 부질없는 욕심이란 것을 깨닫게 했다.

운무

바람에 물결처럼 흘러가는 저 구름아
무엇 때문에 그리 바삐 허둥대는가?

활짝 핀 하늘나리꽃에 호랑나비 쉬어가듯
백발 할배 외롭지 않도록 놀다 가면 안 되겠나?

혹시라도 내 넋이 다시 찾아오면
옛정을 생각해서 반가이 맞아주려무나

혼자 생각해 봐도 나 자신이 징그럽게 독하다는 생각이 들었다. 한번 마음속에 하고자 하면 무엇이든지 할 수 있는 것이 사람인 모양이란 생각이 들었다. 즉 어떤 어려움도 해결해 낼 수 있는 것이 사람인 모양이다.

생각해 보니 이 빗속에 늙은이가 너무 무리하게 산행을 할 필요가 있겠냐는 생각이 들었다. 그래서 지난달에 왔다 간 장터목은 포기하고 한신 계곡으로 코스를 잡았다.

한신 계곡은 비가 온종일 내렸는데도 물이 맑았다. 그리고 비가 많이 와서 그런지 전에 없었던 폭포가 곳곳에 나타나 외로움을 달래 준다.

한신 계곡에 나타난 폭포

한신 계곡 폭포수야 너는 왜 그리도 바삐 구나
느긋한 세상 쉬엄쉬엄 가자꾸나.
네 낙수 소리에 내 마음도 절로 급하구나

흘러가는 물줄기는 내 머리색과 같 것만
너는 어찌하여 그리도 힘차게 흐르는데
휘청거리는 내 다리는 어찌하여 힘이 없나

오는 세월 덧없어라
휘엄 휘엄 가거라 지리산의 한신 계곡 폭포수야
너를 따라 내 마음도 휘엄 휘엄 가려노라

　지난달 이곳을 지날 때도 동행인은 다 뒤에 두고 혼자 걸었
지만 산행하는 사람이 많아 외롭지 않았는데 이번에는 장마철
이라 그런지 한신 계곡을 내려오는 동안 만난 사람은 하나도
없었다. 하긴 오늘 새벽 3시부터 여기까지 오는 동안 만난 사
람이 총 몇 사람이나 되는지 손가락으로 셀 정도였다.

백무동에 도착하니 18:00가 되었다. 오늘 내가 걸은 곳은 거리가 약 30㎞로 알고 있는데 허리에 찬 만보기를 보니 60,000 보가 조금 넘게 나와 있었다. 시간은 빗속이라 그랬는지 쉬지 않고 열심히 걸었는데도 약 15시간 정도가 소요됐다. 비를 맞으며 나 자신과 싸우면서 산행을 한 것이다.

택시를 타고 내 애마가 있는 성삼재로 이동하여 운전하고 집으로 돌아오는데 피곤해서 그런지 고속도로에서 나도 모르게 깜박 졸음이 왔다. 깜짝 놀라 눈을 비비며 잠을 좇았으나 이길 수가 없었다. 지난밤 한숨도 자지 않고 빗속에 차를 몰고 와서 진종일 비를 맞으며 지리산을 종주했으니 몸이 아무리 무쇠라 하더라도 버틸 수 없을 것 같다는 생각이 들었다.

내가 스스로 생각해도 죽고 싶어 안달하는 사람이라는 생각이 들었다. 잠깐 고속도로 휴게소에 들러서 따뜻한 아메리카노 한 잔으로 잠을 달래며 집에 도착하니 밤 10시가 되었다.

이렇게 해서 그동안 그렇게 가보고 싶어 했던 지리산 종주를 끝낸 것이다. 생각만 해도 몸이 절로 날아갈 것 같은 기분이 든다. 얼마나 오랜 세월 속에 고대해 왔던가?

그러나 한편으로 생각해 보니 늙은이가 장마 속에 겁 없는 나들이를 한 것이 무모한 행동이 아닌지 모르겠다는 생각이 들면서도 기회가 되면 내년 6월 날씨가 좋은 날 다시 한번 더 도전해 봐야지 하는 욕심이 생겨나기도 했다.

내가 사랑하는 산 지리산아!

가을 단풍 때 다시 만나자고 마음속으로 다짐해 보며 나도 모르게 꿈나라로 들었다.

네팔 히말라야의 ABC 등산기

제비꽃(꽃말: 소박, 겸손)

호찌민에 사는 큰딸이 아빠 古稀(고희) 기념으로 히말라야 트레킹을 하자고 지난 3월에 제의가 들어와 겁 없이 덜컥 승낙하고 말았다. 평소 걷는 것은 자신이 있기에 부담 없이 대답한 것이다.

10월 15일 호찌민에서 네팔에 직접 가는 비행기가 없어 말레이시아 쿠알라룸푸르에서 자고 16일 카트만두로 가는 비행기에 몸을 실었다.

카트만두에 도착한 나는 엉성한 공항과 복잡한 입국 수속부터 마음에 들지 않았다. 네팔은 공항에서 입국 비자를 발급해 줘 혼잡하다는 것을 뒤늦게 깨달은 것이다. 비자 발급이 까다롭지는 않지만, 줄을 서서 대기하는 시간이 필요했다.

택시를 타고 예약된 호텔을 찾아가는데 겁이 나기도 했다. 택시가 모두 우리나라 모닝같이 조그마한 소형차인데 딸이 비용이 저렴한 차를 흥정해서 그런지 차가 고물차로 백미러가 부서져 덜거덕거리고 앞자리에 앉은 내 의자가 고정되어 있지 않고 앞뒤로 마음대로 움직이고 있었다. 그리고 네팔의 수도라는데 도로가 곳곳이 패어 있으며 교통 신호 체계가 어떻게 되는지 도무지 알 수가 없어 불안 속에 긴장하게 했다.

20여 분이나 공포 속에 달려온 택시가 도착한 곳은 차 한 대겨우 드나드는 좁은 골목길로 접어들어 가더니 호텔이라고 내려놓았다. 우리네 시골의 여인숙도 이보다는 나을 것 같다는 생각이 들었다. 그러나 한번 매인 몸이라 피할 수도 없고 견딜 수밖에 없는 처지가 된 것이다.

다음 날 아침 다시 포카라로 가는 버스를 타기 위하여 택시를 타고 시가지로 나오는데 잘 정비된 도로가 보이지 않고 모두 다 골목길이며 도로가 군데군데 패어 있었다. 그러다 조금 넓은 도로에 많은 버스가 일렬로 늘어서 있는데 이곳이 카트만두 버스 터미널이란다. 딸의 안내로 일렬로 늘어선 버스 중 포카라로 가는 버스를 탔다. 나는 신기하고 어이가 없어 딸에게

"야, 우리가 지금 있는 곳이 네팔 수도 카트만두냐?"

"그런데, 왜 이상해?"

"이곳이 버스 정류장 맞아?"

"여기가 카트만두 버스 터미널이야."

"그럼 시내 중심지는 어디야?"

"호 호 호, 여기가 카트만두시가 중심지야." 한다.

아마 우리나라 60년대 군 단위 소재지 같은 풍경과 별반 다를 것이 없다는 생각이 들었다. 버스를 타고 포카라로 가는데 도로가 아스팔트 포장은 되어 있는데 양쪽이 다 패어 있어 버스가 얼마나 뛰고 흔들거리는지 정신없는 상태에서 6시간 가까이 산을 넘고 또 넘어 포카라에 도착하였다.

포카라에 도착해서 보니 이곳은 국제 관광 도시라 그런지 수도라는 카트만두보다 도로와 건물들이 잘 정비되어 있었다. 호텔도 현대 건축물로 크고 멋져 보였다. 숙소에 짐을 풀어놓

고 시가지와 페와호수 주변을 산책한 다음 딸이 지난번 왔을 때 가봤다며 한국인이 직접 운영한다는 한국인 식당을 찾아가 삼겹살과 된장찌개로 저녁 식사를 했다.

아침 8시가 조금 지나 다시 호텔에서 소개해준 포터 두 사람을 만나 인사를 나누고 다시 택시를 타고 나야폴로 이동하였다. 네팔의 택시는 소형택시로 작은 차에 커다란 배낭 두 개를 싣고 네 사람이 타니 뒤에 탄 사람들은 고생이 이만저만이 아니었다.

나는 딸의 배려로 그나마 앞자리에 앉아 다행이었으며 어제 카트만두 택시 같은 공포는 없었으나 이번 차도 거기가 거기였다. 패어 나간 도로를 제 마음대로 달리며 중앙선도 표시가 없는 도로를 마음대로 추월해 가는데 가슴이 쿵더쿵쿵더쿵했다. 처음에는 불안해 떨었으나 '에라 모르겠다. 죽어도 별수 없지' 하는 마음을 가지니 마음이 조금 가벼워졌다.

포카라에서 한 시간 남짓 달려 나야폴에 도착하자 본격 트레킹이 시작되나 보다 생각하고 등산화 끈을 단단히 조여 매고 산행을 시작하려 하는데 딸과 포터가 무어라고 한참이나 이야기를 나누더니 다시 지프를 타잔다.

이유는 우리의 트레킹 목적지가 A. B. C[38]라고 하니까 5박 6일 가지고는 절대 갈 수 없다며 푼힐 코스를 권하는데 딸이 다녀왔다고 안 된다고 하자 일정을 줄이기 위하여 사우리바자르까지 차로 이동한다는 것이란다. 그리고 나야폴에서 히말라야의 산을 들어가려면 또다시 비자를 발급받고 여권에 확인 도장을 받아야 한단다. 딸과 포터가 수속을 받으러 갔을

38) 안나푸르나 베이스캠프

때 나는 차창 밖을 내다보니 한글로 된 간판이 눈에 들어왔다.

신기하게 느껴져 읽어 보니【쉬리비레탄티 세컨더리 초등학교】로 엄홍길 대장이 히말라야 8,000m 등정에 도움을 준 네팔인과 셰르파 자녀를 위해 세운 학교라는 홍보 안내판이었다. 나도 모르게 내가 한국인이란 자부심이 느껴졌다.

등산 수속이 끝나고 지프로 이동하다 보니 차를 타고 온 것이 잘했다는 생각이 들었다. 도로가 비포장에다 그늘이 없는 신작로라 먼지가 이만저만이 아니었다. 이 먼 곳까지 와서 남의 나라 먼지까지 마시고 갈 필요는 없지 않은가? 하는 생각이 들었다.

사우리바자르에 11시경 도착하여 본격적으로 트레킹이 시작되었다. 70세 늙은이라 젊은 층에 떨어지지 않으려고 열심히 걸었다. 원래 매일 만 보 이상 걷기를 시작한 지가 3년이란 세월이 지나 지난 8월 지리산 대원사에서 천왕봉까지 혼자 산행을 하는데 별로 무리 없이 마친 경험도 있어 그리 뒤처지고 싶은 생각은 없었다. 빨리는 걷지 못하지만 쉬지 않고 꾸준히 걷는 데는 나름대로 자신이 있었다.

나는 처음부터 우리 일행들과 같이 걷는 것을 포기하였다. 그래서 딸에게

"진아, 너는 포터와 같이 걸어."

"왜, 아빠랑 같이 걸을게."

"나는 걸음이 느리니까 천천히 걸을 거야!"

"괜찮아, 나도 천천히 걸으면 되니까."

"그게 아니라 너랑 같이 걸으면 내가 무리가 가니까 내 걸음

속도에 맞춰서 걸으려고 그래."그래서 딸은 포터와 이야기하면서 걷고 나는 혼자 내 걸음 속도대로 걸었다. 이렇게 해서 처음부터 산행은 혼자 걷게 되었다. 나는 그들이 쉴 때 걸어야 보조를 맞출 수 있기에 먼저 출발하고 그들이 따라오면 앞세우는 형태로 산행이 끝날 때까지 계속하다 보니 딸하고 이야기할 시간을 제대로 갖지 못한 아쉬움이 남았다.

40여 분 걸었을까? 내 허리에 찬 만보기가 3,000의 숫자가 찍혀 있었다. 점심을 먹자고 하여 쉬는 곳이 어디인가 살펴보니 난두룩이었다. 점심을 먹으면서 딸과 포터가 오늘 저녁 숙소 문제를 상의하는 모양이다. 5박 6일에 산행을 끝내려면 오늘 촘롬까지 가야 하는데 촘롬은 숙소가 없어 사전 예약을 해야 하고 만약 거기까지 가지 못하면 예약 취소 대금을 물어야 한단다. 그러면서 돈을 자기들한테 맡기면 잘 보관했다 돌려준다고 한다.

이 녀석들이 내 머리가 하얀 백발이고 40대 초반 젊은 여자와 둘이 산행을 하니까 만만하게 보이는 모양이라는 생각이 들었다. 그래서 나는 돈을 절대 맡겨서는 안 된다며 두고 보자고 했다. 영어를 할 줄 모르니 답답했다.

점심 먹는 동안에 옆 좌석에 앉은 한국인 두 사람을 만나 반갑게 인사를 나누었다. 그들은 나와 딸이 이야기하는 것을 듣고 우리말로

"한국에서 오셨습니까?"하고 물어 와 나는 이국에서 한국 사람을 만난 반가움에

"어, 한국에서 오셨어요?"하며 반갑게 인사를 나누었다.

"한국 어디서 오셨습니까?"

"천안에서 왔는데요. 사장님들은 어디서 오셨습니까?"

"우리는 공주에서 왔습니다."

"그래요. 정말 반갑습니다."

"천안에는 여기 박 사장님의 자제가 대학교수로 있는데."

"아~ 그러세요." 이렇게 해서 우리는 금방 친하게 되었다. 그들은 내가 사는 천안의 옆 동네인 공주에서 온 사람들이었다. 반갑게 인사를 나누고 포터가 한 이야기를 들려주자 돈은 절대 맡기지 말고 촘롬에는 숙소가 많이 있으니 걱정하지 말란다. 그리고 오늘 촘롬까지 간다고 하자 내 나이를 물어 와, 이제 막 70이라고 하자 무리라며 지누단다까지만 가라고 권했다.

딸에게 돈을 맡기지 말라고 당부하고 주변을 감상하면서 쉬지 않고 한들한들 꾸준하게 걷기 시작하였다. 딸과 포터를 앞서거니 뒤서거니 하면서 걷는 내 걸음은 결코 그들에게 뒤처지지 않는 걸음이었다. 2시간 반쯤 걸었을까? 지누단다(1,780m)에 도착하니 오후 3시경이 되었다.

집에서 사전에 인터넷을 검색했을 때 히말라야 트레킹에서는 오후 3시 정도면 산행을 중지하고 일찍 쉬어야 다음날 지장이 없다는 글이 떠오르자 갑자기 쉬고 싶다는 생각이 들었다.

그런데 우리 일행은 다음 쉼터인 촘롬(2170m)까지 가야 한단다. 지누단다에서 촘롬까지는 잘 모르지만 언뜻 살펴보니 내가 젊었을 때 고전했던 설악산 소청봉에서 쉬운각으로 내려오는 코스보다 더 가팔라 보였으며 거리가 멀어 보였다.

물 한 모금 마시고 까드락까드락 오르기 시작하였다. 포토의 말로는 두 시간이 걸린다는데 잘 해낼지 모르겠다는 생각이 들었지만, 지난 8월 지리산 대원사계곡에서부터 중봉을 거쳐 천왕봉을 오르던 생각을 하니 이곳은 그보다 힘들지 않을 것 같다는 생각이 들어 오르고 또 오르기 시작하였다.

그러면서 고산병이 올까 봐 가뜩이나 차오르는 호흡을 심호흡법으로 조절하면서 걸었다. 이렇게 혼자 오르는 도중에 50, 60대 한국 아줌마들이 골짝에 하얗게 핀 고마니 꽃을 보고 아름답다고 수다를 떨면서 내려오는 일행을 만나 나는 한국말에 반가워 왈

"꽃보다 더 아름다운 분들이 저 꽃이 뭐가 아름답다고 하십니까?"라고 말을 건네자 꽤나 반가운지 내 하얀 머리를 보고 "어머나 누구랑 같이 오셨습니까?" 한다.

"딸과 둘이 왔습니다." 하니

"세상에 부러워라, 역시 딸이 최고야!" 하면서 인사를 하면서 내려간다.

힘이 들어 보여서 그런가? 시간은 어두워질 시간이 아닌데 어두워지는 느낌이 들었다. 원주민 젊은 친구가 올라오다 내 흰머리를 보고 감탄을 하며 나이를 묻는다. 영어를 모르는 나는 Age라는 단어가 떠올라 나이를 묻는다고 생각하고 "Seventy."라고 대답하자 엄지손가락을 세우며

"원더풀, 원더풀!" 하면서 앞질러 올라간다. 그리고 조금 뒤에 원주민이 당나귀에 자기 부인인지 여자를 태우고 올라오는 사람이 있어 좁은 길을 비켜주려고 10m 정도 빠르게 움직

였는데 갑자기 숨이 차기 시작했다. 이곳은 해발 2,000m 정도였는데 혹시 고산병이 오는 것이 아닌가? 덜컥 겁이 났다.

촘롱 산장에 도착해서 보니 지누단다에서 한 시간 반에 올라왔지만 숨이 턱 밑까지 찼으며 머리가 띵하여 고산병인 것 같아 겁이 났으나 표현하지는 않았다.

숙소에 들어서자 방에 냉기가 가득했다. 체면이고 뭐고 필요 없이 엉터리 샤워장에 들어가 얼굴과 발에 물만 묻히고 따뜻한 겨울옷으로 갈아입으니 좀 살 것 같았다. 저녁을 먹으며 맥주에 준비해온 양주를 한잔 타서 마시니 추위도 가시고 몸도 따뜻해졌다.

우리가 묵은 산장 주인은 동대문 시장에 있는 식당에서 3년을 일하다 온 사람이라고 하면서 아는 체하며 다가와 이야기를 나눠보니 식당 주인에게 3개월 치 품삯을 받지 못했지만 거기서 벌어 온 돈으로 여기에 산장을 꾸렸다는 것이다. 딸을 주인과 포터랑 이야기하게 놔두고 나는 먼저 숙소에 들어와 잠자리에 들었다.

아침에 일어나 숙소에서 나와 보니 푸른 하늘과 상쾌한 공기에 움츠린 몸을 피면서 바라보니 눈앞에 바위산 봉우리가 안개구름 사이로 우뚝 솟아 험하게 보여 카메라에 풍경을 담아 보았다. 뒤에 알고 보니 이 봉우리가 유명한 마차푸차레라는 것을 알게 된 것이다.

산행 2일 차는 본격적인 트레킹이 시작되었다. 촘롱에서 산행 자의 신원을 확인하고 여권을 맡긴 다음 들여보내 주었다. 나는 혼자 사람과 사람 사이에서 고산지대에 있는 마을을 거치고 다리를 건너 고개를 오르고 내려가며 열심히 걷고 또 걸었다.

아름다운 자연환경을 만끽하며 앞서거니 뒤서거니 쉬지 않고 까드락거리며 걷는 내 걸음은 결코 다른 사람들에게 뒤처지지는 않는 걸음이었다. 걷는 동안 시누와에서 만난 검으면서도 커다란 소 떼의 눈치를 보면서 피해 걷기도 하고 수없이 많은 양 떼도 구경하면서 각국에서 온 수많은 사람과 스치면서 주고받은 인사가 인상 깊었다. 많은 사람이 나에게 건네는 인사말은 네팔 말이나 영어로 하였지만, 간혹 우리말로 인사하는 사람도 만날 수 있었다.

많은 사람이 머리가 하얀 내가 이 큰 산을 트레킹 하는 것이 신기하게 느끼는 모양이다. 나는 그들과 인사할 때 처음에는 영어로 하다 우리말로 하기로 하였다. 상대방이 영어나 네팔 말로 인사를 하도 나는 꼭

"안녕하세요?"라고 답하였다. 그것은 나만의 고집이요, 우리말을 보급하자는 의미가 있다. 하긴 해외여행 중에 가이드가 기사에게 그 나라 말로 인사하라고 가르쳐 주면 나는

"기사에게 우리말을 가르쳐주세요. 내 돈 주고 여행 왔는데 왜 내가 이 나라 말을 써야 하나요?"라고 하면서 기사들에게 아침저녁으로 인사할 때 꼭 우리말로

"안녕하세요?"

"수고하셨습니다."라고 하는 것이 나의 인사법이었다. 이렇게 안녕하세요라는 인사를 하다 보면 동양계 사람 중 중국인인가? 일본인인가? 아니면 한국인인가? 잘 구분이 안 될 때

한국인을 만나면 반가워서 다시 한번 더 바라보며 인사를 한다. 그리고 원주민들도 우리 인사말을 알고

"안녕하세요?"라고 인사를 하며 웃어주는 친구도 제법 만났다.

모든 잡념을 털어버리고 혼자만의 행복 속에 도취하여 걷고 있으면 간혹 서양의 건강한 젊은이들이 나를 앞지르는 사람도 있지만 대부분 사람은 꾸준한 나의 걸음 속도에 뒤처졌다. 우리 포터는 나만 보면 최고라고 엄지손가락을 세우며 웃으면서 "천천히."

"천천히."라고 말을 한다. 내가 지쳐 쓰러질까 봐 걱정인가? 아니면 짐을 메고 가는 저희가 힘들어서 그런지 알 수는 없었다.

밤부에서 점심을 먹는데 별로 먹고 싶은 생각이 없어 생강차 한잔과 수프 한 공기로 때우고 다시 걷기 시작하는데 맑았던 하늘이 갑자기 어두워지며 빗방울이 하나둘 떨어지기 시작했다. 나는 비닐 비옷을 배낭 위에 씌우고 우산을 받고 걷는데 빗방울이 점점 굵어져 지나가는 비라 생각하고 금방 그칠 줄 알았는데 쉽게 그치지 않고 계속 내렸다.

비를 맞으며 걷다 보니 중국인 같은데 아시아계통의 50대 두 사람과 아가씨 둘이 비옷을 준비하지 못했는지 비를 흠뻑 맞고 걸으면서 힘들어하는 모습이 애처로워 보였으나 도와줄 방법이 없었다. 나는 얇은 비닐 비옷으로 배낭을 씌우고 자그마한 우산을 받고 가니 이슬비보다 조금 더 굵은 비는 그리 걱정이 되지 않았으며 울창한 숲길 속을 우산을 받고 혼자 여유

롭게 걷는 내 모습이 낭만적이라는 생각이 들었다.

점심 먹을 때 포터가 오늘 저녁 숙소가 히말라야라는데 잠자리가 딱 두 자리 남았다고 사전 예약을 해야 한다고 했었다. 앞으로는 방 하나에 네 사람이 사용하며 샤워는 그만두고 발도 닦을 물이 없단다. 쉽게 말해 이제부터는 고산지대라 물이 귀하여 물을 사용할 수 없다는 것이다.

비를 맞고 5시경 숙소에 도착해 먼저 도착한 딸이 안내해 주는 방으로 들어가 보니 기가 막히었다. 2~3평 남짓한 곳에 침대가 네 개가 들어 있는데 세 개가 나란히 있고 하나는 출입구 쪽 다른 침대 발끝에 놓여 있다. 그리고 좁아서 가까스로 문을 여닫을 수 있었으며 배낭 놀 자리가 마땅찮아 창틀에 올려놓는 비좁은 방이었다. 내가 사용하는 숙소에는 영국에서 왔다는 20대 아가씨 두 사람과 딸이 사용하는 곳에서 혼자 끼어 자는 신세가 되었다.

어제도 느꼈지만, 이곳 기후가 낮에는 25도 정도로 따뜻하여 얇은 옷을 입고 트레킹을 하는데 해만 지면 갑자기 기온이 10도 이하로 떨어져 오리털 잠바를 입어야 했다. 비를 맞아 옷이 축축하게 젖은 나는 기온이 떨어지자 체면을 차릴 처지가 못 되었다. 젖은 옷을 갈아입을 곳이 마땅찮아 아가씨들에게 뒤로 돌아보라 하고 따뜻한 털옷으로 갈아입고 침낭에 들어가니 추웠던 몸이 좀 풀려나갔다.

영국에서 온 아가씨들은 침낭이 준비되지 않았는지 한참 동안 추위에 발발 떨다 산장에서 제공하는 이불이 오자 그 속으로 들어갔다. 몸이 풀리자 저녁을 먹으러 식당에 들어갔는데 옆 좌석에 앉은 사람이 손가락으로 음식 먹는 모습이 눈에 띄자 갑자기 비위가 상해 먹을 수가 없었다. 그래서 딸에게

"애, 나는 밥을 먹지 않을 테니까 시키지 마라." 했더니

"왜, 어디 안 좋아?"

"그게 아니라 갑자기 비위가 상하네." 했더니

"아빠, 우리가 음식을 시키지 않으면 포터가 굶어야 해." 한다. 우리가 음식을 시켜야 포터의 음식이 나온다는 것을 인터넷에서 봤는데 잊혔다. 그래서

"그럼 내 것을 시켜서 네가 먹어라. 그리고 나는 가볍게 시켜서 먹을 테니까." 하면서 점심과 같이 수프에다 생강차 한 잔 그리고 맥주에 양주를 넣어 마시고 잠자리에 들었다.

나는 원래 여행을 나오면 잠을 잘 자지 못했는데 어제도 그랬지만 이곳에 와서는 피곤해서 그런지, 아니면 공기가 좋아서 그런지 침대에 눕기만 하면 잠이 들었다.

산행 3일 차, 아침에 일어나 보니 날씨가 언제 비가 왔냐고 싹 개어 있었다. 방에서 나와 내가 잔 숙소의 주변을 돌아보니 앞뒤가 험한 바위 절벽으로 되어있는 계곡에 있었다. 고개를 들어 위를 쳐다보니 산장 앞산 바위 절벽과 뒤쪽 바위 절벽이 V자 형태로 그사이에 보이는 하늘에는 구름 한 점 없는 맑은 하늘에 별들이 초롱초롱하게 보였다.

영국 아가씨들은 다섯 시에 아침도 먹지 않고 산행을 시작한다고 나갔다. 산행에 초보자들인지 침낭 준비를 하지 않아 비 맞은 몸으로 산장에 들어왔는데 산장에서 이불을 늦게 가져다줘 이불이 올 때까지 추위에 떤 기억은 오랫동안 추억으로 남

아 있을 것 같다는 생각이 들었다.

아침 여덟 시에 다시 산행이 시작되었다. 이곳부터는 고산 지대라 그런지 어제와 같이 산행하는 사람이 많지 않았다. 중도에서 포기한 것인가? 아니면 처음부터 계획이 없었는지 알 수는 없다.

이곳은 해발 2,920m니 대부분 사람이 밤부 정도에서 되돌아가는지 히말라야는 산장도 숙소가 별로 없었다. 히말라야에서 해발 3,230m인 데우랄리까지 가는데 산행에 익숙해져서 그런지 몸도 가볍고 주변의 경치가 너무나 아름다웠다. 지금까지 내가 경험해 보지 못한 이색적인 자연환경에 와 있다는 것을 기분으로 느낄 수 있었다.

사람들이 간혹 눈에 띄었지만, 주변의 경치와 하늘의 색깔이 너무나 아름다워 이쪽, 저쪽의 아름다운 자연을 감상하느라 걸음 속도가 느려졌으며 사진 찍는데 정신이 없었다. 딸도 자연에 도취해 걸음 속도가 느려졌다.

처음에는 오늘 일정을 점심은 데우랄리에서 먹고 숙소는 MBC[39]에서 자기로 하였다. ABC까지 가는 것은 내가 늙어 무리라는 것이다. 그러나 그들은 힘들어하지 않고 산에 오르는 나와 딸의 등산 실력에 탄복했다.

나는 평소 하루도 거르지 않고 만 오천 보 이상 걷기를 하는 사람이고 딸은 매일 테니스에 검도 유단자니, 외모는 둘 다 깡마른 체격이나 운동으로 단련된 몸이라 걷기만 하는 이런 길은 그리 힘들이지 않고 걷고 있었다. 그러다 보니 일정을 바꾸어 MBC에다 숙소를 정하고 점심을 먹은 다음 ABC를 다녀오

39) 마차푸차레 베이스캠프, 3,700m

는 것으로 결정했다. 아무것도 모르는 나는 그들이 하자는 대로 하기로 한 것이다.

데우랄리까지 오는 동안 아름다운 경치에 흠뻑 빠져 있었다. KBS 다큐멘터리에서 네팔의 히말라야 트레킹을 방영해 준 적이 있었는데 그때 스태프진이 촬영한 종착지가 데우랄리까지이었다. 그 너머는 눈이 와서 통제하여 더 오를 수가 없으며 이곳으로 가면 마차푸차레와 안나푸르나가 나온다며 아쉬워하는 장면을 생각하면서 나는 데우랄리를 거쳐 MBC를 향하여 걷는데 좀처럼 거리가 줄어들지 않았다. 저기가 MBC인가? 아니면 저 고개 너머에 MBC가 있는가? 하면서 걷는데 좀처럼 나타나지 않았다. 딸과 포터는 내 앞을 지나간 지가 꽤 되었으며 어디쯤 가고 있는지 골짝을 돌고 돌기 때문에 보이지 않았다.

아침에 출발할 때 그 좋은 날씨가 11시쯤이 되자 하늘이라고는 양팔을 벌린 정도 크기의 골짜기 위로 보이는데 구름이 갑자기 몰려와 곧 비가 내릴 것 같은 어둠침침한 날씨로 변하였다. 정신은 맑은데 몸은 지쳐있는지 허리가 잘 말을 듣지 않는 것 같았다. 먹은 것이 부족해서 그런가? 아니면 물을 적게 마셔서 그런가? 각가지 생각이 떠오른다.

이번 트레킹에서 내가 가지고 있는 먹을 것은 물에 탄 홍삼엑기스 뿐이 없었다. 나는 걸으면서 목이 타면 홍삼 물로 목을 조금씩 축이고 있었다. 평소 물도 싫어하고 군것질을 싫어하여 흔한 알사탕 하나도 가지고 있지 않았다. 그러다 보니 먹은 것이라고는 음식에 비위가 상해 생강차 한잔과 수프 한 공기로 버티었으니 몸이 지쳐갈 만했다.

딸에게 전화하려고 핸드폰을 꺼내 통화를 하려고 하자 언제부터인지 이곳은 핸드폰이 통하지 않는 곳이라는 것을 알게 되었다. 잘못되어도 누구에게 연락할 수 없는 곳에 와 있다는 것을 깨달은 것이다.

이렇게 고전하면서 MBC에 도착했을 때는 더 걷고 싶은 생각이 조금도 없었다. 왜 숙소를 제일 위쪽에다 정했는지 원망스러울 정도로 지쳐 있었다. 점심을 먹는 둥 만 둥 하고 딸이 ABC를 가자고 하는데 혼자 갔다 오라고 하고 숙소로 들어와 누워 버렸다.

원래 계획은 여기다 숙소를 정하고 ABC를 다녀온 다음 내일은 일찍 하산하기로 했는데 나는 포기한 것이다. 이곳 숙소는 마지막에 잡은 숙소라 그런지 침침하고 잠자리가 부족하다며 포터와 같이 자는 창고만도 못한 후진 숙소였다.

그러다 보니 히말라야 숙소와 반대로 남자 세 사람 속에 딸이 혼자 자는 신세가 되었다. 딸은 포터 한사람과 ABC로 향하고 나는 침낭 속에서 한 시간 정도 잠을 잤나 눈을 떠보니 정신이 말짱하고 몸이 가뿐하게 풀어져 있었다. 인터넷에서 이곳은 공기가 좋아 아무리 피곤해도 한 시간만 쉬고 나면 풀린다고 하더니 정말인 모양이다.

내가 눈을 뜨자 옆에서 기다리고 있던 포터는 밖으로 구경하러 나가잔다. 가벼운 옷차림으로 MBC 주변을 산책하는데 올라올 때 끼었던 구름은 어디로 갔나 없고 올라오던 골짜기와 ABC로 올라가는 곳만 터져있고 바위산으로 벽을 두른 함

박만한 하늘은 안개구름으로 덮여 있다.

그리고 공기가 얼마나 맑은지 표현할 수 없었으며 머릿속은 텅 빈 것 같은 느낌이 들었다. 그리고 내가 지금 어디에 서 있는지조차 생각이 들지 않을 정도로 무아의 세계로 들어와 버렸다.

이곳이 바로 천국이구나 하는 생각이 들었으며 '이 맑은 공기를 가지고 갈 방법이 없을까?'하는 욕심이 생겼다. 그동안 다녀본 지리산 천왕봉이나 설악산 대청봉 공기는 비교가 안 되는 공기였다.

포터는 나를 즐겁게 해 주려고 안나푸르나 남봉과 마차푸차레를 배경으로 사진을 찍어 주면서 빙하로 뒤덮인 삼각 칼날 같은 마차푸차레 모습과 웅장한 안나푸르나 남봉을 가르치며

"원더풀!"

"뷰티풀!"을 외쳐 댔다.

마차푸차레 베이스캠프(MBC) 주변

이렇게 자연에 넋을 잃고 있다 갑자기 집사람 생각이 떠올라 핸드폰으로 통화를 하려고 꺼내다 이곳은 인간의 기기가 통하지 않는다는 것을 깨닫고 아쉬움이 감돌았다. 그때 생쥐 한 마

리가 바위 틈새로 들어가는 모습이 눈에 들어왔다. 참 신기한 동물이다. 이 험하고 추운 곳에서 어떻게 살아남아 있을까? 생쥐가 신비롭게 생각되었다.

포터와 주변을 산책하며 자연을 즐기고 있는데 우연히 50대로 되어 보이는 한국 사람을 만나게 되었다. 그분도 MBC에다 숙소를 정하고 혼자 산책을 나왔단다. 이야기를 나눠 보니 고등학교에서 영어 교사를 하다 그만두고 스님이 되었다며 종종 가이드 없이 해외 나들이를 한단다. 얼마나 자유로운 영혼인가? 하는 생각이 들었다. 두 사람은 말 몇 마디에 아주 오래된 친구같이 친해져 종교 이야기, 지진 이야기 등 한참을 이야기하다 보니 시간이 얼마나 흘러갔나 딸아이가 돌아왔다.

4일 차 새벽 다섯 시가 되자 밖에서 사람 발소리가 들렸다. 나도 잠이 오지 않아 다섯 시 반쯤 옷을 입고 나와 보니 어제와는 달리 너무나 아름다운 아침이었다. 몸도 가볍고 어제 가보지 못한 ABC가 생각났다. 아침 해를 보는 것이 ABC에서 보는 것과 MBC에서 보는 것이 다를 것 같다는 생각이 들어 고갯마루 하나만 더 올라가서 보자고 하면서 오르기 시작하였다.

그런 나를 보고 딸이 뒤에 따라서 온다고 하여 혼자 으쓱 으쓱한 한기를 이겨가며 천천히 ABC를 향하여 오르기 시작하였다. 내가 머문 곳이 해발 3,700m이니 이왕 온 것 4,000m는 올라가야 친구들에게 자랑거리가 될 것 같아 계속 오르기 시작하였다.

어제 데우랄리에서 MBC까지 오르는 데는 지쳐서 그랬는지 상당이 가파르다고 생각했는데 MBC에서 ABC를 오르는 데는 경사가 완만하고 길이 좋았다. 눈앞에 보이는 능선을 오르고 나면 또 능선이 나오고, 금방 눈앞에 ABC가 나타날 것 같은데 생각보다 멀리 떨어져 있다. 뒤를 돌아보니 딸아이가 저만큼 뒤에 나타나 걸어오고 있다.

아침 햇살에 눈부시게 펼쳐지는 안나푸르나 남봉 설경을 핸드폰에 담고 또 담아 본다. 구름 하나 없이 맑은 하늘에 너무나 아름다움을 시기하나 갑자기 한쪽에서 안개구름이 나타나더니 조금씩 가려져 혹시나 다 가려질까 봐 열심히 핸드폰에 영상을 담아 보았다.

안나푸르나 남봉 아침 풍경 마차푸차레 아침 풍경

딸아이가 빨리 와 사진이라도 한 장 찍어 줬으면 하는데 나타나지 않아 혼자 셀카로 찍어보니 마음에 들지 않아 지워 버리고 또 걷고 걸었다. 이렇게 올라가고 있는데 내려오는 사람이 나타나 사진 한 장 부탁드렸다. 그러다 또 오르니 저만치에 ABC가 눈에 들어온다.

안나푸르나 베이스캠프(ABC)

또다시 내려오는 사람에게 사진 한 장 부탁드리며 그의 모습도 한 장 담아 본다. 그렇게 걷다 보니 ABC에 다 왔는데 어제 저녁때 만난 스님이 언제 올라갔는지 내려오면서 인사를 하여 반갑게 인사를 했다. 그리고 그에게 또 한 장의 사진을 부탁했다.

내가 ABC에서 내려 온 것은 9시가 다 되어 MBC에 도착했다. 내 뒤를 따라오던 딸은 어디로 갔는지 보이지 않았다. 모험심이 많은 딸은 다른 곳으로 간 모양이다. 포터의 재촉으로 아침을 생강차 한잔에 토스트에다 꿀을 발라 한쪽 먹고 딸보다 먼저 하산하기 시작했다. 오를 때 그리 힘들더니 내려오는 발걸음은 매우 빠르게 움직였다. 돌아간다는 기쁨에서 몸이 가벼워진 모양이다. 마음에 여유가 생겨 콧노래를 부르며 경쾌하게 걸었다.

아마 아침에 본 안나푸르나와 마차푸차레 봉우리의 기운이 내 몸에 뻗친 모양이다. 올라갈 때는 눈에 들어오지 않았던 힘차게 흐르는 빙하수 냇물도 사진에 담아보며 간간이 만나는 사람에게도 인사가 가볍게 나왔다. 도반에서 점심을 먹는데 나는 수프 하나로 때웠다.

아침에 토스트를 먹었는데 토스트에 버터를 얼마나 발랐는지 기름이 줄줄 흘러 억지로 먹은 것이 속을 버렸나 설사를 했다. 아침도 시원찮은 데다 점심까지 거르다 보니 오후에는 힘이 들었다.

그리고 시누이에다 숙소를 잡은 것이 무리였다. 이틀 올라간 곳을 하루에 내려오는 모양새가 되었으니 지칠 수밖에 없었다. 더구나 올라 올 때는 몰랐는데 밤부에서 시누아로 오는데 오르는 계단이 몇백인지 오르고 또 올라도 끝이 보이지 않았다. 계단이 천 계단도 넘는 것이 아닌지 모르겠다. 이 많은 계단을 올 때는 왜 몰랐을까? 생각하니 정신무장에서 나타난 모양이란 생각이 들었다.

시누이에 도착했을 때는 상당이 지친 몸이었으나 이곳은 침실이 침대가 두 개라 말하고 편안한 마음으로 잠자리를 맞이할 수가 있었으며 따뜻한 물로 발도 닦을 수 있었다. 그리고 핸드폰이 터져 집에다 전화도 하고 문자도 날렸다.

5일 차 아침을 먹고 힘차게 하산하기 시작했다. 말이 하산이지 시누와에서 촘롬까지는 골짝을 내려갔다 다시 오르는 험난한 고갯길이 있으며 촘롬에서 지누단다까지의 급경사 내리막과 다시 오르는 길들은 절대 만만치가 않았다.

딸과 포터는 오늘 일찍 지누단다에 들어가 온천에서 푹 쉬고 몸을 회복한 다음 내려가자고 했다. 그러나 내 생각은 달랐다. 산에 오르면서 음식을 거의 먹지 못하고 생강차 한잔과 수프 한 공기에다 양주를 칵테일 한 맥주 한 통으로 버티었으니 몸이 축날 때로 축나 있었다. 그래서 빨리 포카라로 돌아가 한식을 실컷 먹고 잠이나 자야겠다는 생각에 점심도 하지 않고 걸음을 재촉하여 오후 3시쯤 사우리바자르까지 내려와 택시를 타고 포카라 호텔로 들어왔다.

오는 도중 택시 기사가 얼마나 난폭운전을 하는지 내 간이 콩알만 해진 것 같다. 차도 낡은 소형차에 도로는 다 패었는데 틈만 있으면 추월하니 사고 없이 온 것이 기적이었다. 다시는 이런 차는 타지 말아야겠다고 생각하게 했다. 아마 운임을 깎아서 그런지 모르지만, 도저히 용납이 안 되는 운전이었다. 갈 때는 좀 살살 가라고 잔소리를 했는데 올 때는 그런 잔소리도 하기 싫어 놔뒀더니 제 마음대로 달렸다.

포터가 6박 7일에도 어렵다는 코스를 5박 6일 잡고 트레킹에 나섰는데 4박 5일 만에 마치고 온 것이다. 원래 트레킹을 마치고 포카라에서 하루 쉬고 카트만두에서 하루 쉬기로 되어 있었는데 일정을 조정하여 포카라에서만 3일간 푹 쉬며 페와 호수를 산책하면서 한국인이 운영하는 「낮술」이란 한인 식당에서 한식으로 몸을 추슬렀다.

그리고 카트만두에서 포카라로 올 때 6시간씩이나 걸리는 버스를 타고 왔는데 흔들리는 것이 겁이 나 갈 때는 비행기를 이용하여 30분 만에 카트만두로 돌아왔다.

포카라에서 칸트만두로 가는 비행기는 30인승 소형 비행기로 약 30여 분 걸렸다. 그리고 비행기가 소형이라 누구나 비행기에서 창밖을 내다볼 수가 있어 좋았다. 비행기에서 내려다

보는 눈이 덮인 히말라야산맥이 너무 아름다웠으며 넋 놓고
안나푸르나와 마차푸차레 봉우리를 바라보다 보니 꼭 꿈속에
서 헤매다 깨어난 것 같은 기분이 들었다.

창공에서 본 히말라야

조금만 더 젊었더라면 다시 한번 도전해 보고 싶은데 이제
는 기회가 영영 없을 것 같았다. 그저 마음속으로 '딸아 고맙
다. 아비를 젊게 해 줘서, 내 자식이 아니면 세상에 누가 나를
이 멋진 곳으로 안내해줄 사람이 있을까?' 생각하며 창 너머
로 보이는 길게 늘어선 히말라야산맥에 시선을 응시한 채 무
념 속으로 빠져들었다.

동유럽 여행기

수국(꽃말: 가족의 단란함, 무자비)

내가 유럽 첫 여행은 2008년 현직에 있을 때 여름 방학을 이용하여 집사람과 같이 서유럽 5개국을 여행한 적이 있었다. 그때 영국, 프랑스, 독일, 스위스, 이탈리아를 다녀왔는데 알프스의 빙하 속 관광과 프랑스 파리의 에펠탑이나 개선문 광장을 비롯한 이탈리아의 베네치아 및 로마의 교황청을 다녀온 후 근대사의 대명사인 서유럽을 관광하고 느낀 점은 이보다 더 발전된 곳은 세계에서 없을 것 같다고 생각하게 되었다. 이런 생각을 하는 나는 앞으로 더 해외여행이 필요 없다는 생각을 갖게 만들었다.

이런 생각을 하고 있던 나에게 다시 해외여행을 하게 된 것은 퇴직 후 노년의 즐거움을 찾기 위하여 밭농사를 가꾸면서 간혹 골프를 즐기며 시간을 보내고 있는데 집사람이 모임에서 터키 여행을 다녀온 후 가보라고 권하여 2015년 봄에 아는 사람이 아무도 없이 혼자 패키지여행으로 터키 여행을 다녀왔다. 여기서 느낀 점이 혼자 해외여행을 해도 나름대로 즐거운 여행이 될 수 있다는 것을 깨달았다.

이처럼 해외여행에 재미를 붙인 나는 2016년 봄에 다시 스페인과 포르투갈을 다녀왔는데 많은 사람이 동유럽 여행도 스페인 여행 못지않다고 하여 유럽 여행을 마무리하는 의미로 동유럽 6개국[40] 여행에 나섰다.

40) 체코, 오스트리아, 헝가리, 슬로바키아, 폴란드, 독일

2017년 3월 19일 인천 국제공항에서 21:30분에 미팅하고 보니 우리 여행 일행은 29명이었다. 기분이 좋은 것은 남자분이 제법 눈에 띈다는 것과 지난해 스페인 여행 때 만난 가이드와 같이 여행을 떠난다는 것이었다.

3월 20일 00:40분에 이륙한 비행기는 약 11시간 40분이 걸려 터키 이스탄불에 현지 시각 06:15분에 도착한 후 다시 08:25분에 체코의 프라하를 향하여 출발하였다. 이스탄불에서 프라하까지는 2시간 40분 정도 소요되니 비행기에서 갇혀 있던 시간만 14시간 20분 정도가 되었으니 지루할 만도 하나 자리가 통로 쪽으로 배정받아 자유스럽게 움직일 수가 있어 그리 지루한 줄 몰랐다.

그리고 비행기에서 지루하지 않게 보내는 방법은 맥주에다 위스키를 칵테일해서 한 잔 마시고 음악을 들으며 재미있는 소설책을 읽다 보면 시간이 잘 간다는 것은 장시간 여행할 때 내가 즐겨 사용하는 나만이 가지고 있는 노하우이다.

체코의 프라하에 도착하자마자 곧바로 버스를 약 2시간 30분 정도 타고 여행의 첫 코스인 체스키크룸로프성으로 향했다. 기내에서 3번의 식사가 나왔는데도 일부에서는 배가 고프다고 불평했으나 체스키크룸로프 관광부터 시작되었다.

체스키크룸로프는 마을 전체가 유네스코에 등록된 세계문화 유산이자 중세도시의 모습을 그대로 간직하고 있으며 유럽에 남아 있는 성 중에서 두 번째 큰 성이라고 한다.

성에서 내려다보이는 마을이 아름답고 마을에는 교회와 광장이 잘 발달해있으며 성 아래로 흐르는 강과 마을이 조화가 이루어져 전체가 유네스코에 등록된 세계문화 유산다웠다.

점심을 먹는데도 식당이 옛 건축물로 흥미로웠으며 맥줏값이 아주 저렴하다고 현지 가이드가 자랑하여 나는 같은 식탁에 앉은 일행에게 캔 맥주를 하나씩 사서 주는 서비스를 하였다. 캔 맥주 하나에 1유로라니 비싸지 않은 가격이었다.

유네스코에 등록된 체스키크룸로프

캔맥 한 통에 기분도 거나하고 배도 부르게 먹은 다음 광장을 거닐며 거리 관광을 하다 모차르트가 태어난 오스트리아의 잘츠부르크로 이동하였다. 잘츠부르크는 소금의 성이라는 뜻으로 낭만적인 결혼식장으로 유명하다는 미라벨 궁전 정원을 관광했으나 아직 이른 봄이라 정원의 아름다움을 느끼기는 철이 맞지 않았다.

그리고 모차르트의 생가와 게트라이데가세 거리를 관광하였다. 이 거리의 특징은 글을 모르는 사람들에게 자기네 상점을 쉽게 알아볼 수 있도록 간판을 그림으로 표현하여 달아 놓았다는 것이다. 즉 빵집은 빵 그림 간판을, 시계점은 시계 그림을 간판으로 달아 놓았는데 지금도 하나의 전통으로 내려와 그대로 사용하고 있었다. 이런 이색적인 간판으로 인해 지금은 세계적인 예술의 거리로 사랑받고 있단다.

우리는 어둠에 묻힌 저녁이었지만 일정을 소화하기 위해서 어쩔 수 없다며 피곤한 몸으로 계속 관광이 진행되었다. 잘츠부르크 음악제가 시작되었다는 돔 광장에 위치한 대성당과 모차르트가 즐겨 찾았다는 커피숍 등 밤거리를 관광했는데 가이드 말에 의하면 세계적인 야경 도시라고 자랑하는데 내 눈에는 아름다움을 느끼기는 너무 피곤한 관광의 시간이 되었다.

관광을 마치고 잘츠부르크의 변두리 호텔에 도착한 시간은 저녁 10시 20분경 여행의 첫날밤을 보내게 되었다. 집에서 나와 몇 시간 만에 침대에 앉아 보는 순간인가? 한국과 시차가 8시간이라니 19일 아침부터 계산하니 근 48시간 만에 숙소에 들어온 것 같다. 늙은이의 몸이니 평소 아무리 운동으로 단련했다고 해도 녹초가 될 수밖에 없었다. 대충 세수만 하고 목욕은 아침으로 미루어 놓은 채 잠자리에 들었다.

아침이 되어 창밖을 내다보니 푸른 목초가 아름답게 보여 산책하러 나가려다 가벼운 샤워나 하자고 따뜻한 물이 나오나 확인하니 물이 나오는 것 같아 옷을 벗고 조그마한 샤워장에 들어갔다. 머리에 비누칠하고 샤워기를 트니 처음에 잠깐 물이 나오더니 물이 나오지 않는다. 다른 방에서 물을 사용해서 그런가 하고 기다려도 물이 나오지 않아 세면기를 틀어보니 세면기에는 물이 잘 나왔다. 샤워 물을 차단한 것을 늦게 깨달은 나는 세면기 물을 받아 대충 비눗물을 제거하는 생-쇼를 한 것이다. 마음속으로 저가 상품 여행이라 그런가 보다 하고 마음을 달래며 이번 여행이 좀 힘들지 않을까 하는 생각을 해 보았다.

2일 차는 6시 30분에 식사를 한 후 7시 30분에 관광이 시작되었다. 모차르트의 어머니 생가가 있는 짤츠캄머굿이란다. 해발 2,000m의 산들 사이로 76개 호수가 어우러진 짤츠캄머굿을 관광한 것이다.

케이블카를 타고 산 정상에 오르니 얼음 눈이 덮여 있으며 산 아래에 펼쳐진 마을과 호수가 운무 사이로 아름답게 전개되어 있었다. 10년 전에 집사람과 같이 알프스산맥 빙하와 만년설을 관광할 때는 열차를 이용했는데 이번에는 케이블카를 타고 해발 2,000m가 넘는 곳을 올라온 것이다. 산 정상에서 3월의 눈바람과 씨름을 하며 사진 몇 장 남기고 하산하였다.

지형이 높은 곳이라 그런지 하늘이 구름으로 뒤덮여 있었다. 산에서 내려온 우리는 모차르트 어머니 생가를 잠깐 관광하고 옆에 있는 호수에서 배를 타고 유람을 하는데 운무에 가려진 호수 주변의 경관이 극치를 이루었다.

모차르트 생가

짤츠캄머굿 호수

장애 아이를 키우면서 마음고생 하는 집사람과 이런 곳에 와서 일주일만 쉬었다 갔으면 하는 생각이 절로 들었다. 이곳이 모차르트가 어릴 때 살던 곳이란다. 그가 아름다운 음악을 만들 수 있었던 것은 이런 아름다운 대자연의 경관에서 성장했기 때문이 아닌가 하는 생각이 들게 했다.

우리는 아름다운 호수를 관광하면서 유람선에서 서비스로 주는 맥주 한잔에 도취해 같이 온 일행들이 쉽게 정감을 나누게 되었다. 그리고 이곳이 바로 내가 고등학교 다니던 1960년대 세계 젊은이들을 환상의 세계로 끌어 들게 했던 "오~사우드 뮤직"이란 영화의 촬영지란다.

점심 식사를 마치고 오후 관광지를 찾았다. 차를 타고 가면서 모차르트의 교향곡이나 하나 틀어 주었으면 하고 기대하고 있었는데 대신 "오~사우드 뮤직" 영화를 틀어 주는데 나이가 들어서 그런지 옛날 고등학교 다닐 때와 같이 흥이 나지 않아 창밖의 대자연을 감상하며 다음 관광지인 멜크수도원으로 향하였다.

멜크수도원은 외부에서 볼 때 별로 크지 않다고 생각했는데 안에 들어가자 내부 구조가 웅장하였다. 각종 전시물과 천장 벽화가 아름다웠으며 특히 도서관에 비치된 이름 모를 고서들이 우리나라 합천 해인사에 있는 팔만대장경 같이 진열된 古書(고서)가 눈길을 끌었다.

수도원에서 나와 향한 곳은 미라벨 궁전으로 1776년 볼프 디트리히 대주교가 사랑하는 여인 살로매를 위해 건축했으며 대주교에서 물러난 후 별궁으로 사용했다고 한다. 실외 관광으로 넓은 정원과 숲길 및 광장이 아름다웠으며 특히 내 눈에는 잘 가꾸어진 아름드리 가로수 나무가 인상적이었다. 그러나 주어진 시간이 적어 숲길을 거닐지 못하고 사진 몇 장 찍고 비엔나로 이동하였다.

멜크수도원

미라벨 궁전의 숲길

비엔나에 도착하여 일부는 숙소로 들어가고 일부는 비엔나 음악회에 갔다. 음악회는 선택 관광이었다. 그동안 해외여행 중 선택 관광을 좋아하지 않았는데 한 번 지나가면 다시 볼 기회가 없는 관광이라 앞으로는 모든 선택 관광을 다 신청하자고 마음먹었기에 거금 80유로를 주고 신청한 관광 상품이었다.

내가 음악회를 선택하게 된 이유는 비엔나는 음악의 도시이니 비엔나 오페라일 거라는 생각에 촌놈이 본고장의 음악을 접할 좋은 기회라 생각해서 신청하였는데 막상 감상해 보니 시간과 본전이 생각났다. 결국 잠만 못 자는 결과만 초래한 셈이다. 숙소에 들어오니 오늘도 역시 밤 11시가 되었다. 집에다 카톡으로 안부 인사를 나누고 그대로 떨어져 버렸다.

늙은이라 아침잠이 없어 몸이 피곤해도 눈이 저절로 떠지니 새벽 05시였다. 지난밤 숙소와 시베리아 여행 때 숙소에서 따뜻한 물이 나오지 않아 황당한 경험이 있어 먼저 샤워장을 점검해 본 다음 따뜻한 물이 나오는 것을 확인하고 가볍게 샤워를 하면서 피로에 싸인 몸을 추슬렀다.

어제 음악회를 안내했던 제법 나이가 든 현지 가이드가 벨베데르 궁전까지 안내했다. 벨베데르 궁전에는 명화들이 가득하다는데 그중에서도 가장 아름다운 그림은 구스타프 클림트의 키스란다. 그러나 그림에 무뢰한이 바라보니 그리 아름다움을 느낄 수가 없었다.

구스타프 클림트의 키스 모 조작   벨베데르 궁전 앞에서

그리고 모든 전시관의 사진은 촬영할 수 없어 촬영이 허락된 모조품을 한 장 촬영하였다. 다만 궁전의 앞과 뒤 정원이 아름다워 혼자 셀카를 즐기며 시간을 보냈다. 광장 계단에 설치된 여자 조각의 앞가슴이 탐스럽게 만들어져 사람들이 얼마나 만지었는지 손때가 검게 묻어 있다. 나는 매혹적으로 생긴 나체의 여자 조각품 옆에 서서 벨베데르 궁전을 배경으로 삼아 셀카에 추억의 사진 한 장을 만들어 보았다.

벨베테르 궁전을 관광한 후 비엔나 거리를 자유롭게 관광하였다. 유럽의 도시는 어느 나라를 가나 그들 나름의 독특한 건축양식으로 지어진 웅장한 성당 건축물이나 넓은 광장을 중심으로 잘 정돈된 골목을 따라 석조 건축물이 아름답게 지어져 있는 것은 서유럽이나 터키나 스페인이나 별로 차이가 없는 것 같았다.

즉 동유럽이라고 하여 새로운 느낌이 묻어나지 않는다는 것이다. 아마 아시아에서 중국이나 우리나라나 일본의 궁궐이나 절들의 건축물이 비슷하듯 이곳도 그런 모양이라는 생각을 하게 했다.

3일 차부터는 도시로 나와서 그런지 우리가 쉬어가는 숙소가 좋아졌다. 목욕탕 시설도 만족했으며 음식도 먹을 만했다. 비엔나의 거리를 관광한 후 동유럽의 파리로 불리는 헝가리의 부다페스트로 이동하였다. 이동하면서 운무로 가려진 광활한 구릉지에 펼쳐진 전력 풍차가 서서히 돌아가는 모습에 시선을 빼앗기고 있다 보니 점심때 마신 맥주 한잔이 취하게 만들어서 그런지 집사람이 그리워 엉터리 시 한 수를 지어보았다.

　　　내 영혼의 사랑

　　　내 마음은 허공에 두둥실 떠 있네.
　　　하늘도 없고 땅도 없는 마음의 세상이니
　　　그 삶이 내 사랑의 삶 이런가?

아무리 보아도 보이지 않는 당신의 모습이
내 삶의 행복인지
허공을 보고 손짓하는 풍력 풍차가
내 영혼의 마음을 흔들어 놓네.

하늘엔 빛도 없고 땅에는 냄새도 없는데
그리움인가? 사랑인가?
내 영혼을 흔드는 것은
당신이 주는 마음의 선물인가 봅니다.

보고 싶어도 보이지 않는 지평선 저 너머에
돌고 또 도는 풍력 풍차가
당신을 그리는 내 영혼의 손짓인가 봅니다.

지친 삶에 눈은 가렸어도
마음의 눈에 보이는 당신의 모습이
내 영혼이 갖는
당신을 그리는 사랑인가 봅니다.

당신의 눈가림 속에 보이는
내 영혼의 사랑을 찾아
오늘도 비바람 맞으며
당신의 마음을 기다려 봅니다.

  부다페스트에서 센강 유람선에 버금간다는 다뉴브강 크루
즈로 야경을 구경한 후 숙소를 찾아 들었다. 숙소에서 자고 그
다음 날 다시 야경이 화려했던 곳을 방문하였다. 그중 대통령
궁 앞을 지날 때 시민들이 자연스럽게 궁 옆을 관광할 수 있는
것이 우리나라와 너무 대조적이며 자연스러웠다.

다뉴브강의 야경   부다페스트

헝가리 건국 1,000년을 기념하기 위해 만들었다는 영웅광
장과 부다페스트의 전경이 한눈에 보이는 어부의 요새, 역대
헝가리 국왕의 대관식이 거행된 마차시 교회와 왕국 전경을
관광하였다. 한눈에 툭 터진 부다페스트 전경이 부럽기 그지
없었다. 교통도 혼잡하지 않고 오염되지 않은 도시 환경이 여
유로움을 보여주는 모습이 그저 부러울 따름이다.

4일 차가 되면서 마음의 여유가 나타났다. 숙소와 식사가
날이 갈수록 좋아져 흐뭇했고 아침에 일어나 집에서 하던 아
침 산책을 시작하였다. 숙소 주변이 익숙하지 않음으로 호텔
을 중심으로 조금씩 범위를 넓혀 산책하는데 땅이 넓은 나라
들이라 그런지 산책로와 공원이 잘 발달하여 무리 없이 아침
산책을 즐겼다. 아쉬운 것은 우리나라와 같이 공원에 가벼운
헬스 기구가 없어 아쉬웠지만, 마음 놓고 걸을 수 있다는 것
그 자체가 행복했다.

부다페스트에서 슬로바키아의 타트라로 이동하는 데 장시
간[41] 이동 거리에 휴게소가 없었다. 오전 부다페스트 관광 후

---

41) 4시간

점심을 먹고 장거리 버스 이동이 나타난 것이다. 그것을 미처 깨닫지 못하고 점심 식사 시간에 새로 알게 된 애늙은이 친구들과 즐겁다고 마신 맥주 몇 잔이 고통을 주었다. 2시간을 달리면 쉬었다 간다는 버스가 쉬지 않아 결국 가이드에게 사정해야 하는 헤프닝이 벌어진 것이다.

유럽 여행에서 꼭 알아 두어야 할 것은 화장실 가는 것이 우리나라와 다르다는 것이다. 유명한 관광지도 공동 화장실이 없어 찻집이나 맥줏집을 이용해야 한다는 것과 어떤 곳은 유료 화장실을 사용해야 한다는 것이다. 또 하나 특이한 점은 꼭 물은 식사 시간 이외는 꼭 사 먹어야 한다는 것이다.

타트라에서 자고 아침 일찍 동유럽의 알프스라는 폴란드의 자코파네로 이동하였다. 버스를 타고 자코파네로 가는 동안 도로 주변 집들의 풍경이 뾰족지붕으로 되어 있었다. 알고 보니 이곳은 눈이 많이 내려 그렇단다. 멋으로 비둘기집 창문을 했나 했는데 다 이유가 있었던 모양이다.

자코파네는 폴란드 남부에 있는 타트라산맥에 둘러싸인 산악지대로 겨울철 스포츠 중심이자 폴란드 대표적인 휴양도시란다. 많은 집은 펜션이나 별장인 모양인데 아름답게 지어져 있었다. 그리고 이곳은 치즈가 유명하단다.

나는 몇 사람의 일행과 거리를 거닐다 소변도 볼겸 맥주나 한잔하자고 맥줏집에 들어갔는데 폴란드 돈만 받는다고 하여 당황하던 중 손님으로 온 젊은 남녀가 유로를 환전해 주었을 뿐만 아니라 아가씨는 특별히 친절을 베풀어 주어 잊지 못할 또 하나의 추억을 만들어 주었다.

오후에 지하 200m에 건설된 유네스코 지정 세계문화유산
인 비엘리츠카 소금 광산이란 곳을 관광하였다. 소금 광산은
13세기에 시작되어 지하로 총 9층 구조로 이루어져 있단다.

총 길이가 300㎞에 달하는 내부에는 암염으로 이루어진 온
갖 미술품들과 제단, 조각상이 있는데 그중에서도 특히 지하
100m 지점에 있는 축복받은 킹가 교회가 최고의 걸작이었다.

이 교회는 길이가 50m나 되고 높이가 12m로 부피가 10,000㎡
가 된단다. 헝가리에서 폴란드로 시집을 온 킹가 공주가 지참
금으로 소금 광산을 가지고 왔다고 하여 만들어진 이 공간은
샹들리에부터 온갖 부조물들이 소금으로 만들어졌으며 음향
효과 뛰어나다고 한다.

그런가 하면 광산 안에 호수도 있으며 만찬 장소 등 온갖 시
설이 만들어져 있고 내려갈 때는 끝없는 계단으로 내려갔는데
나올 때는 엘리베이터를 타고 나오는 최고의 걸작 소금 광산
이었다.

소금 광산 안에 킹카 교회

광산안의 작업 기계

나는 끝없이 전개되는 소금 광산을 관광하면서 내가 감탄사

를 낼 때마다 거기에는 얼마나 많은 광부의 피와 땀이 젖어 있을까? 하는 생각에 한쪽 가슴이 저렸다.

중세에서 근대로 넘어오는 과정에서 유럽의 노동자라고 하는 사람들은 아직 인간으로 완전히 꽃도 피기 전인 10대들이었다는 것을 알고 있는 사람이라 가슴이 더욱더 쓰렸는지 모르겠다. 그들이 땀과 피를 흘려서 만든 이 광산 동굴이 이제는 세계문화 유산으로 등재되어 있으며 인간이 만들어 낸 지하의 아름다운 동굴예술품으로 환생해서 그들의 넋을 위로하고 있다는 생각으로 위안을 삼으며 관광을 했다.

5일 차 아침 식사 후 제2차 세계 대전의 비극적인 현장인 오시비엥침으로 이동하여 유대인 수용소로 잘 알려진 아우슈비츠 제2 수용소를 관람하였다. 아우슈비츠 강제 수용소는 나치 독일이 유대인을 학살하기 위하여 만들었던 강제 수용소로, 폴란드의 오시비엥침에 있는 옛 수용소이다.

위치는 폴란드 바르샤바에서 약 300㎞ 떨어진 곳이며, 좀 더 가까운 크라쿠프에서는 서쪽으로 약 70㎞ 떨어져 있단다. 이곳에서 처형된 사람들은 유대인, 로마인, 옛 소련군 포로, 정신질환을 앓는 정신장애인, 동성애자, 기타 나치즘에 반대하는 사람들이었단다. 나치가 세운 강제수용소 중에서 가장 큰 수용소란다.

허허벌판에 세워진 마구간을 수용소로 사용한 장면이나, 독가스를 사용했다는 건물의 잔해 그리고 처형된 사람들의 사진 모습이 저절로 가슴이 뭉클해지며 숙연해지는 느낌이 들었다.

아우슈비츠 제2 수용소의 영혼들

이곳에서 나는 나라 없는 민족과 힘이 약한 나라의 서러움이 무엇인지 다시 한번 느끼게 되었다. 우리 민족이 겪은 일제 침략 35년의 쓰라린 역사를 되새기며 서대문 형무소가 생각났고, 고등학교 때 관람한 2차 세계 대전을 주제로 한 기록 영화가 떠올랐다.

수용소 관광을 마친 다음 체코 제2의 도시 부르노로 이동하여 자고 6일 차는 독일의 드레스덴으로 이동하였다. 근 4시간 가까이 이동하는 버스 안에서 차창 밖으로 내다본 자연경관이 나를 황홀한 몽유 환자로 만들었다.

끝없이 펼쳐지는 자연경관에 삼포식 농업인지 모르지만, 넓은 벌판에 전개되는 밭의 풍경과 방풍림인 것 같은 나무가 심어진 끝없는 지평선 끝자락에 보이는 나지막한 능선이 나를 무한한 경지로 끌고 들어갔다. 넓은 땅을 바라보며 내가 자랑하는 내 농장의 초라한 모습과 비교하면서 내 넋을 자연 풍경에 맡기고 마냥 즐기며 차창 너머로 시선을 고정했다.

드레스덴은 시인 괴테가 유럽의 발코니라 칭했던 브륄의 테라스와 엘베강 풍경이 조화를 이루어 넓은 광장과 함께 연인들이 거니는 낭만의 도시같이 보였다. 타일에 그림을 그려서 붙인 군주의 행렬 벽화, 드레스덴의 심장부에 위치한 젬퍼 오페라하우스 등을 볼 수 있었다.

특히 젬퍼 오페라하우스는 1841년에 지어진 독일에서도 손꼽히는 유명한 극장으로 르네상스와 고전주의를 혼합한 절충주의의 거장인 건축가 '고트프리트 젬퍼'의 대표작으로 꼽히는 건물이란다. 지금 있는 건물은 2차 세계대전 중 크게 파손되어 1985년 다시 복구했는데, 아름다운 건축물과 성당 및 카페와 광장이 절로 흥을 만들어 주는 곳이었다.

마지막 관광지인 체코의 수도이며 백탑의 도시 프라하로 이동하여 야경을 관광하고 호텔로 이동하였다. 아침 식사 후 역대 왕의 궁성이자 현재 대통령의 관저로 사용되는 프라하의 성과, 프라하의 낭만이 느껴지는 유서 깊은 까를교, 중세의 번영을 보여주는 구시청사의 천문시계, 고딕 양식의 아름다운 2개의 첨탑을 가진 틴교회, "프라하의 봄"의 아픈 상처가 있는 성 바츨라프 광장 등을 관광하였다.

까를교는 상인거주지를 잇는 최초의 다리로 보헤미아 왕 카를 4세 때[42]에 건설되었기 때문에 카를교라는 이름이 생겨났단다. 후에 양쪽 난간 부에 상인들의 석상을 세웠고, 다리 양쪽에는 탑이 있는데 그사이의 다리 길이는 약 500m로 볼타바 강에 걸쳐진 오랜 역사를 간직한 1841년까지 프라하 올드타운과 그 주변을 연결하는 유일한 다리였단다.

천문시계는 프라하 구시청사 벽에 걸려 있는 시계다. 1410년 시계공 미쿨라시와 뒷날 카를 대학의 수학 교수가 된 얀 신델이 공동으로 제작하였단다. 1490년 달력이 추가로 제작되

---

42) 1346~1378년

고, 외관이 조각으로 장식되었단다. 시계는 두 개의 원반 위에 있는 천사의 조각상 양옆으로 창문이 열리고, 죽음의 신이 울리는 종소리와 함께 그리스도의 열두 제자가 창 안쪽으로 천천히 나타났다가 사라지고 마지막으로 시계의 위쪽에 있는 닭이 우는 특징이 있는 독특한 시계였다.

바츨라프 광장 모습

구시청사의 천문 시계

수없이 많은 관광객이 바츨라프 광장을 거닐다가 이 시계가 시간을 알리는 시간이 되면 시계 밑으로 몰려들어 시간마다 북새통을 이루고 있었다. 나도 사람들 틈에 끼어 두 번이나 시계 밑으로 가서 구경했다.

우리는 마지막으로 바츨라프 광장 옆에 있는 쇼핑센터를 관광하면서 기념품을 하나씩 장만했다. 나는 깜찍하게 생긴 한 홉들이 양주병을 하나 사는 것으로 여행을 마무리했다.

이번 여행도 처음 생각했던 것보다 재미있는 여행이 되었다. 처음 이틀간은 피곤함과 숙소 목욕탕 및 식사가 조금 부실한 것 같았는데 날이 갈수록 좋아져 역으로 되지 않은 것이 다행이라 생각되었다. 저가 상품인데도 여행사에서 많은 배려를 했다는 생각이 들게 만들어 준 것이다.

동유럽 여행기

그리고 일행 중에 내 동갑인 73세가 된 누나를 모시고 온 대학 후배라는 사람을 만나 외롭지가 않았으며, 따님 내외랑 여행을 온 85세가 된 할머니가 계셨는데 건강관리를 얼마나 잘하였는지 젊은이 못지않게 여행을 즐기고 있었다. 그러고 보니 70이 갓 넘은 내 나이는 나이가 아니라는 생각이 들었다. 나도 잘 관리하면 80까지는 다닐 수 있지 않을까? 하는 욕심을 가져 보게 한 여행이었다.

새로운 인생길로 접어든 2020년

수선화(꽃말: 자만심, 자존심)

내가 너무 오래 사는가 보다.

70 평생이 넘도록 들어보지 못했던 코로나-19라는 것으로 일 년을 고스란히 빼앗겼으니 어디에 가서 하소연하고 보상을 받아야 할지 모르겠다. 정초 조류인플루엔자 정도로 생각했는데 세계가 꽁꽁 얼어붙었으니 무섭기는 무서운 역병인 모양이다. 그러나 나잇살이나 먹은 늙은이가 역병을 두려워할 이유가 없었지만, 가족의 눈치가 보이고 주변 사람들의 눈치가 보여 조심할 수뿐이 없었다.

이제 4시간만 지나면 새로운 2021년이 돌아온다. 조용히 책상에 앉아 지난간 일 년을 되돌아보는 시간을 가져 보았다.

금년도 지난해와 크게 달라진 것은 별로 없는 것 같았다. 이제는 정년퇴직 후 10년이 넘는 세월이 흐르다 보니 노년의 생활에도 완전히 적응한 모양이라는 생각이 들었다. 나는 매년 말일 날이면 年記(년기)라고 하여 일 년 동안 내가 살아 온 길을 재정리하는 습관도 어느덧 6년 차가 되다 보니 젊어서 직장에 다니면서 반복되던 생활 같이 노년의 생활도 쳇바퀴 같은 생활을 하고 있다는 생각이 들었다.

올해의 생활을 크게 나누어 보니 지금까지 쉬지 않고 실천해온 하루만 보 이상 걷기 운동은 꾸준히 실천했고, 농장에서 열심히 농작물을 가꾼 것도 변함이 없었으나 새로운 것이 나타났다면 정식 문단에 등단하여 작가로 변신했다는 것이다.

이를 좀 더 구체적으로 살펴보면

첫째 죽을 때까지 실천하기로 한 내 노년의 인생 목표인 만 보 이상 걷기 운동이다. 만 보 이상 걷기는 시작한 지 만 7년이 넘어 이제는 익숙한 사람이 되었다. 아침 4시경 눈을 뜨면 몸이 자동으로 일어나 밖으로 나가지 않으면 어찌할 줄 모르는 사람으로 변한 것이다.

아침 새벽 만 이삼 천 보 걷고 천변에 있는 헬스를 하고 들어오면 겨울에도 땀으로 흠뻑 젖지만, 몸은 가볍다. 충청남도 체육회에서 개발한 「걷쥬」 앱에 찍힌 통계가 지난 1월 1일부터 12월 31일까지 걸음 숫자가 총 7,583,809보로 일일 평균 20,777보씩 걸은 것으로 나와 있다.

그러나 이제는 걷는 것이 힘에 부치는지 2019년을 기점으로 하향 곡선을 그리는데 무리하지 말고 늙은이답게 내년에는 일일 15,000보 정도로 목표를 수정해야 할 것 같다.

이렇게 걷다 보니 다리에 힘이 붙어 지난해 12월부터 시작한 매달 2주, 4주 일요일에 실시하는 해파랑길 트레킹에 젊은이들과 동행하고 있지만 별로 부담을 느끼지 않고 잘 적응하고 있다. 아쉬운 것은 코로나-19로 인해 트레킹을 추진하는 여행사에서 종종 거르다 보니 12월까지 총 50코스 중 14코스까지 못 간 것이 아쉬움으로 남는다. 이렇게 추진되다 보면 50코스인 강원도 고성에까지 내가 살아있는 동안에 갈 수 있을지 의문이 든다.

그리고 여름철에 워킹여행사를 따라 통영에 있는 연대도와 만지도, 신안의 비금도, 인천의 자월도, 지리산 둘레길 17코스를 트레킹한 것도 해외여행을 포기한 늙은이로서는 행복했던 추억거리로 남을 것 같았다. 걷는 이야기를 하다 보니 올해는 코로나-19로 주간 보호센터에 다니는 아들이 4, 5월 집에서 쉬게 되어 2달 동안 거의 매일 그와 같이 천안에 있는 성거산 임도를 걸은 것도 추억의 한 토막이 될 것 같다.

두 번째 이야기는 올해도 지난해와 같이 농사 이야기를 안 할 수 없다. 올해는 지난해에 재미를 붙인 고구마 농사를 더 확대한 것이다. 밭 대부분 고구마를 재배하여 자그마치 모종만 60단[43]을 심었다.

지난해 40단을 심어 수확한 가격이 471만 원으로 농산물에서 생산한 총 생산액이 786만 원이었는데 올해는 천만 원에 도전해 보자고 야심 차게 달라붙어 본 것이다. 그러나 쉬운 것

---

43) 6,000포기

이 어디 있으랴. 여름에 40일이 넘는 긴 장맛비가 계속되다 보니 고구마가 일조량이 적어 제대로 크지 못하였다. 그러나 이제는 농사에 여우가 되었나 보다. 고구마가 남들보다 잘되어 고구마에서 생산한 대금이 687만 원이 나타나 농산물 총생산액이 826만 원으로 지난해보다 40여만 원 정도 더 나왔다.

그러나 고구마 수확을 혼자 밭에 쭈그리고 앉아 10월 한 달간 수확하는 미련함도 보였다. 늙은이 할 일 없어 한다고 하지만, 이것은 아니라는 생각이 들었다. 이것도 내년부터는 조절해야겠다고 생각해 본다.

앞으로 얼마나 농사를 더 지을는지 모르지만, 올해는 관리기도 한대 구입하고 예초기도 하나 사는 투자를 했으니 80살까지는 농사를 지어 볼 생각이다.

이렇게 농사를 짓는 것은 농산물을 수확하기보다는 남아있는 노년의 내 인생을 수양하기 위한 것이다. 땅과 어울려 땀을 흘리고 있으면 몸은 비록 피곤하나 정신적 갈등이 없으며 시간이 잘 간다는 것을 깨달았기 때문이다.

그리고 마지막 이야기는 아무리 뭐라 해도 내가 문단에 등단한 것을 빠트릴 수 없을 것 같다. 몇 년 전에 자서전이라고 「나의 삶 이야기」를 어느 지방자치단체의 지원금을 일부 지원받아 출판했으나 급하게 서두르다 보니 책이 마음에 들지 않았다. 그래서 다시 내가 살아온 인생길에서 머릿속에 사라지지 않는 일들을 하나의 단편으로 엮어 놓았는데 출판에 자신감이 없어 미루고 있었다.

그런데 문학가인 어느 지인이 정식으로 문단에 등단하여 출판하라고 격려해 줘 용기를 내서 인터넷을 검색해서 알게 된 「(사)창작문학예술협의회 / 대한문인협회」의 수필 분야에 지난 9월에 응모하여 입상하게 되었다. 그래서 지금까지 써 놓은 단편소설을 정리하여 지난 12월 17일 「물결」이란 단편 소설을 출간하게 된 것이다.

그런데 이 책이 시중에 나간 지 10일도 되기 전에 37년 전에 중학교 3학년이었던 여자 제자가 어떻게 출판된 것을 알고 서점에 구해다 두 번씩이나 읽어 보았다며 연락이 오고, 오늘 낮에는 그보다 3년 후배 되는 여자 제자가 인터넷에서 책을 구해다 놓고 다음에 만나 내 사인을 받겠다며 카카오톡이 날아들어 왔다.

책을 출간해 놓고 혹시 남들로부터 비웃음을 당하지 않을까 전전긍긍하고 있는데 국어 선생님이면서 두 권씩이나 시집을 발간한 퇴직한 교장 선생님에게 웃음거리가 되지 않겠냐며 한 권을 읽어 보라고 보내드렸더니 듣기 좋아하라고 하는 소리인지 모르지만, 재미가 있어 이틀 만에 거의 다 읽었다며 자기는 시를 쓰고 있지만, 산문에 대해서는 잘 쓰지 못한다고 하면서 나에게 산문에 대한 소질이 있다고 칭찬을 해 준다. 그러면서 계속 펜을 놓지 말고 글쓰기를 권해 푼수인 양 기분이 좋았다.

몇 시간 후면 내 나이 75살이 되니 옛날 같으면 산속에 누워 백골로 변해 있을 나이인데 어쩌다 좋은 세상 만나 살다 보니 아직도 청춘 같은 기분으로 살고 있으니 지금 내가 사는 것이 가장 행복한 삶을 살고 있다는 착각에 빠지기도 한다.

2020년아 잘 가거라. 나는 새로운 2021년을 맞이하여 너와의 인연보다 더 멋진 인연을 만들어 보련다.

아듀~~~

2020년아 ~~~

영원한 행복의 얼음새

얼음새꽃(꽃말: 영원한 행복)

긴긴 겨울 특별히 할 일이 있는 사람도 아니고 책상에 앉아 컴퓨터 검색창이나 뒤적거리다 어쩌다 좋은 글귀가 떠오르면 자판기를 두드리며 사는 날도 하루 이틀이 아니고 몇 달씩 되다 보니 눈은 침침하고 허리는 뻑적지근하니 온몸이 점점 쭈그러드는 것 같다. 간혹 만나던 친구들도 지난해 정초부터 평생 들어보지도 못했던 코로나-19라는 바이러스에 한 해를 숨죽이며 살다 보니 세상과 단절된 느낌이 들었다.

직장이나 있으면 직장에 나가 동료들의 얼굴이나 보는 재미가 있을 것 같은데 퇴직한 지도 어언 10년이 지나다 보니 활동 범위가 점점 줄어들어 가는 것만 같다. 더구나 어느 날부터 머리는 하얗고 걸음걸이는 뒤뚱거리는 사람으로 변했으니 마음 놓고 거리에 활보하는 것도 민망스럽다는 생각이 든다.

그래도 운동이라고 한답시고 사람들 눈에 잘 띄지 않는 일은 새벽이나 점심시간에 사람이 별로 다니지 않는 천변이나 거닐고 들어오는 것이 소일거리가 되어 버린 지도 꽤 오래된 것 같다.

오늘따라 창밖에 보이는 봄볕이 따사로워 달력을 확인해 보니 입춘으로 나와 있다. 오늘부터 봄이라니 늙은이 새봄맞이로 바람이나 쐬 볼까 생각하며 가벼운 배낭 하나 둘러매고 가느다란 스틱에 몸을 맡긴 채 인근에 있는 광덕산을 찾았다.

오늘따라 봄을 알리는 것인지 바람 한 점 없이 햇살이 무척이나 따사로웠다. 그래서 그런지 평일인데도 등산하는 사람들이 자주 눈에 띄었다. 만나는 사람마다 봄맞이 기분이라 그런지 인사도 즐겁게 주고받는다.

"안녕하세요."

"건강하세요."

"행복하세요."

주고받는 인사가 나의 마음을 더욱더 가볍게 한다.

늙은이 호흡을 고르며 오랜만에 광덕산에 오르니 시야가 툭 터진 정상 정복의 쾌감이 온몸을 휘감는다. 집 가까이 두고도 이 산에 오른 지가 3년이나 된 것 같다. 그때는 마나님과 두 딸이 동행해 주었는데 오늘은 혼자 헐떡거리며 얼음길에 미끄러지지 않게 조심하면서 오르고 보니 그때와 또 다른 기분이 들었다.

정상에 서서 멀리 보이는 천안 시내와 아산 시내를 내려다보고 남쪽으로 옹기종기 산으로 가득 찬 곳을 바라보면서 숨 한숨 돌리고 다시 하산 코스를 잡았다. 오랜만에 올라왔으니 마음껏 즐기고 가자고 장군바위를 거쳐 장군약수터로 해서 강당골로 내려오는 코스를 잡았다.

나이는 속일 수 없는 모양이다. 노년의 건강을 유지해 보겠다고 매일 만 보 이상 걷기가 습관화 되다 보니 아무리 걸어도 다리 아픈지는 모르겠는데 숨이 차고 몸의 균형이 잘 잡히지 않는 것은 어쩔 수 없는 모양이다.

말이 입춘이라고 하지만 아직 땅이 꽁꽁 얼어 미끄러지지 않게 조심을 하면서 장군바위를 거쳐 장군 약수터에서 와서 숨한번 돌리며 간식으로 싸 온 초코파이와 과일을 먹으며 물 한모금 마시고 걸음 나는 대로 호흡을 조절하면서 조심조심 내려오는데 내 걸음을 멈추게 하는 것이 있었다.

아직 꽃이 피기는 이른 계절인데 등산로에서 약간 떨어진 개울 건너편 남쪽 바위 밑에 노란 꽃이 눈에 띄었다. 언뜻 보기에 노랑 민들레 같아 이 산속에도 민들레가 피나 하면서 신기해 접근해 보니 꽃잎 모양이 납작한 노랑꽃인데 내가 알지 못하는 처음 보는 꽃이 군데군데 몇 송이가 피어 있다. 가랑잎 사이에 피어있는 꽃이 너무나 아름다워 핸드폰을 꺼내 사진을 찍은 다음 신기하여 바라보고 있다가 이것이 무슨 꽃인가 갑자기 궁금증이 일었다.

아직 개울가에는 얼음이 얼어 있고 그늘에는 눈이 얼음으로 변해 하얗게 싸여 있는데 제일 먼저 봄소식을 알리는 양지바른 개울가의 갯버들도 아닌 앙증맞게 피어 있는 이 꽃이 무슨 꽃인지 신기하여 한참이나 바라보고 있자니 내가 살아온 인생 길이 떠올랐다.

참 신기도 하다. 아직 해동도 되지 않은 북풍 한파가 수시로 몰아치고 개울에 얼음이 녹지 않았는데 이런 추위를 이겨내고

요렇게 예쁜 모습으로 피어 있을까? 생각하니 이 꽃의 생명력이 무척이나 강한 모양이란 생각이 들었다. 이런 생각이 들자 갑자기 꽃 이름을 알고 싶은 궁금증이 일었다. 꽃 옆에 있는 커다란 돌에 앉아 핸드폰으로 인터넷을 검색해 보았다.

꽃의 이름을 모르니 '봄에 가장 먼저 피는 꽃'을 검색해 보자 몇 가지 꽃들이 나타나는데 대부분 내가 아는 꽃이었으며 내가 알지 못하는 이 꽃의 이름이 복수초라는 것을 알게 되었다. 그리고 이 꽃에 대한 블로그나 카페에 글들이 꽤나 많이 올라 와 있었다.

신기하여 집에 와서 좀 더 자세히 알고 싶어 인터넷을 검색하여 알아보니 일본에서는 이 꽃에 전해오는 전설까지 있단다. 그 전설의 내용은 일본의 북해도에 '아이누족'이란 원주민이 살고 있는데 이들은 이 꽃을 '크론'이라고 부르고 있다고 되어있다.

그 이유는 아이누족 족장에게 크론이란 외동딸이 있었단다. 그런데 크론이란 아가씨에게 사랑하는 남자가 생겼는데도 족장은 자기의 욕심을 채우려고 외동딸을 용감한 땅의 용신에게 시집을 보내려고 하자 크론은 아버지의 말을 듣지 않고 사랑하는 사람과 함께 다른 지방으로 몰래 도망가 숨어버렸단다. 그러자 아버지는 화가나 그녀를 찾아내 꽃으로 만들어 버렸는데 이 꽃이 바로 족장의 딸이 된 꽃이라고 하여 크론이란다. 크론의 꽃말은 이 전설로 인해 크론과 연인이 행복을 찾아 떠났다 하여 '영원한 행복'이라고 되었단다.

그러나 우리나라에서는 이 꽃의 이름이 다양하게 불리고 있는데 '복(福)과 장수(長壽)'를 또는 '부유와 행복을 상징'하는 대표적인 꽃이라고 하여 복수초(福壽草)라고 불리고 있으며, 옛 어른들은 이른 봄 산지에서 눈과 얼음 사이를 뚫고 꽃이 핀다고 하여 '얼음새꽃' 또는 '눈새기꽃'이라고도 부른단다. 그리고 중부지방에서는 '복풀'이라고도 불리고 있으며, 새해 들어 가장 먼저 핀다고 하여 원일초(元日草)라고도 불리며 개화 시기가 음력 설 무렵과 거의 일치한단다.

이 꽃의 또 다른 이름은 중국에서는 노란 황금잔 같이 생겼다 하여 측금잔화라고도 불리며 또 눈 속에서 피는 연꽃 같다 하여 설연화라고도 불리며 쌓인 눈을 뚫고 나와 꽃이 피면 그 주위가 동그랗게 녹아 구멍이 생긴다고 해서 눈송이꽃이라고 불리기도 한단다.

이처럼 전설과 다양한 이름을 가지고 있으며 복(福)과 장수(長壽)를 상징하는 복수초를 정초에 만났으니 올해의 우리 가정과 내 운세가 건강하면서도 마음 편안한 한 해가 될 것 같다는 생각이 들어 낮에 찍어온 노란 예쁜 꽃을 마나님께 자랑하면서 마음속으로 지금 내가 쓰고 있는 수필집 책 제목을 '얼음새'라고 해야겠다는 생각을 가졌다. 그 이유는 차가운 얼음 속에서 아름답게 꽃을 피운 모습이 어린 시절 가난과 고통 속에서 잘 버티고 살아와 노년의 아름다운 인생을 즐기는 나의 모습과 같다는 생각이 들었기 때문이다.

지친 삶에 눈은 가렸어도
마음의 눈에 보이는 당신의 모습이
내 영혼이 갖는
당신을 그리는 사랑인가 봅니다.

당신의 눈가림 속에 보이는
내 영혼의 사랑을 찾아
오늘도 비바람 맞으며
당신의 마음을 기다려 봅니다.

열음새

김복희 수필집

물 한 모금 마시고 사방을 둘러보니 어쩌면 이렇게 깨끗하고 평화스러울 수가 있을까? 의심이 들었다. 험한 돌산에 나무라야 도토리 키 재기 같은 작은 나무들이 나를 봐 달라고 유혹하는 것 같고 빗물을 가득 머금은 풀들이 배불리 먹은 아이들 표정같이 활기차고 싱싱해 보인다. 드문드문 보이는 하늘나리꽃이 방긋 웃으며 나를 유혹하는 것 같았다. 능선 따라 보이는 끝자락이 지리산 정상이라는 천왕봉이 깨끗한 하늘 덕인지 눈앞에 보인다.
천왕봉에 시선을 두고 있자니 제석봉에 널려있는 천년 목을 휘감고 돌아가는 안개구름이 파도 물결같이 보였으며, 이곳에 나의 다음 세상 보금자리로 잡으면 어떨까 하는 생각이 들었다. 오늘 집에 가면 아이들한테 내가 죽거들랑 지리산 능선에다 뿌려달라고 하고 싶은데 어느 자식이 이 험한 곳까지 올 것인가 생각이 들자 다 부질없는 욕심이란 것을 깨닫게 했다.

"지리산 연가" 본문 중에서

열음새

김복희 수필집

2021년 7월 21일 초판 1쇄
2021년 7월 23일 발행
지 은 이 : 김복희
펴 낸 이 : 김락호
디자인 편집 : 이은희
기 획 : 시사랑음악사랑
연 락 처 : 1899-1341
홈페이지 주소 : www.poemmusic.net
E-Mail : poemarts@hanmail.net

정가 : 15,000원
ISBN : 979-11-6284-299-7